左云霖 著

唐明皇

风流天子风云事

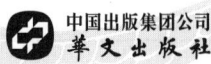

中国出版集团公司
华文出版社

图书在版编目（CIP）数据

唐明皇 / 左云霖著. —— 北京：华文出版社，2022.2
    ISBN 978-7-5075-5587-5

Ⅰ. ①唐… Ⅱ. ①左… Ⅲ. ①长篇小说-中国-当代 Ⅳ. ①I247.5

中国版本图书馆CIP数据核字(2022)第009772号

唐明皇
TANGMINGHUANG

作　　者：	左云霖
责任编辑：	胡慧华
出版发行：	华文出版社
地　　址：	北京市西城区广安门外大街305号8区2号楼
邮政编码：	100055
网　　址：	http://www.hwcbs.com.cn
电　　话：	总编室 010-58336239　发行部 010-58336267
	责任编辑 010-58336197
经　　销：	新华书店
印　　刷：	三河市龙大印装有限公司
开　　本：	710×1000　1/16
印　　张：	23.75
字　　数：	287千
版　　次：	2022年2月第1版
印　　次：	2022年2月第1次印刷
标准书号：	ISBN 978-7-5075-5587-5
定　　价：	58.00元

版权所有，侵权必究

目 录

第一卷　喋血践位

一、杜曲出猎　忧国三郎访奇士 …………………… 3

二、妻女下毒　李显命绝神龙殿 …………………… 10

三、效法武后　韦后尺幅欲包天 …………………… 20

四、禁苑聚义　从龙元勋灭诸韦 …………………… 29

五、欲壑难填　太平公主谋大逆 …………………… 40

六、小人无行　黠仆柳青泄玄机 …………………… 49

七、月晕础润　君臣同谋杀太平 …………………… 56

八、暗剑出鞘　反政变二次喋血 …………………… 65

第二卷　鼎鼐开元

九、新丰拜相　姚崇力陈十款事 …………………… 77

十、防微杜渐　怀慎遗言戒诸公 …………………… 88

十　一、慧眼识奸　　九龄力主杀禄山……………………100

十　二、大奸入相　　朝官皆成立杖马……………………110

第三卷　天宝风流

十　三、栽赃陷害　　王铁扳倒杨慎矜……………………123

十　四、亮节古风　　王忠嗣惜兵抛官……………………138

十　五、丧心病狂　　谋大逆王铁授首……………………150

十　六、报应不爽　　林甫未葬即受诬……………………165

十　七、大患养成　　力士阴求事缓发……………………182

第四卷　乙未惊变

十　八、火上浇油　　国忠激反安禄山……………………197

十　九、浑水摸鱼　　边令诚手毁二藩……………………207

二　十、洒泪驱兵　　哥舒翰潼关丧师……………………222

二十一、鼙鼓动地　　仓皇西出延秋门……………………236

二十二、马嵬兵变　　玉环魂断小佛堂……………………247

二十三、依样葫芦　　李亨乘机夺父位……………………258

二十四、倒行逆施　　分封诸王徒添乱……………………273

二十五、肠流满地　　禄山身死家奴手……………………285

第五卷　南内西宫

二十六、苦雨凄风　　回銮上皇肠百转……………………303

二十七、明争暗斗　　假张均枉作牺牲……………………314

二十八、危言耸听　　权阉逼迁太上皇……………………326

二十九、金笼囚鸟　　李隆基百感萦怀……………………337

三　十、西宫幽冷　　老上皇苟延残喘……………………349

三十一、黯然已矣　金粟山长眠明皇 …………………… 361

《风流天子》第十版志喜乐 …………………………… 372

第一卷　喋血践位

一、杜曲出猎　忧国三郎访奇士

唐中宗景龙四年(710)六月,长安的气候和往年一样宜人。

清晨,一场小雨过后,初上东山的朝阳,比往常更加红亮。路旁的垂柳被晓风拂动,把晶莹的水珠抛洒到草地上,逗起轻轻的声响。杂生在绿茵中的野花,发出阵阵撩人的清芬。

长安城的南郊,一切都显得那么鲜洁明净。

一簇人马从安化门涌出,直奔城南杜曲而来。

为首的一匹银白色高头大马上,骑坐着一个二十多岁的青年。远远看去,他服饰华美,体态伟丽,举止洒脱,但若近观,就可见他顾盼之间,不时微蹙双眉,似心怀隐忧。

他的身后,一匹棕马紧紧跟随,马上坐着一个身材魁梧的汉子,他挂着腰刀,背着箭壶,不时地左顾右盼,不时地变换着骑马的姿势,显示出他健强的躯体内有无处宣泄的过剩体力。

后面,簇拥着十几个骑马的家奴,有的托着猎鹰,有的拎着鸟网,有的擎着钓竿,最后两匹马上驮着藤篓,显然装着酒食和食具。四条猎狗,兴致勃勃地在队伍前后乱窜乱叫。

人们或许揣测,这是豪门公子去郊外射猎。

可是,此行的真正目的,只有那年轻的主人自己知道。

这个年轻人是当今皇上李显的侄子,相王李旦的第三个儿子李隆基。他只有二十六岁,现今仅得一个临淄王的封号,前不久做过潞州别驾,现在离任回京,和几个兄弟闲居在隆庆坊。

跟随在他身后的贴身奴仆，原名叫李宜得，现已改名叫李守德，是个有主见又有勇力的人。

此刻的李隆基，根本无心观赏路旁明媚的风光，他的思绪，随着马蹄的节奏，在飞快地跳荡着，但表面上，他又不露声色，力图给人们以这样的印象：这个李隆基不过和其他一些公子王孙一样，也是个胸无大志，热衷于斗鸡走马、呼鹰逐兔的角色！今天，不过是又一次平平常常的郊外射猎取乐而已！

那个人今天在家吗？若是不在家，可就白费今天的一番苦心了。他现在太需要那个人了，那个人的行迹谈吐太奇了……

半个月前，李隆基带领这帮人郊游，射鸟钓鱼。到了午间，满腹心事的李隆基仍不思归，懒懒地倚在一株大树下小憩。

一个看上去比他年长几岁的人，悄悄地走近他，恭谨地邀他们到家中喝茶。当时，李隆基及其奴仆们都感到诧异，哪里来的这么一个冒失鬼呀？敢邀请皇侄到他家里做客！

李隆基问道："你是谁？"

"我是山野小民，有姓无名，排行十一，人称'王十一'。贵人如肯辱临寒舍，足使蓬荜生辉！"王十一不亢不卑。

李隆基更感到奇怪了。这个山野小民，怎么敢贸然邀请我去他家呢？他真是一个连正经名字都没有的普通百姓吗？那他在我这个亲王面前，怎么这样举止从容呢？

出于好奇，也出于一种举大事急要搜罗爪牙的心理，李隆基答应了王十一的请求，他站起身来说道："好吧，既蒙你盛情相邀，敢烦你前面带路了！"

王十一的家在杜曲的村东头，稀疏的篱笆围成一个小院。三间茅屋，看上去是新修葺过的。房前屋后，种着菜蔬。室内的陈设十分简陋，唯一案、一几、一床而已。

李隆基落座在案前的一个杌子上，瞥见案上置着文房四宝，随口问道："你是读书人？"

"粗通文墨，替人抄书糊口。老天饿不死两只眼儿的麻雀，有水就能养活四条腿儿的蛤蟆。"

李隆基感到这个人的谈吐挺风趣,正要继续盘问,王十一的妻子出来献茶了。她身材颀长,容貌秀媚,虽是葛衫布裙的村妇打扮,但举止大方,隐隐透出一种大家闺秀的气质,李隆基不由得多睃了几眼。而王十一这时却走到外间去了。

李隆基喝着茶,忽然发现屋子北墙上斜挂着一把刀,便问王十一的妻子:"你丈夫还习武?"

"他只识几个字,不大习武。那柄刀是他祖上留下来的,虽说家道贫寒,也未舍得变卖。"

"嗯?拿来我看看!"

王十一的妻子从墙上摘下刀,李隆基刚要伸手去接,她却把刀递给了在李隆基身旁侍立的王毛仲。

这王毛仲是李隆基的另一个贴身奴仆,为人机灵乖巧。他用袍袖拂去刀鞘上的灰尘,将刀捧到了李隆基的面前。

李隆基抽出刀来一看,不由得赞道:"真是一口好刀!"

"此刀名叫青锋。迎着日光,可看出刀锋闪闪泛出青光。"王十一的妻子补充说。

"嗯。你丈夫何方人氏?"

"祖上是河内人,数年前流落江都……"

闲谈之间,李隆基听到外间厨房里有杂沓忙乱的脚步声。他起身踱到外间一看,只见烟雾腾腾,香气扑鼻,王十一正指挥着跟自己来的李守德等几个奴仆忙着做饭。他已将家中唯一的驴子杀死,煮了满满一陶锅驴肉,上面还浮着青蒜。

王十一见李隆基出来,没有打招呼,只冲他笑了笑,一边扇火,一边摇头晃脑地唱道:

蓬门亮亮,贵人天降。
斩一蹇卫,敬奉客尝。
扇风添柴,灶火旺旺。

调和鼎鼐,燮理阴阳。
相机而作,天地光光。
…………

李隆基博古通今,知音识律。他听得出,这歌词非经非典,是王十一顺口胡诌的。而这胡诌的歌词,又似乎含有深意,触动着李隆基的心……

"殿下,到围场了!"李守德打马赶上一步。李隆基收回心思,举目一看,已来到杜曲东南的一片山冈。

时值六月,这里草木萋萋,莺啼雉雏,虽不是那种秋高兽肥的狩猎季节,但在这草深林密的地方驰骋一番,也足以快人胸臆。

"好!就在这里射猎一场,再钓鱼捕鸟!"

有其主必有其仆。李隆基能歌善舞又善骑善射,他的奴才们也就都是玩乐的行家。他们一听主人发了话,便都欢呼着行动起来,各操家什,各行其事,顺风点火放烟的,顶风吹号鸣鼓的,唆狗的,放鹰的,很快就把一片山冈变成了烟熏火燎、人喊狗叫、鹿奔狐突的猎场。

李隆基在这小小的猎场中纵横驰骋着。

"淫妇,看刀!"一只受惊的狐狸正懵头懵脑地乱窜,被李隆基策马赶上,一刀砍倒。

"韦家的小走狗,看箭!"一只冒火突烟而逃的兔子,应弦而倒。

借着狩猎,借着胯下狂奔的马,借着手中挥舞的刀,借着呼啸的箭,年轻的亲王尽情地宣泄着心中的愤懑!

国家局面糟透了!贞观、永徽之治早已成为过去。现在是内有饥民,外有边患!

朝廷,哪里还像个朝廷的样子!伯父身为皇上,言行毫不检点,弄得一点威仪也没有。他一味沉湎于享乐之中,大权旁落,纲纪废弛,皇后韦氏专权,勾结宗楚客、纪处讷等人,呼朋引类,群小竞进,卖官鬻爵,导淫海奸,把庄严的朝堂弄得乌烟瘴气,简直与妓院和鱼肆相仿!

这一切,使他这个血气方刚、心性高远的亲王忍无可忍了!义愤,像烈火在心中燃烧,像狂潮冲动着他的心绪!近一年以来,他一直在义愤的烈火与狂潮中生活着。

刀不空落,箭不虚发,并没有使他进入前些年狩猎时那种怡然自足的境界,没有使他陶醉。他一直没有忘记此行的目的。

趁奴仆们不注意,他勒住马,收刀入鞘,插弓进囊,选择好路线,然后打马冲出猎场,驰下山坡,沿着小路向杜曲跑去。

他不需要奴仆护卫,凭体魄,凭武艺,三五个歹人奈何不了他!

他不需要别人知道自己的秘密,古往今来,多少政变,都是因为做事不密而被扼杀在血泊中!

为了保密,他今天没有让自己很得意的贴身奴仆王毛仲跟来。王毛仲心眼太多,什么事一看就明白。李隆基现在不愿让这个奴才过多地窥明自己的心事,尽管自己的不少事根本没瞒住他。

今天,他要找到王十一,要和他单独谈一谈。

上次到王十一家,只是休息了一会儿,胡乱吃了几块青蒜烧驴肉,丢下一锭银子便告辞了,连自己的身份也未告诉对方。而对方也好像对自己的身份毫无兴趣,连问都没有问,只称自己"贵客"。回到府里,李隆基反复玩味王十一的言行,觉得王十一的话句句含着机锋,绝不像一个等闲之辈,更不像是韦氏的爪牙,说不定是一个知己,是一个满腹韬略、能移星换日的人。他现在需要的正是这种人啊!

快到了,可以看到杜曲村头的那个小院子;快到了,可以看清院篱笆的一根根细竹竿了。啊,他房子里有人出入,他在家!

李隆基来到王十一的门前,把马系在门前的柳树上,推开柴扉,径直向院内走去。

打开房门出迎的是一个中年人,一个中年妇女则在屋内探头探脑地向外张望。看样子,他们是这里的主人。

李隆基停住脚,怔住了。环顾一下小院,没错,这肯定是王十一的家,可怎么这么快就换了主人呢?

那个中年人看出了李隆基的疑虑,施礼道:"敢问贵人,可是李三郎吗?小人姓杜,行六,贱讳一个耕字。"

李三郎？这是皇族内部父辈对我的称呼，这个说话啰啰唆唆的老儿怎么知道？怎么敢这样放肆？李隆基不由得有几分愠色，没有作声。

那个杜耕又忙解释道："是这么回事儿，王先生临走有吩咐，说近日有个贵人叫'李三郎'的来找他……他走了不少日子了，领着他的娘子走的，屋里那几件家什都撇下了……"

李隆基见这个人不问自答，喋喋不休，便拦住他的话头，问道："王先生到哪里去了？"

"没有说。只给李三郎留下一封信。敢问……"

"我就是'李三郎'。快把信拿给我看看！"

杜耕回到屋内，取出一个封筒，递给李隆基。李隆基又问道："你是王先生的什么人？"

"小人和王先生非亲非故，素不相识。王先生是外乡人，来到此地借小人的二叔家这处闲房暂住，替我二叔家抄书，赚几钱银子。可没住多久就叫人家撵走了……"

"叫谁撵走了？"

"叫我二叔……不是，是西头韦曲的人欺侮我们杜曲的人，硬是霸占了我二叔的一处田产。我二叔气病了，也没有心思雇人抄书了。王先生只好走了，我二叔才叫我来照看这座房子……"

"韦家还欺侮杜家？"李隆基像是自语，又像是发问。

杜耕又得了话题："贵人有所不知，这个地方，叫作杜曲、韦曲，韦、杜两族世居于此，世代官宦。人们常说，'杜曲韦曲，离天五尺'，可现在老韦家上天了，老杜家不行了，就挨老韦家欺侮了……"

李隆基的耳朵里早就灌满了韦氏横行霸道、无法无天的事。他不再听杜耕的唠叨，转身走出小院，翻身上马。

在回猎场的路上，李隆基小心翼翼地从怀里取出封筒。这王十一留下一封什么信呢？留下了锦囊妙计，还是说明自己的身份和去向？

出乎他的意料，打开封筒，里面的一张蜀笺上，只写了八个字：

当断不疑

当仁不让

　　李隆基明白了:这王十一不但知道我的身份,而且洞悉我的心志,对宫廷的情况也了如指掌!可他为什么这样藏头露尾呢?他到底是什么人呢?他到哪里去了呢?

　　嗒嗒嗒,前方的路上传来急骤的马蹄声。李隆基举目望去,小路上迎面跑来两个骑马的人。

　　两匹马到李隆基面前停下来。

　　第一匹马上跳下一个彪形大汉,他面皮白净,眼大有神,左下颌有一块指甲大的红痣,生着几根黑毛。这正是李隆基的心腹仆人王毛仲。

　　第二匹马上跳下一个苗条俊美的后生,一身书生打扮,李隆基并不认识。

　　两人向李隆基施礼请安。

　　李隆基问王毛仲:"不是让你留在府里吗?跑到这里干什么?"

　　王毛仲答道:"高公公派他来,说有事启禀殿下!"说着瞅了那后生一眼。

　　那后生上前一步,说道:"高公公派奴婢来……"

　　"你是谁?"李隆基问道。

　　"奴婢是高公公手下的小黄门杨安!"

　　"小黄门?"李隆基看着他的白衫幞帽软底靴,眼里露出疑惑的目光。

　　王毛仲忙解释道:"是奴才给他换了装束,怕惹人耳目……"

　　李隆基马上明白了,满意地点点头。

　　杨安又说道:"高公公派我告诉殿下,大内出事了……"

二、妻女下毒　李显命绝神龙殿

一个糊涂久了的皇帝,一旦清醒过来,可能就是不幸或死亡向他逼近的时候了。

十四天了。这十四天,唐中宗李显感到是自己做皇帝六年里最为清醒的时日。他知道夙兴夜寐了,知道自己亲自批阅奏章、亲自书写和签发重要诏令了。当然,这还只是一种有限的清醒。他没有大刀阔斧地革除积弊的胆魄和措施。

促使他清醒的,是上个月十七日的那次朝会。

那次朝会真是惊心动魄,至今他还记忆犹新。

那次朝会,他追问许州司马参军燕钦融奏章中所说的事。跪在太极殿御案前的燕钦融,似乎不要命了,慷慨激昂地回答中宗的盘诘。

李显问道:"你上疏责朕失仪,今日容你当面详奏。说得有理,便赦你无罪;说得没理,便是毁谤朕躬!"

燕钦融顿首答道:"臣闻陛下庙堂上、会宴时、毬场里、梨园内,不顾尊卑上下,与群下恣意嘲谑,听淫词,观亵舞,还和皇后、宫人在元宵节微服出游京城大街,男女混杂,摩肩接踵……如此不自重不自爱,便是失仪!"

燕钦融的直言上奏,使他有些难堪,但又句句是实,无法回驳。唉,当时乐得忘乎所以的事,今天在这肃穆的朝会场合一品味,确乎有点不像样子,不成体统。惭愧抵消了几分恼怒,他的声音不觉放低了些,问道:"你说后宫干预朝政,又有何根据?"

"皇后及其胞妹郲国夫人、崇国夫人,还有安乐公主、上官昭容等,卖官鬻爵,朝野皆知。就是市井无赖,只要交钱三十万也可得到官职,外人称作'斜封官'。现在这种斜封官已有几千人;重要官职的额外添员甚多,朝野都嘲笑宰相、御史、员外官为'三无坐处',意即人多得连坐的地方都没有。臣以为,有唐以来,如今朝政之混乱实为空前。而这些,概由后宫干预朝政所致。愿陛下大权独揽,政由己出,雷厉风行,裁汰滥官,整肃宫掖。如此则国家幸甚,社稷幸甚!"燕钦融说完,又连磕了两个头。

李显心中的恼恨已消失大半,暗暗佩服起这个小小的司马参军来。这种置生死于度外,直言时弊,忠肝义胆的行为,实在可嘉。唉,只怪自己,经历二十年的磨难后重新当上皇帝,以为苦尽甘来,便纵情享乐,荒废了朝政。近年来,奏章懒得看,诏书懒得写,皇后便和上官昭容她们串通一气,为所欲为,盗用我皇上的名义干了多少坏事哟!她们受了人家的贿赂,便软磨硬泡,要我降旨授人家官职,这些墨敕不经外廷审议,斜封着由宫廷侧门送往中书省,外人称那些由此得官的人叫"斜封官"!古往今来,哪朝哪代有过这个词儿?还有那个安乐公主,有时干脆自己写好圣旨,用手捂着,不让我看上面写的是什么,就逼我签字。唉,谁知道我都签发了些什么样的荒唐敕令哟!皇上有我这么做的吗?不行,不能再这样糊涂下去了,也该借这个燕钦融的口敲一敲她们了!

沉了一沉,他又问道:"你说皇后淫乱,宗族强盛,图谋不轨,有何凭证,速速奏来!"

燕钦融微微抬起头,看了他一眼,又瞥了周围鹄立的大臣们一眼,眼中闪出复杂的目光,有怨怼,有期望,有舍生取义的庄严,有告别人世的凄惋。显然,这个小臣知道,皇后就坐在皇上身后的珠帘后面,她的党羽就站在自己的身旁,自己当场揭他们的阴私,指斥他们的倒行逆施、胡作非为,非死不可!

也难为这个小小的参军了,然而,他上朝前已让家里人为他准备好了棺材。

燕钦融终于开口了,吐词是那么清晰高明:"臣该万死!臣以为,皇后与陛下共患难多年，今日多享些富贵，也在情理之中。但皇后无法无天，骄恣纵欲，先通武三思，谋害先太子重俊，这是尽人皆知的事，独陛下不予深究。逼死先太子重俊后，皇后更是变本加厉，私幸散骑常侍马秦客和光禄少卿杨均；上官昭容也与中书侍郎崔湜私通，秽声满朝野；安乐公主恃宠生骄，强占民田修定昆池，耗资巨大，并公然在皇城大街上强掠百姓为奴，搞得百姓怨声载道。现在韦氏众兄弟窃据要职，皇后与宗楚客、武延秀等把持朝政，朋比为奸，居心叵测……"

燕钦融说到这里，那个中书令宗楚客跳到了御案前，高声叫道："燕钦融污言秽语，诽谤陛下，污辱皇后，诬陷朝廷大臣，意在动摇国家，倾覆社稷，应即刻正法！"

可是，皇上这个时候倒显得异常冷静。燕钦融的话刺痛了他，他感到自己确实被一帮龌龊小人包围了。皇后与外人私通，他早已听到一些风言风语，这种事，放在普通百姓身上都难以容忍，何况他贵为天子？但他没有去管，糊涂过去了。因为他怕她，管不了她，何况当年被流放时他曾答应过她，万一将来老天有眼，得以复位，一定让她随心所欲，他决不干涉。看来她已闹得满城风雨了。再说这个宗楚客吧，何德何能，当了宰相？还不都是皇后一直撺掇擢拔起来的吗？你就看他现在的行为吧，还有一点人臣之礼吗？按照成规，朝臣被人弹劾，不论对方的弹劾之词是否真实确凿，都应俯首躬背，迈小步迅速退到殿外，立于廊庑之下待罪。可这个宗楚客，竟当着我这皇上的面，指手画脚，大呼小叫，简直没把我这皇上放在眼里！

想到这里，他狠狠瞪了宗楚客一眼，宗楚客才安静下来。

燕钦融瞥了宗楚客一眼，继续说道："中书令宗楚客，以前里通外国，已有御史弹劾，陛下法外施恩，未予查办。可是他非但不自省思过，反而日夕与皇后、安乐公主、武延秀等图谋不轨。安乐公主要做'皇太女'，陛下是知道的，这主意就是宗楚客出的。宗楚客本人也处心积虑窥伺大宝。他曾对人说过这样的话：'我官小职微时，日盼夜想能做宰相；现在做了宰相，才知道宰相也并不神圣，上面还有一个至尊至荣的皇帝呢。人生一世，草木一秋，我要能面南称孤，做上皇帝，哪怕是做一天，就是死也心满意足了！'这不明明是要造反吗？"

啪！李显一拍御案,站了起来！他气得须发皆张,手脚发颤,再也听不下去了。燕钦融的话,对他来说,简直是振聋发聩！平时自己太糊涂了,太疏于防范了。这帮狗男女,在背后想干些什么啊！他们要吃掉我,要取我而代之！情势何等严重！应该马上收拾掉这帮家伙！但只一瞬间,他又冷静下来了。他昏庸,但并非白痴。他知道,疣赘太大了,突然一刀割下,人就容易丧命；尾巴太长太大,身子已拖不动了,突然间硬要急转身,就有累死的危险。现在,宫廷内外、朝堂上下、皇后和宗楚客的亲信党羽不少,弄不好,就会把宫廷变为战场,甚至朕躬自身不保……

他马上装出怒气是对燕钦融而发的样子,指着燕钦融说道："全是一派胡言！还不速回许州待罪！"他的意思是让燕钦融马上逃出京城,免遭毒手。他似乎聪明起来了,他要保护这个直言敢谏的小官。

那个燕钦融怔了一下,又似乎马上明白了什么,磕头谢恩后,下殿就走。

宗楚客也匆忙下了殿,很快又趑回到御案前跪下来,说："陛下,臣有死罪！臣自陛下复辟以来,竭心殚虑,辅助陛下,一罪也；先太子和李多祚谋逆兵犯天阙时,臣拥兵屯于太极殿前护卫陛下,此二罪也；臣蒙陛下不弃,倚为肱股,备位宰辅,秉公办事,得罪了小人,致使谗口毁诬,此三罪也……"

李显对宗楚客的名为请罪,实为叙功的表演十分反感。心想：哼,先太子重俊兵犯天阙,谁知道到底是为什么？真是要弑君夺位吗？不见得！我事后听说,重俊身为太子,武三思竟称人家为"小子",安乐公主夫妇干脆称人家为"奴才",太子实在忍受不了这种污辱,才起兵杀了武三思父子,又来宫中要杀上官昭容和安乐公主的。带兵杀进皇宫,做法固属大逆不道,但也是不得已而为之的。你宗楚客拥兵太极殿前,名为保驾,其实也是为了保护你自己啊！

宗楚客的话还没说完,宫廷卫士已将燕钦融捉回。两个武士在马上各拎着燕钦融的一条胳膊立在丹墀之下。燕钦融身子悬空,双腿显然已被打断,无力地悠晃着。

还没等李显开口问这是怎么回事,那两个武士一声口号,又将燕钦融高高举起来,再同时撒手,把燕钦融重重地摔在金殿前,脑袋撞到地上,发出一声钝响。

燕钦融脖子被摔断,惨叫一声死去了。

李显愤然作色道:"你们怎敢在朕躬面前擅自行凶?"

两个武士身上的勇武之气一扫而光,跪在殿前,连连磕头道:"陛下恕罪,是宗大人传陛下圣旨……"

他转而对宗楚客叱道:"好一个大忠臣!在朕躬面前,竟敢假传朕的旨意,还有什么无法无天的事做不出来?……"

他还要说些什么,猛听到身后传来一声轻嗽,不由得浑身一震,马上顿住了口。

皇后韦氏在垂帘后的一声咳嗽,对他来说,不啻五雷轰顶。

他怕她!至于为什么怕,到底怕她什么,他自己也说不清。是因为韦氏年轻时娇媚,既会撒娇又能撒泼,早在内室之中、床笫之上把他拿下了马?是因为曾和自己共患难二十年,自己全仗她的温存安慰才度过了日夕忧惧的岁月,而在这漫长的岁月中,她是他的胆,他的依靠,久而久之,他便对她言听计从,俯首听命?还是因为她现在已生了几个皇儿皇女,加上她的亲属和党羽已把持了相当大的权力?似乎都是,又似乎都不是。但他怕她,这是朝廷内外都公认的。前不久的一次君臣宴会上,一个大臣公然当着他和韦氏的面唱了一首《回波词》:"回波尔如栲栳,怕妇也是大好。外边只有裴谈,内里无过李老。"意思是说,《回波词》唱得叮当响,怕老婆也是大好事。外面怕老婆的要算大臣裴谈,皇宫里最怕老婆的就是皇上李显老头。他当时听了,感到几分不自在,感到难为情,但也无可奈何,因为人家说的是实情,他得认账。何况韦氏在一旁听了,乐得拍手打掌,他哪里还敢作声?这种怕老婆的心理,年深日久,形成了一种巨大的惯性,无时无刻不对他起作用。

听到韦氏的轻嗽,他一下子呆住了,不知如何收场才好。

过了一会儿,垂帘后面又低声吩咐道:"退朝!"

于是,他也机械地重复了一句:"退朝!"

退进后宫,李显一个人回到神龙殿,魂儿又回归到他自己的身上。他愤怒,他暴躁,他要振作起来,他想有所作为。他把弟弟相王李旦、妹妹镇国太平公主召进宫来商议政事,甚至透露出要废掉皇后、撤换几个宰相的意思。

可是,过了几天,他的激动劲儿慢慢消退了,感到前两天的想法太偏激了。一切不都是风平浪静的吗?太阳还是从东方升起,西方落下,大臣们还是每天早朝照例对他山呼万岁,后宫的人都还是对他唯命是从,天下,仍是好端端的天下,皇上,还是好端端的一国之尊嘛!

他想,燕钦融可能是书生气太足,激于义愤而言过其实了。事情远没有燕钦融所说的那么严重!皇后要谋害我,这可能吗?再说,没有我,哪有她的地位?她从前不是说过,我才是棵大树,她不过是依附于大树的凌霄吗?宗楚客要当皇上的事,御史查了几天也没有查出头绪来,看来也许是以讹传讹或燕钦融的借题发挥呢。

不过,他认为燕钦融的话大部分还是有道理的,可信的。

皇后韦氏太放荡了,太不检点了,真讨厌,应该少搭理她,让她自己反省反省。

那个上官昭容,虽然有文才,但也确实不是个安分的东西,朝廷的事她知道得太多,管得也太多了些。去她的吧!要不是因为她和皇后的关系太密切,早就把她打入冷宫了!

那个宗楚客,虽不一定谋逆,但也实在没有什么德能,靠依附武三思、依附皇后当上了宰相,将来有机会得撤掉他!

以前不少诏书都是由上官昭容代笔的,这不行,以后得亲自动手,亲自写圣旨,亲自签发。

以前不少奏章都糊里糊涂转给中书省处理了,自己懒得过目,更懒得批答。这也不行,得大权独揽了。

他这样想,这些日子也这样做了。

六月二日,早朝散后,他退回神龙殿,正在批阅奏章,皇后韦氏悄悄地走了进来。

"大家真是凤兴夜寐,好辛苦啊!"韦氏嬉笑着说。"大家",是宫廷内对皇帝的称呼。

他虽然对韦氏心怀不满,但还是身不由己地肃立起来:"梓童(皇帝对皇后的称呼)起得早!"

"一个人在坤宁宫过夜,无聊无绪的,起来洗个澡,干净干净……大家这些夜晚过得快乐吧?"她扭着肉感的腰身说。

"唔……"他含糊其词。

"今晚到臣妾那里睡吧,还是睡惯了的被窝热乎……"韦氏乜斜着他说。

"唔……"他仍不知所云。

"说定了,晚上臣妾派宫娥来请!"她用胸脯蹭了蹭他的肩膀。他闻到她的身上有一种似麝非麝、似香非香的味道。

韦氏笑着走了,他的心绪被扰乱了,接触女人的欲火被挑逗起来。十四天来,由于心绪不佳,他一直独宿在神龙殿,没有到皇后那里去,也没有召幸嫔妃。

他又糊糊涂涂地批了一份边报,御厨派人送早膳来了。

他无意间瞅了来人一眼,顿时两眼发直。

托食盒的是一位娇丽的姑娘,黛眉,漆睛,丹唇,玉肤,雪腮,突乳蜂腰,云鬓半偏。

他直勾勾地看了半天,丢下手里的笔,轻声问道:"珠儿,是你?你怎么……"

珠儿满面羞红,双眼垂泪道:"公主昨天硬说婢子私通驸马,将婢子痛打一顿,撵回宫掖,罚在御厨烧火……"

他闻言暗暗高兴。这个珠儿,原是一个京官的女儿,父亲犯法被杀,她便按规定被充入后宫服役。因为长得非常漂亮,被安乐公主看中,要她做了身边奴婢。安乐公主这个人,不但吃穿要比别人讲究,就是奴婢,也要比别人的漂亮。前年,安乐公主第二次出嫁,便从宫中带走了珠儿,那时珠儿已出落成一个千娇百媚的美人儿。他虽然舍不得让珠儿陪嫁,但碍于女儿的情面和皇后的雌威,也没敢强留。后来,安乐公主多次带珠儿进宫,他都忍不住意马心猿,馋得如饥猫见嫩鼠似的。现在,珠儿突然从天而降,他不由得一阵狂喜。

他挥退了在一旁侍立的小太监,轻怜痛惜地对珠儿说:"莫哭,莫哭,朕不会让你受委屈的,一会儿不要到御厨去了,就到甘露殿去喂鹦鹉吧……"

"谢陛下!"珠儿破涕为笑。

"不必多礼,先服侍朕用膳吧。送来的是什么?"

"是五福饼……"

"好!朕最爱吃五福饼了!"他见这个日盼夜想的姑娘来到自己身边,喜得抓耳挠腮,也顾不上多想什么,就命珠儿揭去食盒的盖子,让她亲手拿起五福饼喂他。

这五福饼,是刚由西域传入中原的一种食品,用酥油调和粳米面,外沾芝麻,五个饼,内裹着五种馅儿,吃起来酥脆香甜,滋味各异。他平时就爱吃这种饼,今天又是珠儿亲手喂他,更是吃得顺口,一连吃了三枚,才住了口。

他一边品味着五福饼的余香,一边欣赏着珠儿的美貌。忽然,他一把将珠儿搂到怀里,狂吻了几下,才悄声说:"快去甘露殿吧,别让皇后知道了……"

珠儿的背影刚刚消失在殿门口,他忽然感到肠胃翻搅似的疼了一下,接着就是摧肝裂肺的大痛!猛然间,他意识到:中毒了!五福饼内有毒!

他要大喊,喉咙却像有什么东西堵住了似的,喊不出声来。但神智还是清醒的,他踉跄着把案角的玉砚推到地上,想用这声音召来殿外的太监宫娥。

宫门口一阵匆忙的脚步声,皇后进来了,后面跟着尚宫贺娄氏。这贺娄氏是皇宫内的女卫队长,是皇后的心腹,很有一把子力气。"尚宫"是她的官衔。

皇后韦氏在冲他狞笑。他第一次看到她这种可怕的笑!

她双唇在动,在得意地说着什么,他已听不清了,他感到耳鼓闷得很,听觉失灵了!濒临死亡的恐怖攫住了他!

现在,他一切都明白了!

此刻,李显才意识到:燕钦融,还有在燕钦融之前就再三警告他要提防皇后和宗楚客一伙的人,都是有见识的大忠臣!

燕钦融他们不幸而言中了!皇后韦氏终于对自己下了毒手!刚才她到神龙殿来,不过是打的一场心理战,扰乱了他的神经,摧毁了他的心理防线。让珠儿来送饼,也肯定是一个周密安排的骗局,说明参与此事的还有自己最心爱的小女儿安乐公主!

李显追悔莫及:唉!老天对我太不公平了,我的命运太不济了!当年刚做了一个月皇帝,被母后武则天废黜了,流放均州,转徙房州,备尝酸辛。二十年后我当了皇帝,老天又偏偏把这帮狗苟蝇营的小人安排在我的周围!难道真是我的前生积了什么冤孽,老天要对我今世施行谴罚吗?

唉!孔圣人早就说过,唯女子与小人难养也,我却一直没有认真琢磨这句话的真谛。皇后韦氏就是无德的女人,她的亲信宗楚客、纪处讷等等,就是一帮小人嘛!他们没有信义,没有廉耻,没有操守,近之则不逊,远之则怨艾,治国安邦实无一策,投机钻营却是行家里手!我宠着他们,重用他们,他们却恩将仇报,沆瀣一气,对我施用了阴毒的鬼蜮伎俩!

归根到底,还是怪我自己!我本是至尊至荣的皇帝,传国玉玺掌握在我的手中,我有对任何人生杀黜陟的权力,可是,我耽于享乐,放任随便,久无威仪,久无实权,就是在发现那帮奸邪小人已经到了肆行无忌的程度时,也没有果断地使用皇帝的权威,还是糊里糊涂,得过且过。唉,只要我稍动些脑筋,今天的事也可防止嘛!别的不说,珠儿亲送五福饼,就有很大疑窦啊!珠儿既然触忤了安乐公主,要打要杀,尽可在公主府里施行,用得着打发回宫吗?这不明明是她们的一个圈套吗?唉,一个五十多岁的皇帝,今天竟这样不明不白地死在这帮女子小人的手里,太可卑,太可悲了!未来的史家将会怎样评论我呢?

渐渐地,伏在龙椅上的他,觉得眼前亮了起来,肚腹也似乎不那么疼痛了,耳朵也能听到声音了,嗓子也可以发声了。这,大概就是人们常说的"回光返照"吧？但到底是不是，他也不知道，因为任何人对回光返照的体会只能有一次呀！

他大叫一声，声音像深林幽谷中的狼嗥："人杀我耶？天杀我耶？我杀我耶？"

三、效法武后　韦后尺幅欲包天

临事而惧,大约是许多志大才疏的人侥幸获取成功时的共同心境。李显的皇后韦氏此时的心情就是这样。

紧张的一天过去了。

残阳把它如血的余晖慷慨地抛洒在大唐国都的宫城里,金色的琉璃瓦在晚霞的映照下,发出梦幻般斑斓的色彩。宫城里鳞次栉比的宫殿群,静静地立在那里,依然显得那么和谐宁静而又富丽堂皇。

这座宫城,在唐都长安的北部,用三丈五尺高的城墙围成。东西五里零一百五十步,南北两里零二百七十步。北面中间的最大城门为玄武门,南面中间最大的城门为承天门。城内有东宫、太仓、掖庭宫和太极殿、两仪殿、中书省、舍人院、宏文馆等殿台楼阁。

宫城的南面是皇城,又称子城,东西的长度和宫城相等,南北的长度为五里一百四十步,比宫城南北的长度多一倍。城北由承天门直通宫城,南面中间最大的城门为朱雀门,由一条宽四十五丈、长十里的笔直的朱雀大街直通长安城的南大门明德门。皇城内有南北七条街,东西五条街,其间并列着尚书省、太仆寺、御史台、鸿胪寺等百官办公的衙署。

皇帝、皇太子、皇后嫔妃,以及与皇帝关系密切的直系亲属,一般都住在宫城里。关乎国家命运的决策在这里制定,流血或不流血的宫廷政变也在这里上演。

此刻,百福殿里,皇后韦氏正一个人倚在床上想着心事,紧张、兴奋中夹带着沉重的忧虑。

窃国,可不是好玩儿的事,一招失手便会身首异处。

她本是官宦人家的女儿,自幼聪明、漂亮,特别受父亲韦玄贞的疼爱。

十岁那年的上元节,父亲带着她到长安街上看灯,她亲眼看见一个年纪只比自己大一两岁的女孩子,命令手下家奴,一顿大棒将两个扭打在一起的人活活打死。

那两个人,一个名叫滚地龙,一个名叫飞天狼。滚地龙两条胳膊上分别刺有"生不怕京兆尹""死不怕阎罗王"的青字;飞天狼的胸脯上刺着一个张开大口的狼头。这些年,这两个人横行霸道,闹得大官大吏不愿管,小官小吏不敢惹,普通居民更怕他们。谁家的小孩子哭闹,大人就吓唬道:"再哭,滚地龙听到了!再闹,飞天狼来了!"小孩子会立即止住哭闹。

这两个人的名字,她早就听家里人说过,没想到,这两个使人闻名生畏的人,竟这么轻易地被人打死了。她问父亲:"那个姑娘是谁?怎么敢打死滚地龙、飞天狼?"

父亲告诉她:"那是太平公主!别说打死两个地痞无赖,就是达官贵人她也敢打!"

"她可真厉害!"她说。

"那还用说,人家爸爸是皇上嘛!"

这件事不大,但对她的刺激却太大了。她懂得了权势、门第的重要。

十六岁时,她终于交了好运,被选为太子李显的妃子。

十七岁时,李显继皇帝位,她终于当上了皇后。

那时,她正当豆蔻年华,深得李显的喜爱。渐渐地,她变得贪欲熏心了,贪权势,贪地位,贪享乐。她要李显擢拔自己的慈父韦玄贞为侍中,李显当然照办,却遭到大臣们的坚决反对,气得李显说:"天下都是我的,我愿意怎么办就怎么办!别说一个侍中,就是整个天下都给了韦玄贞,又有什么不可以?"

一句话,成了皇太后武则天废黜李显的借口,于是,李显被废为庐陵王,流放到均州,韦玄贞非但没有做成侍中,反被流放到离京城五千多里的钦州。

这件事,对韦氏的刺激很大。她不但更加懂得了权势的重要,而且懂得了,不论做什么事情,在不成熟的时候,不可急于求成!武后所以能废掉李显,不就是因为朝政大权都在她手里掌握着吗?丈夫的皇帝,自己的后位,还都没有坐稳,为什么就急急忙忙为自己的父亲要官呢?这不是欲速则不达吗?

如今,她变得胸有城府了,她隐忍着,等待着机会。

武则天为了替自己做皇帝扫清障碍,像从瓜蔓上摘瓜一样,对自己的亲生儿子下了毒手,毒死了长子李弘,杀死了二儿子李贤。李显是武则天的第三个儿子,被废黜后整天提心吊胆,在流放地,一听说朝廷派人来或圣旨到,他就以为母亲又要杀他了,吓得想提前喝药自杀。每当这个时候,韦氏就劝他说:"怕什么?活一天痛快一天,早晚是一死,何必提前呢?"她还在被窝里悄悄地对他说:"活着就有希望。你年纪轻轻的,还熬不过那个老太婆?她能是南山石?能是不老松?一旦……天下还不是你的?"

在被流放的十四年中,她对李显倾心奉承,百般体贴。只要能使李显高兴,她什么话都可以说,什么事都可以做。她知道,别看他孱弱又没有主见,但他是龙子龙孙,他是她的依靠,她的希望,他一旦完了,她的一切便都完了,她会变成一钱不值的寡妇,一切荣华富贵的憧憬都会化作泡影。

在被流放的日子里,榜样,给了她生存和等待的力量。这榜样就是武则天。她要效仿武则天!

天下事,在人为,焉知我不能做武则天第二?

机会来了。六年前,李显重新做了皇帝,她重新做了皇后。

做皇后,是做第二个武则天的第一步。她开始悄悄地为自己做第二个武则天铺筑道路。

她也曾反复自问,我要做第二个武则天,是痴心妄想吗?是不可企及的事吗?不,不是,是完全可能的!我虽然没有武则天的权谋,但李显也远没有他父亲李治的才略!李显的昏庸弥补了我权谋的不足。

由于李显的昏庸，复辟时，只杀了张易之、张昌宗兄弟数人，并没有翦除武后的死党，这些人仍然布列朝堂，心怀疑虑，恰可作为我借用的力量！

　　由于李显的昏庸，我在朝廷上已摈除了一批政敌，拉拢了一批亲信，并把我韦家的众兄弟擢拔安插到了机要位置上。

　　昏庸的李显，几年来被我制得服服帖帖的了。他已成为我的傀儡。上朝时，他坐帘前，我坐帘后，朝廷上什么事情都瞒不住我；散朝后，在宫闱之中，他更是什么权力也没有了，宫内到处是我的耳目。他成了聋子、瞎子，甚至我留别的男人在后宫睡觉他都不知道！

　　但是，马上就做女皇帝，时机还不成熟。她记取了二十年前的惨痛教训，不敢贸然行事。虽然武三思生前除掉了五个异姓王，后来又除掉了李显的一些羽翼，但未归心于她的朝臣还大有人在，特别是李显的弟弟李旦、妹妹太平公主还在。李旦虽然也是懦弱无所作为的人，但他身为皇弟，地位极为显贵，仍是她临朝称制的大障碍；那个太平公主，眼线极多，更不好对付。她本想等一个时机，找一个借口，用李显这块皇帝的招牌收拾掉李旦和太平公主后再大展鸿图，可十多天前燕钦融的金殿死谏，迫使她先对李显下毒手了。

　　多少年来，她与李显朝夕相处，她对李显从心理到身体，从秉性到嗜好，都太熟悉了。

　　那天，燕钦融丹墀跪奏时，李显的一举一动，一言一语，她在帘后看得清清楚楚，听得真真切切。李显心理活动的脉搏，她摸得准准的，她洞悉李显的肺腑！她看得出，李显心里对她、对她的家属、对她的亲信，变心了，不满了。朝会时，退朝后，他虽然没有采取激烈行动，但他已经靠不住了！他这个人，没有主见，最易受外人的影响，不赶紧除掉，说不定哪一天，她和她的亲信就会吃大亏。

　　十多天来，李显不到她的宫中，恰好给了她充分的时间和方便。

　　她私送急信或假传圣旨，将自己在外地做官的亲属、亲信调进京城待命。

　　她指令自己的同宗兄弟控制住羽林军和万骑营，控制住这两支军队,就可基本控制宫廷乃至京城的秩序。

她让宗楚客等亲信聚集、训练好家丁,必要时也拉出来。

她让自己的情夫散骑常侍马秦客准备好了毒药。

一切准备就绪,她把女儿安乐公主叫进了后宫,屏退左右,问道:"裹儿,你父皇听了外人的话,要治你的罪了。你知道吗?"

"裹儿"是安乐公主的乳名。她是当年李显和韦氏被武则天流放,由均州转徙房州途中分娩的,当时连襁褓都没有,李显只好脱下自己的外衣把她裹起来,所以为她取个乳名叫"裹儿"。

"那怎么可能?父皇是喜欢我的!"安乐公主一边说,一边心不在焉地欣赏着自己价值连城的新裙。这条裙子,是几十个织女用半年时间精心织成,裙带上饰着九十九颗米粒大小的珍珠,裙面上的花卉鸟兽,都富有立体感,正视旁观,日中月下,珍珠闪闪发光,花鸟的色泽变幻万千。

"哎呀,裹儿,你光知道穿戴打扮,死到临头都不知道:有人弹劾你想夺皇位,要当'皇太女'!"

"要当皇太女又怎么了?'阿母子'出身微贱,尚且能当天子,天子的女儿就不能当天子吗?再说,父皇没同意,我也没有强求呀!"安乐公主说什么话都不假思索,张口就来。"阿母子"是武则天在宫里的称呼。

"哎呀,你怎么总像小孩子似的!想当'皇太女',那叫'谋窃神器',是反叛的罪名,要杀头的!"韦后又说。

"杀头?谁敢杀我?我是父皇的女儿,我是公主!"安乐公主的两眼瞪得圆圆的。

"你父皇要杀你,你皇叔要杀你,你皇姑要杀你,你还做梦呢!我就要当不成皇后了,你就要当不成公主了。你父皇现在是爱江山不爱妻子儿女了!"

"真的?不能吧……"安乐公主还是不大相信。"那可怎么办?父皇是不是老糊涂了?"安乐公主没有主意了。

韦后对安乐公主自然也是非常了解的。长时期的娇生惯养,使安乐公主心中根本没有父母,只有她自己,仿佛她自己是世间最高贵的人,父母不过是为自己而存在的物件。从前,韦后对安乐公主这种性情很不满意,可现在,她觉得恰好可以利用女儿的这一点。女儿虽没有什么心计权谋,但其夫君家在朝野的势力太大,不能不利用。

她对女儿说:"事情说好办就好办,说不好办就不好办。事在人为!"

"你快说嘛!该怎么办?"

"我临朝听政,你就真能当成皇太女!"

"那可太好了!"

"那你现在得听我的!"

"要我做什么?"

"宫里的事由我摆弄,你回去后让你夫君家做些准备,你再把珠儿打一顿送回宫来!"

安乐公主似懂非懂地点了点头……

现在,倚在百福殿檀木床上的韦皇后,为自己第一步的胜利而兴奋。

她成功地用五福饼毒死了皇上李显,又忙了一天,成功地控制了宫城和整个长安城的秩序。

现在,外人还不知道皇上已经死了。可下一步该怎么办?秘不发丧是不能长久的,皇上死的事总是瞒不住的。发丧后又该怎么办?立一个小皇帝,自己垂帘听政?还是自己直接出面做女皇帝?她觉得还是第一种办法好一些,先搞一点过渡比较妥当,后一种办法太露骨了。

可是,立个小皇帝,该立谁好呢?现在就马上杀掉一批不依附自己的李唐宗室和朝廷大臣好呢,还是过些日子再杀好呢?这些,她都拿不定主意,她感到自己才智不够用,她恨不能将已埋葬在乾陵的武则天推醒,问问她,自己现在该怎么做。

正当她思忖不已、举棋未定时,尚宫贺娄氏进殿来报告:太平公主带着一伙人闯进宫来了!

她一下子慌了神,知道一定是自以为做得很诡秘的事走露了风声。

世上的事,就是这么奇怪。韦后在皇上面前,在朝臣面前,可以颐指气使、作威作福,但就怕太平公主。一见到她,就感到自己手脚无处放,说话也拿不稳皇后的腔调了。太平公主个子比她高,年龄比她大,见识比她广,办法比她多,连享乐之道也比她高雅。太平公主一说话,声音洪亮,无懈可击,既合情又占理,使她插不上嘴,久而久之,她一听到太平公主的名字就发怵。

她听了贺娄氏的报告,说:"她来了又怎么样?"可嘴里这么说,身子却不由自主地下了床,连步辇也顾不上乘坐,三步并作两步,亲自来到大门口,把太平公主接了进来。

"兄皇现在何处?"太平公主一见韦氏劈头便问,那口气活像审问一个囚犯。

"在……神龙殿。"韦后回答,不由得打了一个寒颤。

"我要见兄皇。你领路!"

"他……今天早上猝然丢下我去了……"韦后说着呜咽起来,并偷眼看着太平公主,又说,"我怕朝廷不稳,未敢发丧……"

没想到太平公主闻言并未惊慌,只平静地问道:"患的什么病?"

"这些天皇上一直在别的宫里安歇,今天早朝后在神龙殿突然发病。我赶到时,他已气绝了!"

"可有遗诏?"

"突然发病而死,哪有什么遗诏?"韦氏来不及思索,据实招供。

"国家不可一日无君,皇太子未立,没有遗诏怎么行!"

"是啊,不行……"韦皇后语无伦次。

说话之间,她们来到了太极殿,并派人去找上官昭容,再商议伪造一份遗诏。

太平公主心里明白,兄皇李显死得蹊跷,但此时不是追查死因的时候,她甚至连胞兄的遗容也不想看一眼。她恨他,恨他的懦弱无能,恨他的昏庸糊涂。她多次告诫他,要他提防韦后和安乐公主以及宗楚客一伙,甚至十多天前燕钦融弹劾韦后和宗楚客,不少内情都是她派人向燕钦融提供的。可是他把她的苦口良言当成过耳的秋风,执迷不悟,终于糊里糊涂地死了。他死得这么突然,韦后又鬼鬼祟祟秘不发丧,这里面肯定有鬼!

太平公主是一个做事有心计的人。她对韦后的野心早有察觉,她知道,现在的关键是要伪造一份遗诏,把新皇帝确定下来,别的事就要等一等再说了。

上官昭容姗姗而来了。

她复姓上官,本名婉儿,是西台侍郎上官仪的孙女,四十六年前,上官仪反对武后专权,武后便指使亲信诬告上官仪等谋反,将上官仪与其子上官庭芝害死在狱中。那时,婉儿尚在襁褓之中,母亲郑氏抱着她进宫服役。婉儿长大后,文思敏捷,又工于书法,深得武后喜爱。李显复辟后,她又被封为昭容。武后和李显的不少诏敕,都是由她代笔的。

皇后韦氏、上官昭容、太平公主各怀心机,伪造遗诏便成了一场互相争斗又互相妥协的谈判。

太平公主先声夺人,提议由温王李重茂来做新皇帝。李重茂是李显的小儿子,现年才十六岁,是个不谙世事的毛孩子,又不是韦后亲生的。太平公主知道,韦家势力太大,一时无法除灭,只要由李家的人出来继任皇帝,韦后不马上出面听政,就是胜利,但为了照顾韦后的面子,给韦后一个台阶,让她能同意这个意见,太平公主又马上补充提议,由韦后"训政"。

韦后觉得,让李重茂这个娃娃做皇帝,容易控制,随时可以废掉,何况又有自己"训政",就同意了。高宗死后,武则天不也是先让李显、后让李旦即位,后来才慢慢施展手段自己出面做皇帝的吗?

接着,上官昭容提出让相王李旦参谋政事。这是她向太平公主暗中示好。她知道,在这几个人中,太平公主是高宗李治的亲生女儿,此刻,她是李家的代表人物。前太子李重俊起兵杀武三思时,上官昭容也险些被杀,从那时起,她明白了一个道理,大唐的江山是李家的,尽管有时皇帝无能,但天下姓李这一点是难以改变的。武则天那样精明强干,闹腾了大半辈子,杀了那么多人,才换了个"周"的国号,可结果怎么样?不还是被李家的人取而代之了吗?何况,自己只是一个昭容,在朝廷内外没有多大的势力,不能把自己的命运系在韦后一个人的身上,她得留个后路,万一将来韦后全盘皆输,自己也有个回旋的余地。她相信,聪明的太平公主是会明白她的用心的。

果然,心有灵犀一点通。太平公主马上同意把相王辅政写进遗诏。

韦后也马上明白了上官昭容的用心,心里暗骂:这个女人,和我耍心眼儿了,胳膊肘往外拐了!但她虽然明知不妥,又一时想不出反驳的理由。相王李旦是李显的亲弟弟,资望最高,又封过"皇太弟"和"镇国相王",让他辅政,正是顺理成章的事。韦后只得用苦涩的腔调表示同意。

于是,遗诏的主要内容便确定下来了,太平公主看着上官昭容将遗诏写好,便出殿扬长而去。接着,上官昭容也回自己的寝宫去了。

韦后一个人留在太极殿里,越想心里越不是滋味。哎,我被她俩当猴耍了!李重茂做皇帝,李旦辅政,我只弄个"训政"的勾当,这勾当不轻不重,不痛不痒。这哪行?可遗诏已经伪造好了,明天就要发布,怎么办呢?

她命人传自己的族兄、太子少保同中书门下三品韦温和中书令宗楚客进宫商议对策。

宗楚客一见那份遗诏就嚷起来:"不行不行,让相王辅政,我们死无葬身之地了!"

韦温问道:"你说该怎么办?"

宗楚客说:"得改过来,来个明升暗贬,加封相王为太子太师,给他个有名无实的头衔,再明确写上由皇后临朝摄政!"

韦后直翻白眼:"那行吗?这可是那个老皇姑定下来的。"她真的怕太平公主。

还是宗楚客主意多:"没关系。明天早上打她个措手不及,当众发布遗诏。她不一定能来上朝,就是来上朝,她也肯定不敢当众说明这份遗诏是她参与伪造的!"

韦温拍手赞成:"对,好主意!"

四、禁苑聚义　从龙元勋灭诸韦

好大的皇家禁苑！东抵灞水，北枕渭水，西面囊括了汉代首都长安的故城，占地共有八百多平方里。古木森森，绿草匝地，亭台掩映，曲流淙淙，天生的鸟兽果鱼品类繁盛，人工修建的离宫和亭阁共有二十四所之多。

这是皇帝避暑和射猎的地方。

现在，这里是李隆基发动政变的大本营。

把大本营选定在这里，是因为这里十分隐蔽，离皇宫又很近。出了禁苑前门，走一箭之地，就是宫城的北门玄武门；更主要的是，禁苑的总监钟绍京也参加了李隆基的讨韦集团。

傍晚，李隆基装扮成白衣秀士，带领已经离职的朝邑县尉刘幽求，雍州的一个军官麻嗣宗等人，从禁苑东南的光泰门进入了禁苑。

二十天来，李隆基和韦氏都在积极秘密地准备着杀人。

韦后想要除掉太平公主和相王李旦。她虽然用改换那份伪造的遗诏的办法，只给相王一个徒有空名的"太子太师"的头衔，自己独揽了朝政，但她仍对太平公主和相王两个人不放心，总觉得这两个人活在世上是对自己的致命威胁。特别是那个太平公主，绝不是一盏省油的灯，她参与伪造的遗诏一夜之间面目已非，岂肯善罢甘休？于是，韦后日夜派人远远地监视太平公主府的动静。可是，太平公主在京城有两处府第，仅在醴泉坊东南的一处，就占了整个醴泉坊的三分之一，大门、侧门、边门共有十二三个门，太平公主府又总是门庭若市，出入的人多而且杂。

韦后派去的人根本无法有效地监视她。加上近些日子太平公主本人的活动也很频繁,每次出门,都是全副仪仗,护卫的豪奴武士多至百人,这就更使韦后寝食不安,决心尽快除掉这个祸根。她已和族兄韦温、女儿安乐公主及宗楚客等人商定:到六月二十二日,京城上下、皇宫内外一齐动手,毒死小皇帝李重茂,杀死太平公主,囚禁相王李旦,由韦后出面做皇帝,命令皇族都改变姓氏——不准再姓李,一律改姓韦,再改变国号和年号。

螳螂捕蝉,黄雀在后。韦后只把眼睛盯在太平公主和相王李旦身上,万万没想到,相王的三儿子李隆基正在悄悄地为她挖掘坟墓。

一年多以来,李隆基忧国忧民,无心在外地做官。诛灭诸韦,是他筹谋已久的事。

他不忍心眼看着祖辈开创的大唐一天天衰落,他不能容忍武则天的余党和韦皇后的家族胡作非为,他要廓清大唐宫廷,使大唐振兴起来,能像贞观、永徽年间那样政治清明,国强民富,天下太平。

他知道,干这种事情是充满危险的,但他决心拼了。身为皇家亲王,为大唐江山,为李家社稷,拼死了也是值得的。何况,潜身缩首,装痴作傻,听凭韦后她们倒行逆施,一旦将来韦后的阴谋全部得逞,自己能有好日子过吗?即使自己不被韦后她们杀掉,侥幸生存下去,自己高傲的心性,难道能忍受得了韦后专权下囚徒般的生活吗?与其那时候窝囊死,不如现在拼它一死!更何况,韦后才薄行秽,不孚人望,皇室之中,朝臣之中,对她口是心非的大有人在。据可靠情报,连她的女婿、安乐公主的第二个丈夫武延秀都不服她,暗中准备在她登基称帝后取而代之……对付这一帮貌合神离、勾心斗角的家伙们,只要考虑得周密、干得漂亮,成功的把握不是很大的吗?

他把行动的日期选定在六月二十日,是因为他得到了韦后要在两天后血洗皇室、登基称帝的准确密报。告密人是兵部侍郎崔日用。

人的性情真是千差万别的。有人凶残,有人文弱,有人忠直耿介,有人善于投机钻营、吹牛拍马。崔日用呢?善于审时度势趋吉避凶,能够在复杂的情势中转祸为福。他异常精明,主意又变得快,一旦改变了主意,就坚决迅速地付诸行动,不再顾忌私人的友情和恩义。他本来是依附于安乐公主而升官的,又和宗楚客是好朋友。韦皇后和宗楚客他们的图谋及行动步骤他了如指掌,但李隆基悄悄准备的政变也没有逃过他的耳目。满朝文官武将中,他是唯一同时掌握这两方秘密的人。他经过半天的思忖和权衡,认定李隆基的行动是顺天应人的,自己跟着李隆基才会有前途,有富贵。于是,他立即派人把韦皇后的全盘计划报告了李隆基,并自告奋勇,要配合李隆基的行动:当李隆基攻入宫城后,他负责带兵把住长安所有城门,不放韦后的死党外逃。

禁苑,正是草木葱郁的时候,李隆基一行数人进入其间,便如几条小鱼游进了苍茫的大海。

好兆头!第一步好顺利!李隆基几个人刚走到鱼藻宫附近,就有一个家奴来报告,他的十个勇武家奴和太平公主府中的三十名精壮家兵已经集结在鹿鸣坳待命。这些人,是按照李隆基的主意于今天午后以郊游、射猎、遛马等各种名义,分头由禁苑各小门混入禁苑的。

西山边的最后一抹余晖刚刚消退,殷勤的月亮就把它那富有梦幻色彩的光辉洒向大地。月光笼罩下的禁苑一片沉寂和神秘的气氛。李隆基此时的心境也是神秘而紧张的。啊,冥冥中的天帝,过路的神明,多多保佑吧!

禁苑总监的廨舍在梨园以北,汉朝宫城覆盎门旧址的南面,院子用高大的木栅栏围起来,门前一道人工河蜿蜒流过。

李隆基来到廨舍门前,一个人影从一株古松后闪出来。这是李隆基的另一个家奴,奉命来监视禁苑总监钟绍京的动静的。

对于今夜这关乎国家兴亡、个人生死的行动,李隆基拿定的主意是:利用一切能利用的人,但又不绝对相信任何一个人。干这种事,绝对可信的只有自己!正因为如此,他派出了自己的亲信家奴来监视钟绍京。

果然,钟绍京思想动摇了。这个乖巧的家奴低声地绘形绘声地叙述了他侦听到的情形。

钟绍京接到李隆基今夜就采取行动的密柬后,心里真像十五个吊桶打水,七上八下。他虽然只是一个五品官,但关起苑门,他就是这偌大禁苑的主子,管着禁苑工匠几百人。眼前有看不尽的奇花异木,珍禽异兽,每餐都可用一点禁苑的荤素野味,每次皇上来这里射猎或避暑,临行又总有些赏赐,他满足了。虽然激于义愤而参加了李隆基的反韦集团,但事到临头,他又害怕起来。这可不是闹着玩的事,弄不好,不但丢了美差,还会丢了脑袋。整个午后,他唉声叹气,指天骂地,不知如何是好。

用过晚膳,他的妻子许氏终于看出了丈夫心里的秘密。她是一个明快又有见识的女人,一看丈夫犹疑畏葸的样子,就来了气,数落道:"亏你还是个男子汉!皇家衰弱,多亏出了临淄王这样的主儿,要翦除乱党,振兴国家。这样的事,合乎天理人心,定能获胜。能和人家一起举事,是你的运气,是你的祖宗积了德!你还畏首畏尾的干什么?"

"你女人家懂什么!自古以来,胜者王侯败者贼!你说临淄王是翦除乱党,可若是失败了,韦家还不是一样说临淄王是乱党?唉!"

"呸,我就看不上你这一点刚骨也没有的劲儿!干大事而惜身,见小利而忘义!你这号胆小鬼,越怕事越出事,一辈子是个缩头王八!"

"哎呀,你小点声儿,也不怕下人听见!我十年寒窗,才弄了这点功名,容易吗?万一……"

"万一,万一,你就怕万一!你现在就是洗手不干了,就没有'万一'了?你早就入了临淄王一伙,临淄王万一失败了,你跑得了?临淄王胜了,你紧要关头没跟他走,他能饶了你?"

"照你这么说,我没有活路了?"

"怎么没有?弯弓一支箭,跟临淄王干到底!万一败了,我先抹脖子,保你在黄泉之下也不做孤鬼!"

"我可真……害怕……"

"你怕,我不怕,一会儿去开门,我去集合工匠,你带着孩子先连夜逃往老家去吧!"

"行了行了,你去还不如我去呢,我豁上了……"

听完家奴的讲述,李隆基一声不响,立在树下沉思着。跟他一起来的刘幽求、麻嗣宗等人,紧张地望着李隆基。

李隆基沉思了一会儿,果断地对那个家奴吩咐道:"你学三声鹿叫！"说完，一挥手，示意刘幽求等人随同自己继续前进。

听到三声鹿鸣，钟绍京立即从房里出来，亲自打开了廨舍的院门，把李隆基等人接了进来。

钟绍京上前施礼道："殿下，下官恭候多时了！"

李隆基亲热地拉住了钟绍京的手，向屋内走来。

许氏迎上前施礼，李隆基马上还礼，并说道："嫂夫人不必多礼，我和总监是至交，我年纪又轻……"

钟绍京见李隆基对自己这样亲热，并兄弟相称，感动而羞愧，颤声说："殿下，刚才，我……有些害怕了……"

"莫说是你，我也一样，提着脑袋干事，谁不害怕？不过事到如今，只好拼到底了。事成之后，我向皇上、父王为你请功，万一败了，我尽力为你开脱，就说是我胁迫你干的……"

"不！我生死都随殿下了！"钟绍京意气冲动，说的话是发自肺腑的，"我去集合苑内工匠，平时我对他们一向宽和，这个时候都能听我的！"

"我替皇上、父王谢谢你了！"李隆基想，这个时候，不能拿皇室亲王的架子，也不能用皇上和父亲相王的旗号压人，只能待人以宽，待人以诚，待人以和，才能使钟绍京这样的人效死力。这是他在进廨舍门之前就想好的策略。

刘幽求唯恐钟绍京再变心，向李隆基说道："我和总监大人一起去吧？"

李隆基一语道破了刘幽求的心事："用人不疑，疑人不用。钟总监要坏我们的事，不在今日今时。让他一个人去吧！"

钟绍京听了李隆基的话，再也控制不住自己的感情，眼泪夺眶而出，忽地跪下道："殿下如此信任我，我一定以死报效殿下。若有三心二意，万箭攒身，天诛地灭！"

李隆基马上起身扶起钟绍京："哪来的这个礼数？我俩都是五品官……快请起！"

钟绍京激动地佩上宝剑，出门去了。李隆基和刘幽求欣赏着钟绍京的书法。其余的人,或坐在屋内喝茶,或隐身在廨舍的庭院里。

留在室内的人中,李隆基和刘幽求的字写得最好,但比起钟绍京来,可就差远了。李隆基早就听说钟绍京书法特佳,名满天下。从武则天时候起,明堂门额,九鼎铭文,各宫殿的门榜,大都出自钟绍京的手笔。今天,又亲眼看到挂在钟家四壁上的字画,更是大开眼界。钟绍京的字,有的端庄整肃,有的风流富贵,有的奇峭峻挺,看起来真是赏心悦目。他一边看,一边想,像钟绍京这样有真才实学的人,是不会干那种瞒心昧己、卖友求荣的勾当的,顶多是像刚才那样,有些胆小,不敢介入政治旋涡而已。他对钟绍京更放心了。何况,他早已密令亲信李守德领着两个家奴,带着长刀硬弓,从黄昏开始就守在禁苑南门内的草木之中,今夜谁要偷偷往苑外走,就不容分说,砍为碎块,丢进猎狗圈中。所以,退一万步说,他也不怕钟绍京溜出去告密。

他现在担心的是万骑果毅葛福顺和陈玄礼能否在约定的时间脱身来到这里。

守卫宫廷的部队分为南北两个部分。驻在宫城南门外的称为十六卫,有骑兵也有步兵;驻在宫城北门外的有羽林军和万骑两支部队。

在这些宫廷卫队中,万骑的战斗力最强。这支部队创建于唐太宗贞观年间,起初只有一百人,穿着有虎皮图案的衣服,配着豹皮图案的鞍鞯,平时驻在玄武门外,唐太宗出猎时,这一百名骑兵驱驰在他的前面射兽弋鸟,号称"百骑";武则天时候,这支部队增加到上千人,划归羽林军统辖;到了李显做皇帝的时候,又增加到近万人,称作"万骑",派专人统率,成了一支独立的宫廷卫队。这支部队全是骑兵,人强,马壮,兵器锋利,甲胄鲜明,列营于玄武门外,称作"万骑营"。

果毅是果毅都尉的略称,是万骑中直接带兵的副职军官,正职称作折冲都尉,折冲都尉上边的将军、大将军,则是要由朝廷直接任命的。

李隆基早在韦氏毒死李显之前就留了心,有目的地和万骑中有武力、有威望的大小头目来往。一有闲暇,他就跑到万骑营中厮混,并巧妙地以各种名义请他们吃酒,送他们礼物,交了一大批朋友。万骑中的将士自然也乐于和这位亲王交往,这不单是因为这位亲王很随和,好接近,手头大方,更主要的是他的父亲相王李旦曾一度奉旨过问北门诸军的管理事宜,是他们顶头上司的顶头上司。

他的活动奏效了,他给了万骑将士良好的印象,有的将士竟公开说:"要是三王爷来统领我们,那才是我们的福气!"也有的说:"三王爷若有用得着我们之处,赴汤蹈火,万死不辞!"

现在,李隆基只担心葛福顺、陈玄礼两个果毅到时候没有机会从韦后亲信们的眼皮底下溜出来。

过了不到半个时辰,钟绍京回来报告说,禁苑内工匠能拿武器上阵的,共有二百人,其中一百五十人有马,都集合完毕,在覆盘门一带待命。

紧接着,太平公主府的邑司丞来报告,太平公主的儿子、卫尉卿薛崇简已按计划将韦捷、韦锜等人在军营内灌醉,现已控制住驻守在宫城南门外的十六卫军和宫城内太极殿前宿卫李显灵的部队,一听到约定的信号便要立即行动。

又过了一小会儿,杨安又溜进来报告,说高力士已暗中集合几十名内侍,守住了小皇帝李重茂的寝宫,可保证他的安全,并说,看样子韦后对李隆基的行动毫无察觉,正在开夜宴与情人马秦客饮酒。安乐公主今夜也宿在皇宫中。

一切都顺利!所有的棋子都按自己的意志摆到棋盘上了。现在,只差葛福顺、陈玄礼两个果毅了。这两个人是关键人物,决定着今夜行动的成败。

这两个人会动摇或背叛自己吗?今晚,李隆基反复这样暗问自己,又都暗自否定了。不会的,起兵诛灭诸韦,是这两个人先开口提出的。

两天前,李隆基正要设法请葛福顺等万骑头目来府里商议大事,葛福顺和陈玄礼却自己找上门来了。他俩是带了几品野味,来回敬李隆基的。

李隆基热情地接待他们。他的贴身奴仆王毛仲,早已窥破主人的心事,殷勤地招待这两位果毅,并吩咐厨房送来了精美的酒食。李隆基对这个奴仆的机灵和善解人意非常满意。

饮酒中间,李隆基发现二人面有忧容,那葛福顺更是不时长叹一声。

他故意问道："二位将军何以少欢？莫非怪小王礼数不周？"

"殿下说哪里话！"葛福顺答道，"殿下身为亲王，能礼下我们这些武夫，我们心中已不胜感激，哪里还敢怨望？只是近来万骑营的弟兄们多受酷虐，我二人心不能平。今日午后，又有一伍人被打得皮开肉绽……"

万骑营中，三百人为一"团"，五十人为一"队"，三十人为一"火"，五人为一"伍"。

韦后毒死皇上李显之后，马上盗用皇上的名义派自己的哥哥韦温总管京城内外防务，派韦播、高嵩主管左、右万骑营。那韦播是韦温的侄儿，高嵩是韦温的外甥，这两个人少年得志，飞扬跋扈，到万骑营后，发现兵将对他们都不那么恭顺敬服，便常常以打人、杀人的高压手段树立权威。这一天午后，他们又带着一帮亲兵来到校场，没事找事，说五个投石为戏的兵士"部伍不整，藐视长官"，打了每人五十军棍。这五个人恰是一"伍"，伍长当场就被打得昏死过去了。

葛福顺讲完这件事，陈玄礼连连摇头叹气说："我自长安年间披坚执锐，侍卫宫掖，七八年了，从来没受过这样的窝囊气，这身铠甲，我披够了……"

葛福顺也说："现在万骑和羽林的兵将，群情激愤，人心思变，殿下能否择机请相王转达内廷……"

李隆基做出无可奈何的样子说："现在还说什么相王，说什么内廷！恐怕连新皇帝自己都朝不保夕呀……"

葛福顺、陈玄礼紧张地望着李隆基。皇上朝不保夕，这可不是可随意出口的戏言啊！

李隆基顿了一下，又挑破一层说："如今大权被皇太后韦氏和诸韦把持，新皇帝不过是其掌中之物，不日即将被废黜，由皇太后临朝称尊了。别人还有什么办法？二位将军和万骑营的弟兄们还是忍着点吧，好好地侍奉韦将军他们，求取富贵吧……"

乖巧的王毛仲一边为葛、陈二人斟酒，一边有意无意地插嘴道："其实办法还是有的，只怕二位将军胆小……"

"什么办法？"陈玄礼急问。

"二位将军不是有兵权吗?"王毛仲答道。

李隆基心里叫好。这奴才真会说话办事。在这种场合,由王毛仲把事情点透,看对方的态度,真是再妥当不过的了。不过他还是板起面孔呵叱道:"本王和二位将军议事,岂容你个奴才多嘴!还不下去!"

"奴才该死!"王毛仲故作惶恐地退了下去。他心里知道,在主人难以启齿的时候,他替主人说出了想说的话,主人的这一声呵叱,正是对他的赞许和赏赐。

李隆基又举杯劝酒:"奴才胡言乱语,二位将军万勿介怀。请酒!"

两个人谁也没动,互相看了一眼,又看看坐在上首的李隆基。

葛福顺和陈玄礼都是孔武壮汉,但比较起来,陈玄礼更诚朴些,葛福顺的心计要比陈玄礼多些。葛福顺心里早就闪过诛灭诸韦的念头,但他明白,干这种事,必须有皇族的人牵头才有号召力,才名正言顺。外姓人贸然举事,一则难以成功,二则即使侥幸得手,不论将来谁做皇帝,也会治他一个谋逆的罪名。此刻,王毛仲的话,李隆基的态度,使他一下子什么都明白了,明白了李隆基近来为什么对万骑营这么关心,这么感兴趣,对自己这么客气。

葛福顺霍地站起来,对李隆基说道:"殿下如肯举事,实乃社稷之幸,万民之福,葛某愿效死力。如殿下不肯首义,请殿下先治末将谋逆之罪!"说着跪了下来。

"陈某愿随殿下起事,刀山剑树,在所不避,若有二心,万刀分尸!"陈玄礼也离座跪下。

李隆基一手搀起一人,说道:"二位将军忠肝义胆,本王早已尽知。二位将军既有匡扶社稷之志,本王身为皇室宗族,就更不能苟且图安了。只是此事唯宜慎之又慎,如有泄露,不唯身家性命难保,江山社稷也要动荡沉沦了……"

现在,约定的时刻到了,葛福顺和陈玄礼还没有到来,李隆基心里有些慌,但他竭力克制自己,仍然表现得从容镇定,迈着轻松的步子走出屋门,来到院子里。

"殿下快看!"刘幽求指着西南的天空嚷道。

李隆基抬眼望去,只见空中一颗流星划过,隐隐传来一阵悠长的怪响,紧接着,又有许多小流星拖着长长的尾光向地面散落下来。

李隆基诧异地望着刘幽求,正要说什么,又忽然摆了摆手,示意对方不要作声,侧耳静听。

远处,传来急促的马蹄声。

马蹄声越来越近,直奔总监的廨舍而来。

刘幽求狂喜地喊了一声:"来了,葛福顺他们来了!"

果然,葛福顺来了,但陈玄礼没有来,和葛福顺一起来的是另一个果毅都尉李仙凫。

葛福顺急步向前,告诉李隆基说,情势有变,新任总典北门卫军的韦璿突然来到万骑营中巡查,现正在营中逗留,陈玄礼正带着弟兄们围前围后侍候着,监视着。

刘幽求听完,对李隆基说:"看来只能强夺北门兵权了!天不早了,动手吧!"

李隆基果断地点了点头。

麻嗣宗分别向鹿鸣坳、覆盎门、禁苑南门方向射出三支响箭。

廨舍院内的人燃起了火把。

一盏茶工夫,禁苑的工匠、隐蔽在鹿鸣坳的四十名精兵、伏在禁苑南门的李守德等人都来到廨舍门前。马摘铃,人衔枚,鸦雀无声地站在月光下。

刘幽求看了李隆基一眼,跳到一块石头上,从怀中掏出一份"圣旨"对众人晃了一晃,大声说道:"诸位,临淄王奉皇上密诏和相王之命,翦灭诸韦!社稷存亡,个人荣辱,都在今晚一举!现在,我把临淄王的安排说给诸位——

"葛福顺、李仙凫二位将军立即回羽林军和万骑营,与陈玄礼等将军配合,杀掉韦璿、韦播、高嵩等韦氏亲信,夺取北门兵权!

"约束住北门部队后,马上率兵攻打宫城。葛将军率左万骑营攻玄德门,李将军率右万骑营攻白兽门,羽林军直接归临淄王指挥,在玄武门外接应两路人马。

"葛、李二将军的进攻是关键。不论谁先攻开城门,都要立即兵分两路,一路从宫城内直扑玄武门,打开城门,接临淄王和钟总监进去;另一路直插凌烟阁,点火为号,并大声鼓噪,南牙十六卫军和太极殿前的守军听到鼓噪便会起来接应。他们都已在镇国太平公主和卫尉卿薛崇简将军的控制之下,诸位放心!

"三路人马都进入宫城后,由临淄王分派人马守住各个城门,开始肃清宫掖,韦氏亲党一个不留。今晚安乐公主、马秦客也都宿在宫内,要特别留心,别让他们逃掉。韦皇后是毒死先帝的罪魁,无论谁遇到,不用多问,一刀砍死,凭其首级领功!

"肃清宫掖后,再进而分兵搜捕京城里的韦氏亲党。京城的各城门,已由兵部侍郎崔日用领兵守住。诸位切记,诸韦亲党中,凡是比马鞭高的人,一个不留,统统杀掉!"

刘幽求是个文思敏捷、口齿伶俐的人,一旦有李隆基这样的人领头,便会有许多聪明才智发挥出来。他不但参与制订今夜起事的全部计划,并担任了随时随地伪造皇帝诏书的角色。

李隆基望着刘幽求,听着他那清晰的吐词、铿锵的语调、条理分明的部署,心里十分满意。现在,他对今夜的成功充满信心,但他还要激励一下士气。

等刘幽求讲完,他朝着众人一挥手,高声说道:"本王今夜奉皇上密旨和相王密令,诛灭诸韦,匡扶社稷。诸位!好男儿报效国家、博取功名,今晚正是千载难逢的良机,祸福荣辱,皇上、相王、本王和诸位共之!诸位努力向前吧!"

人们拔出了刀剑。

一场流血的宫廷政变开始了。

五、欲壑难填　太平公主谋大逆

墨黑墨黑的世界,远远近近,只有几颗红宝石般的星星在熠熠放光。

浑身凉丝丝的、轻飘飘的,她在这世界里无羽而飞,凭虚御风,随心所欲,忽忽悠悠,飞,飞,飞……

我四十多岁了。前二十年,父为帝,母为后,夫为亲王,子为郡王,贵盛无比;后二十年,虽然朝廷多事,我仍未失泼天的权势富贵。两个亲哥哥先后做了皇帝,我自己有府第,自己置官属,封为镇国太平公主,食邑满万户,收这万户百姓的租赋,我是名副其实的万户侯……

飞,飞,她还在虚空里飞。终于飞近一颗红宝石般的星星,啊,这不是红宝石般的星星,是星星般的红宝石!她伸手把它采撷下来,放进自己的袍袖里,又向另一颗飞去。真神奇,是我平时礼佛敬三宝的功果吗?自己真的羽化登仙了吗?身子怎么这样轻?竟自飞起来了呢?……

唉——唉!我的聪明能干,连母亲则天大皇帝都佩服,可我这个聪明人,近两年怎么净干糊涂事!一连串的糊涂事!

三年前,我和儿子薛崇简控制了南牙兵,协助李隆基除掉了诸韦。现在看来,从那时起就错了,那是干了天大的蠢事!为人作嫁,为李隆基登上皇帝宝座铺了台阶嘛!没有那一次成功的政变,李隆基能够成为人们心目中的英雄吗?能够因为功勋卓著而被封为平王、进而立为太子吗?能够网罗那么多能干的人成为他的羽翼吗?

飞,她还在飞,但渐渐感到身子有些沉重,有些飞不动了。可前方那闪闪发光的是红宝石般的星星呢,还是星星般的红宝石呢?她还想往前飞,她还要往前飞……

不,诛灭诸韦还是对的。韦氏和安乐公主一直视我为眼中钉,甚至日夜派人伺察我的动静,不除掉怎么得了?错不在这儿,错在我一力主持废掉了少帝李重茂,立相王为帝,这实际上是为李隆基做皇帝又铺垫了一块台阶!那是诛灭诸韦、血洗宫城的第三天,大局已定,诸韦及其朝野亲党都已诛灭无遗了,我为啥要出头强迫李重茂让位于相王呢?保住这个十六岁孩子的帝位,不是很好吗?我不正可以把持朝政,为所欲为吗?我为啥要亲自动手,把那个懵懵懂懂、可怜巴巴的孩子从御座上拉下来,又把我哥哥推上去呢……

飞,往前飞,前方是诱人的,前方有新的希望。

她屏息运气,用力地像盛夏裸游于芰荷池里那样蹬动双脚,划动双臂,啊,她终于又在虚空里飞了起来,飞向前方……

不,错不在拥立我哥哥为皇帝。他资望很高,封为相王,封为皇太弟,立他为帝,可以塞天下人之口,服朝臣之心。如果再让那个小孩子继续为帝,实际上是保留皇族和权臣的一个傀儡,随便让大家摆弄,弄不好,天下不知又要有多少人称帝、多少人称王,岂能常保富贵?

千错万错,错在三年前让李隆基当上了皇太子。这是他当皇帝的最后一个台阶。我当时若是极力挡拦,他也未必能当得成。我反对的理由是很充足的嘛,就说"废长立幼,取乱之阶"嘛!李隆基的前面还有四个哥哥嘛!可惜我当时只顾往重要位置上安插自己的亲信,只顾沉溺在诛灭诸韦之后的狂欢和恣情纵欲中,结果让李隆基这小子捡了一个大便宜……

啊,这颗宝石太大了,足有拳头大,她的珍宝库里从来没有藏过这么大的宝石呢!她牢牢地抓住那颗宝石,把它深深地塞进袍袖里。咦,先前那一颗哪里去了?丢了?侍女们拾到了没有?她常常失落东西,都由侍女们代为拾取收藏,这是自幼养成的毛病。侍候她的侍女有几百人,贴身侍女都是锦衣玉食,满头珠翠。可侍女们呢——啊,她们怎么都不在身边?怎么只有自己一个人,孤零零飞进了这浩渺黑暗的世界?……

最蠢的事莫过于我自作聪明,挑拨李隆基父子的关系,结果弄巧成拙,弄假成真,促成了李隆基提前登基。

　　一年前,天空出现一颗彗星,彗星什么年头没有?我拿它做什么文章?我派了一个油头滑嘴的江湖骗子去对我那刚当了两年皇帝的哥哥说,彗星的出现,预示着除旧布新,上天垂象,是让皇太子继位了!其实,这招并不算蠢,换一个皇上,谁也要怀疑提防皇太子来抢帝位,甚至会干脆把皇太子废掉。可偏偏我哥哥这个人听了江湖骗子的话,非但不对李隆基动心计,反而乘机就坡下驴,对群臣说:"既然是上天垂象,让我传位于皇太子,我就没有什么可犹豫的了。"还胡说这样做是"顺天应人,传德避灾"呀,"从前的一些皇帝蠢就蠢在让太子继位于灵前"呀,简直拿皇位当儿戏!说传位就传位,我和几个心腹大臣怎么劝阻也无济于事!李隆基终于端端正正地在武德殿面南称尊了。我这不是搬起石头砸自己的脚吗?蠢啊……

　　起了顶头风,她又飞不动了。袍袖里的宝石越来越重,坠得她直往下沉,但远处晶莹剔透的宝石,仍熠熠发出撩人的光。她贪婪地痴望着。忽然,那些宝石也都飞动起来,都向自己飞来,她惊喜得想叫起来,又叫不出声。她举起两手,叉开十指,想再多多地抓住它们,可是,那些宝石都只在不远的地方转圈圈,不再飞近……

　　什么姑侄的亲情,皇家的体面,我都顾不得了!我和李隆基是不能在同一天地中存在了。这能怪我吗?事情都是他挑起来的。他总算计我,他做皇太子的时候,就在他父皇面前搬弄是非,强迫我离开京城,到蒲州那鬼地方住了半年;他登基后,总觊觎我和我的亲信把持的那部分权力。去年八月,授意他的亲信刘幽求、张暐要发兵除掉我和我的亲信窦怀贞、崔湜、岑羲,亏我耳目灵通,提前知道了消息,才免去了一场灾祸。这小子也真滑,见事情败露,就拿刘幽求等人做替罪羊,把刘幽求几个人流放到外地去了。

　　唉,说到底,也不能怪他。他是一个心性高傲、年轻气盛的新皇帝,可是,当朝七个宰相中,有五个是我一手提拔起来的,其中四个是我的心腹,唯我之命是听,他怎能不处处感到掣肘?怎能长期容忍这种局面?然而,我能够退让吗?决不能!我稍一退让,就会一溃千里!我的亲信,就会被他一个一个地从朝廷上除掉,我就会失去眼前的富贵尊荣,终身被软禁在这公主府里,成为什么权势也没有的行尸走肉,仰他的鼻息存活,这一切,我太平公主能容忍吗?

冰炭不同炉,薰莸不同器,我要和李隆基斗个鱼死网破!

啊,那些红宝石在离我不远处飞动起来了,飞动得越来越快,一个个都曳着一条光明的尾巴!啊?那哪里是飞动的宝石,分明是一条条金色的蛇!金蛇在围绕自己狂飞,袍袖中的宝石也化作金蛇蹿出来,在自己头上脚下飞绕。自己的身子在急速地下坠,下面是山崩海啸般的巨响,是无底的深涧,是黑浪汹涌的大海。她感到恐怖,感到绝望,大喊一声:"来——人!"

"来——了!"她耳边响起一个柔和甜蜜的声音,接着,两片嘴唇塞住了她张开的嘴。

她睁开眼睛一看,是情人崔湜在亲吻自己。这个午觉,睡得很不香,迷迷糊糊,忽醒忽睡,断续地想了不少事,断续地做了一个乱梦。

现在,她醒过来了,仍在碧纱帐内,锦绣丛中,富贵乡里。

她的这间寝宫,是诛灭诸韦的第二个月动工修建的,墙是用玉石垒起的,房顶是用粉红色的琉璃覆盖的,文柏为梁柱,紫檀为窗门,红粉涂壁,沉香泥墙。室内的桌椅床帐都镶金嵌玉,穷极奢华,整个宫室虽不及皇宫宏大,却比皇宫精巧富丽。

她慵懒地躺在床上,接受着崔湜手忙脚乱的爱抚。

这个崔湜,身材颀长,胖瘦适中,面皮细嫩洁白,双手柔腻温软,一双大眼睛顾盼流情,虽然也四十多岁了,但和太平公主一样,望上去都像二十许。他原是一个考功员外郎,因为善于钻营,仕途上一直比较得意。

当年,他做考功员外郎时,受右丞相敬晖的密嘱监视武三思。他见武三思势力大,便心一横,将敬晖让自己监视武三思的事全盘告诉了武三思。武三思一高兴,提拔他当了中书舍人。武三思被杀后,他又投靠了韦皇后和安乐公主,当上了中书侍郎兼吏部侍郎。韦后和安乐公主被杀后,他只好再找新的后台,见李隆基诛诸韦立了大功,又身为皇太子,便决心投靠这个大后台,让自己美貌的小妾及自己两个娇滴滴的女儿都和李隆基发生了关系。自己则投身到太平公主门下,成了太平公主公开的情夫。有好事的人在他家的门上贴了一个揭贴,上写:"托庸才于主第,进艳妇于春宫。"崔湜见了,扑哧一笑。"要脸是呆鸟"嘛!

李隆基登基以后,崔湜渐渐看出,皇上虽然看在他妻女呈身的份儿上没有把他怎么样,但鄙薄他的为人,并不喜欢他。他眼见李隆基这个大后台靠不住了,便死心塌地和太平公主搅在一起,成了太平公主对付李隆基的得力帮手和谋僚。他到太平府,非但不需要通报便可直入太平公主的寝宫,而且侍女们一见他来,便都知趣地躲开。

崔湜是勾引女人的能手,但他决不勾引无用的女人。几年前,他见上官昭容很受皇上李显的宠爱,他只在一次夜宴上就把她勾引上手,正是由于她的帮助,他才一度官至中书侍郎兼吏部侍郎。太平公主有谋有威,人们都惧她三分,可是,单单这个崔湜,无人在跟前时,能把她拿捏成一块小面团似的,低三下四地听凭他的摆弄。

两人嬉闹了一会儿,崔湜才转入正题,说道:"娘娘快起床吧,窦大人他们快要到了!"

太平公主的柔情和兴奋一扫而光,她叹了一口气。

崔湜一面帮她穿衣服,一面说:"娘娘不必烦恼。七个宰相四个是你的心腹,大事必成。何况,这回是双管齐下,我已和那个元妞儿说妥,到时候把毒药放进主子的赤箭粉中……"

不需要任何解释,太平公主完全能听懂崔湜的话。朝廷的宰相不是一个人,而是一个集团。中央行政机构分为三省六部,三省是尚书省、中书省、门下省。这三省的长官分别是尚书令、中书令、侍中或黄门监,是当然的宰相。不过,尚书令总领百官,权力太大,加上唐太宗李世民在武德年间做过此官,所以此后尚书令的职位一直空缺着。尚书省下属的六个部中,各有尚书一员,侍郎一员或两员,官居尚书或侍郎,只要加上"同中书门下三品"或"同平章事",就是宰相了;中书省的长官是辅佐皇上执行政令的,因为尚书令长期缺员,所以中书令就显得非常重要;黄门省的长官是辅佐皇上统领大政的。这两省中的侍郎,只要加"同平章事"的,也就是宰相了。再有,中央其他机构的官员,也只要加"同中书门下三品"或"同平章事",便成宰相。

太平公主也听说,赤箭粉是天麻茎制成的药粉,一种补剂,服用它可以补阴壮阳,益寿延年。李隆基登极后,每天早上都要服用一撮赤箭粉。

"那个姓元的托底吗?"太平公主从床沿站到地上,问道。

"绝对可靠。她原是上官昭容的亲信,年龄不大,心眼儿却不小,上官被杀后,她一心要为主子报仇。人又生得水灵,主子很喜欢她,常叫她在身边侍候。我已答应,事成之后,立了新主子,册她为妃。"

"事成之后,把她杀掉灭口!"

"那是自然,难道下官连这点机灵劲儿也没有吗?"崔湜帮助太平公主穿好衣服,又为她扇起扇子。开元元年(713)七月初一,虽已入秋,长安城午后仍是燥热的。

门外一声轻嗽,一个贴身侍女隔帘禀报:"二殿下来了!"

二殿下,是太平府里的人对太平公主二儿子薛崇简的称呼。

太平公主先下嫁驸马薛绍,生有二男二女,后来嫁给武攸暨,又生有二男一女。薛崇简就是她和薛绍生的第二个男孩,因为参与诛灭诸韦有功,赐爵立节王。

崔湜刚从侧门溜出,薛崇简便从正门进来了,后面跟着太平公主的两名侍女。

薛崇简施礼道:"孩儿给母亲请安!"

太平公主答道:"我七个儿女,孝顺的多,我才没被气死!"

两个侍女一听这母子俩的对话,知道两人又要吵起来了,便退了出去。

他们母子近来经常吵架。

太平公主本来很喜欢这个儿子,喜欢他性情沉静,办事机敏谨密。特别是他那一双眼睛,生得酷肖自己的双目。她一见到这双眼睛,一种做母亲的柔情和幸福感便升上心头。

可是,近半年多来,她不喜欢他了,她讨厌他了,她觉得他变成一个固执的呆子了,变成一个忤逆的孩子了。因为他坚决反对她废掉李隆基的企图。

他深知母亲的才干权谋。母亲的举动完全可能成功。他也知道母亲得手后,自己的官位还会升高,还会更加显贵。

但他反对母亲这样做。

他的年龄和李隆基相仿,自幼就常和李隆基接触,深知李隆基的才略和襟怀。他觉得,李隆基这样有抱负、有作为的年轻皇帝,已算是难得的了。

他和李隆基又有深厚的私人感情,特别是诛灭诸韦的斗争中,他俩配合默契。他不愿看到李隆基被推下皇帝的位置,更不愿看到李隆基的惨死。

当然,作为太平公主的亲生儿子,他不能去向李隆基告发自己的母亲。仆人不能告发主子,儿女不能告发父母,这是普天下的规矩,他跳不出这种规矩的樊笼。

他只有一个办法,劝阻,死命地劝阻。

他劝阻多次了,有时声泪俱下。她也曾动摇过几次,但她和崔湜等人已形成了一个有共同利害关系的集团,一个与李隆基水火不容的集团,她最终还是下定决心搞掉李隆基!

她就是这样的一个人,什么事不干则已,要干,就干到底;什么主意不拿则已,一旦拿定了主意,就不管拿主意的过程中受了多少人的蛊惑,受到多少外力的推动,她一概认为这是自己的主意,要坚持到底。

现在,搞掉李隆基,于近日采取行动,这件事,她无须再和这个儿子商量了。

"孩儿敢问母亲,孩儿刚才听下人说,崔大人已到府中,窦大人也已在客厅拜茶,不知所为何事?"薛崇简明知故问。

"唉,朝廷上要我操心的事儿多了。"她避免正面回答,似乎随随便便地说,"孝和皇帝在世的时候,就每每和我商量政事。当今的太上皇在位两年,哪件大事不先和我商量?怎么,你以为当今皇上做什么事都能自己做主吗?"

薛崇简看出母亲的支吾搪塞,仍执拗地问道:"既是宰相过府议事,怎么崔大人、窦大人一起来?听说还要有人来。朝廷出了什么大事吗?"

太平公主一时语塞。她知道，儿子早已洞悉自己的心事，今天又瞧破了机关，再搪塞也没有用了。她突然改变了主意，话锋一转，把事情和盘托出："我找他们来商议废掉皇上！"

　　"今上即位以来，锐意图新，废之无名，恐天下人心不安。"薛崇简闻言并不吃惊，仍从容地劝说母亲。

　　"你懂得什么！他的'锐意图新'，不过是任用一批标新立异之徒，干些侥幸邀功之事！他的作为，早已使一些勋戚故旧之臣日夜不安。何况他步步向我进逼，不除掉他，怎能保住我熏天的权势，泼天的富贵？"

　　"母亲，"薛崇简向太平公主迈近一步，说道，"请母亲静听孩儿一言。您是高宗皇帝之女，四十多年来，贵盛无比，从朝廷到家府，说一不二，真是吐词为律，举足为法，还有什么不满足的呢？您好好想一想，您的地位，已经不能再高了；您的享乐，也已到了极顶。试想，您谋划除掉当今天子，即使成功了，您能得到什么？地位还能比现在高吗？享受还能比现在排场吗？都不能了呀！可是，万一失败了……"

　　"住嘴！"太平公主现在是什么话也听不进了，"我不愿听你这些没味儿的唠叨。失败？我失败过吗？多少年来，我何算不中？何谋不成？当年你外祖母要杀薛怀义，尚投鼠忌器，可我只略施小计，就教那秃儿身首异处。韦氏谋窃神器，其势炙手可热，我却视她如股上小儿，运筹于府中，不消一月，便教她们都做了无头鬼！这一次，上面有太上皇做挡箭牌，下面有那么多文武大臣效力，何愁大事不成！"说罢，哈哈大笑起来。

　　"孩儿听人说，一时胜负在于力，千秋胜负在于理，又说，得人心者得天下。几十年来，朝政混乱，奸猾小人竞进，国家均田法、铨选法大坏，边备松弛，天下人思得明君。这人心是不可一时以力征服的。母亲即使侥幸取胜，千秋万岁之后，也难免被人唾骂。何况，当今天子英武有为，宫廷内外、文武大臣竭诚拥戴他的人也不少，与之较力胜负难料。如有不测，便要坐定谋反的罪名，必遭满门抄斩，您自己怕也死……"

　　太平公主听到这里，不由得勃然大怒，忽地跳了起来。有生以来，上至天子，下至权臣，谁敢在自己面前这样说话？谁敢这样放肆地诅咒自己？何况眼前说话的人不过是自己的儿子，何况近日来她脾气变异，喜怒无常!

她狂怒了,骂道:"逆子! 放肆!"随手抄起案头的玉砚,向薛崇简打过去。

薛崇简侧身躲过,扑通跪下,显得出奇地冷静:"要打要杀,悉听母命。今日有儿在此,决不放母亲出这个门,儿不愿见母亲行谋逆之事!"说着双手搂住太平公主的一条腿不放。

这话提醒了太平公主,她想起她召来的几名心腹宰相和将军已该到齐了,正在客厅等着她呢。她又急又气,变成了一个疯狂的人,随手抄起一个玉如意,朝儿子的头上砸去。

薛崇简下意识地一躲,玉如意落到了左肩上,发出一声钝响。

鲜血,从薄薄的衣衫透出。亲生儿子的血,使太平公主冷静了些,停住了手。

侍女们闻声拥进室内,见了这情景,都一齐在薛崇简前面朝太平公主跪下,护住了薛崇简。

太平公主把玉如意摔在地上,玉如意发出清脆悦耳的碎裂声。她大喊一声:"来人!"

两个挎腰刀的家丁跑进门来。

太平公主指着薛崇简对家丁吩咐道:"把他拖出去,关起来!"

两个家丁把薛崇简拖出门去。

太平公主长出了一口气,又吩咐一个侍女道:"你去告诉他们,不许放他出门,不许他和别人接触,不许替他捎书带信! 七月四日午后再放他出去——这几天你就在身边陪伴他!"

此时距七月四日还有两天一夜,到那时候,大唐帝国又将发生一次举国震惊的事件!

六、小人无行　黠仆柳青泄玄机

哲学家说，必然寓于偶然之中。

可是，必然的规律好找，偶然的机遇难寻。

然而，就是这个难以捉摸的偶然，常常对大到国家兴亡、小到个人荣辱，神奇地起着重要作用。太平公主推翻新皇帝李隆基的图谋，就惨败在偶然的机括上。

她软禁起薛崇简后，把亲信们召到西院佛堂里密谋。

她和许多皇亲、达官一样，崇信佛教。她在长安西市边上挖了一方水池，每月朔、望两日，她都派人从市场上买些活着的鱼鳖虾蟹放到池水里，名曰"放生"，池名则曰"放生池"。她见皇上宫城里建有佛堂，便也在自己府里修起一个佛堂。

她的佛堂，修在西院的东北角，修在一片幽篁里，由一个法名法寂的老尼看管着。

太平公主自知今日所议事情关系重大，须谨防外人耳目，便屏退一切随从，亲自把几名亲信带到佛堂议事。

她第一个推开佛堂的门，对法寂挥手道："去小桥南侍候着，未经呼唤不得回来！"

法寂慌乱地应答着，慌乱着走开了。

一场推翻当朝皇上的密谋在这清静之地进行着。

与会的人，除宰相崔湜之外，还有宰相窦怀贞、岑羲、萧至忠，将军常元楷、李慈、李钦。

经过半个时辰的讨论,最后确定——

发难时间:两天以后,七月四日早朝时。

步骤:指令宫女元氏七月三日午间开始,寻找机会把毒药放入李隆基服用的赤箭粉中;七月四日早晨,常元楷、李慈率领北牙的羽林军突然攻入武德殿,围住早朝的群臣。万一李隆基没有中毒,照例来坐早朝,就把他也一起捉住。与此同时,窦怀贞、萧至忠、岑羲等人率领南牙卫兵围住皇城和宫城,搜捕李隆基的亲信王琚、崔日用、李令问、王守一、李守德、王毛仲、高力士以及亲王李隆业、李隆范等。然后趁热打铁,当场逼太上皇李旦下诰废黜李隆基,逼李隆基自杀;逼前皇帝李重茂复辟;改年号,赏赐擢拔政变中有功的人,罢免身居要职又一向不肯依附太平公主的大臣,再派人分头去杀死在外地做官的李隆基的亲信姚崇、宋璟、张说、刘幽求、张暐等人。

会议说聚就聚,说散就散,完全是太平公主的风格。

太平公主最后一个走出佛堂。看着穿过竹林、跨过小桥远去的崔湜等一行人,她笑了。她对自己这套计划充满信心:自己有文有武,文官中,有四个宰相是自己的亲信,今天都到会了;南牙将士多次受过自己的恩赏,一些将领又是自己的亲信,到时候是会为自己效力的。虽然北牙万骑营里有不少是李隆基的爪牙,但羽林军的大权还在常元楷、李慈等人手中。总之,文武相济,珠联璧合,稳操胜券!

她万万没有想到,这次密谋,被另外一个人听去了。

他不是太平公主的仆人,也不是太平公主的仇人,而是一个完完全全的局外人。他是宰相岑羲的贴身奴仆,名叫柳青,岑羲唤他"青儿"、"柳青儿"。

柳青儿是管理太平公主佛堂的那个老尼法寂的侄孙。十六年前,他祖上吃了冤枉官司,祖父、父亲都屈死在监狱中,他的姑祖母被迫遁迹空门,那年他才五岁,也卖身为奴,后来沦落到岑羲府里。

柳青儿生性聪明伶俐,现在年龄又大了,一心想替父辈复仇。这两年,他见家主仕途上步步春风,暗暗高兴,越发恭谨地侍候主人。两个月前,岑羲一时高兴,终于答应为他家申冤,让他回忆一下当年的情景。可是,他当时年龄太小,一些事情记不清了,连仇家兄弟三人的名字都叫不全,于是,他暗中探访姑祖母的下落。苍天有眼,他终于打听到,姑祖母还活着,并且就在太平公主府中管着佛堂!

他已和姑祖母见过一次面。今天,他随主人到太平府,趁主人在客厅用茶的机会,他溜到佛堂来会姑祖母法寂。正在二人回忆当年的伤心事时,门外忽然传来人言和脚步声。法寂从门隙往外一看,立时吓得面无人色——是太平公主领着一伙人奔向佛堂来了。太平公主早就严厉吩咐过她,府内外任何人都不准擅自进入这佛家净地。她知道,若是让公主发现柳青儿在这里,后果不堪设想。她吓得手乱抖,脚也不听使唤了。让柳青儿从佛堂前门出去,已不可能;后门又锁着,开锁放人也已来不及了。仓猝之间,情急生智,她撩起佛龛前供桌的桌帷,一把将柳青儿摁了进去,心中暗暗念佛:大慈大悲我佛,柳家列祖列宗,多多保佑!

柳青儿在桌下大气也不敢出,心都提到了嗓子眼儿,憋得通身是汗。开头,外面的人说些什么,他根本没有听进去,慢慢地,他听出门道来了,但心里更害怕了,若是被他们发现,自己必死无疑。明明听到众人散去了,他仍瘫在那里不敢动弹。直到法寂进来,掩上殿门,他才战战兢兢地从桌帷中爬出来,已是浑身上下大汗淋漓,连衣帽都湿透了。

他顾不上再和姑祖母说话,前后左右看了一遭,又从门缝向外瞧了瞧,然后拉大门缝,挤了出去,一溜烟儿跑出佛堂小院,去追他的主人了。

这一切,太平公主做梦都没有想到。多少年来,国家大事,她说一不二;公主府中,她更是至高无上的主人,发怒则眼前流血,高兴则赏赐无数。她的一个眼色,一个暗示,都是合府上下人的死命令,何况她明确宣布过,佛堂不准任何人擅自进入呢?何况那老尼对自己一向勤谨恭顺,唯命是从呢?

事情,就是在她意料不到的环节上出了毛病。

常有这样一种人,本没有过问政治的权力和本领,却由于偶然的机会,身不由己地卷入政治斗争的旋涡中。

柳青儿就是这样的一个人。

他是岑羲的奴才,岑羲实际上又是太平公主的奴才,所以,他只是一个奴才的奴才。他从来没有想到介入皇上与太平公主的斗争,更不想坏自己主人的事。但他主人的事,他主人的主人的事,又确实是他坏的。

柳青儿有一个特性:狗肚子装不下二两酥油。他喜欢在人前显示自己,喜欢周围的人听自己胡乱地谈天说地,也喜欢吹嘘自己如何受主人的青睐和器重。他最难过的事,莫过于在人丛中无人注意到自己的存在。

在太平府的佛堂里吓出的一身冷汗消散后,死里逃生的幸运和掌握天字第一号秘密的狂喜,一直使他的神经处在亢奋状态中。他恨不得立时让天下人都知道他柳青儿这传奇般的经历和这足以使任何人瞠目结舌的情报。他也知道,这事是不能随便乱讲的,但无论如何他也憋不住。如果等事情过后再对别人讲,谁相信自己的先知呢?他必须在事发前把消息告诉别人,以显示自己是一个高明的奴才。

想来想去,他决定先把秘密告诉给赵老黑。

赵老黑是宰相魏知古的长随奴仆,年纪大,又生得面黑须重,于是,宰相府的奴仆们就送他这么个诨号。

俗话说,仆随主贵。主子的身份高,奴才也觉得脸上光彩。宰相的奴才就自视高出一般朝臣的奴才们一头,一般朝臣的奴才也往往自觉低于宰相的奴才们一等,心甘情愿地对宰相奴才表示恭维。这就由奴才们自己创造了奴才队伍中的等级。

每当朝臣们上朝的时候,他们的随身奴仆和轿夫都在宫城门外等候。主人的家事,长安城里的趣事,街头巷尾的秽闻,常常成为他们的话题。而当朝七个宰相的贴身奴仆中,魏知古的贴身奴仆赵老黑年龄最大,最受众奴才拥戴,是这伙临时凑到一起的奴才集团中公推的头儿。

柳青儿要告诉赵老黑。等事变发生后,赵老黑出头证实自己的先知,众奴才才会相信。赵老黑是奴才中的权威嘛!

于是,第二天早朝时,他在宫城门外把赵老黑叫到一旁,做出神秘的样子,问道:"老黑头儿,听到什么消息了吗?"

"又是你家少奶奶的事儿?你小子总没正经嗑儿……"赵老黑转身要走。他不喜欢这个平时放屁都掺三分假的小伙子。

"不是不是，是天大的事儿……"柳青儿赶紧拉住他。

"你这个小子，又扯大玄了。你有什么天大的事儿？"说着又要走开。

"骗你是小狗！我知道一个秘密，是天塌地陷的事儿！"

赵老黑见他说得认真，觉出事情有点蹊跷，停住不走了，问道："真有什么事儿？"

"我还能骗你？"柳青儿说道，"不过……你得先发个誓，三天之内，上不告诉父母，下不告诉妻子。"

"你信不过我便罢，我对你这小子发什么誓？"赵老黑说着又做出走的样子。

"你别走嘛，我告诉你，你可别对外人说！"

柳青儿终于把自己听到的太平公主七月四日政变的计划告诉了赵老黑。不过，他略去了自己钻在佛龛下桌帷中的情节，只暗示赵老黑，这是家主告诉自己的，并说："信不信由你，反正你等着瞧吧，到七月初四，你就知道我不是扯大玄了……"

赵老黑是个有心计的人，他听完柳青儿的话，知道这决不是对方胡乱编造的耸人听闻的故事，所以并不刨根问底，只是表情淡淡地说："事儿是不小，不过这都是主子们的事儿，与我们做下人的有什么相干？你可不能再对别人乱说，弄不好，主子们没怎么样，咱们吃饭的家伙先掉了！"

消息憋在肚子里时，柳青儿感到充实，一旦把它发布出去，他又感到空虚，也感到几分恐怖。他认真地点了点头说："再对别人说，我就是狗娘养的！赵老，你也别对外人说哟，咱俩就让这事儿憋在肚子，变大粪屙出去！"

赵老黑可不愿把这消息变成大粪屙出去。他对太平公主与当今皇上之间的矛盾虽不甚了然，但他已养成了忠于主人的职业习惯，他隐隐感到七月四日将要发生的事儿很可能影响到自己主人的地位，他怎么能不把这件事告诉自己的主人呢？

左散骑常侍同中书门下三品、梁国公魏知古，有一个午睡的习惯，从春末到秋初,每天午饭后都要照例踱进书房,在小藤床上小睡片刻。今天午饭后,他刚到书房,赵老黑就跟了进来,把上午从柳青儿那里听来的事告诉了他。

魏知古睡意顿消。他知道赵老黑报告的事绝不是凭空杜撰的。身为宰相,他对太平公主与皇上之间的矛盾是了如指掌的,两者之间的矛盾总有一天要大爆发,这也是他早已意识到的。

但魏知古是个精细人,听完赵老黑的话,沉吟一会儿,忽然翻脸道:"大胆奴才,怎敢妄言朝廷大事?"

赵老黑慌忙跪下道:"奴才不敢,实是柳青儿所言!"

魏知古跺脚道:"蠢才!什么柳青儿!朝廷要是查对起来,你还能找到那个柳青儿吗?那个柳青儿还会承认吗?"

赵老黑懂得了主人的意思,暗暗佩服主人办事沉稳。他答道:"奴才有办法把柳青儿'请'来,拿他做个人证!"

"仔细些!张扬出去我拿你是问!"

"奴才明白!"赵老黑起身走出门来。

他"请"柳青儿的办法很简单:骗。

他来到户部尚书同中书门下三品岑羲的府上,从后门唤出柳青儿,问道:"小哥儿,还有什么事吗?"

"主人正和少奶奶喝茯苓露,今晚大概不会叫我了。"

"咱先去张美手家吃一顿,再去平康里逛逛,怎么样?"

张美手是长安城里最著名的厨师,在阊阖门外的食肆中开有酒馆;平康里又叫平康坊,是长安城中妓女聚居的地方。

柳青儿听了赵老黑的话,分外高兴。他把天字第一号的秘密告诉赵老黑后,又有几分后悔。他怕赵老黑把事情说出去,怕自己的主人遭到厄运而再无人替自己报家仇,所以很乐意和赵老黑在一起,免得赵老黑和别人混到高兴处而把秘密泄露出去。

柳青儿爽快地答应道:"好。可我得回去取点银子……"

"这是怎么说,既是我叫小哥去,当然是我请客,怎么能让你破费。走吧!"赵老黑说着,拉上柳青儿就走。

从岑羲的府门去食肆,要路过魏知古的府第。

来到魏知古府门前,赵老黑又欲擒故纵:"你先在这等着,我再取几两银子。咱哥们儿到那儿可不能太小气了。"

柳青儿果然上钩:"我才不一个人在这里受清风哩,带兄弟进去怕什么?"

"那好,你跟我进来吧!"赵老黑笑着说。

七、月晕础润　君臣同谋杀太平

　　一百万人口的长安城,是当时世界上最繁华的大城市。它的围城,东西长十八里一百一十五步,南北宽十五里一百七十五步。城内南北十四条大街,东西十一条大街,这些大街把长安城画出一百一十个像菜畦似的居民区,人们称它作"坊"或"里"。上至朝廷重臣,下至普通百姓,都居住在这些坊里。

　　在皇城东南方向,有一个坊叫隆庆坊,与皇城只间隔一个崇仁坊。早在武则天年代,这隆庆坊中有一个名叫王纯的居民,家中的水井忽然冒水不止,渐渐形成了个数十顷面积的大水池,人们称它作隆庆池。李隆基做临淄王的时候,和其他四个兄弟在隆庆池北面列第而居,号称"五王子宅"。李隆基做了皇帝后,为避他名讳中的"隆"字,人们将"隆庆坊"改称为"兴庆坊"。这里既是李隆基的发祥之地,又有他和弟兄们的旧宅,所以他散朝后常到这里来玩儿,其中最常玩儿的把戏是击毬。

　　击毬,在长安城里风行一时。上至天子、王侯、贵族,下至进士、举子以及普通百姓,都喜欢这种游戏。早在汉魏之时,中国就有了"蹴鞠"之戏,就是用脚踢毬。到了唐时,西域马上击毬的方法传入中国,于是长安城里又有了马上击毬的游戏,并且渐渐取代了用脚踢毬的玩法。所谓的"毬",是用轻韧的木料削成拳头大小的球,中间挖成空心,外面涂上红色就成了。击毬要选一块平坦场地,显贵者的毬场则是用油和黏土铺筑夯实而成的。毬场的两端各立一个木板门,门的下方开一个孔,孔的后面钉上一个线网。比赛的人分为两队,每人手持一个毬杖。这毬杖约长四尺,也是用轻柔的木料制成的,圆柄扁头,头做成弯月形,也涂上彩色。比赛时,人马分成两队,两队的人在马上用毬杖抢毬,谁将毬用毬杖击进对方门网里,就算谁得了一"筹",比赛结束时,得"筹"多的一队为胜。

人往往有这样一种脾性,哪一种游戏玩得好,就总喜欢玩哪一种游戏。李隆基自幼就喜欢马上击毬,做了皇帝之后,仍不忘故技。他正值年轻体健手脚灵活之时,击起毬来,在毬场内东奔西突,如风驰电掣,常使周围看热闹的人眼花缭乱,喝彩不止。

可是,七月二日午后,细心的人可以发现,李隆基的毬技发挥得很不正常,几次失掉了挥杖击毬入网的良机。

此刻,他身在马上,手持毬杖,却心事重重。

三年来,他的命运,急剧地变化着。

三年前,成功地除掉了韦氏集团,使他一下子身价百倍。他的父亲李旦做了皇帝,他本人被立为太子。

这个结果,是他筹划诛灭诸韦时所没有想到的。那时,他只是出于年轻亲王的义愤而举事的。

当上太子后,他见父皇无所作为,国运没有起色,大权渐渐旁落到太平公主手里,他又急又气。他几次与自己的亲信试图除掉太平公主及其党羽,都因力量不足,父皇又不支持而失败了,自己也险些被推下太子的宝座。

一年前,他的父皇总算干了一件明白事,不顾太平公主及其党羽的阻挠,把帝位禅让给他,自己去当太上皇了。

可是,他感到这个束手束脚的皇帝当得窝囊,形同傀儡,自己治国安天下的想法无法施展。因为父皇传位时明确规定,三品以上官员的任免和国家的大刑大政,仍由太上皇本人处理,就是说,决定国家命运的权力仍由太上皇把持着;还因为,当朝七个宰相中,有五个是太平公主提拔起来的,其中除陆象先态度暧昧外,其余四人,崔湜、窦怀贞、萧至忠、岑羲,都是太平公主的死党,唯太平公主之命是听,另外两名宰相,郭之振和魏知古,实际上是太上皇的人,就是说,他这个皇上,没有一个宰相是自己的亲信,是自己的帮手。这样的皇帝,怎么能当得下去呢?

要么被太平公主一伙吃掉,要么吃掉太平公主一伙,两者必居其一,这一步棋,李隆基已看得明明白白的了。

不过,他吸取了前两次被太平公主斗败的教训,暗暗打定主意,这一次,不动她则已,动则一定将她置于死地。

他等待着这样的时机:太平公主准备动手但还没动手的时候,切实掌握了太平公主谋反证据的时候。只有这种有理有据的时机,才能使太平公主的哥哥太上皇无话可说,才能堵住天下人之口。

山雨欲来风满楼。种种迹象表明,这种时机就要到来了。

这天下午,就在他于兴庆坊毯场击毯这一段时间里,已经接到了两个使他又惊又喜的禀报。

他惊惧,是因为这两件事显然都和他的地位、他的性命有关;他喜的是,太平公主终于要对自己下毒手了,自己除掉这个心腹大患的时机终于到来了。

第一个禀报是:薛崇暕失踪了!朗朗乾坤,昭昭日月,都城长安竟走丢了一个能文能武的郡王,岂非咄咄怪事?

近些时候,李隆基对薛崇暕显得特别亲厚,那个热乎劲儿,甚至超过对亲兄弟的友爱。他这样做,是因为薛崇暕是太平公主的宠儿,他可以通过薛崇暕的言语态度窥探出太平公主的一些动静。而薛崇暕也常有意无意地告诫他,要注意京城和宫廷的防卫,注意自己的安全。这显然可以说明,太平公主确实在背地里筹划对自己下毒手,而薛崇暕知道一些母亲的打算又不肯明白告诉他。可是,从昨天午后到现在,薛崇暕一直没有来见他,他刚才又派一太监去叫,太监回来禀报说,薛府的人说薛崇暕到太平府一直未归,而太平府的人又说薛崇暕根本未到过太平府。

薛崇暕神秘地失踪了。失踪的原因还不清楚,但很可能和太平公主有关。

另一个禀报更使他动心:吏部侍郎王琚刚才在御沟截获了一包菌药!

御沟,实际上是流经宫城的一条人工渠道。长安城的周围,共有八条河流,俗称"八水绕长安"。当年唐太宗登骊山时就曾作诗说长安城是"四郊秦汉国，八水帝王都"。这八水中，浐河与长安的关系最为密切。长安城内的曲汇池、太液池的水，都是浐河的水经黄渠和龙首渠引入的。龙首渠的一个支渠，则是从皇城的延喜门和景风门中间穿过，再经宫城的长乐门西面流进宫城。这流进宫城的人工渠就被称作"御沟"。

从御沟向宫内偷送菌药，这无疑是针对自己这位新皇帝的。李隆基早在做潞州别驾的时候就听人说过，菌药是一种烈性毒药，在一般药房里根本买不到，这不单因为它药性剧烈，一般药房主不敢经营，更因为它很难得到。它是一种菌球阴干后提炼而成的，而这种菌球，又是名叫"钩吻"的毒葛的汁液落于树下湿地而生出的。不是性情阴毒、心怀叵测的人，谁能熬费苦心去搜集、收藏这种毒药呢？

毫无疑问，薛崇暕的失踪和御沟中的毒药，说明他即位一年以来朝夕忧惕的事情到来了——她，他的姑母太平公主，要对他下手了！

但是，他竭力使自己保持镇定，他仍在毬场上击毬，他要若无其事地打完这场毬。他不能失态失措，他要在臣下和宫监们面前保持天子从容庄敬的威仪。

他继续跃马击毬。

忽然，他一眼瞥见高力士带着几个小太监驰马来到毬场边上。这个精细的人，怎么不按我的旨意严守宫廷，跑到这个地方来了呢？肯定有异常情况，有机密大事！

李隆基带过马头，驰到毬场边上。

高力士翻身下马，迈着急促细碎的小步来到李隆基的马旁，低声启奏了几句，然后大声替李隆基宣呼："启驾——回宫！"

天交申时，李隆基带着高力士以及随身太监和卫士骑马回到了宫城。

刚进长乐门，李隆基一眼望见中书侍郎王琚正在那里立候，心头不由滚过一阵热浪，有这个王琚在，李隆基心里就觉得踏实，觉得有依靠。这个王琚，就是他的智囊，他的胆魄。

这个王琚，就是三年前他在杜曲结识的那个王十一。

王琚是在李隆基诛灭了诸韦,被立为皇太子之后,才从东都洛阳来到长安东宫投奔李隆基的。

东宫,位于宫城的东侧,围城南北长二里七十步,东西约半里路宽,内有宫殿九座,历来是皇太子所居之地。李隆基被立为皇太子后,也从兴庆坊移居到这里。两个月后的一天傍晚,李隆基晚饭后正在宜春宫里吹笛,守卫宫门的人忽然双手捧着一柄刀来报告说:宫门外有一个人前来献刀。

李隆基感到几分奇怪,接过那口刀,抽刀出鞘,猛地认出它正是王十一的那口青锋,忙问:"献刀人何在?"

"正在宫门外候殿下召见!"守门人回禀道。

李隆基二话没说,丢下玉笛,由守门人带路,直奔东宫的奉化门。

立候在奉化门口的正是王十一。相别数月,这王十一显得更为精干了。

李隆基想王十一想得太苦了,见到王十一太兴奋了,他用左手一把揪住正在施礼的王十一,右手照着王十一的肩窝就是一拳:"你跑到哪里去了,可把我想坏了!"

王十一仍是恭恭敬敬地回答道:"天地之大,万物皆可为逆旅,何处不能容小人一身?"

李隆基从对方恭谨的态度中意识到自己的身份,又觉得宫门口不是谈心之处,便放开手,把王十一引进宫来。

入宫以后,王十一跪下道:"小人得罪在先,今日特来领罪!"

李隆基有些不解,问道:"你何罪之有?"

王十一答道:"小人是在逃犯人王琚。在杜曲时,小人隐姓埋名,未以实相告……"

王琚?李隆基一下子想起来了:六年前,当时的驸马都尉王同皎激于义愤,图谋杀掉祸国乱政的武三思和上官昭容一伙,不幸失败,参与其事的人大都被杀死,其中只有一个名叫王琚的要犯逃之夭夭。这个案子,早在自己的父亲做皇帝的时候就翻过来了,没想到,这个王琚,今天才重新抛头露面。

李隆基扶起王琚道："当时你是怎么逃出京城的？"

王琚答道："臣听说御史大夫率羽林军围了驸马都尉府,知道事情败露,以为徒死无益,便乔装改扮成江湖占卜者,逃出春明门,直奔东都,又从那里沿隋河南下,在江都替人抄书为生……"

"你怎么到今天才来？在杜曲时怎么不以实相告？"李隆基又问道。

"小人以为,殿下除掉诸韦虽费心力,但智力足以胜之。当时殿下决心已定,又足以取胜,小人再参与其事,实有贪功之嫌。小人以为,殿下用臣,不在诛灭诸韦之时,而在今日！"

"在今日？"

"正是。殿下今为太子,但到君临天下,还有颇多坎阻,这或许有臣效力之处。"

一句话说中了李隆基的心事。是啊,自己虽然做上了太子,但要接替父皇的位置当上名副其实的皇帝,还有多么长的路啊！从祖上高宗皇帝到今天,哪一个皇太子顺顺当当地即位称帝了？未继位前被杀被废的先例还少吗？帝王家,帝王家,人们往往只看它的富贵荣华,不见它内部的勾心斗角、相戕相杀！焉知自己在通向帝位的道路上就不翻船覆车？要避凶趋吉,不正需要有胆识有权谋的人做自己的心腹吗？

李隆基在杜曲结识王琚以后,一直把王琚当成知心人。王琚为他留下的八个字,给他多少鼓舞和力量啊！动手诛灭诸韦前,他心里常常吟诵"当断不疑",促使他果决地择机除掉了韦氏一伙；当人们要立他为太子时,他又反复玩味"当仁不让",终于鼓起了坐上太子宝座的勇气。几个月来,他时常想念王琚。但是,现在王琚出现在他面前了,他皇太子的身份,主子的尊严,又使他从重见王琚的狂喜中冷静下来了。他不能和王琚过于亲昵,那样,时间长了,自己怎能驾驭得了对方呢？

想到这里,李隆基慢慢说道："杜曲一会,孤王即觉出你忠义有识。但要马上重用,又恐外人议论,说你无功受禄,说孤赏罚不明……"

王琚从容答道："小人非为荣利而来,只想在殿下身边尽微薄之力,不敢无功受禄。"

"那就委屈你先做孤的詹事府司直。你意下如何？"

"小人愿意效劳！"

詹事府是朝廷设置的辅导太子的官府，司直是府中考察各官员工作情况的官员。从那时开始，王琚一直侍奉在李隆基身边，逐渐成为李隆基最倚重的人。此后，王琚的官职也由司直一升为太子中书舍人，再升为朝廷的中书侍郎。

王琚真是一个多才多艺的人。说笑话，变戏法，论百草，讲阴阳，相面占卜，飞丹炼砂，吹打弹拉，当垆卖酒，捐珠贩马，虽不样样精通，却样样都能比划比划。出入皇宫，他礼数周到，从不失仪；换上商贾的服装混杂于长安集市中，他又活像一个精于世故的商人；龙肝凤胆，琼浆玉液，他享用起来毫不笨拙，粗茶淡饭，食粥咽糠，他也能甘之如饴。这些日子，他早已察觉出政治气候的变化，更加忙碌。他忽而冠冕堂皇地出入公卿之家，摸对方的态度，忽而又乔装改扮，混在市井无赖中探听消息，掌握民心民意。最近两天，他又得到李隆基的允许，配合高力士随时查看把守宫门的人是否忠于职守，留心宫廷内外是否有人私自来往。

这天午后未中时分，王琚偶然踱到御沟旁边，忽然发现上游顺水漂流下来一个蓝色的物件。他的心里一动，猛然意识到这蓝色物件中可能有什么名堂。他双腿向下微微一蹲，又猛地向空中一蹿，右手抽出佩剑顺势一挥，砍断御沟旁一株垂柳一根鸡蛋粗的树枝，几乎是在同时，他撒手丢开佩剑接住树枝，抡起那顶端带着一丛细嫩枝叶的柳枝作为笤帚，一下子就把御沟中顺水漂来的蓝色小包划搂到岸边。

捞起一看，是一方丝巾裹着一包东西，打开丝巾，里边是三层油纸包着的灰色粉末。这粉末是什么东西，王琚马上就猜到了。虽说他是三教九流无所不通的人，也还要看个究竟，他把那粉末捧到鼻尖一闻，一股药香直透肺腑，整个鼻腔感到一阵酥麻。烈性蛊药！他早就听说过，蛊药不麻不毒，越麻越毒。有人向皇宫偷送毒药！

他包好毒药，藏进袍袖，拾起佩剑若无其事地走进宫城，一面派人到兴庆坊向李隆基密报，一面让高力士在宫中查访：刚才谁到御沟边上去了？

李隆基回到宫城，进入两仪殿，更衣之后，来到前殿，小太监服侍他端正地坐下。这个过程中,他显得异常从容。宫城之内,还是那么平静,殿台楼阁,还是那么富丽堂皇,太监和宫娥们还和往常一样按部就班地做着自己应做的事,自己还是这里的主人、天下的主宰,慌什么呢?将要发生的事,他早就心里有数,有什么可怕的呢?有什么可慌乱的呢?慌乱,于事无补,只能使自己在臣子们面前失去威严,失去应有的风范。

李隆基坐好之后,开始听取众人的启奏。

魏知古启奏了他从柳青儿口里审出的情报:太平公主等人确实在佛堂定谋,要在后天早朝时发难。投毒的主意是谁提的,谁来投毒,柳青儿没有听清。

王琚禀奏了他在御沟旁截获菌药的过程。

李隆基问高力士:"到御沟旁来接药的人查出来了吗?"

高力士回禀:"尚未查出。"

李隆基露出明显的不满神色。

高力士忙说:"奴才今晚一定查出!"

李隆基听完三人的启奏,长叹一声,表现出一副无可奈何的样子。调动兵马,杀掉谋反者,其中包括自己的姑母,已是势在必行。但这种事情,他向来不愿主动提出,向来是要让别人先开口说出的。

果然,魏知古说话了:"臣以为,今日之事,凶兆迭现,谋反者罪证确凿,社稷有倒悬之危,陛下有不测之祸,非动刀兵不可了!"

李隆基又是一声长叹:"魏卿所言极是。但上皇仁爱,同胞中现在只有太平一人,况且太平又是予的姑母。今若诛灭群小,予实难辞不亲不孝之名。"当了皇上,却自称"予"而不能自称"朕",李隆基感到别扭极了。可这是太上皇让位时的规定。此时李隆基暗想,他称"朕"的时候快到了!

皇上的心理,王琚早就揣摩透了。他知道,皇上只是碍于亲属关系,难于启齿。食人之禄,就要分人之忧,主上不便讲的话,臣子只好代言了,以便当场把决策定下来。

他向前跨进一步,高声说道:"臣以为,天子之孝,在于保社稷,安天下。如陛下守小孝,让奸人得志,则社稷丘墟,苍生涂炭,那时还讲什么孝呢?臣在陛下诛灭诸韦之后才前来供陛下驱使,正是为了今日之事。太平公主上倚太上皇之势,下有众文武为羽翼,上下串通,朋比为奸,政出多门,不由陛下专主,天下焉能大治?臣冒死一言:今日之势,要天下太平,必须先杀太平!望陛下圣裁。"

李隆基又叹了一口气,说道:"众爱卿既申明大义,以社稷苍生命予,予也只好守大义大孝了。只是不可惊动上皇。别的,也无法顾及了。"

李隆基的话带有明显的暗示:只有事先不让太上皇知道消息,诛灭太平的事才能顺利。而且他早已想到:除掉太平以后,太上皇只得交出自己控制的权力,那时候,他这个皇帝才可能成为名副其实的天下之主。

王琚对皇上的话心领神会,说道:"陛下身居九五之尊,诛叛除逆,自然不必先奏上皇。待明晨早朝时,可先除北军中的逆贼,再进而麾动北军,搜捕朝臣中的乱党,即可不惊动上皇而安天下了。"

"事已至此,只好听凭众爱卿的主张了,今夜诸卿还须严守秘密。唉,对予尽忠尽智的是众爱卿,陷予为不孝不仁的也是众爱卿哟!"李隆基仍是一副无可奈何的口气。

八、暗剑出鞘　反政变二次喋血

公元713年,即唐玄宗开元元年,七月三日凌晨,一场由皇上李隆基亲自主演的宫廷血斗在武德殿拉开了战幕。

这是一场特殊的政变,是一个已经即位的皇帝从自己姑母和自己父亲手中夺取更大权力的武装政变,也是从宫廷内杀向宫城外的一场反政变。

李隆基一夜未睡。他处在极度的紧张和兴奋状态中。

卧榻之旁,岂容虎狼酣睡!多谋善断又专横恣肆的太平公主,近年来苦苦与他作对,是他身边的一只恶虎;她手下的一帮死党,就是一群凶恶的豺狼。不除掉这一伙人,他寝不安席,食不甘味,皇上做得碍手碍脚,提心吊胆,太不舒服!

现在,太平一伙谋反的证据确凿,杀之有名了,他就要名正言顺地除掉这批心腹之患了!他就要舒舒服服地做皇帝了!

天亮之后,他就要凭借皇帝的权威,发号施令,翦除这帮政敌了,但他又不能不想了许多。

太平公主,无疑是自己政治上的死敌,但她是自己的姑母,也是自己父亲唯一的同胞了。天亮以后,一旦动起武来,他想饶她不死也不可能了。因为既然大张旗鼓地动兵用武去杀掉她那一伙人,就必须公布她谋反的罪名和证据,而谋反和图谋推翻皇帝,是十恶不赦的罪名,是无法宽恕,必死无疑的。杀了自己的姑母,自己的父亲会怎样?会痛不欲生?会惊忧成疾?如果父亲因此而猝然过世,那将会引起什么反响?世人会怎么议论？后人会怎么评说？会说我贪权背义吧？会骂我忤逆不孝、逼死生父吧？可是,现在我还顾得了这些吗？顾不得了！毁与誉,由人之口吧！功与过,任后人去评说吧！为了大唐江山,为了社稷苍生,也为了我自己,为了除去自己的政敌,为了自己能心舒意畅地做皇帝,我又一次动手了！

天过四鼓,两人两骑驰到武德殿前。跑在前面的是高力士,后面的是羽林军将军王毛仲。

武德殿里灯烛辉煌,李隆基端坐在御案后,旁边立着王琚、姜皎、李令问、王守一等亲信朝官和李隆范、李隆业两个兄弟,还有羽林将军李守德。

王毛仲参拜李隆基。李隆基板着脸喝道："高丽奴,你有三条死罪,你知道吗？"

王毛仲是高丽族人。他闻言一惊,偷眼看李隆基,只见皇上满面杀机,不由得双膝一软,跪下磕头道："陛下开恩！"

李隆基说道："予来问你,诛灭韦氏之夜,你跑到哪里去了？"

"臣……臣在太平府里,公主命臣……执兵宿卫……"王毛仲没想到皇上突然问起这件事。那天夜里,他实在感到李隆基的行动有些冒失,唯恐自己跟着白丢了脑袋,便在最后一次为李隆基向太平公主报告行动计划后,藏在太平府里坐观胜败,直到大局已定他才出来见李隆基。

"予养你多年,正要你用命之时,你却临阵脱逃,此一死罪也！予再问你,太平公主怎么知道了予与王琚在杜曲相识的事？"

"这……去年冬天,有一天,臣被太平公主叫进府去,当面问臣,是谁向陛下保荐的王琚。臣照实说了……陛下在杜曲与王大人相识的事……"王毛仲觉得今天皇上的态度非同平时,紧张得回奏的话也说不连贯了。

"哼！予为一国之主,你怎么敢随便同他人议论？你不知道'伺察至尊'是什么罪名吗？这是你第二条死罪！"

"臣罪该万死！"王毛仲跪在那里,头上冒汗,小腿肚子也哆嗦起来了。

"予再问你,你身为羽林军将军,可知北门军中有人要谋害朕躬?"

王毛仲大吃一惊,惶恐地抬头望着皇上:"这个,臣实所不知!"

"你身为宫廷宿卫将领,谋逆之人就在你身边你都不知道,予还要你何用?这是你第三条死罪!"

"这个臣实在不知。陛下试想,谋逆之事,岂能人人皆知?恕臣有眼无珠……"

李隆基停了一会儿,脸色缓和一些,又问道:"这些年来,予待你如何?"

"恩重如山!诛灭诸韦,臣未曾出力,陛下仍弃瑕录用,擢臣为将军,臣由衷感激,常思报效。这实非面谀之词,皇天后土,此心可鉴!"

"那是念你与李守德随予多年,擢拔了李守德,也就同时擢拔了你,不想你还是不成器。今予命你办一事,事成之后,既往不咎,加官晋爵;若有差池,数罪俱罚,夷灭九族!"李隆基说到这里,站了起来。

"臣恭听圣旨,虽赴汤蹈火,在所不辞!"王毛仲连连磕头。

李隆基口谕:"右羽林大将军常元楷与知右羽林将军事李慈,图谋大逆,罪在不赦。予命你带禁兵三百,骑闲厩马,伏于虔化门内,俟其入门,不用多问,立即就地正法!"

闲厩马,是宫廷中皇上的仪仗马;虔化门,在武德殿正门之西。

右羽林大将军常元楷和知右羽林将军事李慈,接到宣召他们入宫的圣旨,都感到几分奇怪。皇上怎么这么早召见他们两个武官呢?但圣旨不可违,不能不从,只得跟随来宣谕圣旨的宫闱丞杨安进宫而来。李隆基登极之后,高力士升任内给事,杨安便接替高力士的位子成了宫闱丞。

常元楷祖宗三代都是靠告密得高官的,有一种吃惯了告密甜头的家风。常元楷本人更是深得家传。他知道,图谋推翻皇上,这可是性命攸关的大事,而且年轻的皇上精明英武,也不是好对付的主儿。所以,他随时准备着使用家传的法宝:告密。他奉到召见的圣旨,就拿定主意,皇上如果问起太平的事,就可以肯定,太平谋反的事泄露了,他就马上反戈一击,将太平的计划全部报告皇上。如果皇上另有旨意,另有差遣,就说明这个可怜的皇上还蒙在鼓里,明天这个时候就做不成皇上了,活该倒霉!

李慈昨夜做了一夜乱梦,现在脑袋里还是乱七八糟的,他想,还有今天一天时间,大唐朝廷就要又一次出现大流血了,我也要升官了。佛祖保佑,这一天时间里可别出什么意外。他拿定主意了:只要这次进宫能平安出来,他就连家也不回,一头扎进北门卫军中,直到明天早上从那里带兵攻入武德殿,推翻当今的皇上。他认为,在这政局不稳的时候,只有生活在兵营里,指挥着铁骑,才是最安全的。

二人随着杨安,心事重重地向前走着。刚迈进虔化门,突然,身后两扇门轰隆一声关上了。原来,两扇门后各藏着一个力士,见二人走进门来,猛力推动门扇,合上了大门。

常元楷和李慈吃惊地停住脚,还没等他们完全明白是怎么回事,王毛仲带着十几个人冲到了他们面前,将他们围住了。

常元楷和李慈完全明白出了什么事了。李慈飞起一脚,踢翻了一个靠近他的兵士,随手夺得一把长刀。常元楷却举起双手,对王毛仲喊道:"且慢动手!王将军,我要面见圣上,有要事启奏!"

王毛仲是一个胆大时胆大得出奇,胆小时又一步三回头的人。现在,正是他胆大的时候。奉明旨诛灭叛逆,身边是自己带来的执刀披甲的禁兵,远处又有三百铁骑做后盾,皇上带着亲信文武在武德门的城楼上看着自己,而眼前这两个倒霉蛋又成了笼中之鸟,他怕什么呢?由于气盛胆壮,加上自己有一身好武艺,那个夺刀在手的李慈,在他眼里不过是一个拿着小树枝的孩童。他先不理李慈,笑嘻嘻地向常元楷凑上两步,故意装出悲天悯人的腔调说:"常大将军,你要见圣上干什么?还要告密吗?咳,迟了!若是昨晚来告密,我今天还得归你统辖,可惜呀,这个时候才想自首,晚喽——"

说到这里,他陡地一变脸,猛地抽刀在手,对身边的武士喝道:"闪开!"随着喊声,他蹿上一步,刀光一闪,就将常元楷的脑袋从脖子上剁下,常元楷的脑袋滚落到地上,发出"笃"的一声响,紧接着,常元楷的无头躯体也扑通一声栽倒了,脖腔里的鲜血喷出三尺多远。

王毛仲一转身,用带血的刀指着李慈说:"吾奉诏诛灭凶逆,你还敢执刀抗旨吗?"

李慈犹豫了一下，忽然抛刀在地，朝王毛仲双膝跪下道："李慈自知今日必死。将死之人敢烦将军转奏圣上，臣一介武夫，不识顺逆，误入歧途，现已悔恨无及。所遗一子二女，乞圣上天恩怜护……"说完闭上双眼，泪如雨下，伸长脖子，等候王毛仲来砍头。

王毛仲本以为李慈会和他对杀一场，那将是多么有趣的事。对方武艺平常，又身置必死之地，肯定不是他的对手。他杀了执刀抗旨的李慈，在皇上面前可以炫耀两句，在同僚中间也可作为吹嘘的谈资，可是，这个李慈竟然跪在那里瞑目等死，他感到很扫兴。但所奉的圣旨是明确的，他不敢拖延，只得对身后的一个武士一挥手，示意那武士去砍下李慈的脑袋。

这时，天已放亮。武德门城楼上的李隆基见王毛仲顺利地除掉了常元楷和李慈，便命令李守德、陈玄礼带着他的亲笔圣旨去夺取北门卫军的全部兵权，并守住宫城北门，同时，命令自己的兄弟李隆范、李隆业去南牙夺取十六卫军的全部兵权，守住皇城南门。自己则带着文武亲信和王毛仲统领的几百名禁兵向朝堂进发。

宫城里人喊马嘶，骚动起来了。

朝堂在承天门外，是左右两栋厢房。这里名为百官上朝前的休息之处，实际上，百官到这里都是规规矩矩按次序站着，等候着"九天阊阖开宫殿"的上朝时刻。

李隆基一伙人直奔朝堂而来，远远望见有一二百人守住了通向朝堂的嘉德门。

原来，太上皇李旦听到骚乱声，心里发慌。这些年来，他被残酷的宫廷斗争吓破了胆。他召来吏部尚书郭元振保自己的驾，从太极殿跑到了宫城南最高大的承天门城楼上，紧闭了通向城楼的大门，并命令一名侍御史召募宫廷门卫、太监、宫女共二百来人，守住了承天门下通向朝堂的嘉德门。

陆续来到朝堂里的文武百官不知出了什么事，谁也不敢乱动。岑羲、萧至忠已预感到这骚乱与自己有关，但情急无智，不知如何是好。是逃出宫城呢？是随太上皇逃上承天门呢？还是装作无事的样子硬着头皮撑着呢？一时拿不定主意。

然而，李隆基一伙人目标是明确的，是毫无犹疑的。他们没有停止前进的步子。

被临时召来守卫嘉德门的杂牌军，见皇上亲自带兵来到这里，都丢下武器，自动散开。高力士和姜皎指挥几名武士冲进朝堂，直奔岑羲、萧至忠，将他俩反剪双臂，牢牢捆住，推到李隆基的马前，与被王毛仲捉来的李钦、李猷、贾膺福等人站在一起。

李隆基传旨：将这几个十恶不赦的谋逆者就地斩首。

没有人求饶，没有人喊冤，也没有人哭叫。政变与反政变，向来是你死我活的。成功了，便夺取了权力和富贵，失败了，便会丢掉性命。这个道理，久游宦海的岑羲等人是深知的。他们也知道，这个时候，挣扎是徒劳，呼天抢地也是没有用的，也用不着去思索和悔恨了，一死而已！

他们的尸体被拖走了。嘉德门下的青砖地，贪婪地吸吮着殷红的鲜血。

李隆基胜利了。捷报一个跟一个到来。

李守德、陈玄礼派人来报，已经杀光了北门军中常无楷、李慈的亲信，完全控制了羽林军和万骑营。

李隆范、李隆业派人来报，南牙军中太平公主及窦怀贞等人的亲信党羽已经廓清。

追捕窦怀贞的人报告，窦怀贞走投无路，在御沟旁的一株柳树上自缢身死。

胜利的喜悦涌上李隆基的心头。他迈着从容而坚定的步子，带着王琚、高力士等人，登上了承天门城楼，向躲在那里的太上皇李旦问安请罪。

李隆基跪奏道：“窦怀贞等不臣图谋大逆，儿皇不得已以兵诛之，惊扰了父皇，请父皇回宫治儿皇之罪！”

李旦见儿子跪拜在自己跟前，知道自身的凶险已经过去，心里安定下来了，但他也明白，太平一党的土崩瓦解，李隆基君臣的同心合力，使他这个太上皇有名无实了，他的话没有人再听了。他叹了一口气，说道：

"儿皇诛逆除叛,何罪之有?咳,为父治家尚且无方,何能治国?军国之事,从今后悉由儿处置吧,为父只求一静殿颐养余年了。"他的话,既有真心,又有牢骚。

父皇话里话外的意思和此时的心情,李隆基都明白。他做出诚惶诚恐的样子,连连磕头说:"父皇之言,实使儿不胜惶恐,也未俯鉴儿今日动兵的初衷。况且儿尚年轻,如何能担起统治天下之任?还望父皇悯儿驽钝,继续为儿操劳军国大事!"

李旦连连摇头叹气,声音钝滞地说:"不必喽。天下事,儿好自为之吧!望儿慎终如始,胜过乃父!"

第二天,李旦正式下诰,宣布从即日起,军国大事,悉由皇帝处分。自己迁到百福殿颐养天年去了。

李隆基总揽朝政,当上了名副其实的皇帝,便下诏让王毛仲去捕捉太平公主,并继续追查处置太平公主的党羽。

太平公主本是一个爪牙遍朝野的人。直诏令常元楷、李慈立即进宫的消息,在他们刚迈进虔化门的时候就传到了太平公主的耳中。她马上意识到大事不好了,李隆基先发制人了,她慌忙带上自己的亲信和一些金银细软逃进了终南山的寺庙中。

三天以后,她被搜捕出来,同时被搜出的还有随她出逃的崔湜等人。

她被押回太平公主府软禁起来,崔湜被押进刑部的监狱中。

太平公主成了笼中鸟。

她感到了死亡的恐怖,也还有着求生的欲望和希望,同时深深感到失去权势、命运操纵在他人手中的空虚和悲哀。

傍晚,宫闱丞杨安带着几名小黄门,穿过监护太平府的羽林军的人墙,直奔太平公主的寝宫而来。

太平公主的心怦怦乱跳,她知道,宣布她命运的使者来到了。是生是死,就决定在这个小小的宫闱丞手中那幅印有金龙图案的御笺上了。

太平公主没有想到,杨安手中捧的不是诏制,竟是太上皇的诰命。当时,皇上李隆基的命令称敕、制,太上皇的命令称诰命。

诰命宣布了太平公主谋逆的罪名,命她在府第中自尽。

听杨安宣读完毕,太平公主怔住了。突然,她哈哈大笑,一把夺过那纸诰命,撕得粉碎,朝杨安脸上摔过去。

完了。死亡,摆到了自己的面前。

在此之前,她一直怀着希望。

她希望李隆基能动恻隐之心。自己的党羽已被诛杀殆尽,自己成了没有羽翼的鸟,再也飞不起来了,再也不会有什么作为了,李隆基不一定非要我死不可吧?

再说,还有我哥哥呢,他是太上皇,能够眼睁睁看着自己的妹妹被杀死而不援救吗?

现在,她明白了,李隆基这一次行动,是一箭双雕,既除掉了自己的一伙,又从太上皇那里夺去了大权。此时,李隆基不但控制了朝政,也控制了他的父亲、我的哥哥!这纸诰命,肯定是李隆基凭着大权在握的皇上的威势,逼迫我哥哥写的。不然,我那素来仁弱的哥哥是决不会忍心对我下这样的诰命的。这也是李隆基玩的借刀杀人之计!明明是他要杀我,却叫我的哥哥出面来杀!

李隆基这小子也太狠心了。你既然得手了,杀光了我的亲信,怎么还非要我的命不可呢?为什么不留我一条命,容我做一个富家寡妇呢?你是怕我东山再起吧?你是怕别人见谋逆之人可以不死,都来效尤吧?

我哥哥也太无情无义了。李隆基再威逼你,总不会杀了你吧?你毕竟是他的生身父亲啊!你若是以死相争,以死相要挟,还怕救不了我一命吗?为什么只图自身苟安,依顺逆子的意思,把我送进鬼门关呢?

哼,哼哼,你们都只顾自己了,把我作为刀下鱼、俎上肉了!哈,哈哈,我死,也要向你们脸上抹一把灰!

太平公主突然当众脱光了自己的衣服,脱得赤条条一丝不挂,像一段剥光了树皮的树干,立在台阶上。

杨安,小太监,后面的王琚、王毛仲,都被太平公主这意外的举动惊呆了,都背过身子,不敢再看。

太平公主大声冷笑着,从容地转身走进寝宫。

半个时辰之后,薛崇暕带着几个侍女走进寝宫,太平公主已经用白绢自缢而死。

薛崇簡让侍女们为太平公主穿好衣服,然后抚着母亲的尸体恸哭。

李隆基传下圣旨,命令将太平公主的几个儿女及其直系亲属全部处死,只特赦了薛崇簡,还保留了他的官职和爵位,赐他改姓李,并允许他收葬亲人的尸体。

第二天,崔湜也被发落了。因为他的妻女与李隆基有过特殊关系,被从轻处理,发配到窦州。可是,他刚上路两天,就被查清他就是串通宫女元氏阴谋毒死李隆基的首犯,那个顺御沟漂送菌药的人也正是他。李隆基再也不顾崔湜妻女的情分了,一道圣旨颁下,追令尚在流放途中的崔湜就地自杀。

扫清了朝廷中的异己力量,李隆基要实现长期隐藏在心里的愿望了:治国安邦,富国强兵,使过去和将来的任何皇帝在自己的功业面前都相形见绌!

第二卷　鼎鼐开元

九、新丰拜相　姚崇力陈十款事

一主二仆,风尘仆仆地奔驰在同州通往新丰的驿道上。

主人身材高大健壮,身着五品官服,骑在马上,目光总是射向马前六丈远的地方。若是下马步行,人们就会发现,他的步子又大又快,而且走起路来,双臂的摆动,身子的扭转,节奏急促且很有规律,唯独那个脑袋,好像一个相对于地面作匀速直线运动的圆球,眼睛死死盯着脚前三丈远的地方,如不受到惊动,决不肯抬起头来或左顾右盼。正因为如此,别人送他一个绰号,唤作"赶蛇鹳鹊"。

他是同州刺史姚崇。

他接到皇上李隆基的密诏,要赶到新丰朝见。

照成规,皇上离京外出,所到之地,三百里内的刺史应该主动奔往皇上所在之处朝拜。他的任所同州距新丰只有几十里,他却没有主动来朝见皇上,只派一人送来一份奏章,说州务繁忙,请求皇恩准予免参。皇上却当即修一密诏让来人带回,要姚崇见诏后务必立即赶到新丰来。

他今年已经六十四岁了。年轻的时候,纵猎嗜酒,一身侠气。后来有人见他胆大心细、多谋善断,说他如果留意于经国治世之道,必能出将入相。从此他折节向学,果然顺利登上仕途。武则天和李旦两朝,他两次出任宰相。他原名叫姚元崇,现在单名一个崇字,还是当年武则天替他改定的呢。李隆基做太子后,他见太平公主权势太大,太子李隆基日夜不安,便和宋璟谋划,向皇上李旦建议,让太平公主离开长安,住到东都洛阳去。没想到李旦把他们这个建议告诉了太平公主。太平公主大吵大闹,李隆基见势不妙,便把他和宋璟做了牺牲品,向父皇启奏说,姚崇、宋璟离间他和姑母的关系,请父皇治罪。于是姚崇被贬为申州刺史,宋璟被贬为楚州刺史。

在外地做地方官这两年多的时间里,他先后调任了几个州的刺史,州府的事只要一早一晚他就办得利利落落,大材小用,不由他心里愤懑,经常纵酒射猎。李隆基在与姑母的斗争中,把他作为牺牲品,他是刻骨铭心的。当时,李隆基是请求父皇将他处以极刑的,幸亏李旦宽仁,他才免于一死。他从这件事中,咀嚼到了"伴君如伴虎"的滋味,仕进之心有些淡薄了。

接到皇上的密诏,他反复猜测,最后断定:皇上召我,肯定是要起用我!不错,年轻的皇上是有心机的,初登大宝,恩威并用,既不吝官爵,也要杀人立威。听说前几天皇上在新丰阅兵,因为军队阵容不整齐,要杀掉兵部尚书郭元振和给事中唐绍,因为张说和刘幽求的劝阻,郭元振才免于一死,流放到五千里之外的新州去了,而唐绍到底还是被当场杀掉了。不过,皇上召我,不会是要杀鸡给猴儿看。我现在只是一个刺史,又没有罪名,杀我不足以立威,且有损于他的英名。他召我,是要让我官复原职,为他治理天下!

从接到密诏到现在,姚崇想了许多事,并做了出任宰相的思想准备。

赶了半天路,年逾花甲的姚崇仍无倦意。他来到新丰县城,又由太监引路,赶到城南渭水岸边。李隆基正在这里狩猎。

来到渭水岸边,他远远望见皇上正在猎场旁住马等着,便翻身下马,把马缰丢给随从,按礼节小步急行,趋到皇上马前跪拜:"臣姚崇奉旨朝觐陛下,吾皇万万岁!"

李隆基坐在马上,望着姚崇跪拜在地的高大身躯,脸上掠过一丝满意的神色,说道:"爱卿平身。爱卿鞍马劳顿,还能随朕射猎一番吗?"

"臣居官多有过失,实是惶愧。至于跑马射箭,臣倒略知一二。虽已年迈,还堪随陛下奔走。"姚崇一边起身,一边答道。他心里知道,这是皇上总揽朝政后第一次召见他,也是要考察一下他的体力。现在,郭元振被贬,兵部尚书的位子空着,皇上很可能命他补这个缺。而做兵部尚书身体不好,不能跑马射箭是不行的。

李隆基听了姚崇的答话,果然很高兴:"看来爱卿对射猎是很内行的了。"

"臣少年丧父,无人教训,不知读书,唯以射猎为乐,至今犹弓马娴熟,筋骨顽健。"姚崇以前两次为相,都兼任兵部尚书,对兵事很熟悉,这一次,如果皇上真用他为相,他还愿意兼任兵部职事,才这样表白。

李隆基点头说道:"爱卿随朕来。"

猎场在渭水岸边一片高冈上。时值初冬,山草枯黄,树木也只剩下光秃秃的枝干了,但山中的鸟兽却正是肥健的时候。在这样的猎场里,枯萎的野草对奔马没有一点羁绊,马儿可以纵情驰骋;而草枯木落,恰恰增大了能见度,使猎人猎鹰猎犬的眼睛更加敏锐。这深秋初冬,正是狩猎的黄金季节。

年轻的皇上硬弓快马驰进猎场,姚崇不慌不忙,拍马紧紧跟在皇上身后。而宰相张说、刘幽求的骑技显然略为逊色,不时被抛在后面。这两个人也是在诛灭太平一党后升做宰相的,张说是中书令,刘幽求是左仆射、平章军国大事。

姚崇随皇上来到一道山沟边,忽然惊起一对山鸡。两只山鸡嘎嘎叫着,盲目地在低空顺着山沟向前逃去。

李隆基手疾眼快,张弓一箭,将飞在前面的雄雉射落在草地上,回头喊道:"爱卿快射!"

姚崇手按弓弦,却不马上放箭,待到后面那只雌雉将要落地的一刹那,才开弓射出一箭。

原来,山鸡的飞行距离很短,特别是秃尾巴的雌山鸡,扇着翅膀在低空蹿几十丈远就要落地歇一下脚。对于山鸡的这种习性,姚崇早就熟悉了。

君臣二人拍马向前,各自用镫里藏身的姿势,从草地上拾起自己射中的山鸡。

皇上射中的雄雉,被御用金鈚箭贯穿腹部,已经死了。

姚崇射中的山鸡,被箭镞横穿翅膀射进地面钉在了草地上。他得到的是一只受了轻伤的活山鸡。

姚崇取下鸡翅上的箭,双手将山鸡献给皇上:"托陛下洪福,臣射得一只活鸡!"

李隆基把自己射得的雄雉挂在马上,接过姚崇献上的活鸡,笑道:"爱卿真是射猎高手!"

张说和刘幽求从后面赶上来了。张说见皇上手中提着一只活鸡,贺道:"陛下射得一只,又活捉一只,可喜可贺!"

姚崇兜转坐马,退到张说和刘幽求身后,住马立候。

听到张说的祝贺,李隆基脸上掠过一丝尴尬的表情,但马上就消失了。他并未否认山鸡是自己活捉的,心安理得地把活山鸡用一根黄绦绑好,挂在马上,继续驰马射猎。

张说、刘幽求跟在皇上马后,姚崇则远远地尾随着。

李隆基跑了一阵子,发现姚崇还没有追上来,便拨转马头,叫道:"姚爱卿,到底年纪不饶人,力气不支了吧?"

姚崇拍马来到皇上面前,回奏道:"臣非力气不支,有诸宰相伴驾,臣无旨不敢僭先。"

李隆基笑道:"猎场之中,爱卿不必拘礼,可随朕纵辔,也可和宰相同行。"

"臣遵旨。"姚崇答道。

李隆基纵马在猎场中驰骋起来。过了一会儿,他一回头,发现仍是张说、刘幽求跟在自己的后面,姚崇又落后了。

他再一次停马招呼道:"姚爱卿,怎么又落后了?"

姚崇在马上躬身答道:"臣以为,即使在猎场之中也不可废礼。臣官职卑微,不可与宰相同行。"他心想,皇上考我已考得差不多了,该让皇上说出召我的意图了,也该让我考考你皇上了。考皇上的试卷,他昨晚已写好,就藏在他的怀里。

果然,李隆基发话了,他面色庄重地宣布说:"朕现在就用卿为相——兵部尚书同平章事!"

宰相兼兵部尚书,这正是姚崇希望得到的官职!他心里有几分激动。我就要第三次出任宰相了,三落三起!前两次为相,才略都未得施展。这位年轻的皇上现在励精图治,我正可好好干一番事业,上报国家,下酬己志,名垂青史!但是,我不能马上谢恩,我要考一考这位年轻的皇上。现在就开始考他!

李隆基宣布完他的口谕,满以为姚崇会根据受任新职的惯例,立刻下马磕头谢恩。没想到,姚崇却像什么也没听到似的,既没有下马,也没有拍马向他靠近,仍住马立在张说、刘幽求的身后。他只好又说道:"册书待返京后即行颁发。"

按照礼仪,三品以上官职要皇上以册书的形式授予,五品以上官职用制书形式授予,六品以下则用敕书形式授予。李隆基以为姚崇嫌这样口谕任命宰相不正规,所以补充说明。

姚崇仍不动声色。

李隆基暗自奇怪,别人求之不得的显要官职,他姚崇怎么反应如此冷淡呢?是他记恨前年我奏请父皇降罪于他的事吗?是他仕途灰心无意再度为相吗?还是有什么衷曲不好讲?

李隆基望着姚崇。过了好一会儿,姚崇才慢腾腾地说道:"臣以为猎场非任命宰相之所,臣敢请陛下回行宫时再议。"

"就依卿所奏。"李隆基嘴上答应了姚崇的请求,心里却感到有几分不自在,游猎的兴致大减,又兜了一圈,胡乱射了几只小兽,便传旨解围罢猎,驾返行宫。

皇上的行宫设在新丰县城里。这座新丰县城,传说是汉高祖时修建的。刘邦定鼎关中后,其父思念故乡,想要回老家沛县丰邑去。刘邦便下令在这离京城不远的地方修起一个村镇,村镇的规模、街道、房屋,乃至各家门前的树木、院内的鸡窝猪圈,都和沛县的丰邑一模一样。村镇修好后,再让故乡丰邑的百姓全都迁到这里来。因为修得逼真,百姓带来的鸡鸭放到大街上,便能自认新的家门,这新的丰邑便叫做"新丰"。因为它南临渭水,西靠潼关,地势险要,历来是兵家必争之地。郊外的项王营,就是当年项羽摆鸿门宴的地方。

李隆基来到行宫,太监服侍他坐好后,随行的宰相和朝臣都来参见。

李隆基命太监移过锦墩,赐诸宰相坐下。

姚崇没有就座,立在下面。

李隆基问道:"姚爱卿,朕于猎场之中命你为相,你不肯受命;今又不肯落座,难道是朕昏庸荒淫,卿不愿辅弼朕躬吗?"

姚崇闻言,跪倒在地,磕头道:"陛下言重了,臣死罪。非臣面谀,陛下由亲王而太子,由太子而登大宝,这些年来足见陛下之圣聪英武。臣今垂垂老矣,又向来禀性愚直,实恐不堪陛下驱使,故不敢贸然谢恩。臣今熟思,有十事上奏,如陛下恩准,臣愿侍陛下左右,竭心愚诚,鞠躬尽瘁;如陛下以为十事中有一事不可行,则臣不敢居相位,请陛下许臣纳还官位,赐臣荒山一片,使臣老死林泉之下!"

姚崇说完,抬起头来,从怀中掏出一份奏章,双手捧过头顶。小太监接过,放到李隆基案前。

"臣恭候陛下圣裁。"姚崇又磕了头,便立起身退了出去。

姚崇提出十项要求的奏章,像一块石头丢进了平静的湖水里,激起了层层浪花。

退到下榻之处的中书令张说,久久不能成眠。他年龄比姚崇小十七岁,实际上是两代人。长期同朝为官,他俩有时亲密合作,有时又互相拆台。诛灭诸韦、除掉太平公主时,他们同舟共济;一旦同班为相,又互相妒忌起来。张说年轻聪明,文思敏捷,在儒林士子中,他的诗文负有盛名。姚崇虽也能诗能文,但才情实在比不上张说,可是他从政的年头多,是宦海行舟的老手,治国安邦的办法多,这些又是张说无法相比的。

从皇上今天对姚崇的态度中,张说看出,皇上决心用姚崇做宰相了。姚崇一向果敢自信,善断不疑,敢作敢为,如果他做了宰相,自己就会相形失色。何况他和自己有嫌隙,时间长了,自己肯定会被他挤出宰相的行列。不行,今夜必须想办法。

怎样才能阻止姚崇为相呢?他想不出好办法。晚饭前,他暗示御史大夫赵彦昭弹劾姚崇,说姚崇无人臣之礼,心怀怨怼,提出十个条件是要挟圣上,理应降罪,结果被皇上顶了回来。张说急得团团转,连晚饭都没有吃好。怎么办?自己赤膊上阵,连夜找皇上谏阻一番?也不行,那甚至会弄巧成拙,因为皇上知道自己与姚崇不睦。此事必须借他人之手!

他想到了殿中监姜皎。姜皎一向和自己投缘,又是皇上的老朋友。诛灭太平公主时,姜皎出过大力,皇上对姜皎一向另眼相看。姜皎可以随便出入后宫,和皇上、皇后、嫔妃一起饮酒,一起游戏。让姜皎出面试一下,或许能有效果。但这回再去说姚崇的坏话是不行了,得动些脑筋。

他派人找来了姜皎。

姜皎五短身材,面黑须重,特别是近两年,他明显发胖了,贪吃贪睡。这天姜皎美美地用过晚膳后,正要睡下,硬被张说的书吏拖到张说的下处来了。

二人一见面,姜皎就嚷道:"燕公何事如此遑急?下官正要休息……"除掉太平公主一党后,张说被封为燕国公。

"圣上尚未休息,你倒要睡觉了。空食人君之禄,不为人君分忧,皇上要你何用!"张说故意板着脸训斥道。

"燕公冤死下官了。下官散朝后哪里还敢伺察至尊在做什么?就是燕公,若是把宁醒花带到这里来,我也不敢过问燕公此刻在做什么呀!"说完,开心地大笑起来。

张说前年新得一美妾,姓宁名怀棠,表字醒花。这宁醒花非但生得秀媚,而且工于文字,张说宠爱非常,让她专管书房文墨和机要文件,并专为她写过一首艳诗,赞美她的娇姿媚态和慧黠聪颖。这是朝臣中尽人皆知的风流韵事。

"殿中监大人!"张说喊了一声姜皎的官称,姜皎才止住了笑声。张说又把声音放低些,说道:"殿中监大人,你今日未随驾射猎,还不知道今日猎场中的事。姚崇大人从同州赶来了,皇上要用他做兵部尚书同平章事呢!"

"姚公来了,这我知道。皇上要用他做宰相?"姜皎说完,眼睛盯着张说的脸。

"皇上对你那么亲厚,你倒来问我!我不信佛教,不重文学,不讲交情,他要为相,咱们兄弟怕要不吃香了。"张说说完,叹了一口气。

"事情已经定下来了吗？"姜皎又问。

"还没有。他向皇上提出十个条陈，皇上现在正斟酌呢！"

"此公一向不用正眼看我，我也讨厌他。我去劝劝皇上。"姜皎说完，转过肥胖的身躯就要走。

"站住！你见了皇上怎么说？"

"就说他历仕伪周、中宗两朝，不足信任；专横武断，刚愎自用，不是宰相之器。皇上一向待我不薄，保管一说就成！"

"保管一说就糟！"张说拦住姜皎的话题，凑近姜皎，耳语一通，姜皎才点头离去。

姚崇提出的十个条件，也让李隆基很伤脑筋。他很器重姚崇的才干，深信姚崇能担起宰相的重担，能帮助他大治天下。不过，他也深知姚崇的个性。姚崇当了宰相，即使不降品阶、不放外任，也等于把张说、刘幽求、王琚这些人贬谪了。别看姚崇做州郡的长官马马虎虎，若是做上宰相，肯定会放开手脚，大刀阔斧地干，别的宰相就只能当配角了，而且姚崇虽然能干，但不能容人，他当了宰相，只需要别人做奴才，像张说、刘幽求、钟绍京、王琚这班有些才能的人，肯定和他合不来。不过，现在大治天下是当务之急，国家积贫积弱积弊多年，亟需振兴，否则，自己的皇位也坐不长。所以，正如夺取天下时不能顾虑重重一样，现在重用姚崇，治理天下，也不能顾虑重重，管不得张说和刘幽求等人了！

可是，姚崇提出的十个条件，实在太苛刻，全是针对我这个皇上的。当然，其中的几条，如官职太滥，超员太多，应裁减冗员；这些年来乱造佛寺，耗费财力民力太大，应该逐渐禁绝；宦官外戚干政，总不是好事，汉代的教训应该记取；从武后时起，朝廷以刑法治天下，特别是武则天当政的那些年，弄得从朝臣到读书人，人人自危，现在应多行些仁恕之道以安人心。这些，倒是都和我想到一块儿了，完全可以接受。但是，另外的几条，就不那么好答应，如果群臣都可以当面指责我的过失，都可以"触龙鳞，犯忌讳"，再禁绝天下租庸赋之外的一切贡献，一切向皇宫进贡珍奇玩物的渠道"悉杜塞之"，这两条就得寻思寻思了。人非圣贤，孰能无过?谁都可以指责我的过错,我岂不要随时都可能在臣下面前丢丑?什么珍奇玩物也不许进宫,我堂堂一国之君,岂不是要和土财主一样,只能足衣足食,什么玩乐也没有了吗?特别是要我三十年不求边功,实在难以答应。不求边功,怎能使四夷宾服,国威远扬?而不论文治还是武功,我都要超越历史上任何一个皇帝,这是我当太子时就定下的志向啊!

正当李隆基在简陋的行宫里反复思忖、犹豫不决的时候,姜皎走了进来。李隆基心里一亮,想和这位老朋友商量一下。他和颜悦色地问道:"天已二鼓,爱卿还没有安歇吗?"

"听说陛下还在为政事忧心,臣焉能先睡?"

"不过爱卿往常后宫侍宴,时常在筵前打鼾,朕可是多次耳闻哟!"李隆基的话,含有诙谐的味道。在他还是亲王的时候,姜皎就与他成了无话不谈的好朋友。姜皎为人厚道,没有心计,对李隆基忠心不贰,李隆基很喜欢他,没有外人在场时,两人都很随便,不那么讲君臣之礼,也时常开个玩笑。

"陛下圣明英武,臣托陛下洪福,自然可以日里添饱肠胃,夜里高枕而卧。"姜皎也诙谐地回奏。

"爱卿深夜至此,有何事见教寡人?"李隆基问道。

"河东道大总管空缺这么长时间,陛下一直没找到合适的人选。臣替陛下卜筹已久,现已为陛下物色到一个人,不知陛下怎样赏赐为臣?"

"谁?果真合适,赏你万金!"

"陛下言之当真?"

"朕岂是食言之人?"

"臣物色到的人,陛下肯定满意!"

"到底是谁?"

"同州刺史姚——崇!"

"嗯——嗯?"李隆基的表情一下子冷淡下去,语调由应答变成了疑问。

"陛下以为如何?"姜皎盯着皇上的脸,语调有些虚怯。

"姚崇为人如何？能够胜任吗？"

"姚崇吏事明敏，文武全才，又有多年外任经验，足可胜任。河东总管，乃封疆大吏，干系不轻，非此人不可！"姜皎仍观察着皇上的脸色。

"这是你自己替朕物色到的吗？"

"正是。"姜皎答道。

"你怎么想起了他呢？"

"听说他今天奔到了行在。"（"行在"是指皇上驾临之处。——注）

"你从哪里来？"

"臣从自己的下处来。"

"大胆姜皎，欺君罔上，按律当诛！"李隆基突然声色俱厉。

姜皎大吃一惊，慌忙跪倒。

"你说的话，都是张说的意思，你是从张说那里来，是张说叫你来的！朕一向待你不薄，你怎敢伙同张说欺蒙朕躬？"李隆基明言快语，把事情挑开了。

"陛下圣明，臣罪该万死！"在这短暂的时间里，他明白自己上了张说的当，犯了欺君之罪，只得据实招供："臣确实是从张说那里来，确实是张说叫臣来的。"

李隆基的疑虑都消散了。他要用姚崇为宰相，本来就是看出姚崇的才干超过了张说。而张说从中做手脚，恰好说明了张说心胸狭窄，嫉贤妒能。不能再犹疑了，国家百废待兴，正需要姚崇这样的大才来辅佐自己。姚崇提出的十个条件，都是有道理的。那几个限制我个人欲望的条款，也只好暂时应允了，振兴国运要紧呐！天下不治，国家不强，百姓不安，皇上个人的欲望迟早也要落空的！反过来，国泰民安，我的富贵和享乐才有保证。想到这里，他对姜皎说道："快起来吧！以后再来蒙蔽朕躬，小心狗头！"声音又变得友好了。

"谢陛下。为臣再也不敢了，都是张说那鬼东西……"

"张说这个人也有不少长处，对朕也一向忠勤，可惜文有余而武不足，治国方略也逊于姚崇。这一次力阻姚崇为相，更可看出未脱尽文人习气——就烦爱卿宣姚崇来见朕！"

"现在就去？天太晚了吧？"

"那就不必宣他来见了。告诉他,朕已答应他的十个条件,明日即可和诸宰相同班参拜,待启跸还宫后再降诏册授!"

"陛下圣明,臣遵旨!"

十、防微杜渐　怀慎遗言戒诸公

低低的云,灰蒙蒙的天,冷飕飕的风。

顺朱雀门大街向南走过四条横街,路左边就是靖善坊。靖善坊的东南角有一处院落,内有八间房子,五间正房,三间东厢房。房子和院墙年久失修,房顶的瓦垄已经走了形,房檐的瓦有的也已脱落,显得参差不齐;院墙更是颓败不堪,出现了几处高低不等的豁口,成了犬牙形状。

乍看这处院落,人们或许以为主人是一个不能善守祖业的破落子弟。其实不然,这里就是当朝宰相、黄门监同紫微黄门平章事卢怀慎的府第。

从开元元年(713)底到现在,卢怀慎做了整三年宰相。

像一枝行将燃尽身躯的蜡烛,像一匹心疲力竭的老马,六十五岁的卢怀慎,就要走完他的人生之路了。

今年,开元四年(716)春末的一天夜里,他忽然感到有些发冷,他以为是多年的布衾已不能御寒暖身,又以为是偶感风寒,没有在意,照常上朝。过了夏天,他渐渐感到有些偏头痛,这头痛逐渐加剧,右眼视力渐渐模糊,进食渐少,他才知道自己患了大病,只得向皇上上表请求辞官。李隆基恩准他离职在家静养。入冬以来,病情更加恶化,左眼的视野也变得狭窄,而且进食也更艰难了。

皇上派来的御医束手,御医送来的药饵无灵。

他自知不久于人世了。

从容地寿终正寝的人,弥留之际往往会回首自己的一生,往往会反反复复地交代身后之事。

卢怀慎也是这样。

他的性情决定了他的一生,他的一生又像他的性情一样,可以用两个字来概括:清谨。

他少年时代就勤于学问,安于清贫。中了进士之后,先后在朝廷上做过监察御史、吏部员外郎、御史中丞等官。开元元年(713)年底,他在东都洛阳主持完当年的科举考试后,被召还长安,升入了宰相的班列。他既没有轰轰烈烈的勋业,也没有什么值得称道的政绩,当然也没有什么明显的过失。四十多年的宦海波涛中,他的诚实和自谦弥补了他魄力和才略的不足;而清苦的生活和廉洁的作风则为他赢得了很好的政声。所以,尽管他经历了高宗、武后、中宗、李旦和李隆基几个朝代,经历了无数次政治斗争和宫廷政变的惊涛骇浪,但从来没有人谋算他,他的宦海之舟,可谓一帆风顺,只靠着资历和官声,徐徐升迁。

他的清苦和廉洁是很受人称道的。他的官高了,俸禄多了,但从不扩建宅第,从不置买田产,从不积攒金钱。他一直住在这处当年做监察御史时置买的宅院里。做了宰相,门前既不列棨戟,家中也不买婢妾,只有一个名唤范忠的老奴看门和做些家务杂役。三年前,刚诛灭太平公主一党的皇上微服到城南出猎,路过靖善坊时,忽然想起卢怀慎的家就在这一带,便问随行太监:"何处是吏部侍郎卢怀慎的家?"

那太监摇了摇头,又说道:"容奴婢去打听一下!"

太监向过路人一打听,回来禀奏说:"就是隔墙的这一家。"

他们坐在马上,隔着靖善坊的围墙向里面望去,看到了卢怀慎简陋的住宅,又见正房门口有人进进出出,李隆基觉得奇怪,索性拍马进了坊门,闯进了卢怀慎的家。

卢怀慎的弟弟卢弈正和卢怀慎的长子卢奂一前一后用扁担绳子抬着一张炕桌从房门走出,桌子四脚朝天,上面放着四样供品。他俩不认识换了装束的皇上,也未打招呼,径直向院门走去。跟在后面的卢怀慎一抬头,认出是皇上驾到,慌忙跪倒在地,谢失迎之罪。

李隆基命卢怀慎平身,问道:"爱卿在做什么?"

卢怀慎答道:"今日是家父忌日,欲去城南祭奠,尽晚辈之礼。"

"如何这等简薄?"李隆基知道,休说朝官,就是长安平民,祭奠先人的礼仪也要比卢怀慎这样二人抬一炕桌讲究,祭奠的礼品也要比这张炕桌上的供品丰赡。他未等卢怀慎回答,环顾了一下院落门庭,又问道:"爱卿府第如何这般简陋?"

"臣向来淡泊成习,虽受禄优厚,皆随时分散,不喜敛财。陛下驾临臣家,有何圣谕?"卢怀慎又答又问。

"朕欲南郊射猎,偶过爱卿之府。"

"南郊射猎,何未宣敕?"

"微服射猎,何必宣敕?"

"陛下九五之尊,应动辄以礼,不宣敕即微服出猎,有乖礼仪;且轻履无警骅之地,非君王自重之举。臣敢请陛下返驾还宫。"

李隆基听从了卢怀慎的劝谏,放弃了去游猎的打算,回宫去了。但卢怀慎的清谨给他留下了深刻的印象,当晚就命太监给卢怀慎送去百匹绢,百石米,第二天早朝时,就亲点卢怀慎去洛阳主持当年的科举考试。

现在,卢怀慎的清俭操守得到了自我安慰和报偿。他家无余储,不用劳心为儿女分配遗产;他的清苦给孩子们留下了一种精神的财富,儿子卢奂学得了父亲的品格,不慕荣贵豪富,在清俭的家庭环境中长大成人,为人清正,卓有才识,去年成了长安县的举人;妻子郭氏也会恬淡地持家度日。病危的卢怀慎,此刻对国问心无愧,对家无牵无挂,对自己的一生,没有遗憾内疚。

但他仍有不放心的事。他对皇上有一种隐忧。皇上自一个亲王,立功而取帝位,即位后能勤于政事,择贤选能,克己用人,无疑是一个难得的君王。可是,经过几年在皇上身边的供职生活,他察觉到了皇上身上存在的致命弱点,潜伏着一种巨大的危机。

缺少才略,卢怀慎常这样自谦,别人也常这样评议,但他却有一种一般朝臣所不具备的长处,那就是看人看得深、看得透、看得远,这才是他多年稳操宦舟舵柄的真正原因。

他看出,皇上初登大宝这几年,求治之心不为不殷,求贤之心不为不诚。为了使用姚崇的治国才能，皇上忍痛疏远外放了王琚、刘幽求、张说等人，革除了许多积弊，使国家出现了政治清明、百姓安居乐业的局面，但所有这些，都是凭着一种显示自己是英明君主的心理和使功业超过前代所有皇帝的欲望。皇上多才多艺，知音律，好歌舞，会玩乐，喜酒色，对于平常人，这或许是长处，至多是微不足道的短处，可对于一个年轻的皇帝，可能就是致命的弱点。他看出，皇上重用姚崇，外放王琚、张说等人，做得很勉强；对于正直的规谏、恰当的治国措施，皇上都采纳、都实施，但那不是出于自觉和本能，而是出于一种理智。相反，在猎场中、毬场内、梨园里，皇上神采飞扬，忘乎所以，这才是皇上的天性，现在，皇上的这种天性，被自己做一个圣明君主的欲望、被群臣的正气压制着。

皇上身上隐藏着一种巨大的享乐欲望，这一点，卢怀慎刚就任黄门监时就感觉到了。

他就任黄门监才几天，皇上就办了一件改造扩大宫廷乐队的事，把"雅"、"俗"乐队分开，设立左右教坊，派专人教演民间乐舞和杂技；又挑选几百个善于演奏乐曲的人做宫廷"雅"乐的乐队，常住在禁苑的梨园里，由皇上亲自教习宫廷乐曲，称作"皇帝梨园子弟"；还选了一些有表演和弹奏乐器专长的年轻女子组成一个"宜春院"，专为自己演奏乐舞。这个做法，遭到礼部侍郎等人的非议，上奏章说，皇上正当年轻有为之时，应多留心经世济民之道，接近正直有道之人，安于俭朴寡欲的生活，不应沉湎于歌舞享乐。对此，李隆基虚心纳谏，却坚决不改。他下诏褒奖上奏章的人，说他们忠直可嘉；可是，梨园他照样去，宜春院的歌舞之声依然悠扬婉转。

初登大位不久，还正雄心勃勃的皇上，就如此视乐舞如命，将来国家强盛了，文治武功的成就可观了，皇上对日常政事厌倦了，享乐的欲望无止境地膨胀了，皇上的天性就会战胜理智，渐渐走向自己的反面，一些奸险的小人就会钻空子窃去权柄，国家就会出现一种可怕的局面。

他早就想过，要防止那种可怕局面的出现，只有一个办法，那就是推荐贤能之人占据朝堂。众多清正朝臣立身朝堂，就会形成排挤奸险小人的强大力量，就会形成使皇上保持清醒头脑、抑制享乐欲望的强大力量，就会延缓或避免那种危机的出现。

此刻,这位两天来水米未进、身体极度虚弱的黄门监,在床上吃力地翻转身子,夫人郭氏和儿子卢奂俯下身把他轻轻扶起来。

卢怀慎暗淡的目光望着书案。

卢奂看出父亲的心事,用力噙住泪水,低声劝阻道:"父亲有什么话就口谕孩儿吧,不可太劳累了……"

卢怀慎轻轻摇了摇头,目光仍盯着文房四宝。

卢奂只得用旧棉被卷起枕头放在父亲身后做倚靠,自己腾开手离开床前,捧过笔砚。郭氏也取过纸张放在丈夫膝上。

病体支离,瘦骨嶙峋的卢怀慎,用微微发颤的手接过笔,艰难地写道:

鸟之将死,其鸣也哀;人之将死,其言也善。臣今神形将离,愿竭愚忠,略具丹忱,祈求圣察。

臣窃闻,黄帝所以垂衣而理天下者,为其任风、力也;帝尧所以光泽天下者,为其任稷、契也。朝廷者,天下之根本;贤能者,国家之柱石。得人则国运兴昌,失人则大业颓坏。臣每见陛下忧劳庶政,选贤用能,寸心常庆苍生有福,社稷有望。伏望陛下慎终如始,妙择贤能,委之心膂,假温言以树之,陈赏罚以劝之,俾其各尽其才,各称其职。

讲过得人则昌的道理,该推荐具体人选了。皇上现在还忧勤政事,他推荐的人皇上一定会注意,会擢拔重用,所以这推荐就愈加举足轻重。推荐的人选得当,于国于君有利;推荐的人选不当,就可能为朝廷留下隐患。尽管他要推荐的人早已在心中深思熟虑、反复掂量,但此刻仍感到笔重千钧。

卢奂拭去父亲蜡黄的脸上沁出的细密汗珠,只见父亲继续写道:

广州都督宋璟,立性公直,风度凝远,动唯直道,行不苟合,才能足以经务,识略定能佐时,实庙堂之大器,社稷之良宰。

河南尹李傑,虽性嫌褊急,但勤苦绝伦,贞介独立,聪明干练,公家之事,知无不为;干时之才,众议推许。

同州刺史李朝隐,操履坚贞,才识通赡,守文奉法,不避权幸。颇怀铁石之心,实尽人臣之节。

豫州刺史卢从愿,清贞谨慎,理识周密,执法秉公,动无回避。

右四人者,皆明时重器,圣代贤能,比经任使,皆露头角,虽微有愆失,所累者小,所坐者大,不宜久弃外任。望陛下府垂矜录,渐加进用……

知子莫如父,知父莫如子。卢怀慎对自己儿子的品格和才能充满信心,而此刻卢奂对父亲的心境也完全理解。父亲推荐的四个人,都不是父亲的亲友。父亲与这四个人从无私人交往。父亲所以在遗表中力举他们,毫无私情,纯粹是出以公心。这四个人的才能和品行是朝野尽知的,只是因为些小过失,都被皇上贬谪到外地去了。宋璟,前年奉旨监视武士对罪臣行杖刑,武士受了罪臣家属的贿赂而没有用力,监刑的宋璟未能及时发觉,因此被贬为睦州刺史,后又升任广州都督;李朝隐和卢从愿原都是吏部侍郎,同时主持几年的科举考试,以公平无私著称。今年春天,皇上亲自对中第注了县令的人在大明宫宣政殿复试,考如何治理百姓的学问,结果一些人不及格,放归故里。李朝隐和卢从愿因此被贬为刺史。御史李傑被贬为衢州刺史,更是朝野皆知的冤枉事。今年十月,他奉旨为今年六月崩逝的太上皇李旦修造坟墓和庙宇,手下的一个判官贪污公款,李傑愤怒,连夜追查,却被那判官反咬一口,说是李傑本人也分得了赃款。皇上虽然不大相信,但因涉及到皇上本人为太上皇尽孝的大事,不便细问,就从重发落了。

卢怀慎写完遗表的最后一个字,连拿笔的力气也没有了。笔滚落到床边,又从床边滚落到地上。

郭氏双手从丈夫的膝上捧起遗表,卢奂把父亲轻轻地平放到床上。卢怀慎疲惫地闭上了眼睛。

正在这时,范忠迈进屋门,轻声通报:"广州都督宋璟、豫州刺史卢从愿奉旨探访。"

卢奂见父亲昏睡过去了,低声吩咐范忠:"厢房待茶。"

"不,请他们……到这里……来……"卢怀慎昏睡中听说宋璟和卢从愿来了,吃力地断断续续地吩咐道。

范忠答应着退了出去。卢怀慎又用右手食指指了指郭氏摊放在书案上的那份遗表。

郭氏又把遗表捧给丈夫,卢怀慎摇了摇头,示意郭氏把遗表藏起来。郭氏顺从地将遗表卷起,放在书案的一角。卢奂明白,父亲是怕宋璟他们发现自己在遗表中推荐了他们。父亲向来是反对那种拜官公朝、谢恩私门的作风的。

卢怀慎又挣扎着要坐起来。卢奂只好又把父亲扶起来,重新靠坐在床头。

宋璟和卢从愿进来了。卢怀慎示意妻儿退到外间。郭氏与卢奂对宋璟和卢从愿施礼请安后轻轻退了出去。

室内只剩一主二客三个人了。

宋璟只比卢从愿大一岁,但从相貌上来看,宋璟似乎比卢从愿大得多。宋璟中等身材,步履轻捷,面容清癯,双眼像两泓不见底的清潭,深藏着机敏和睿智;卢从愿则生得高大白胖,白皙的脸上似乎还残留着孩子气,只有颔下的三绺美须、身上整齐的五品朝服,表明他是一个到了"知天命"之年的朝官。

卢怀慎见宋璟、卢从愿来到榻前,脸上露出一丝别人不易察觉的微笑,用孱弱的声音问道:"二位大人……因何……回京?皇上另……有任用吧?"

宋璟答道:"下官是回京述职。皇上问下官在广州杜绝火灾之事。"

广州旧俗,百姓都以竹茅为屋,年年有火灾发生,而且大火一烧,鳞次栉比的竹木屋都成了火种,很难扑灭。百姓成年担惊受怕。宋璟到任后,教百姓烧砖制瓦,修盖砖瓦房屋,并指令商店、旅馆和闹市的民房必须首先改造成砖瓦结构的房屋,否则不准开业和居住。因此杜绝了火灾,百姓都很感戴,联合上表请求皇上批准为宋璟立碑以纪其政德。皇上见了百姓的表章,下诏让宋璟回京,当面询问详情,并打算同意百姓的请求。宋璟坚决推辞说:"此事断乎不可。移风易俗,宣扬王化,是臣的本分。烧砖制瓦,也非臣首创,不过是臣将内地百姓造屋之法推而广之而已。况且,一旦开了这个立碑的先例,以后的地方官就会千方百计暗示地方豪绅纠合百姓为自己立碑作颂,谄谀之风会从此而兴,实有伤陛下德政,有损社会风气。"李隆基同意了宋璟的这个意见。

卢从愿答道:"下官是奉诏昨日还京的。圣上还未有明旨。今日早朝,圣上命臣与宋大人过府探望请恙。"

卢怀慎点头不语。榻前站着的两个人,都是他喜欢的聪察能干的官员。可是,皇上同时召这两个人进京,恰好暴露了皇上的两重性格!

皇上召宋璟进京,是忧勤政事的正经事,是应该的。可是,召卢从愿进京,却根本没有必要!肯定是出于好奇,要找机会听一听卢从愿在豫州巧断的一宗奸杀案!

这个案子,卢怀慎不是以宰相的身份了解到的,而是前几天症状尚轻时,好心的家奴范忠为了让主人开心,作为一个故事讲给他听的。这个故事,已在长安市井中广泛流传开了——

卢从愿到豫州不久,城郊出了一桩命案。

一个赌棍陈乙在家中聚赌,输光了本钱。赌友要散场,陈乙却拿出一锭十两大银说:"这个做本怎么样?"

赌友知陈乙手头并不宽裕,奇怪地问道:"陈二哥何时发了大财?"

陈乙拍着胸脯说:"好汉不挣有数的钱!前两天二爷我颠翻了一个巨商,落下他白银百两!"

众人哄堂大笑。陈乙急了,抽开躺柜,拎出一个包袱:"不信?你们看!"

包袱里果然还有九锭十两大银!

一个赌友将信将疑:"那,那人尸首怎么出豁的?"

"妈的,被我丢在南山下那口黄龙井里了!"陈乙答道。

众人皆知,村南山脚下有一眼废井,有人见过井里爬出过黄蛇,所以称作黄龙井。他们见钱眼红,不再多问,继续赌钱。

第二天,一个输了钱的赌徒偷偷跑到刺史正衙,告发陈乙谋财害命。

卢从愿派衙役和仵作到黄龙井中一捞,果然井里有一具无头尸首!

卢从愿发出拘帖,把陈乙抓来,关进了死囚牢中。同时命令:不要把尸体捞出来,先贴出告示,让苦主来认尸!

过了一天,果然有一个姓潘的少妇哭叫着来到公堂,说自己是死者的妻子。

卢怀慎说道:"黄龙井里确实有一具尸体,但还不一定是你的丈夫,你先莫悲伤。"

潘氏少妇说:"拙夫三天前和奴家口角,携白银百两出走,不想被陈乙谋死!"

卢从愿带上随员和少妇来到黄龙井边,命人捞出死尸,果然一只腿有毛病,正是少妇的瘸丈夫。少妇放声大哭。

卢从愿回衙,从狱中提出陈乙,喝道:"你谋财害命,有原告和尸身为证,你死罪难逃!明天给你一天时间,找不回死者头颅,先打折你的双腿!"

第二天,番役押着陈乙转悠了一天,也没找到人头。卢从愿大怒,当堂命令行刑,刚打两棍,却又吆喝道:"停刑!打折双腿,明天无法再去觅头。掌嘴二十,押回死囚牢!"

潘氏少妇跪在厅前,哭告说:"陈乙谋死民女丈夫,请大人将其正法,并将银两判归民女养身……"

卢从愿安慰道:"你莫哭,莫急。待找到人头,才能结案,不然本官也无法向上司交代。你既无儿无女,少年丧夫,实在令人伤心。待结案后本官定将银两判给你,并为你做主,从速改嫁他人,你意下如何?"

少妇哭拜道:"民妇全仗青天大老爷做主!"

第二天,卢从愿又令番役押着陈乙去寻人头,同时又发出告示:谁找到死者头颅,赏以千钱。

当天傍晚,陈乙还是没找到人头,又被关进狱中。

不一会儿,一个名叫冯显的汉子提着一个人头来请赏,说是在城南杨树林的一个树洞里发现的。

卢从愿命冯显当堂打开包袱,让少妇和村民来辨认,果是少妇丈夫的人头。

卢从愿高兴地按赏格付给冯显一千个铜钱,又命少妇及死者的哥哥将死者安葬,并当众宣布:今夜即将凶犯陈乙的罪状申报上司,待上司批了回文,即行斩决。

几天以后,卢从愿召来死者的哥哥,对他说:"本官前日有言,准你的弟媳从速改嫁,你意下如何?"

死者的哥哥不同意弟媳这么快改嫁,和卢从愿顶撞起来。卢从愿喝道:"大胆刁民!凶手不日即行斩决,命案已经了结,你留弟媳在家不准改嫁,是何居心?"骂得死者哥哥面红耳赤,只得勉强同意。

卢从愿还是不依不饶:"似你这等刁民,强留弟媳不准改嫁,肯定居心不良!本营为民父母,救人救彻!三天之内,好歹也要把她嫁出去!"当众宣布:谁愿娶这青年寡妇为妻,三天之内来大堂说明,本官当众裁决,免得死者哥哥再从中作梗。

年轻貌美的小寡妇,外加白银百两,不少光棍儿眼中冒火了。到了第三天头上,竟有五个自愿报告,其中还有那个冯显。

卢从愿命人召来潘家少妇,指着站在堂下的五个求婚者说道:"你愿嫁哪一个?但说不妨,本官为你做主!"

潘家少妇磕头说:"愿嫁冯显,请大老爷做主!"

卢从愿突然哈哈大笑,笑得堂上堂下的人都莫名其妙,呆住了。

卢从愿止住笑声,又突然指着冯显和少妇厉声喝道:"将杀人真凶捆起来!"

严刑之下,冯显和少妇据实招供:潘家少妇厌恶其夫贫病交加,久与冯显私通,屡求改嫁,其夫不允,便与冯显合谋杀死亲夫。

事后,豫州别驾问卢从愿,人证、物证俱在,何以断定陈乙不是凶犯?

卢从愿笑着说:"事情很明显,只是你们没用心揣摩而已。陈乙既然杀人谋金,何必再将人头藏起来?既已宣布他死罪,横竖也是一死,何必藏匿人头不交而多受刑罚?死者尸体还未捞出井,潘家少妇怎么就知道一定是丈夫的尸体？死者贫病交加，哪来的一百两银子？死者的头藏在树洞里，冯显怎么就轻而易举地找到了？本官虚张声势，将陈乙问成死罪，胁迫死者之兄同意其弟媳改嫁，并说三天之内好歹要将其弟媳嫁人，不过是逼冯显自己走到堂前来。早在他找到人头时，本官就怀疑他了。至于陈乙，那一百两银子是一个经商的亲戚急于回家奔丧而寄存他家的，他不过是信口开河吹牛皮，没想到黄龙井中真有死尸。这次他白挨了几十个嘴巴，也算罪有应得！"

屋外一阵北风吹过，室内掀起一股寒气。卢从愿侧头望去，原来卢怀慎的正房连个门帘也没有，冷风从门缝钻了进来。再细看室内，一旧床一旧案一旧书橱而已。所有器物，概无金玉装饰，所服衣裳，皆无彩纹之丽。见堂堂宰相，生活如此简薄，他不由赞叹道："大人如此清俭，真堪为众官楷模。"

"卢某备位宰辅，食禄甚丰。但所得俸钱，皆随时分散亲友和寒素士子，不使家有余储。非敢以此沽名钓誉，实惧遗为子孙花柳之资。况且，卢某无才无德，忝居相列，不能辅弼圣上光大德泽，已有罪愆；焉敢开奢侈之风以使百官效尤？"卢怀慎见所器重的人来到面前诀别，精神陡增，说话也连贯了。

"老大人还有什么事要下官效力，有什么话要我们转奏圣上吗？"宋璟见卢怀慎脸上涌起一片潮红，知道卢怀慎的病情已十分沉重，怕是已不久人世了，赶忙问道。

"古人云，生年四十，已不为夭。老夫今年已六十有五，死复何憾？只有一件心事……"卢怀慎说到这里，又感到气促，轻咳两声，大口喘气。

宋璟和卢从愿注意地静听着。

"二位大人以为今上是何许人也？"卢怀慎忽然睁大眼睛，吐词异常清晰有力地问道。

宋璟和卢从愿大吃一惊，他们根本没有想到，垂死的卢怀慎竟会提出这样一个难以回答的问题。连三岁的娃娃都知道，背后议论皇上的为人，无异乎拿性命当儿戏，但卢怀慎问得如此认真，他俩又不能不回答。

二人对视一眼，宋璟答道："神武圣明，古今罕俦！"

卢从愿赶忙点头表示同意,免得自己再措词。

卢怀慎说道:"圣上春秋正富,英明果断,虚怀纳谏,励精图治,自然是难能可贵的……"

说到这里,他又感到一阵胸闷和眩晕,停顿了一下,拼尽全力接着说道:"卢某将终,冒死一言,望二位大人谨记。将来皇上享国日久,就会倦于政事,那时必有奸险之徒乘间进幸,惑君乱国。怀慎身后,如二公入为宰辅,千万留意,好自为之!"

说完这几句话,他像跋涉于长途的人走完了最后一步,侧倚在床上瞑目而卧,再也不肯说话,仿佛忘掉了宋璟和卢从愿的存在。

他不需要再说话了。他没有个人的烦恼,没有未曾满足的私欲,也没有任何请托。他想说的话,终于说完了,而且说得很大胆,很透彻,直言不讳,还有什么可说的呢?

宋璟和卢从愿见此情状,只得揖礼告别。卢怀慎似乎什么也没有听到,什么也没有见到一样,身子没动,口也没有开。

宋璟和卢从愿离开不到一个时辰,皇上派人送来了金帛、衣物、白米、木炭,但卢怀慎已停止了呼吸。

一个生时被众人认为无能的人,一个终生清俭谨慎的宰相,一个临终说出一个伟大预言的政治家,在寒冷的冬天,在简陋的宅邸中,悄然与世长辞了。

卢奂热泪涟涟,遵照父亲的遗愿,退回了皇上所赐的财物,亲到朝门交上了父亲的遗表。

十一、慧眼识奸　九龄力主杀禄山

从承天门出来,沿着承天门通向朱雀门的皇城中央大街向南走两里路,再顺着东西大街向西走两里半路,就到大理寺。这个大理寺,是国家最高法院,全国的死刑犯要经这里核准批复,朝廷的要犯也在这里的狱中羁押。

午后,皇上李隆基乘着肩舆,来到大理寺正厅"虑囚"。

虑囚,又称"录囚"、"按囚",是讯察罪犯案卷的术语。皇上亲自虑囚,一般每年进行一次,这也是祖上留下的老规矩了。李隆基虽然对此事已经厌倦,但又不能不照例来敷衍一番。

跟随皇上来到大理寺的是两个宰相。

走在前面的一个是中书令张九龄。他身体纤弱,单看背影,恍如高挑的窈窕女郎的身段。从正面看,他面色稍嫌苍白,双目却异常清澈。三绺疏淡的胡须挂在颌下,显得从容文雅。他今年六十四岁了,却好像五十刚出头的人。他是进士出身,文才很为从前的宰相张说所推重,断言他会成为文坛的领袖,所以极力荐举擢拔。李隆基也打心眼儿里喜欢他,开元二十一年(733),任命他为中书侍郎同中书门下平章事,第二年又升任中书令,现在,他做宰相已是第四个年头了。

跟在张九龄后面的是礼部尚书同中书门下平章事李林甫,他比张九龄年轻十来岁,个子比张九龄略矮,显得肥瘦适中。他五官端正而秀气,两眼机灵有神又总似露着甜甜的笑意。连那刚蓄起不久的胡须,都给人一种和善柔顺的感觉。

君臣三人来到大理寺,各有各的心事。

皇上虑囚,本来可以在宫殿里翻阅一下案卷就算完事,但皇上今天却要亲临大理寺。

皇上虑囚,中书令本可以不参加,但张九龄还是跟来了。

皇上虑囚,根本不关礼部尚书的事,但李林甫却不肯落后,也随驾来到这接近皇城西大门的大理寺。

他们三个人都在为一个押在大理寺中的犯人动脑筋。这个人就是平卢讨击使、左骁卫将军安禄山。

他们都没有见过安禄山,但对安禄山的出身和为人都有不同程度的了解。

李隆基早在两年前从幽州节度使张守珪的奏章中就知道,安禄山懂得多种少数民族语言,作战勇敢,曾带四个人活捉过几十个俘虏。安禄山的军衔,就是那次他御笔亲封的。

李林甫听说,安禄山是皇上最器重的边帅张守珪的干儿子。张守珪脚掌上生一个痣子,安禄山却生有六个……今年三月,在对契丹作战中贪功轻进,结果全军覆没,犯下了死罪。

君臣三人当中,张九龄对安禄山的了解是最为详尽的。

安禄山本名轧荦山,他的生父本姓康,后来母亲改嫁少数民族将领安延偃,这个"安延偃"只是名字而不是姓,安禄山"拖油瓶"到了安延偃家,假冒汉人的安姓,改名为禄山。

他还听说,安禄山弃商从军,有一段惊险的故事……

安禄山因为懂几种塞外少数民族语言,边关汉人和塞外少数民族互相做买卖时,他做了集市上的"互市郎"。

有一次,安禄山偷了幽州节度使张守珪的军用羊到集市上去卖,被当场捉住,被定为死罪,拖到了刑场上。同伙都被杀了,正当刽子手抡起鬼头刀要砍他时,恰好张守珪骑马赶到刑场,安禄山对张守珪大声呼救道:"大夫不是要灭奚和契丹吗?为什么要杀我这有用之人?"这时的边帅一般都带着御史大夫、银青光禄大夫的头衔,所以都被称为"大夫"。

张守珪听了,感到这个年轻人身上有一种特殊的气质,屠刀已经架到脖子上了,说话竟还是这样豪壮自如。他摆手示意刽子手暂停行刑,喝道:"该死的番奴,结伙盗窃本帅犒军用的羊群,临死还敢说大话!"

"区区几只羊算什么?"安禄山叫道:"大夫若能让我活下去,我将用城池和土地偿还!"

"你有什么才能,敢说这样的大话?"

"犯番懂六番语言,熟知塞外地形地物,弯弓盘马、较力斗狠,都可滥竽充数!大夫不欲灭奚、契丹以立大功也就罢了,如欲灭奚、契丹,小人必有效力之处!"

这话说到了张守珪的心坎上。张守珪见皇上早已忘掉当年答应姚崇的三十年不求边功的话,好大喜功,便想用手中的军队吞灭奚、契丹以求封赏,进而入朝做宰相。他见安禄山身材魁梧,声音洪亮,谈吐不凡,便决计留他做自己的帮手,从刑场上赦免了他,让他当上了"捉生手"——一种专门捉敌方散兵游勇的侦察兵。后来安禄山多次立功,渐渐升到了将军……

张九龄还清楚地记得,当张守珪奏请处死安禄山的奏章递到自己手里的时候,他是这样批示的:昔穰苴出师,必诛庄贾;孙武教战,亦斩宫嫔。守珪军令若行,禄山不宜免死,可就地施刑,号令三军!

张九龄是个饱学之人,一个批语,就恰当地引用了两个春秋战国时的故事。穰苴就是司马穰苴,齐景公用他为将,他请求景公派一个宠臣做监军,景公便点了宠臣庄贾做监军。穰苴与庄贾约定正午到军门,可是庄贾因亲友饯行,喝醉了酒,傍晚才到。穰苴拒绝执行景公特赦庄贾的急命,按军法杀掉了庄贾;孙武献兵法给吴王阖庐,阖庐唤出宫中美女一百八十人,分为两队,指定两个宠姬为队长,让孙武用自己的兵法演练。孙武三令五申,宫女们都大笑不止,孙武便杀了两个队长示众。

可是,当这份奏章呈到皇上的御案上时,李隆基却批示道:安禄山乃朝廷命将,宜送大理寺勘问!

张九龄批示要杀掉安禄山,是经过反复思考的。胜败兵家常事。败军之将,可以处死也可以免官戴罪立功,这是常识。但张九龄决心要杀掉安禄山!

张九龄不但文才冠天下,而且有一种朝野尽知的本领:鉴识人才。他像高明的厨师一搭眼就可知道鱼肉鲜嫩的程度一样,对于站在他面前的人,常常一看就知其品格和才识的高下。

对于安禄山,他虽未见过面,但从片断听到的安禄山言行中,断定此人是个危险人物。

他听说,安禄山曾向部下和同僚们散布说,他降生之夜,有红光笼罩其生身的帐篷,经久不散,还有百兽围护在帐篷外,并一阵阵仰天长鸣。这说明安禄山心志不小。

安禄山从刑场上豪言自救,到后来常常带三五个人突入敌群活捉几十个敌人,说明他既有勇力又有一种冒险精神。

安禄山很善于揣度人的心理。刑场上他两句话就说中了张守珪的心事;事后张守珪偶然取笑他肚子大,他便忍饥节食;为了取得张守珪的欢心,他认张守珪做了义父,常常夜里亲自持刀剑护卫在张守珪帐外,让张守珪解甲安眠。将来有机会接触皇上,必然会千方百计讨皇上的欢心,解除皇上的戒心!

安禄山做了将军之后,专门提拔少数民族部下,本人又谙熟少数民族语言和风情,这说明他有不可告人的深谋远虑。

这一切说明,将来有了适当的时机,安禄山很可能会搞出大动作来。张九龄决心抓住这次失机丧师的罪名杀掉安禄山,除掉这个隐患。

是杀掉安禄山,还是赦免安禄山,李隆基本来无可无不可。杀,有法律依据;赦免,也有理由。他是见到张九龄主张杀掉安禄山的批示后才决心赦免安禄山的。对于他来说,现在杀掉或赦免安禄山都无足轻重,重要的是要给张九龄一点颜色,所以,他刻意否决张九龄的意见。

李隆基近来越来越不喜欢张九龄,而越来越喜欢李林甫。他觉得李林甫才是得心应手的宰相,政见总和自己一致,而张九龄却什么事都管,什么事都违背自己的心意,好像皇上什么事都不能自己做主,都得听他中书令的一样。

今年十月初,李隆基要从东都洛阳提前返驾西京长安。张九龄出来反对说,还是按原计划明年初回西京好。因为农家秋收还未完,大队车马西行,一则沿路官员百姓要迎送,影响农业生产;二则粮食还未收上来,大队人马提前回长安,不利于缓解长安粮食紧缺的状况,而洛阳的粮食要比长安充足得多,还是在洛阳多住几个月好。一席话说得他哑口无言。张九龄走后,李林甫却说:"陛下富有天下,长安、洛阳像是陛下东西两宫一样,往来行幸,可随意而行,不必受制于臣子,不必等什么时间!即使妨碍一点农事,酌量减免沿路百姓的一点租税就可以了嘛!臣请立即宣示百官,明早即启驾西行!"

　　李隆基要用朔方节度使牛仙客做宰相,因为牛仙客做河西节度使时,聚财有方,仓库充实,器械精利。他觉得朝廷正需要这种能聚敛钱财的人。张九龄却坚决反对,认为牛仙客不过是边隅小吏,目不知书,视财如命,不宜为相。李林甫却说:"苟有才能,何必一定读过许多书?牛仙客善积蓄、勤职业,正是太平宰相之才!陛下要用牛仙客为相,真是再英明不过了!"

　　这样的事情积累多了,李隆基渐渐觉得,张九龄太专权了,处处挟制自己,处处逆着自己来。今天,他就是要借安禄山的事,让张九龄知道,天下是他李隆基的,他李隆基才有至高无上的权威!

　　李林甫呢,早就有了主意。有张九龄在场,皇上不征询我的意见,我决不表态。若是皇上问起,我就请求赦免安禄山。道理嘛,那不是很简单吗?将在外,君命有所不受。安禄山失机丧师,张守珪如果真想杀他,还用得着请示朝廷吗?杀头后向皇上报告一声不就完了吗?千里迢迢向皇上请旨,意思很明显,安禄山犯了罪,不杀吧,于军法上说不过去,在其他将士面前不好交代;杀吧,又舍不得这个又机灵又骁勇的干儿子,这才把难题推给皇上,想借皇上的口赦免他。皇上呢,如果无意赦免安禄山,就用不着批示将安禄山押解来京了。更主要的,是张九龄主张杀掉安禄山,张九龄赞同的,我就要反对;张九龄反对的,我就要赞同。因为张九龄曾反对我做宰相,因为张九龄的才学名声都超过了我,因为张九龄现在中书令的地位正是我眼红了很长时间的!

　　一君二臣来到大理寺正厅,李隆基坐上正位,赐张九龄和李林甫坐在自己左右下首。大理寺卿徐峤将案卷捧献到案头,和几个属官垂手侍立在厅门口的廊庑下。

这些案卷的副本,李隆基昨天在宫内就大致看过,无心再看。他草草一浏览,就宣大理寺卿徐峤上厅,口谕道:"今岁五十八名死囚,五十一名罪在不赦,其余六名,尚须慎重复审,酌情矜悯。"沉了沉,他说,"将案犯安禄山带上来!"

不一会儿,随着镣铐的锒铛声,安禄山被典狱官带进正厅,跪倒在门口:"罪臣安禄山叩见圣上,吾皇万万岁!"然后挺起上身,直直地望着皇上。

朝臣上朝时都不能直视皇上,可这犯人竟如此无礼,立在正厅门口的大理寺官员又急又气,喝道:"低头!低头!"

安禄山一面慢慢向下低头,一面说:"塞外胡儿,生平第一次得睹天颜,死无所恨了!"

从安禄山迈进正厅的时候起,李隆基君臣三人的目光就都集中到他的身上。

李隆基的目光,威严中透着怜爱。

张九龄的目光,冷峻中透着惊异。

李林甫的目光,柔和中透着阴鸷。

李隆基看到安禄山魁伟的身躯,剽悍的体魄,白皙的皮肤,心里先有几分喜欢了。他慢慢说道:"安禄山,你贪功冒进,失机丧师,按律当斩。你有何话说?"他的声音不高,语气和缓,是在启发安禄山为自己辩解。

安禄山却没有为自己辩解,他又磕了一个头,答道:"胡儿急于为圣上扫灭边患,故而不顾利害,舍命冲锋,中了奸计。圣上要臣死,臣不敢乞命。只恨自己未能为圣上战死沙场,今日活着来惹圣上生气;再有,臣还没吃够塞上酥呢……"

李隆基险些笑出声来。这个胡儿,到了这个时候,不但不为自己巧言辩解,而且竟然以未战死沙场为憾事,还说什么没吃够塞上酥!真是坦诚质朴的性格,忠心耿耿的边将!杀这样忠诚又天真的人,简直天理难容!

"你先下去候旨,待朕与大臣商议后发落!"

"谢圣上!吾皇万万岁!"安禄山又给皇上磕了一个头,后者投给他的是宽厚亲切的目光。

他又给张九龄磕头。张九龄投来的是冷漠而刚决的目光。

他给李林甫磕头,一抬头,心里猛地一沉,浑身忽地一阵战栗。他不敢直视李林甫的那双眼睛。李林甫的目光是那样幽冷凶残,那是两支明烛似的洞见他肺腑的目光!

安禄山极力使自己保持镇静,由典狱官押出正厅。

"这个胡儿,杀之无益,留之有用。"李隆基说道。

"不可!陛下,"张九龄激动得站了起来,"此人非杀不可!臣观此人,伪装诚朴,心实狡狯,双目谄笑,眉宇间却隐隐透出乖戾凶悍之气。今日不杀此人,他日必为国家之祸!"

"爱卿有些危言耸听喽。爱卿不要因王夷甫识石勒的故事,今日便误杀忠良。那不就是食古不化了吗?"李隆基仍保持着皇上的从容稳重,慢条斯理地说。

李隆基说的典故,李林甫听不明白。但这不要紧,皇上的意思他却准确判断出来了:不想杀安禄山!

博学的张九龄自然是熟知这个历史故事的:石勒十四岁时,随乡人到洛阳做买卖,倚在上东门仰天长啸。恰好东晋宰相王衍偶然乘轿经过这里,从轿帘后发现了石勒,对身边的人说:"我看这个胡儿骨相特殊,声音眼神不凡,将来必是国家大害,应该马上除掉!"于是派人去捉,没有捉到。后来石勒归附刘渊,领兵攻占州郡甚多,于东晋咸和五年(330)称帝,改元建平,成为东晋列国中后赵的开国皇帝。

张九龄停顿了一下,对答道:"臣焉敢妄比古人,危言耸听?实望陛下体察臣之愚忠,相信臣鉴别人才之才能。"

"卿鉴才之能,虽有时誉,也往往言之不中。你说的'必为庙社之忧'的人,朕看起来还蛮称职的呢!"李隆基说完,不由自主地瞥了李林甫一眼。

前年四月末,李隆基想要提拔李林甫做宰相,一天散朝后,他留下张九龄,议及此事。张九龄马上表示反对:"宰相是关系天下安危的官职,不可轻易任命。臣观李林甫柔佞奸狡,心术不正,断非宰相之器!陛下不记得当年源乾曜的话了吗?做侍郎尚且不可的人,今天怎么能做宰相?"

李隆基记得,十几年前,源乾曜做侍中的时候,有人建议提拔李林甫做侍郎,源乾曜坚决反对,公开说:"侍郎须是有才望的人才能做得。我是看着哥奴长大的人,他绝不是做侍郎的材料!""哥奴"是李林甫的乳名。

李隆基听了张九龄的话,觉得有道理,便没有坚持。当晚,他在龙床上和武惠妃提起这件事,没想到武惠妃非要李林甫做宰相不可。

武惠妃是武则天的本家,生得千娇百媚,浑身无处不香,无处不软,连她为李隆基生的儿子李瑁也生得十分标致可爱。每天夜里,李隆基都恨不得把自己融化在武惠妃身上。武惠妃当然想要李林甫出任宰相,因为李林甫早已和她秘密约好,如果自己能出任宰相,一定竭力保护好寿王李瑁,想办法让寿王当上太子,将来她就可以做皇太后了,弄好了,武家可能又出来一个女皇帝呢!她在李隆基怀里打着滚,娇嗔道:"你真是老糊涂了,什么事都得听张九龄的,天下不是姓李吗?"逗得李隆基情急如火,只好说:"算了,朕唯爱妃之命是听还不行吗?"

李隆基当然还没有老糊涂。张九龄在他心里还是相当有分量的。第二天,他又拿不定主意了,又去征询高力士的意见。

高力士对李林甫的印象是相当不错的。李林甫对他很亲热,珍奇玩物,源源不断地送到他的家中,有的东西,他早晨想得到,晚上李林甫就亲自送上门来了。人家是帝王的本家,从政多年,办事也守规矩法度,现在皇上要擢拔他做宰相,自己怎能说人家的坏话呢?何况,宠幸冠后宫的武惠妃早已和他打过招呼。可是,这些年来,他也感到李林甫这个人心计太重,善于揣测别人的心理,张九龄的看法不一定没有道理呢!

他感到不好直接回答皇上的问话,只得含混地说:"老奴以为,任命三品以下官员,应和宰相商量;至于任命宰相,陛下就应自己做主,不必再谋之于其他宰相!"

"不必再谋之于其他宰相",不就是不必听张九龄的意见了吗？对！自己做主,让李林甫试一试！

他把自己的决定告诉了张九龄。

张九龄还是反对,竟然说道:"臣敢断言,陛下相李林甫,异日必为庙社之忧!"

李隆基闻言,心里有几分不快,说道:"任命宰相的事,爱卿就让朕自己做主一次吧!"

张九龄听得出,皇上已经把话说绝了,不容许他再净谏了,只得无言地退下。于是,李林甫终于挤进了宰相的班列:礼部尚书同中书门下三品。将近两年的时间里,李林甫的所有奏议,事事都非常合李隆基的胃口,李隆基对李林甫感到非常满意。

现在,张九龄见皇上已有奚落自己的口气,知道无法再争执下去,叹口气道:"臣已尽职,知无不言,还望陛下三思。他年忧祸交作,或可知臣言之不谬!"

李隆基怫然不悦,他觉得,这个他一向喜欢的风度可人的中书令,近来不但总和自己闹别扭,还常常说一些不祥之言。他愠怒地说道:"难道朕事事都得由卿主张？不由卿主张,就会忧祸将至吗？"

李林甫感到自己发言的机会到了,起身插嘴道:"张元老忧国之心,实令下官感佩。但如今圣上平治天下近三十年,国泰民安,'忧祸交作'这种话可不能轻易说,传扬出去对维系人心没有什么好处。至于安禄山,臣以为张元老执法如山,杀之有名;陛下法外施恩,足见陛下恶杀好生之德。仁慈之心,天必佑之。况安禄山区区一只知食酥的塞外胡奴,杀之无益,留之或可效匹夫之勇,犬马之力,臣亦以为不杀为妥。"他说话时,既瞅着李隆基,也瞟着张九龄。既是说给皇上听,又是说给中书令听。他虽然一眼就看穿了安禄山是个伪装忠厚诚朴的野心家,但他决不能在此时说破;他虽然恨透了张九龄,而且知道张九龄快滚出宰相的班列了,但此时他还不敢公开得罪这位文名政声满天下的中书令。

李隆基听了李林甫的话,脸色缓和下来了,他对李林甫满意地点点头,说道:"就依卿所奏,烦张爱卿草制:'平卢讨击使、左骁卫将军安禄山,作战失机,为虏所败,依律当斩。姑念其效力疆场数载,多立功勋,免死,褫其本身官爵,白衣领兵,效力本军!"

"臣遵旨。"张九龄发出无可奈何的声音。

十二、大奸入相　朝官皆成立仗马

开元二十四年(736)十一月二十七日,朝会在大明宫含元殿举行。

金碧辉煌的含元殿,是大明宫的正殿,整个殿堂建筑在一个夯实的黄土台基上。这个黄土台基,高一丈五尺,东西长三十丈,南北宽十五丈,它上面的含元殿,东西长二十丈,南北宽七丈五尺,高十二丈,柱、额、门窗涂成红色,殿墙以白色为底色,画有红线,门钉和栏杆饰有鎏金,殿顶是用黑色琉璃瓦铺成的。它的左右,各有一个配阁,都有回廊和正殿相通,左阁称翔鸾,右阁名栖凤,两阁直线距离为六十丈。这座大殿,是大明宫里最高的宫殿,如遇秋晴,站在第二层的廊檐下凭轩远眺,可以饱览终南山那秀丽的景色。

从含元殿的正门到大明宫的正门丹凤门,是一条长三十丈、宽十丈的石砌台阶路,称作龙尾道。龙尾道由高渐低,两旁对称地排列着青石栏杆。

整个长安城内,专管城门和宫门锁钥的就有八百人。和夜晚关城门、宫门一样,早晨开宫门和城门也都有一定的时间。清晨,承天门的鼓楼要击晓鼓一刻时间,鼓声停止,长安城和皇城门打开;同时,街鼓"咚咚"敲响,表示长安城的宵禁解除了。第一通鼓声停止,宫城的正门打开;第二通鼓声停止,承天门和各皇宫钟楼便响起悦耳的晓钟声,各宫殿的门一齐打开,早朝的时刻便到了。

朝会的仪式是庄严的,也是千日一律的。

今天的朝会也和往常一样,钟楼的钟声敲过最后一响,大明宫内含元殿的正门被隆隆推开。

百官从朝堂鱼贯而出,立于含元殿下。

与此同时,李隆基身穿赤黄袍,头戴折上头巾,脚登六合靴,在太监的引导下,徐徐升上御座。

金吾将军趋上殿阶,奏称左右厢内平安。

宰相裴耀卿、张九龄、李林甫和中书门下省的官员在阶下跪拜,然后拾级登上含元殿。

内谒者宣呼仪仗队中的衙内仗入宫立仗。衙内仗便由侧门依次进入大明宫,从含元殿阶前到丹凤门,在龙尾道两旁依次排开。这衙内仪仗队分为五队,分别称作供奉仗、亲仗、勋仗、翊仗、散手仗,他们有的手持绣有龙蛇图案的旌旗,有的手扶长枪大戟,像龙尾道旁的石栏杆一样,一动不动地立在那里。散手仗的下面是对立的八匹立仗马,金鞍绣鞯黄幛,老老实实地站在那里,每匹马旁都有两名戎服执鞭的人,称作"进马",肃立在马的左侧。

在奔向自己固定的站朝位置的过程中,细心的朝官发现,今天李林甫的神态有些反常。往常,他总是走在侍中裴耀卿、中书令张九龄的后面,今天,他竟一反常态,不但与裴耀卿、张九龄并肩齐趋,而且走在二人中间;裴耀卿、张九龄二人像往前一样按上朝的礼仪俯首躬背登殿,而李林甫却故意挺胸昂首给朝官们看。

李林甫这样做,是有理由的。

各条渠道来的消息都证明,今天早朝,裴耀卿、张九龄将一起从宰相的位子上被撤下来,而他李林甫,将取代张九龄,出任中书令!

这个消息,昨天晚饭后他就知道了,是宫奴牛贵儿到他家中报告的。这牛贵儿是武惠妃的亲信,专门替武惠妃传递宫内外消息。他告诉李林甫,皇上决心撤换裴耀卿、张九龄的职务,已命人起草好了诏书;他还说,张九龄还给皇上献了一篇《白羽扇赋》,借题发挥,要求辞去中书令的职务。

这个消息,昨天傍晚张九龄本人也已用特殊的方式通知了他。

自从出现了诗这种文体之后,诗人们用它抒发愤懑,寄托情怀,歌功

拍马,写心求爱,可现在的张九龄,却用它来写降书。昨晚,他写了一首诗,派人送给李林甫,题曰《归燕》:

> 海燕何微渺,乘春亦暂来。
> 岂知泥滓贱,只见玉堂开。
> 绣户时双入,华轩日几回。
> 无心与物竞,鹰隼莫相猜。

他唯恐李林甫这个不学无术的政棍看不懂,所以把诗写得特别浅显,主题一目了然:我斗不过你了,要让位给你了,你也高抬一下手饶了我吧!

李林甫本来是经常面带笑容的人,今天故意锋芒毕露,在群臣面前故意抖威风,也是经过一宿思考的。他武无攻城野战之功,文无经邦治国之策,才与德都不足以服人,必须在这就任前的时机以威势震慑住满朝文武!朝廷上的官,最大的莫过于侍中和中书令,他李林甫敢旁若无人地走在二人中间,这本身就是一种示威:裴耀卿、张九龄尚且被我斗倒了,我都不把他们放在眼里了,你们群臣还不知趣些吗?

殿上殿下的群臣三呼万岁已毕,张九龄手捧象笏,出班奏道:"臣中书令张九龄,蒙陛下不弃愚钝,待罪相位,倏已四载。上不能辅弼陛下以光帝业,下不能有益黎庶膏泽百姓,罪实非轻。近者,臣贱体衰弱,时生病痛,自感力不从心,才不胜任,谨请陛下天恩,许臣纳还官爵,放归故里,臣不胜惶恐之至。"

望着张九龄清癯而白皙的面庞,细高的身躯,真诚中又带几分惶惧的表情,李隆基心里顿生几分凄恻。这个张九龄,从长相到才学,从文章到举止风度,他都十分喜欢。张九龄做中书令,也是恪尽职守的,性情虽然固执甚至有时急躁些,但心地是坦白善良的,罢免他的中书令,李隆基真有些不忍心,也舍不得。他真能是结党营私的人吗?昨天已经下定的结论,此刻又有些动摇了……

处分安禄山事情还不到半年,又一场官司打到皇上这里:中书侍郎严挺之为贪赃犯王元琰开脱罪责!

蔚州有一个盐商,他的儿子魏仲通精通经义,醉心于科举考试。科举,分为进士和明经两科,不论哪一科,都规定要有地方官的推荐才能入京应考。可是,盐商的家庭出身是为世人所轻贱的,所以多年来魏仲通一直得不到推荐。魏仲通的老父爱子心切,万般无奈,想出了行贿这一招数。他偷偷买动了刺史王元琰手下的一个书吏,由书吏在王元琰面前极力称赞魏仲通的才学和人品,王元琰才推荐魏仲通赴京应考。魏仲通的父亲又通过那个书吏将三百两"谢银"悄悄交给了王元琰的夫人崔氏。事情败露后,王元琰被押解来京,下到大理寺狱中,皇上指定中书侍郎严挺之和大理寺卿徐峤主持审理此案。这又使普通的贪赃受贿涂上了一层桃色。

之前,严挺之这个小小的太原军少尹,竟敢蔑视堂堂开府仪同三司王毛仲,拒绝向王毛仲交出军械,并把王毛仲擅索甲仗的事上告,使李隆基对严挺之有了很好的印象。处死王毛仲以后,皇上召严挺之进京做了吏部侍郎,不久又升做中书侍郎。

事有凑巧,这次严挺之办案,案犯王元琰的夫人崔氏,正是严挺之的前妻!

严挺之与崔氏本来是一对恩爱夫妻,别看严挺之办公事异常刚决,又嫉恶如仇,却生就一副九曲情肠,与结发之妻崔氏如胶似漆,恩恩爱爱。可是,人间的事总有美中不足的,崔氏虽然年轻美貌,琴棋书画皆通,却有一样不中婆母的意:结婚两年,没有生孩子。尽管崔氏百般在婆母面前尽孝道,婆母总是一见到她就生气,横挑鼻子竖挑眼,最后竟以死相威胁,逼令严挺之休妻。

高堂老母之命神圣不可违抗。严挺之只得忍痛把母亲的命令付诸实践,一对恩爱夫妻终于生生离异了。严挺之不但让崔氏带走了全部陪嫁的妆奁,还贴补了不少银两,把崔氏送回了娘家。崔家也是名门望族,崔氏又生得漂亮,经人说合,不久又嫁给了王元琰做二房。崔氏到王家不久,王家大奶奶一场大病过世了,崔氏便成了王家的当家大奶奶。

这次王元琰吃了官司,又落到严挺之手里,崔氏便向严挺之送来了

求援信,末尾还附了一首诗:

> 含泪临笺命笔日,犹忆生别吞声时。
> 红颜虽未为君尽,萧郎安忍做路人?

严挺之本来就想为王元琰开脱,大事化小,因为严挺之爱才。他了解王元琰,知道进士出身的王元琰做地方官很有经验,很称职;他更爱蔚州举人魏仲通,他主持今年科举考试时,发现魏仲通的才学在一般举子之上。加上如果把事情闹大,对自己也没有好处,因为魏仲通是经他的手考为明经及第,放了九品县尉的。更何况,现在又有崔氏写得很有感情的信呢?

经过几次审勘,严挺之和徐峤制订了一个处理意见上报给中书令张九龄:王元琰身为刺史,代天牧民,约束属员不力,属员婪索百姓而不觉,有负天恩,贬官一品,改任他州别驾。

如果严挺之不是张九龄的好朋友,如果严挺之平时能得饶人处且饶人,这事也就糊涂过去了。

可是,偏偏严挺之和张九龄非常要好,张九龄早就想推荐严挺之一起做宰相,偏偏严挺之平时不会隐恶扬善,得罪了人,得罪的又是李林甫,事情便闹大了。

李林甫推荐一个叫萧炅的人做户部侍郎。这个萧炅,脸皮厚,书底薄。严挺之本来就鄙薄李林甫的为人,对李林甫援引的人也就没有好感。碰巧有一天和萧炅一起到一个朝官家里拜寿,客厅里有一本《礼记》,萧炅不自量力,信手把书翻开,摇头晃脑地把书里的"蒸尝伏腊"读成了"蒸尝伏'猎'",严挺之当着好多客人的面,着实奚落了萧炅一番,劝他回府后好好和孩子一起从头学习"诗云子曰"。第二天,他又把这一新闻在朝堂上宣布,并当众质问张九龄:"中书令大人,尚书省中怎么冒出'伏猎'侍郎?"张九龄也早就看萧炅不顺眼,上朝时便将此事奏明皇上。李隆基也觉得可气又可笑,便打发"伏猎"侍郎去外地做刺史了。

这天午后,严挺之抱着有张九龄批示"可"的案卷来到宫中,李隆基一边逗着鹦鹉一边听着严挺之的禀奏,刚要点头同意严挺之的意见,李林甫突然出现了,他当着皇上的面质问严挺之:"严大人,此案有些情弊吧? 三百两银子明明是到了王元琰夫人手里,怎么断成了'属员婪索百姓'呢?"

"据案犯交代,王元琰从未见到赃银。没有圣旨,难道还要拿问朝官的夫人吗?"严挺之一见到李林甫皮笑肉不笑的样子就来气,自己又生平第一次作弊,心里有些虚怯,一时找不到有力的词句回驳李林甫的诘问,便以攻为守,向李林甫反问。

"没有圣旨,难道不可以请旨吗? 怕是严大人有些不忍心拿问吧?"李林甫仍是笑嘻嘻地说,"年轻人太重情义了吧?"

李隆基听出李林甫的话里有话,才把注意力从那只宫里称作"红袍道童"的鹦鹉身上移开,转身看着李林甫。

李林甫也把目光从严挺之那尴尬的脸上转向李隆基,笑眯眯地说:"陛下,臣听说王元琰的夫人崔氏是挺之的前妻呀!"

"唔?"李隆基的注意力更集中了:"挺之,果真如此?"

"实有其事。"严挺之答道。

李隆基显出不高兴的样子:"既然如此,理应向朕奏明,回避此案。"

"臣前妻崔氏,不得母欢,已出之三年,与臣奉旨办案无碍。"严挺之为自己开脱。

"退下!"李隆基见严挺之竟敢为自己辩解,叱他退出殿外,又吩咐太监:"去中书省宣张九龄进宫!"

严挺之退出后,张九龄进宫前,李林甫把这个案子的详情原原本本地向皇上作了禀报。

原来,李林甫一直视严挺之为眼中钉。张九龄的这个朋友能文能武,果断刚毅,迟早也是自己的对头。加上萧炅被贬黜的事,李林甫更是憋了一肚子火气。这次严挺之办案,他原以为严挺之肯定会古板地按法律办事,后来听说王元琰的夫人是严挺之的前妻,虽然他还不知道崔氏向严挺之求情的细节,但觉得这里就有文章可做了,便派人暗示徐峤,办案时诸事随顺严挺之,看他到底怎样发落。结果严挺之重案轻判的事滴水不漏地传到了李林甫耳中。李林甫又指使徐峤出面,撒开人马,另办一案,从魏仲通父亲那里取来口供,将转送赃银的书吏秘密押到京城,关进京兆府狱中。

李隆基听了李林甫的禀报,十分满意,觉得李林甫对自己非常忠诚,也非常能干。同时,他也产生了一个想法:通过这个案子,试一试张九龄、裴耀卿对自己的忠诚程度。

张九龄来到宫里的时候,李林甫已经走开。李隆基问张九龄:"朕已查明,严挺之办案,为罪人开脱。爱卿何失于粗疏?"

"挺之办事,向来公正。臣实不知其中有弊。"张九龄答道。

"罪人王元琰夫人乃挺之前妻!"

"按人之常情,对于出门另婚的妻子,决无恩义可言。换他人办此案,只怕还要枉法罗织陷害前妻的后夫呢!"

"挺之虽已出妻,二人旧情不断,时有往来!"

"臣不信有此事。"

"此事李尚书已勘查明白,案卷都在这里,爱卿自己过目吧!"

一听说李林甫插手了,张九龄便知道事情不妙了。他虽然从未和李林甫正面冲突过,但他深知李林甫的为人,正如严挺之骂的那样,李林甫是一个笑面虎,是一个咬人不露牙齿的恶狗。不用看案卷,张九龄就知道李林甫肯定抓住了严挺之的把柄,自己也脱不掉干系了。他感到自己被动了,只好说:"臣实昏聩弩钝,不料严挺之竟能办出这样的事!"

李隆基拖着长腔说:"可爱卿还几次荐他为相呢! 还是李尚书看人看得透哇!"

张九龄退下后,李隆基又召来了侍中裴耀卿,问他对此案的意见。裴耀卿开始也认为严挺之办案不会有弊。

李隆基终于相信了李林甫的话:裴耀卿、张九龄、严挺之是一党,通同作弊……

此刻,坐在御座上的李隆基,很快从矛盾中定下心性:不管张九龄、裴耀卿是否真的结党营私,昨晚的决定还要照办!

张九龄他们是否结党营私,不是主要的,主要的是要选择一个能替自己管理天下政务的宰相。

对日常事务,李隆基越来越厌烦。二十多年来,每天总是批阅奏章,过问边情,赈济灾民,处理讼案,他感到乏味。他想找一个能干的宰相,代替自己处理日常事务,使自己从繁杂的事务中脱出身来,做一个自由自在的皇帝。经过两三年的观察,他相中了李林甫。在他看来,李林甫最为忠厚,说话有根据,办事有板眼,老成持重又小心谨慎。最令他满意的是,李林甫做礼部尚书以来,所说的话,句句合他的心意,所办的事,件件都使他高兴。而张九龄就不行,好像什么事都得由着他自己的主意来,否则就诤谏不休!

对于诤谏,不管是面折廷争还是上疏劝谏,李隆基也都越来越感到讨厌!他渐渐悟出一个道理:所有的诤谏,都是那些臣子抓住我细枝末节的小事儿大作文章,与其说是为了规劝我,倒不如说是为他们自己捞取直言敢谏的美名!说什么"兼听则明",难道我不"明"吗?不明,能从一个普通亲王变成太子吗?能由太子变为皇上吗?能稳坐二十多年天下吗?不,我是耳聪目明的!我不需要张九龄、裴耀卿这种人整天在耳边聒噪了!

拿定主意,照昨晚的决定办!撤掉张九龄、裴耀卿!用李林甫做中书令!

李隆基刚要说话,补阙杜琎走出了班列。补阙,是个清要官,可以在朝会时随时发言,对皇上的决定提出赞同或反对的意见。他站在张九龄的左下方,双手持笏,躬身奏言:"臣以为,中书令张大人立身清正,文雅博学,辅弼陛下多年,文声蔚然,政绩卓著,朝野皆庆陛下得人,应一如既往,效命省台,不宜偷安引退。"

班列中的李林甫心里暗骂:这个混蛋,真是眼睛长到屁股上去了!活该倒霉,今天就拿你给群臣做个样子看!

既然自己已经拿定了主意,杜琎的话自然成了李隆基的耳边风。他慢慢扫视了群臣一眼,说道:"众卿可退到朝堂候旨!"

群臣退到朝堂,正在交头接耳地议论,近来专门宣布诏书的宦官袁思艺带着两个小太监手捧圣旨来到朝堂。

"李林甫听旨!"袁思艺站在朝堂门口喊道。

李林甫抑制着心中的狂喜，跪倒在地："臣李林甫听旨！"

袁思艺高声朗读道："银青光禄大夫礼部尚书上柱国李林甫，泉源之智，迪惟前人；志虑周密，亲贤称首。历仕多年，所莅有孚，国钧紧赖，邦礼克清。光扬帝德，必俟大贤，砥砺群臣，允膺殊才。宜回礼部之职，俾总持朝经，可金紫光禄大夫守中书令，余勋如故！"

站在一旁的张九龄暗暗冷笑：不知是哪位中书舍人的大手笔，竟把李林甫吹捧得如此才智超群，德能出众。他早已认定，李林甫是一个祸国殃民的大奸大猾之人，但他眼看着这个奸臣步步高升，今天又取代了自己中书令的职务，就是没有办法制止！他近来发觉，皇上对待国事，就像一个患了重病的人，时而昏迷，时而略微清醒。每当皇上昏迷的时候，他都声嘶力竭地去呼唤皇上醒来，无奈皇上发昏的频率越来越高，发昏的时间越来越长，靠他一个人去呼唤已经不可能了。自己要失去中书令的职位，他早就预料到了。不过皇上还比较仁慈，碍于情面，一直等待着自己主动提出来。他刚才在朝会时当众向皇上提出辞职的口头申请，一方面是给皇上一个罢免自己职务的借口，一方面也是为自己体面引退铺一个台阶。唉，大厦将倾，我一木难撑了！开元盛世过去了，国家的忧患就要发生了，奈何奈何！

"谢圣上洪恩，吾皇万万岁！"李林甫听完袁思艺朗读的圣旨，对着圣旨叩头谢恩，然后爬起身，迈动双腿，奔向含元殿谢恩去了。

当李林甫再回朝堂的时候，朝官们还都没有散，只有张九龄、裴耀卿刚走出朝门，也照例到殿上向皇上谢恩去了。李林甫故意用恼恨的目光盯了张九龄、裴耀卿的背影几眼，向在场的朝官们问道："张、裴二位大人屈就何职了？"

他早已知道皇上的决定，但他要朝官们再复重一遍，那他会像刚成名的诗人听到别人背诵自己成名之作一样舒坦。

果然，刚就任工部尚书同中书门下三品的宰相牛仙客答道："二人并罢政事，耀卿为左丞相，九龄为右丞相。"

"怎么？他们还配做左右丞相！"李林甫故作惊愕的样子，提高了声音。

朝臣们鸦雀无声。张九龄的中书令被人取代,裴耀卿被免去侍中的职务,两人去做有名无实的左右丞相,跌得太惨了。左右丞相虽然是从二品的品阶,但几乎没有什么实权,是闲散的官职,可李林甫还不满意,还敢这样当众大呼小叫,相比之下,张九龄、裴耀卿失宠,李林甫得到皇上不可动摇的信任,这不是很明显吗?

但李林甫自己心里清楚,自己斗倒张九龄,已经把吃奶的劲都用上了。凭才学,他给张九龄做学生都不够格;凭道德,他根本没有张九龄所说的道德;凭治国方略。他哪有什么方略?如果说有,那就是顺从皇上的意志,捉摸皇上的心理,一些应办的事照老章法去办而已!现在虽然挤倒了张九龄,但皇上长期以来对张九龄形成的好印象并没有完全消散,张九龄还有可能官复原职,众朝臣也还有不少人对自己不服气,他这个中书令基础不牢固,做得很勉强!

现在,要紧的是杜塞言路!

杜塞了言路,就可以把皇上变成聋子、瞎子,听不到关于自己的坏话,看不到自己做的坏事;杜塞了言路,自己就可以一手遮天,为所欲为;杜塞了言路,自己就可以制服那些不服气的人,排斥那些有才能的人;杜塞了言路,自己才能保住中书令的地位。总之,杜塞言路,妙处无穷!杜塞言路,主意早就想好,现在就开始实行!

"补阙大人,"李林甫凑向杜琎,脸上又恢复了惯常的甜甜的笑容。别看扳倒张九龄要费几年心机,对付这个小小的补阙,在他可是轻而易举的事,用不着露锋芒,"圣上恩命,升迁你做个下邽县令!明日到中书省拜官赴任。"声音虽然不高,但周围朝臣都听到了。

知情的人都明白,李林甫和张九龄是宰相班列中的对头。早朝时杜琎在皇上面前奏言,赞誉张九龄,要张九龄继续留任中书令,就有人替他担心,可没想到事情来得这么快,李林甫刚才上殿谢恩时就把事情办了。杜琎去做下邽令,表面上官阶是升了一品——县分七等,京、畿、望、紧、上、中、下,下邽是"上县",县令的品阶是"从六品上",而补阙的品阶是"从七品上"——实际谁都明白,这是明升暗贬!人们不是常说,"宁做皇城狗,不做边塞人"吗?不是常说"生在皇城三分福"吗?不是有人说调进京城做官如同"登仙"吗？更何况，杜琎做的补阙，是门下省的供奉官，经常陪侍皇上，对于皇上的行为和用人可随时发表意见，连封疆大吏都得礼让三分。反过来，去做县令，要对州府长官、过路朝臣、出使宦官，还有什么观察使、采访使、巡阅使、节度使、度支使等等，得陪多少小心！两者真有天渊之别哟！

杜琎自己也感到事情有些突然，明白早朝时的奏言……不合皇上的心意了？李林甫见他发怔，又凑近一步，用更低的声音说："皇上口谕，不用殿辞了，明天就赴任。本相今天自作主张，放你一天假，皇上若怪罪下来由本相承当。你快回府准备行李，告别亲友吧！"李林甫的话，充满了同情和友善。

皇上讨厌自己了，不然，怎么连"殿辞"都不许了呢？一般朝官外调，都照例要在金殿拜别皇上的呀？杜琎明白，今天自己栽倒在李林甫手里了，李林甫在皇上面前做了手脚，可他又无可奈何，只得双手一拱，说道："谢相公关照！"说完，头也不回地出了朝堂。

望着杜琎的背影，李林甫轻轻地摇了摇头，用悲天悯人的腔调说："年轻呀，一句话就断送了前程！"虽然是自言自语的叹息，也足以让周围的朝臣听得清。

群臣见李林甫已转达完圣旨，都凑过来向他贺喜。这时，站班的内衙仪仗队已开始下撤，知道皇上已进了东序门，回后宫去了。李林甫把脸转向群臣说："诸位，李某不才，备位中书，总是皇恩浩荡，还望诸位同心，耳提面命。李某也有一心腹之言相告，"他指着龙尾道末端的立仗马，说道，"有圣明天子在上，我们照章办事就可以了，不必自作聪明，多言多语！诸位没看见那立仗马吗？只要能规规矩矩在那里站数刻时间，不鸣不叫，就可以安享三品料，可只要嘶叫一声，就得被赶走，从仪仗队中清除掉，去沙场冒矢石，去泥路拉盐车，甚至被赶进屠场，到那时再后悔，再想不叫，还来得及吗？杜大人不就是今早叫了一声吗？列位大人以为如何？"

"李相公高见！"大臣们都听明白了，以后容身保位，少说为佳，学那立仗马！人还不如畜牲灵通吗？

第三卷 天宝风流

十三、栽赃陷害　王铁扳倒杨慎矜

时间是留不住的,秋光是留不住的,天宝六载(747)的冬天来到了长安,来到了大明宫。

老人的觉少。李隆基陪杨贵妃赌了一上午钱,都感到困倦了,午间,杨贵妃陪李隆基在承香殿睡了一个午觉。李隆基只睡了不到半个时辰就醒了,见杨贵妃正睡得香,便一个人下床离开承香殿,信步走过太液池上的卧波桥,来到太液池中的蓬莱山上。

太液池在大明宫的北部,是一个不太规整的长方形人工湖,长约一里,宽约九十多丈。太液池中央有一个黄土堆成的小岛,就是蓬莱山,山上建有一个亭子,称为太液亭。

来到太液亭上,整个太液池周围的景物尽收眼底。李隆基看看脚下的太液池,水位已明显下降,满池荷花早已开过,只剩下残莲败叶浮在水面。岸边的合欢树,早已没了往日红云般绚丽的繁花,而且连树叶都已落尽,只剩枯枝在风中轻轻摇曳。池周围的紫兰殿、承香殿、含凉殿、蓬莱殿等宫殿的殿顶,也似乎失去了往日的光泽,显得灰蒙蒙的——一切都索然无生意。

冬天了,这大明宫不能再住下去了。李隆基已传旨,准备后天就去华清池。这几年,每逢盛夏和寒冬,他都到那里避暑避寒。现在,站在太液亭上,他忽然起了一个念头:干脆在华清池建起一个像大明宫似的宫殿,有城墙,有宫殿,有百官的衙署,有王公大臣的宅第,那该多方便! 反正国库里有的是钱!

一想起钱,自然想起了杨慎矜,想起了前两天的事,他心里涌起一阵不快。

两天前,杨贵妃的八姐柳氏进宫来赌钱,随身带了一个丫头,名唤明珠。这明珠生得颀长丰硕,大有杨贵妃之风,李隆基一见就喜欢上了,便把她留在宫中。

柳氏出宫之后,李隆基对明珠越看越爱,把她搂在怀里问道:"你祖籍何处,父母是何等样人?怎么流落到柳家的?"

明珠答道:"小婢原是山阴人,自幼卖给杨慎矜大人府上为婢,数日前杨大人又转卖给了柳家。"

李隆基感到奇怪,又问道:"杨慎矜还缺钱花,去卖使女?"

"杨大人不是为了钱,是因为……"明珠把自己这几天的遭遇讲了一遍——

原来,自从去年正月被李林甫胁迫,杨慎矜违心地出头诬陷了韦坚和皇甫惟明后,总是心神不宁,日夕忧惧。他觉得自己干了损阴德的事,在人前抬不起头来;他也预感到,李林甫挤倒了韦坚一伙后,决不会放过自己,迟早要对自己下毒手。

他忽然想起了与他素有交往的江湖术士史敬忠。

这个史敬忠也是个怪人,幼年出家当了和尚,成年后又蓄发还俗,读了大量阴阳玄象的书,据说能推算出人生祸福,帮人趋吉避凶,还会驱鬼除邪,符水治病,不少人崇敬地称他作"活佛"。家住长安城内,到他家求卜请药者络绎不绝。

杨慎矜派人去请史敬忠,却没有请来。原来史敬忠已隐居到汝州临汝山中去了。

杨慎矜只得又派家人带着礼品,到千里之外的临汝山去请。

史敬忠终于被请来了。杨慎矜待如上宾,接风晚宴后,把史敬忠延进密室,请他为自己卜算吉凶。

史敬忠长叹一声:"七郎盛情相邀,连累山人受厄了!"杨慎矜在本家兄弟中排行第七,年龄又比史敬忠小一辈儿,所以史敬忠称他为"七郎"。

杨慎矜惶惑不解地望着史敬忠。

"山人下山前已经算定,此行将遭殃祸,能免一死就是万幸了。"史敬忠解释道。

"以仙公清德,尚不能自免红尘灾厄之累吗?"

"在劫难逃。此正所谓良医之子,多死于病,良巫之子,多死于鬼。明于谋人,暗于谋已呀!祸从何起,尚不可知,然灾星罩顶,已成定势。"史敬忠又是一声长叹。

杨慎矜心里感到不安,但他更关心自己的命运:"仙尊既已辱临,还恳望能不吝指点杨某迷津。"

"山人下山时即已知七郎尊意,已为七郎卜算过了。"史敬忠呷了一口茶,慢悠悠地说。

杨慎矜屏息静听下文。

"恕山人直言,七郎勿惊。山人算定,非但七郎,连尊伯仲慎余、慎名今年内都有杀身之灾。杨氏赤族之祸!"

杨慎矜惊出一身冷汗。

他是隋炀帝杨广的嫡系玄孙,帝王裔胄。他的父亲杨崇礼开元初年(713)做太府少卿,主管国库财物,在职几十年,公清如一,吏员们连一寸帛、一文钱都不敢欺隐,是举国公认的理财有方的能臣。杨崇礼九十多岁时,实在因年老不能继续任职了,提出了辞呈。李隆基听说他有三个儿子,名唤慎矜、慎余、慎名,都像父亲一样勤恪清白,聪察能干,便亲自考核,果然名不虚传,对杨慎矜尤为满意,便降旨拜杨慎矜为监察御史,主管太府出纳;杨慎余为司农丞,监理京城粮仓;杨慎名为大理评事,摄监察御史,充任东都洛阳含嘉仓的出纳使。

这兄弟三人就职二十年来,确实都很胜任。特别是杨慎矜,异常精明,善于聚财理财。各州郡缴纳的庸调,成色如何,是否受了雨淋水渍,有无伤破,他都一看便知。不合格的,他都要向该州郡加征钱物。这就为皇上多收了大量财物,皇上对他和他的两个兄弟的理财本领十分赞赏。皇上近来挥霍无度,需要杨氏兄弟这样理财的能臣。

见杨慎矜惊得半天不说话,史敬忠又说道:"七郎勿忧,山人已为七郎想好了一条避祸之计。"

"怎么办?"杨慎矜急不可待地问。

"随山人去临汝山中买下山庄良田,弃官隐居,非但可避目下之灾,且可逃天下大乱之劫数!"

"天下大乱?"杨慎矜更吃惊了。

"山人半年来夜观乾象,已经算定,不出十年,天下大乱。如今朝堂衮衮诸公,九死一生;长安百姓,也有兵火之劫!"

"咣——啷啷……"门外突然传来怪响。

杨慎矜一惊,打开房门一看,是侍女明珠慌乱失措地立在门口。她是奉了主母之命,来为杨慎矜送参汤的,走到门口,听到史敬忠耸人听闻的预言,心里一惊,失手把手中的托盘跌落在地上,盛参汤的玉碗摔成三瓣。

近来杨慎矜郁闷不畅,性情变得暴戾易怒,今天听了史敬忠的话,更是慌乱烦躁,又怀疑明珠有意偷听了他们的密谈,便把胸中的恼恨、愤怒、烦躁都发泄到了这个婢女身上,破口大骂一通,喊来家丁,要把明珠拖进后园打死。

史敬忠也离座踱到了门口,拍了一下杨慎矜的肩膀,说道:"七郎无故杀掉十头健牛,何其愚也?"

"十头健牛?"杨慎矜没有细品史敬忠的话,回头问道。

"此婢可换十头健牛。去临汝山中,每年可耕田十顷。"

"仙公,我杨慎矜只能买婢,岂有卖婢之理?"

"七郎既自忧自惕,岂可伤我佛好生恶杀之德,再结鬼怨?"

杨慎矜长出了一口气,说道:"烦仙公代为处置如何?"

第二天早饭后,史敬忠告别杨慎矜,要回他在长安的宅第看看。杨慎矜另派了一辆小牛车,载着明珠,随在史敬忠马后。

连人称"活佛"的史敬忠本人也未料到,半路上就出了个买主,强买了明珠。

他走出杨府不远,迎面遇到柳府的人拦路相邀。

原来,当今贵妃杨玉环有三个堂姐,大姐嫁给了崔氏,三姐嫁给了裴氏,八姐嫁给了柳氏。这杨氏三姐妹因杨玉环的得宠而显贵起来,经常出入皇宫,皇上称她们为"皇姨",哪个朝官想升迁调转,托她们向皇上一说就成。有人听说,皇上要封这杨氏三姐妹为诰命夫人了。这几天,杨贵妃的八姐柳氏身体不适,想请人做法事祛病求福,听说活佛史敬忠回长安来了,便派人来请。

　　史敬忠不敢推托,只得径直来到柳氏府上。柳氏对他也是毕恭毕敬,一口一个"仙公"。见礼用茶后,史敬忠答应今晚星斗满天时为她做法事,便告辞出来。柳氏亲自送到楼下,见史敬忠还带着一辆小车,便问道:"车中何人?是仙公宝眷吧?怎么不请出来相见?"

　　史敬忠很是尴尬,连忙分辩道:"非也。车中女婢,忤恼了主人,杨大人要将她杖毙。山人不忍其死,假说卖她可买十牛耕田,杨大人才饶她不死,听凭山人代为处置。"

　　柳氏命从人挑起车帘,见明珠生得高大端庄,有一种别于一般少女的健美,心里便喜欢了,向史敬忠问道:"仙公真要卖她吗?只怕仙公尘缘未断吧?"她和杨氏其他两个姐妹一样,言语谑浪,玩笑话张口就来。

　　"罪过,"史敬忠的脖子都羞红了,"山人一时要救她不死,岂敢别有他意?"

　　"既然如此,我偿仙公十牛之资,把她留给我吧!"柳氏皇姨真把史敬忠当成斩绝七情六欲的活佛了。

　　其实,史敬忠也是凡胎俗骨,也根本不会什么阴阳术算。不过,他很聪明,精于揣摩世情和世人的心理,懂一些天文和医药知识,加上能言善辩,便骗取了"活佛"的美名。他向杨慎矜预言不出十年将天下大乱,是因为他看出,皇上沉湎声色,不理朝政,政权集中于奸相李林甫之手,兵权集中于边帅之手,长此下去,天下焉能不乱?他预言杨慎矜兄弟有灾厄,也是看出李林甫搞垮韦坚和李适之一伙后,杨慎矜必然成为李林甫的攻击目标,狐狸打尽,兔子的命运还用得着推算吗?杨慎矜是隋帝的后代,李林甫要害他,必然会加给他谋反的罪名,那岂不是灭族之祸吗?他和杨慎矜一向有交情,这次又下山来杨府,将来杨慎矜倒霉,他岂能不受牵连?不过,这些话从史敬忠口里说出,便显出一种神秘的天命色彩。

听了柳氏皇姨的要求,史敬忠心里暗暗叫苦。杨慎矜发怒时,他倒是真想救明珠不死。可酒后在杨府睡了一觉,到今早离开杨府时,他对明珠已有了欲念,杨慎矜也看出来了,才命人为她换了衣衫,备车相送。没想到这位皇姨竟说破了他的心事,还要从他手里买去明珠。舍了这美人还没什么,可这美人昨晚若真的听去了他与杨慎矜的谈话,传扬出去可就是孽障了。但他哪敢不答应?谁不知道,杨氏姐妹直通皇宫,一言可定他人生死祸福?他只得顺水推舟道:"善哉,妙哉,此婢既得其所,山人也了却一桩俗事,哪里还敢受其值?"

于是,明珠成了柳氏皇姨的随身侍女……

听了明珠的自述,李隆基怫然不悦。在他看来,臣子对他这个皇上应该虔心竭诚,臣子自卜祸福,推测吉凶,就是对皇上的不信任,怀有二心。他又向明珠问道:"史敬忠是什么样的人?以前到杨府都做些什么?"

"以前到杨府,常是夜间在庭院中设法坛,指星斗,说天文,焚香烧符……"

"妖僧!"李隆基骂了一句。明珠的话,使杨慎矜在李隆基心目中的形象蒙上了浓重的阴翳,但他还不忍立即降旨惩处杨慎矜,杨慎矜给他的良好印象还没有完全销蚀。二十年来,杨慎矜忠勤职守,为他聚敛了大量财物啊。

现在,站在太液亭上的李隆基,想起大修华清宫要用钱,自然又想起了杨慎矜,想起了两天前的事。

这时,太监来报说御史中丞、户口色役使王铁求见。

李隆基沉吟了一下,吩咐道:"宣!"

不一会儿,王铁来到太液亭。他是来向李隆基报功的。

今春,崤山以东的几个州郡天旱不雨,收成不佳。州郡长官把灾情申报上来,李隆基只得下诏对灾区"给复"一年,就是免去灾区一年的租税。王铁充任的户口色役使,主要职务就是按户口核收租税。他看出皇上下诏"给复"很不情愿,不过是为了明君"爱民如子"的名声才不得已而为之。于是他来了个明免暗不免,向灾区宣布,租税可免,但"辇毂费"不能免,就是要缴纳运输费用。往年交租税,不也要用车马船只送到指定地点吗?今年不交租税就算了,但运费还要按数缴纳。他故意把辇毂费定得很高,结果搜刮上来的辇毂费一点也不比往年所交的租税数目少。现在,他赶在皇上去华清池前,把今年全国租税、包括灾区辇毂费征收的总账算完了,来向皇上报账邀功。

听了王𫓧的启奏,李隆基脸上露出了满意的笑容:"爱卿为朕理财有方!"

科举和注官,都要考察身、言、书、判几项。身,就是要求相貌端正,身材匀称。李隆基又特别注意举子和官员的相貌。朝野近两万名官员中,不论被后世称作奸臣的还是被称为忠臣良将的,相貌都说得过去。这个王𫓧也不算丑陋,只是眼睛稍小些,与脸上其他器官不太协调,因此,他在朝官中就算得上其貌不扬了。

王𫓧听了十分得意,小眼睛眯成一条缝,又补充道:"账目副本都已呈报李右相和杨少卿大人了!"

李隆基的笑容一下子消失了,呵叱道:"以后少提杨慎矜。听说你和他是亲戚,以后休再与他来往!"

见皇上变了脸色,王𫓧连忙答道:"臣遵旨!"

"爱卿且退!"李隆基又传口谕。

从太液亭出来,王𫓧心里暗自狂喜。从皇上的言语表情上,他断定皇上已相当讨厌杨慎矜了。杨慎矜在朝廷的地位动摇了!他对杨下手的机会来到了!

王𫓧的父亲和杨慎矜是姑表兄弟,杨慎矜是王𫓧的表叔,但杨慎矜比王𫓧大不了几岁,两人少年时十分亲密。杨慎矜显达之后,也曾向皇上推荐王𫓧。王𫓧现在能进御史台做上御史中丞,就是借重了杨慎矜之力。按理说,王𫓧应该感激杨慎矜了吧?其实大谬不然,王𫓧早已仇视杨慎矜了。

王𫓧当上御史中丞后,便自尊自贵起来。杨慎矜对他却还是直呼其名,王𫓧心里便不舒服;杨慎矜又爱和王𫓧开个玩笑,有时甚至把玩笑开到王𫓧的母亲头上,王𫓧更为恼火。

更主要的,王鉷的仕途欲望太大。他在心底里把一切官位比自己高的人都看成自己的对头:不搞掉地位比我高的人,我的官位怎能升高?去年李林甫整倒韦坚一伙时,王鉷就卖了大力,因为韦坚一伙的地位比他高,他本能地仇视他们。至于杨慎矜,即使没有得罪他,他有机会也要对杨慎矜下手。因为杨慎矜权位比他高,比他更受皇上的重用。皇上昏庸不理朝政,朝堂成了你争我夺的杀场,还讲什么恩义亲戚!

王鉷离开了太液亭,沿宫中的甬道依次穿过含凉殿、蓬莱殿、紫宸殿,刚到紫宸门的拐角处,恰好与杨国忠对面相逢。王鉷因为心里高兴,跨步格外大,险些和杨国忠撞个满怀。

这个杨国忠,是杨贵妃的一个堂兄,现在是御史台中的六品侍御史。虽然官阶比王鉷低两品,但王鉷对他从不敢怠慢。因为杨国忠不单是皇亲,而且颇得皇上青睐。皇上和皇姨们赌钱,都是召他进宫在一旁算赌账。在皇上耳边添言送语很方便,宫中的事情也无所不知。

王鉷收住脚,施礼道:"险些撞了杨大人,恕罪恕罪!"

杨国忠毕竟还只是六品官,对朝臣们也不敢放肆,何况王鉷是他的顶头上司,他赶忙还礼:"不敢不敢。王大人何事走得如此匆忙?"

王鉷心里一动,何不向杨国忠摸摸底?他皱眉叹气道:"适才进宫面圣,启奏租税之事。开初圣颜和霁,可当我语及杨慎矜杨大人时,圣颜忽然不悦,我甚是惶恐……"

杨国忠一听就明白了。他和王鉷一样,心里也把权位比自己高的人都看成政敌。但现在他的权位还太低,比他权位高的人还太多,他还无力把那些人都一一搞掉,只能像林中气力不足的恶兽一样,挑唆虎狼争斗,自己躲在树丛中看虎狼厮杀。等虎狼们自相残杀、死亡殆尽的时候,他就可以出面做林中之王了。比他显贵的朝臣中,不论谁整谁,不论谁整倒了谁,他都暗中庆幸。他也知道王鉷的为人,知道王鉷和杨慎矜的微妙关系。他要顺风放火,让王鉷出面去斗杨慎矜。

于是,他把皇上对杨慎矜不满的原因告诉了王鉷,最后说:"大人和杨大人是亲戚,还是小心些为妙,免被牵连……"

"多承关照。"王鉷又施一揖,告别杨国忠,向宫外走去。

出了大明宫,王鉷没有再去皇城的御史台坐班。他知道,这时整个皇城的百官衙署里,官员们怕已全部走光了。按早先年的规矩,宰相坐班要到午后六刻,其他百官则要更晚些。李林甫当了宰相后,奏请皇上准许,说天下太平无事,不须拘于旧制,宰相午前巳时即可归私宅,百官们一般到午时也就离衙回家了。特别是现在,皇上还有一天就要去华清池了,大臣们谁还有心思坐到午间?

他也没有直接回自己的府第,而是直奔李林甫家。他知道,要对杨慎矜下手,必须先征得李林甫的同意。李林甫大权独揽,决不允许朝臣有自己意志和部署之外的攻讦和倾轧。你要弹劾谁,你要告发谁,事先都要得到他的默许,否则,你即使告发了与他有杀父之仇的人,他也不会轻饶了你。

李林甫的心思是谁也摸不透的,谁知道他今年还想不想再制造一个冤案,再杀掉一批人?

两年来,李林甫以韦坚谋反的案子为契机,已经杀掉不少人了。

韦坚和皇甫惟明被贬为太守后,李林甫又奏称李适之是韦坚的同党,把李适之挤出宰相的班列,贬为宜春太守了,同时被贬的还有韦坚的弟弟韦兰、韦芝,甚至连韦坚的外甥、皇上的亲侄子新王李珍也被贬为外郡的别驾。

接着,他又奏称韦坚和皇甫惟明谋反查有实据,派出御史,把已被贬官的皇甫惟明和韦坚赐死。

李适之知道大限已到,喝毒药自杀而死。

开元初年(713),李隆基重用姚崇等人大治天下,疏远了随他起兵诛灭韦氏和太平公主的刘幽求等人。刘幽求口出怨言,被贬为地方官。当时王琚正奉旨执行巡阅边防军的使命,也同时被贬为地方刺史。三十多年来,王琚一直在外为官。起初,他对皇上真有功高赏薄之叹,后来看到姚崇、宋璟治理天下的才干确实远在自己之上,也就渐渐服气了。这几年来,他见皇上越来越昏庸荒淫,不理朝政,听凭李林甫专权,觉得国家前途堪忧,自己又无能为力,同时也感到自己年事已高,余生有限,便生了以酒色了此残生的念头,多蓄姬妾,广收财路,酒后还时常谩骂李林甫,自然成了李林甫的眼中钉。李林甫授意别人告发王琚受贿贪赃,把他由邺郡太守贬为江华郡司马。

王琚被贬后,怨气更大了,常对别人说,凭他的天资,如果少年时学道,恐怕早就成仙了。何苦误入红尘,自惹这无边的烦恼!今年年初,他听说御史罗希奭在青州同日杖杀了他的朋友李邕和裴敦复,便先把妻儿打发回故乡,又命姬妾为自己做了最后一次歌舞,赐钱遣散。剩下一人后,他喝得烂醉,在院门上题诗一首,寄情寓意,其中几句是:

堪叹诸葛真多事,何必辛苦出茅庐。
当时若从赤松游,何愁不登青霞路?

题完之后,他砸碎了家中全部酒坛,点燃了房屋,大哭大笑,饮药自杀,因药力不足,又在庭院中自缢而死,结束了他性情和经历都充满矛盾的一生。

想起这一桩桩惨案,王鉷心里暗骂李林甫的阴险可怕。因为王鉷心里明白,这些惨案,都是李林甫意志的体现,是李林甫在排斥异己,在杀人立威,但表面上,又似乎都与李林甫无关。这些案子,都是第三者告发的,又都是另一个第三者去执行的,他李林甫只不过将大理寺、御史台、中书省等机构的审理意见上报给皇上,又将皇上的旨意下达,付诸实施而已,完全是一个老成持重、严格按章办事的样子。奸险到一般人看不出他的奸险,这种奸险才是可怕的!

李林甫的宅第在平康坊东南隅,平康坊西北与皇城只隔一条街,北距大明宫也仅有四坊之隔,东面则紧靠东市。李林甫上朝,家人采买货物,都很方便。平康坊的北部妓女聚居,所以平康坊素有"风流薮泽"的雅称。

不过,李林甫可是从来不逛妓院的。

王鉷的轿子终于来到了李林甫的门前。

通报,请进,揖礼,寒暄,敬茶,王鉷和李林甫分宾主坐在客厅中。

"柏台大人莅临,必有见教!"李林甫语调平和,客客气气。

从汉代开始,御史台的官署院内都种植柏树,其他官署的官员对御史大夫往往尊称"柏台"。而王铁现在还不是三品的御史大夫,只是四品的御史中丞,所以,李林甫称王铁为"柏台",就显得特别客气。

尽管王铁是李林甫府里的常客,尽管李林甫对他这样客气,王铁心里也是紧张的。任何人和李林甫单独坐在一起,都会感到一种沉重的压力。因为李林甫权势太重,城府太深,人们几乎无法从言语表情上判断他的喜怒,而他的喜怒,又往往决定着对方的身家性命。

好在来李府的路上,王铁就想好了引起话题的方式。这个方式很简单:老实述说今天皇上的态度和杨国忠透露的情况。这样,既可给李林甫一个老实忠顺的印象,又可暗示李林甫,挤倒杨慎矜的机会到来了,同时也可看出李林甫的态度。

王铁如实述说了午后的见闻后,做出胆小且没有主意的样子,试探道:"下官不幸和杨慎矜是亲戚,特来潭府求教。"

杨慎矜是帝王之胄,理财的才干又为朝臣所公认、皇上所赏识,这就犯了李林甫的忌,怕他有朝一日挤进宰相的班列。李唐开国后,隋帝的后代和亲属做上宰相的可是大有人在啊!何况,出头诬陷韦坚和皇甫惟明谋反时,杨慎矜表现得很不情愿,很不主动,这就更使李林甫不满。如今韦坚一伙被打发到另一个世界去了,李林甫自然要转而对付杨慎矜了。听了王铁的述说,他心里暗自高兴,铲除杨慎矜的机会和工具都来到了!

他不正面回答王铁的话,而是慢悠悠地说道:"圣上最忌讳的是朝官与术士往来。一旦杨大人事发,纵然圣上明察秋毫,不涉无辜,但百官之口难塞,谁都知道柏台大人与杨大人是亲戚,而且柏台大人备位御史台,也是杨大人荐举的啊!"

王铁心里暗骂:说什么百官!谁不知道翰政在你手中,百官都要揣度你的心思办事?但他又做出惶迫无计的样子,问道:"然则,下官当如何……下官唯恩相之命是听!"

"法不徇私,自古而然。柏台大人若早有大义灭亲之举,或许可在百官面前自明自白;若是落于人后,便百喙莫辩了。除此之外,哪还有什么良策呢?"李林甫似乎在随随便便地说。

响鼓不用重锤。王鉷明白了,李林甫不但同意除掉杨慎矜,而且暗示他可以充当原告,可以放手把杨慎矜置于死地。

"恩相厚意,下官心领了!"王鉷站起来告辞,表示他明白该怎样去做了。

李林甫也起身送客,似乎漫不经心地补充了一句:"到华清池以后再说吧,皇上起驾前也就算了!"

王鉷明白,李林甫连对杨慎矜下手的时间都规定下来了。

有了李林甫的令箭,王鉷便可以放手去干了。

三天之后,华清池李隆基的御案上,出现了"飞语",就是匿名信,告发杨慎矜:与妖僧往来,妄言天命,家有谶书,谋复祖业。

李隆基召来了李林甫,把匿名信往他面前一丢。

李林甫捧起来,认真读过后,郑重地说道:"臣以为,陛下平天下、御群臣,应按成规办事。弹劾纠察百官,应凭百官的奏章、御史的弹文,不可轻信这藏头露尾的飞语。"

李隆基说道:"爱卿之言,自然有理。但据朕所知,此飞语中条款并非凭空捏造。爱卿还是去查一查吧!"

李林甫心中暗喜,口上却说:"臣遵旨命有司去办,如查无实据,当追查飞语之所由来!"

大网拉开,鹰犬出动。

杨慎矜被关押起来了,然后便是抓人抄家。然而案情进展得并不似王鉷、李林甫想象的那样顺利。

太府少卿张瑄是杨慎矜荐举擢拔的,最先被抓了起来,由殿中侍御史卢铉主持审讯。然而,任百般拷打,他就是不肯按卢铉的意思招供。卢铉便动用吉温发明的刑法:驴驹拔橛。把张瑄拔得身体长出平时数寸,眼鼻流血,腰细欲绝,但张瑄至死不招。

杨国忠去杨慎矜家抄家,并未搜出任何罪证。

吉温来到东都洛阳,逮捕杨慎矜的两个兄弟杨慎余和杨慎名,既未审出谋反的口供,也未搜到谋反的证据。

王鉷心里发慌了。这倒不是怕此案不能成立，皇上反过来追查飞语的事，因为皇上对杨慎矜已经不满了，不会轻易怀疑飞语所告的真伪；何况飞语也不是他写的，而是他暗示殿中侍御史卢铉搞的。他在仕途上还有更大的欲望，不愿赤膊上阵去告发杨慎矜，那样会把自己在百官中的形象涂得太黑，不利于将来更大的举动，杨慎矜毕竟是他的表叔，对他有过荐举之恩。他是怕李林甫嫌他办事不利索，甚至把他扣进这张网里，或者把他作为向杨慎矜谢过的牺牲品。李林甫表面上处于超脱的地位，怎么干都有理，也什么事都能干出来。

　　他找来卢铉。卢铉官职是殿中侍御史，是个从七品下阶的小官，职务是掌管殿廷的仪式。这次参与审理杨慎矜一案，是王鉷向李林甫推荐的。卢铉看明白了，这个世道，没有指鹿为马的本领，不厚颜卖身投靠权臣，官阶是无法提高的。他的品阶太低，三品以上的大官他巴结不上，在他眼里，四品官的王鉷就是他值得投靠的人了，所以总和王鉷兜揽，大献殷勤。这次接受了王鉷的暗示，大胆地写了飞语告发杨慎矜。没想到，这倒成了王鉷牵住他的绳索。

　　王鉷对他说："你飞语告发杨某，现在查无实据。此事李右相有所风闻，一旦追查起来，怕是……"

　　卢铉像是掉进了冰窖里，连心都凉透了。好半晌才说道："刑法都用尽了，张瑄只剩一口气，可就是不招承。"

　　"人证没有，物证也未搜到，你告他家有谶书，岂不是凭空捏造、诬陷大臣？"王鉷又问道。

　　卢铉心想，那不是你说的吗？可他不敢说出口。

　　"废物！"王鉷一甩袍袖，一本谶书落到卢铉脚下。

　　谶书，自从问世之后，有时被利用，有时被查禁。王莽谋立新朝时，一些臣僚便争相解释谶书，说新朝当兴，王莽当立。刘秀起兵，也用它来笼络人心；曹魏立国后，便宣布它为禁书；隋炀帝还曾派使者到各地搜焚谶书。李唐建国以后，也几次明诏禁毁它。可是，事情就是这样奇怪，越是皇上禁毁的东西，越有生命力，越是常常在皇上周围的人中间流传。现在，王鉷甩给卢弦的就是一本地地道道的谶书。现在，它又作为一件法宝被利用了。

卢铉一怔,很快便心领神会,弯腰拾起谶书,放进自己的袍袖中。

第二天,王𫓧又派人去洛阳,暗示吉温,常与杨慎矜来往的妖僧名叫史敬忠,住在临汝山的田庄中。

案情马上有了转机,卢铉带人去长安杨慎矜宅中又一次搜抄,亲自从杨慎矜爱妾韩珠团寝室竖柜的暗盒内"搜"出了谶书,并严刑拷打韩珠团。韩珠团挺刑不过,只得屈招:此书是杨慎矜交她保管的,要她人在书在,不得遗失,不得示人。

临汝山北距东都洛阳不到二百里,吉温捕人又有经验,对隐居在那里的史敬忠自然手到擒来。史敬忠和吉温的父亲吉琚是老朋友,吉温年幼时,史敬忠常抱着他玩耍。可是,这次史敬忠成了吉温手中的人犯,吉温却从不和他说一句话,把他铁链锁颈、黑布蒙头地绑在一匹马上,径直押往华清池。

吉温知道,案子办得如何,决定着自己的命运——李林甫在看着自己呢。

一行人走到新丰县东面的戏水时,吉温让手下的吏员去向史敬忠诱供:"杨慎矜已经招承,曾请你解释过谶书,准备复兴隋朝帝业。你若想活,趁早招供,现在还来得及,可算得上首告;若是不想活,不如现在就投戏水而死,尚可图个全尸,免得到华清池再受刑挨刀。"

史敬忠当即表示愿意招供,高喊着吉温的行第:"七郎,请给我纸笔!"吉温在同辈兄弟中也排行第七。

吉温却骂道:"带毛妖僧,你招个屁!你知道该怎么招供吗?等着挨刀吧!"说完,他又命手下人驱使史敬忠继续赶路。他要再吊一吊史敬忠的胃口,以便让史敬忠能更好地按自己的意志招供。

离华清池也就剩十里路的时候,史敬忠从马背滚落到地上撒泼,不肯再走。他哭着哀求吉温,允许他做个首告以期得到从轻处罚。吉温见火候已到,令人除掉史敬忠头上的黑布,解开手上的绑绳,丢给他三张纸,一支笔,让他在一株桑树下写供词,口中骂道:"妖僧听着,只这三张纸,你可想好了再写。懂得我的意思尚可活,写错了必死无疑!"

史敬忠自然明白吉温的意思,完全按吉温的意思"招供":杨慎矜谋复祖业,家藏谶书,曾两次请他解图谶。特此首告。

史敬忠写完,吉温把三张纸夺过来看了一遍,满意地点点头,塞进了袍袖,这才对史敬忠拱手一揖道:"老人家勿怪,吉七公事公办,不得不如此!"

有了卢铉"搜"出的谶书,又有韩珠团和史敬忠的供状,算得上物证、人证俱全了,由刑部、大理寺长官和侍御史杨国忠组成的特别法庭,这才开始审讯杨慎矜。

在物证、人证面前,杨慎矜知道:案子如铁铸成,招供也是死,不招供也是死。难道堂堂帝王之胄,生就的俊美伟岸之躯,要遍受酷刑,皮焦肉烂后再去死吗?难道要像一般囚犯那样辗转呻吟于五花八门的刑具上,受辱于那些不良汉们吗?

他看过物证、人证后,长叹道:"我一向避嫌,从不蓄谶书,此物怎么跑到了我家?不过就是让我死罢了!我'招供'就是了!"

杨慎矜"招供"后,特别法庭便可以结案了。案卷经罗希奭加工润色后,报给了李林甫,李林甫又把它送到了李隆基的御案上。

李隆基传下了圣旨:赐杨慎矜兄弟三人自尽,家属流配岭南;史敬忠本应处死,念其首告,重杖一百,家属流配。杨慎矜的属官、亲朋被株连几十家。

又一起冤案就这样铸成了。

李林甫很满意,他又除掉了一个可能入相的人。

王𬭚笑了,他又除掉了一个地位比他高的人。

寒风中,骊山顶上的松柏发出阵阵叹息。杨慎矜兄弟不是什么忠臣良将,但他们和韦坚、李适之、皇甫惟明等人一样,死非其罪。朝政越来越混乱了。

十四、亮节古风　王忠嗣惜兵抛官

高几百丈,如刀削成,如斧劈出的峭壁。

东面是这样的峭壁,南面是这样的峭壁,西面也还是这样的峭壁。

只有北面,虽是陡壁,却有一点坡度,有人因形命名,叫它立虎坡,意思是说这个陡坡像立起身的虎脊。沿着一条顺倚山势长三里多的羊肠小道,健壮的人可以攀登到峭壁的顶端。

峭壁的顶上,是一座城堡,吐蕃称作铁刃城,唐人叫它石堡城。城堡虽然不大,但由于地势险要,又地处李唐及吐蕃的交界,所以向来是两国相争之地。有时被吐蕃占据,有时被唐军攻取。开元二十九年(741),这座在唐军手里十几年的险城又被吐蕃夺去,到现在,天宝六载(747)的冬天,已经整整六个年头了。

吐蕃吸取了前几次得而复失的教训,挑选了六百名精壮兵将,储备了大量的粮食和滚木礌石,牢牢地据守在这里。

这天,天交二鼓,刮起了北风,风不大,却砭人肌骨。偏西的下弦月,吝啬地把它清幽幽的光撒向这空旷而寒冷的山岗。

十几名骑马的军将来到峭壁下,仰观这座城堡。他们不举旌旗,不披盔甲,马无项铃,人不高声。每个人腰间佩着宝剑,带着弓弩。

他们不是一般的哨探。为首的是大唐金紫光禄大夫、河西陇右节度使王忠嗣。他生得四方大脸,虎背熊腰,两道剑眉的眉毛特别厚重,一双眼睛深邃而明亮。他腰间的大弓,没有一百五十斤的臂力是拉不开的。两百步内,他能一箭射透敌人的胸膛。

人们常说,胜败乃兵家常事。可是,王忠嗣做边将二十余年的历史上,从来没有战败的纪录。他不轻易撩拨敌人,但一旦和敌人狭路相逢,或者遇到非打不可的仗,他就会沉着果断地指挥,勇不可挡地冲杀。

他幼年的时候,累建战功的父亲战死沙场。因为是名将功臣遗孤,被皇上李隆基抱进了皇宫,和皇子皇孙一起生活。九岁的时候就有了官爵,不久,皇上又亲自把他的姓名由王训改为王忠嗣,派他到西部边塞从军,渐渐升到身兼四镇节度使的边帅,掌握着大西北到西南几千里防线的精兵劲旅。今年夏天,因为与安禄山不和,主动向皇上辞去河乐、朔方两镇节度使的职务,只任河西、陇右两镇节度使了。

半个月前,他正在陇右节度使的治所鄯州刚过了他的四十三岁大寿,宦官边令诚来到了鄯州。边令诚带来了皇上的御酒,也带来了皇上的旨意,要王忠嗣近期攻下石堡城。

作为久历沙场的边帅,作为对吐蕃作战的总指挥,他对石堡城的地势和攻守利害了如指掌。

作为在皇宫里长大的朝廷重臣,他对皇上的脾气、对朝廷的情况也明明白白。他知道,皇上越来越固执自信,对于边庭战事,闻战则喜,闻和则怒;闻胜则喜,闻败则怒。听喜不听忧,喜战不喜和。

对于边令诚,王忠嗣也是熟悉的。这个人只晓得利,不知道义,对军旅征战之事一窍不通,却常常请旨往边境上跑,无非是贪图边帅边将的馈赠。于是,王忠嗣一面让人为边令诚准备了可观的礼品,一面在筵宴上像国子监博士对乡间刚束发就学的孩子讲启蒙课本一样,深入浅出、反反复复地讲解现在不宜攻打石堡城的道理,请他好好向皇上转达。宴会后,他还亲自给皇上写了一份奏章交边令诚带回,奏章中说:"石堡城地得天险,易守难攻。方今天下承平,国家殷富,我边兵持重坐守,虏虽据此城亦无能为。以臣愚见,莫如秣马厉兵,等待时机,一鼓而下。立欲强攻,非死数万人不能克。臣诚恐所失者大,所得者小。幸陛下熟思之。"

边令诚回朝刚半个月,这日早上,王忠嗣就突然接到皇上的诏书,命他分兵给将军董延光,由董延光率兵攻取石堡城。诏书言词切峻,不容延误!

边令诚回京后怎样向皇上报告的?董延光怎样讨得了这道圣旨?既然要攻石堡城,为什么不用他亲自指挥?这些,他都无暇细想。接到圣旨后,他匆匆带上十几个亲兵从鄯州赶到定戎城。晚饭后,又不顾奔驰一百八十里路的疲劳,从定戎出发,跨河过涧,跑了三十里路,来到石堡城下。

这座石堡城里,没有吐蕃的居民,没有牛羊财物,除了地势险要的军事价值以外,毫无攻占的必要。如果不是丧心病狂,如果不是好大喜功,如果不是穷兵黩武,有什么必要用几万人的性命去换这座城墙周长不过五里的死城呢?皇上下了这种不容诤谏的诏书,不是发了昏吗?宰相们又都干什么去了呢?唉,现在既然圣旨已下,箭既然已搭在拉开的弦上,就得想办法帮助射箭人尽量把箭射得准些……

透过月光,石堡城像一个噬人的巨兽,蹲伏在峭壁上,蹲伏在夜空里。这个地方,他已来过四次了。四次亲自侦察的结果都一样:东西南三面,军中云梯都不够高,还差一大截呢,根本用不上。要强攻,只能从北面硬攻。可是,从山梁上进攻,敌方有滚木;从山谷进攻,敌方有巨石。敌方居高凭险,不须刀剑弓弩,只要将滚木礌石推下来,攻城的兵将无法藏身,就会丢下满坡尸体。

没有减少牺牲的好办法!现在,他第五次来到石堡城下,转悠了半个时辰,再一次得出了这个结论!

叮铃铃,嗒嗒嗒,远处传来了马铃声,马蹄响。这声响,在静夜里传得很远,听得很真。

亲兵们不约而同地向他靠拢。

他侧耳听了听,蹄声虽然急骤,但整齐有致,他放心了,说道:"迎上去!"

他的判断是对的。来人是他手下的两员名将,大斗军副使兼陇右节度副使哥舒翰和河西兵马使李光弼,后面迤逦跟着两千余名精悍骑兵。

这两个将军都是少数民族将领,勇敢善战又有胆识谋断,深得王忠嗣的器重。其中哥舒翰尤有威名。边境有个名叫积石军的地方,盛产小麦,每当麦熟时,吐蕃就驱动兵马来抢收,边人无可奈何地叫这个地方为"吐蕃麦庄"。去年秋天,哥舒翰奉命在这里打了一场伏击战,来抢麦子的吐蕃军无一人生还,边民为之编了一支歌到处传唱:

> 北斗七星高,哥舒夜带刀。
> 至今窥牧马,不敢过临洮。

"大夫!"哥舒翰和李光弼见到主帅,翻身下马。边帅一般都兼着御史大夫、银青光禄大夫的头衔,所以都习惯称作"大夫",时间长了,连没有"大夫"头衔的也被这样称呼了。不过,王忠嗣可确实是金紫光禄大夫。

"二位将军甲胄在身,免礼!"王忠嗣在马上应答着。

"大夫社稷长城,国家柱石,焉能以万金之躯,垂饵虎口?末将特来请大夫回辔。"哥舒翰一边施礼一边说。

"你们怎么知道本帅来这里的?"王忠嗣问。

"是大夫帐前行军司马飞报我二人的。"李光弼答道。

"也是多事。本帅不过乘夜来踏勘一下明日的战场。"

哥舒翰和李光弼上了马,一左一右尾随在王忠嗣身后。三人仍是边走边谈。

"二位将军,若攻此城,有何高见?"王忠嗣问。

"按常理,此孤险高城,可断其粮水之道,久困便可唾手而得。但末将听说城中粮食可支数载,山中又有暗泉通到城里,蕃奴得此地利,困之无益。末将之意,要得此城,只能用'步步为营'之计,然须迁延时日……"李光弼答道。

王忠嗣又把头转向哥舒翰一边,哥舒翰说:"若急切欲得此城,非严刑重赏不可。刑严则威尊命贱,士卒用命;重赏之下,必有勇夫。命士卒多备强盾火药,冒矢石攻到城下,用火药烧开城门,或可侥幸取胜。"

"那样不是伤亡太大了吗?"王忠嗣问道。

"万不得已时,只得用此下策。慈不掌兵嘛!"哥舒翰说。

王忠嗣没有作声,只是轻轻摇了摇头。

哥舒翰所说的战法,虽然酷虐,但还自知是万不得已而为之的下策。

董延光自拟的战法,和哥舒翰的想法差不多,但他比哥舒翰更自信。他不相信,一个长宽都不超过二里的小方城,堂堂大唐的精兵猛将奈何不了它!他相信,只要麾下大军一冲,小小的石堡城顷刻便会化为齑粉。

他本是王忠嗣的部将,因奔父丧回京。听说皇上要打石堡城而王忠嗣却奏请等待时机,以为自己立功扬名的机会来到了,便向皇上自告奋勇,说是由他指挥攻打,三日之内必奏捷音!

东山上的太阳露出半个灰白的脸,鄯州城从沉寂中朦朦胧胧苏醒过来了。俗话说"太阳露头,冻裂石头",这正是边城冬月最冷的时辰。

节度使的正衙设在西城根下的一个两进大院里。大门外十六名甲胄鲜明的武士两侧排开,二门外八名卫兵临风鹄立,正厅门口四个亲兵站在廊庑下。

正衙的门刚打开,董延光就趾高气扬地登上正厅的台阶,趋进厅内,向王忠嗣讨取调兵的令旗令箭。

"董将军,本帅有言相告。本帅昨晚又亲去城下察勘,石堡确实易守难攻,望将军三思。"

"圣旨在身,纵然赴汤蹈火,董某也不敢迟疑畏葸。"董延光觉得,王忠嗣做了节度使以后,与当年做将军时不一样了,胆小了。"迟疑畏葸"是说给王忠嗣听的。

王忠嗣何尝没有听出董延光的弦外之音?但他仍然压住怒气,诚恳地说道:"如将军能慎重其事,等待时机,比如等敌兵换防时,向城内运送给养时,出城樵苏时,突然袭取,或可少些伤亡。至于慢旨抗旨之罪,概由本帅一身承当!"

王忠嗣向来是言而有信的,现在他又把话说得这样推心置腹,换一个人也就会忙不迭地答应了。石堡难攻,这谁都知道;战无必胜,这也是军人的常识。可是,现在董延光却什么都听不进去了。一则,他觉得用几万人去打几百人,稳操胜券;二则,他只是一个将军,过去只是听主帅的命令领兵冲锋陷阵,从未当过一场硬仗的总指挥,今天他急于试一试身手；三则，他心里有底。从长安出发前，李林甫派人偷偷告诉他，只要把这场仗打起来就可以升官受赏，不管战果输赢如何。有当朝宰相的这句话，董延光就觉得王忠嗣在皇上面前为他承担一切后果的慷慨许诺就显得无足轻重了。当然，他身为将军，现在还不想把仗打输。他向王忠嗣一躬身，双手抱拳施礼道："深蒙大夫厚爱，但末将既已受皇上明旨，大夫亦已奉诏分兵给末将，末将不敢不战。请大夫即刻分拨人马。"

王忠嗣知道事情已无法挽回，失望地叹了一口气，问道："既然将军一定要战，需要多少人马？"

"末将本部四千人，请大夫再分兵三万助之。"董延光说。

王忠嗣一听，心里暗骂：真是不知天高地厚。凭他多年戎马生涯的经验，他精确计算过几次，现在要强攻石堡，非死伤六万人不可！并且，要围点，必打援，截击来援的敌军还需几万人。可董延光只要三万兵马，真是无异于驱羔羊而就虎狼！

这是一场必败之仗！王忠嗣心里断定。

"好吧，本帅就依你所请。"王忠嗣从令箭壶中拔出令箭，交给董延光："与你墨离、豆卢、新泉、白水、振威、漠门、宁塞诸军，加上绥和、合川、平夷三守捉，共计三万两千人！"

军队里的人都知道，"军"是较大的驻军单位，最少也在两千人以上，驻扎在城内。守捉是较小的驻军单位，一般约千人左右。

"得令！"董延光接过令箭，但没有马上离开。通常部将出兵，主帅总要赏些牛酒作为犒赏，拨出一部分金帛作为奖赏士卒的物品。他等待着。

"将军既是奉旨用兵，成功之后自己向朝廷请功吧！"王忠嗣猜到了董延光的心事，发话打发他走开。

董延光快快不乐地告别了主帅。

董延光出门不久，李光弼不等通报，闯进了正衙的中堂。

王忠嗣问道："李将军何事如此惶急？"

李光弼施礼道："末将请议军情！"

"讲！"

"末将刚才听说,董将军在军门外口出怨言,说大夫只拨给他三万余人,未给赏赐之物。"

"诚然!"

"末将斗胆一言。大夫这样做,稍谙兵事者都知道,这是不想让董将军成功。动兵数万而不悬赏,士兵谁肯向前?"

"诚如尊言。董延光贪功侥幸,视战争如儿戏,欲以三万余众取石堡,实是以卵击石,断无成功之望!本帅不赏金帛,不犒牛酒,就是让将士知道,本帅对此战进者不赏,退者不罚,这就可使大部分将士不枉死于立虎坡下。何况,驱必败之兵而悬重赏,本帅情实不堪!"

"大夫财帛盈库,圣上宰臣皆知。以末将愚见,不论战绩如何,还是拿出数万财帛作为赐物为妥。这样下可杜小人谗口,上可塞庙堂之责。不然,董将军败绩,必归罪于大夫!"

"李将军随忠嗣多年,尚未明忠嗣心志耶?忠嗣披坚执锐三十年,何曾为自身富贵谋?董延光必败,败则朝廷必论吾罪,吾岂不知?若攻此城,非倾吾所节制十五万兵不可:以其半攻城,其半截敌援兵。攻城之兵,又需轮番进攻,待城中滚木礌石用尽,城方可破,非死伤六万人不可。吾实不能驱十几万将士去争一座得不足以制敌、不得亦不为国家大害的孤城,实不能以六万无辜士兵的性命去为自己换取一官!"

王忠嗣对军情的精辟分析,对心迹的坦率剖白,使李光弼又佩服又感动。他激动地说:"我只替大夫自身安危考虑,不知大夫如此爱惜士卒。如此高风亮节,实为古时良将所不及。末将告退。"

"且慢!"王忠嗣挥退在场的属员,上前一把拉住李光弼的手:"李将军,忠嗣有肺腑之言相告!"

"末将唯大人之命是听!"李光弼心里有几分吃惊。论地位,他俩一帅一将,一主一从;论功劳名声,更是不能同日而语。对方出身将门,长在皇宫,少年从戎,多立功劳,位高望重,控制着天下精兵劲旅,一身系国家安危。而自己,不过是刚刚有一点小名声的将军。他对自己这样诚恳热情,要说什么呢?

"李将军!"王忠嗣又亲切地叫了一声,诚恳地说道:"忠嗣知道,董延光此战必败,败则必累及忠嗣,两道节度使的重任怕要另易他人了。忠嗣本人,或许被召回京城做一宿卫宫城的金吾羽林将军,或许贬往远恶之地做一司马、参军,忠嗣任听主上恩命,在所不计。忠嗣仅以国事相托……"

"以国事相托?"李光弼心里一惊,躬身答道:"大夫以国事命末将,末将焉敢不从命?"

"李将军,主上享国日久,耽于享乐,又好大喜功,天下劲兵精甲,都集中于北、西两边。两个月前,忠嗣奉旨去北边助安禄山修筑军城,见他托名御寇,大修军城,广积军械粮草,心志难测。万一祸乱发作,国将不堪。忠嗣被贬黜之后,望将军与哥舒翰声气相求,握住西边兵,为国家藩屏柱石,若能如此,忠嗣虽贬犹升,虽死犹生……"

李光弼听明白王忠嗣的意思了,他是在担心北面的安禄山有朝一日要造反啊!他是让自己和哥舒翰控制住河北、陇右两道精兵,将来为国效力啊!真没想到,这位叱咤风云的英雄,这位位尊令重的边帅,竟有这样的深谋远虑。眼看就要被董延光的败仗牵扯进去,仕途上的前途吉凶未卜,却牵挂着国家的安危大事!这是怎样的忠肝义胆啊!

"若将军能以忠嗣之言为意,请受忠嗣一拜!"说着,王忠嗣退后一步,就要行跪拜之礼。

李光弼再也控制不住自己的情感了,他双膝一屈,先跪倒在王忠嗣的面前,激动的热泪夺眶而出:"大夫以忠义之事命光弼,光弼焉敢不铭心刻骨?光弼此身如有寸进,定以大夫为楷模,以身许国,不敢苟且。"

王忠嗣的命运,比他自己预料的还要坏。

半个月后,王忠嗣被披枷带锁,投进了大理寺监狱。

一个半月后,他将要被最后裁决:是杀头或是贬官。

石堡城下,董延光指挥的那场战争,败得一塌糊涂。

董延光在军队中素无威望,新拨给他的部队有的逾期不到,有的到了也不听号令。开战前,董延光连顿像样的犒劳也拿不出,一些将士交头接耳,说主帅本人根本不想打这场硬仗,是董延光想出风头。结果,拖到城下的部队军心涣散,乱成了一锅粥,石堡城上推下一根滚木,兵将们就如见到一条千丈怪蟒,夸张地怪叫着四散逃命。尽管董延光本人亲自押阵,杀了几个临阵退逃的士兵,但部队的战斗力怎么也发挥不出来。折腾了四天,伤亡近千人,董延光向皇上"三日必克"的保证破产了,吐蕃又调了数万大军从大路杀过来,亏得王忠嗣事先派哥舒翰截住了这支吐蕃援兵,董延光才垂头丧气地把残兵败将撤回鄯州,避免了全军覆没的厄运。

皇上接到董延光说王忠嗣"沮挠军计,因致败绩"的奏章,立即降旨让王忠嗣回京述职。

王忠嗣只做了被贬官的思想准备。他做梦也没有想到,当年把他当成自己孩子养在宫里的皇上,竟这样翻脸无情。当他走到离长安一百里路的时候,边令诚手捧圣旨迎面赶来,把他推上了囚车,牵进了大理寺狱中。

确实,如果只是"沮挠军计",王忠嗣是不至于被披枷带锁,投进监狱的。

皇上李隆基降旨将王忠嗣关进监狱,并命御史台、中书省和门下省三司会审,是因为他接到一份密奏,说王忠嗣要造反,要起兵拥立太子李亨出来做皇帝。

已经六十三岁,做了三十六年皇帝的李隆基,对皇帝的日常事务越来越讨厌,但皇帝可没做够。他的帝位就是从父兄那里夺来的,他最怕自己的儿子依样画葫芦。所以,他万事糊涂,唯独对这件事最敏感。

告发王忠嗣想拥兵尊奉太子的,是洛阳别驾魏林。

他向皇上密奏说,王忠嗣曾经说过,童年在宫里生活的时候,他和现在的太子、忠王李亨是莫逆之交,把李亨推上皇位,他就能入朝为相。

魏林在王忠嗣兼任河东节度使时,做过朔州刺史,恰好是王忠嗣辖地的地方官,王忠嗣经常巡阅这个边防重城。王忠嗣幼年在宫中生活时,和李亨的关系又确实很不错,这就使魏林的密告显得有根有据,颇有说服力。

但李隆基和王忠嗣都不知道,指使魏林诬告王忠嗣的是李林甫!

李林甫和王忠嗣没有私仇,他要陷害王忠嗣,纯是出于保住自己相位的动机。

　　从唐朝初年开始,就一直沿袭着一个不成文的规矩:边帅不长期留任,立了军功之后,常常调进京城做宰相。李林甫怕有才能的文官取代自己做宰相,也怕边帅入朝为相。对于文官,他还可应付自如,但一见到正气凛然、声雄力猛的武将站到自己的面前,他就心虚口软。现在,边帅中实权最大的是王忠嗣和安禄山两人。安禄山深得皇上宠信,但几乎是文盲,无法入朝为相;而王忠嗣久在边地,功勋卓著,誉满朝野,又能文能武,况且幼年时又和太子李亨交好,既最有可能入朝为相,又肯定是太子的帮手、自己的政敌。所以,在刚刚搞掉韦坚和皇甫惟明之后,他腹中杀人的剑尖,又悄悄指向了王忠嗣。他抓住了皇上近年来耽于享乐又自作聪明、胡乱猜疑的弱点,不露声色地布置了王忠嗣的陷阱。

　　李隆基果然上了李林甫的圈套。他降旨把王忠嗣送进监狱,后来准备要对王忠嗣最后发落,早朝时,他口谕三司对王忠嗣会审定案。现在,他在勤政务本楼里不安地等待着会审的消息。

　　他想,这个时候,王忠嗣该被提到大理寺正厅了吧?

　　他并非为王忠嗣的命运担忧,而是投鼠忌器,为下一步如何处理太子李亨的事心神不宁。这种不安的心绪已经有一个多月了,所以王忠嗣的案子一直拖到今天。方才早朝时,他问李林甫,李林甫说应依法办事,审出什么罪状就处以什么罪名,案子牵连到谁就处治谁。可万一三司会审时,王忠嗣严刑之下招认与太子有秘密来往,该怎么处置太子呢?自己年纪大了,频频更换太子可不是好事。太子是储君,是国本,可不能说废就废,说立就立啊!再说,这个太子素来仁孝恭谨,册立之后,宫廷内外都很悦服,再换一个,会使人心不稳啊……他不安地来回踱步,一抬头,发现高力士和边令诚站在门口,便让两个人进来,先问高力士:"你是我家老仆了,应该知道朕的心事。"

　　"大家(指皇上)莫非为王忠嗣的案子费心吗?"

　　李隆基点了点头。

　　"大家不问,老奴不敢乱说。既是大家垂询,老奴斗胆一言:陛下忘了'三庶'之事吗?"

"三庶"之事！那是十年前的事喽。现在一提起，李隆基还隐隐感到内疚，感到心疼。当时，他正宠爱着武惠妃，有心让她的亲生儿子寿王李瑁做太子，李林甫也言来语去地表示赞成。正在这时，驸马都尉杨洄上书告密，说是太子李瑛和鄂王李瑶、光王李琚密谋大逆。这个杨洄娶的是武惠妃的女儿咸宜公主，自然暗中配合武惠妃的行动。李隆基也没多想，同一天里把这三个儿子废为庶人，逐出皇宫，流放外地，又追颁圣旨，逼这三个儿子在流放途中自杀。这件事情过后，朝野大哗，人们同情地称李瑛等三人为"三庶"，公开说这三个人死得冤，李隆基也觉得自己做得太残酷了，虎毒不食子嘛！

高力士早已觉察出这个案子又是李林甫搞的鬼，但皇上对李林甫恩宠正隆，李林甫又阴险得很，所以他不敢把话说透。只能用这样一句话，既表示自己的态度，又点醒一下李隆基。

李隆基果然被高力士的话触动了伤心处，有些怀疑魏林密奏的可靠性了。他沉默了好大一会儿，又把头转向边令诚。

边令诚可没考虑许多，他是得谁钱财替谁消灾。李林甫时常送他财物，他就时常在皇上耳边说李林甫的好话；现在是魏林告王忠嗣，王忠嗣上次可送他不少财物，可魏林算个什么东西？他连魏林的一杯茶都没喝过！替谁说话，还用考虑吗？今天本来不该他当值，但他一直留连在宫里，想找机会替王忠嗣说好话。

他见皇上要听自己的意见，就慢悠悠地说："奴才不知道文臣武将的事，只知道服侍大家，替大家把守宫门。奴才见这些年太子一直深居东宫，从未见过太子与边帅过从之事。至于王忠嗣，不到弱冠之年就出宫为将，在忠王立为太子后，他只入朝觐见大家两次，奴才敢拿狗头担保，他这两次回京，从未私自入宫会见太子。大家试想，奴才有几颗头，敢放长胡须的男子私自入宫？"

边令诚这张嘴，好事能说坏，坏事能说好。现在就把李隆基说服了。太子一直养在深宫，王忠嗣一懂人事就去边庭从戎，连家小都在鄯州，近些年很少还京，过去从未听说他和太子有什么私下往来。边令诚的后两句话，更使他又好气又好笑。这些年他对宫禁过问得越来越严，哪个成年男子敢私自入宫？想到这里，他的疑虑和恼怒消了大半，骂中带笑地说："该死的奴才，谁要你来多嘴？还不飞马去大理寺传朕口谕：可只鞫问王忠嗣沮挠军计的事！吾儿久在深宫，焉能与外人通谋？"

"奴才领旨！"边令诚转身就走。

违抗圣旨，沮挠军计，罪名也不小，轻则要贬官，重则要杀头，无论如何，王忠嗣是不能再留在河西陇右两道节度使任上了。他和上一任河西陇右节度使皇甫惟明一样，自幼和太子感情甚笃，夺去他们手中的兵权，等于斩掉了太子的羽翼，即使太子真有心来从自己手中抢夺帝位，也没有帮手，无法成事。这样，自己就可在有生之年稳坐金殿了……想到这里，李隆基觉得自己很聪明。

他没有想到，李林甫为了夺取相位、保住相位，借用他的手，从国家的大厦上砍掉了一根又一根栋梁。朝廷上，从张九龄罢相以后，再无直臣；边关上，从王忠嗣之后，再无良将。

忽然，他又想起了魏林，吩咐高力士道："传朕旨意，让李右相去追查魏林，所奏不实，构陷东宫，动摇国本！"

是应该追查一下魏林，可是，让李林甫去查？他明明是魏林背后的主使人！但高力士不敢说破，只是毫无表情地应答道："奴才遵旨！"他心里也知道，这下子可够魏林受的，李林甫可能杀掉魏林灭口！

十五、丧心病狂　谋大逆王铱授首

静街鼓快响了，又一个夜晚即将降临。长安城京兆府的正衙里匆匆奔出二十多个骑马的番役，带着刀剑和绳索向宫城西侧驰去。

看到这一队人马，久居长安的人断定：他们是去抓案子的，案情不小，案犯是个不好对付的人。因为平时抓案子，都是由番役的头目"不良帅"带领几个"不良汉"去办，而今天，领头的是身穿八品朝服的长安县尉贾季邻和万年县尉薛荣先；平时抓案子，都是白天进行，而今天，却选择了这即将静街、所有城门就要关闭的时刻，显然是怕案犯拒捕逃掉。

他们的估计是有道理的，只是最后一点没有估计对。这伙人并非有意选择这个时机出发，而是刚刚接受出发的指令。

对于不良汉们来说，抓案子是他们的喜事，就像做买卖又发了利市一样。因为不但到了案犯那里可以顺手揩点油，而且回来后长官还会照例赏给酒肉铜钱。所以，尽管他们现在还不知道去抓什么人，那人犯了什么事，他们已和往常一样兴高采烈了。

两个领队的县尉可不像不良汉们那样轻松。

万年县尉薛荣先对这次行动的部署不满意。谁都知道，长安城以承天门大街为界，分为东西两个部分，东面是万年县管辖，西面是长安县管辖。王公贵族、有地位的朝臣、有名气的文人几乎都住在万年县，而长安县管区内大多是商旅和百姓，有地位的人不多，所以长安城中"东贵西贱"。可这次行动，京兆尹王铱却指定由长安县尉贾季邻担任总指挥，他心里不服气。贾季邻虽然和自己一样，都是八品县尉，可正因为品阶相同,才应由我万年县尉做总指挥呀,因为万年县比长安县高贵嘛!

和薛荣先相反,贾季邻正为自己被指定为总指挥而感到不安。这倒不是因为案犯难捉。案犯是明确的,龙武军录事参军邢绛,家住金城坊北侧尚文里,可以手到擒来。

他觉得今天的事情难办,是因为京兆尹王鉷的态度很蹊跷。

出发前,王鉷把他单独叫进后堂,问道:"贾少府,本官一向待你……""少府"是对县尉的尊称,县尉是县令手下主管督收财税、捕捉盗贼的佐杂官。

"恩重如山,贾某不敢少忘!"贾季邻躬身答道。

"这就是了。如果本官被人诬陷,你又可能回护,不会袖手吧?"王鉷又问道。

"为了恩公,我破家亡身……"

"这就是了,"不等贾季邻说完,王鉷又说道,"本官是深知少府心地的。其实也没有什么大事。你要去抓的是谋大逆的罪犯,此人善弈,常和舍弟来往下棋……此人是皇上钦点的案犯,本官委你和薛少府带人去办,他们都听你指挥,你要小心在意,此事干系不轻……"

"季邻明白……"

"那个人是禁军军官,才兼文武,如果敢抗旨拒捕,便可就地正法……明白吗?"王鉷又叮嘱道。

"明白!"贾季邻随口答道。

可这一路上,贾季邻却越想越不明白了。王鉷的话,前言不搭后语,闪烁其辞,一会儿叙私恩,一会儿说圣旨,一会儿表情紧张,一会儿又似乎与己无关,一会儿要他公事公办,一会儿又似乎暗示他杀人灭口。

杀人灭口的事,贾季邻在一年前可是替王鉷干过的,这事一直埋在他心里,永世难忘。

那一天是王鉷的生日,王府大排筵宴,王公大臣几乎都来拜寿,连李林甫都送来了寿幛、寿礼。本来,这种场面轮不到贾季邻这样的八品小人物出场,但因为他受过王鉷的厚恩,平时又经常出入王府,所以,他也备办了礼品前去拜寿,还算顺利地进了府门,开宴时又和王鉷的一些三教九流的朋友们坐在一起,有僧侣,医工,江湖术士,巨商大贾。

酒至半酣,王锳的弟弟王锃忽然带着醉意来到他们的座席前,把座中的术士任海川叫走了。

王府的事儿贾季邻是熟悉的。这个王锃是王锳的异母兄弟,在户部做度支郎中,是个五品官,主管全国各地征敛财赋的事,官阶不低,实权不小,油水不少,但不知为什么,近来他们兄弟俩人忽然疏远了。据王锳说,他的兄弟自以为聪明能干,可官阶却比他低两品,所以对他生了嫉妒之心。到底为什么,贾季邻也弄不清,但王锳兄弟二人异爨而居,两家中间砌起了一道石墙倒是真的。今天,贾季邻见到了王锃,心想,他大概是硬着头皮来为哥哥拜寿的吧?可他把任海川叫出去干什么呢?

几杯酒工夫过去,那个任海川又回到座席,但脸色大变,言语慌乱,没有终席便向众人拱手告别:"小人俗务在身,告退,告退,得罪,得罪……"说完便匆匆离去。

贾季邻觉得奇怪,这个江湖术士怎么竟敢这样大胆无礼,逃席而去?要知道,今天的寿星是当朝第二号实权人物呵!可他不便出面阻拦,他不知道事情的头尾,又看出任海川心里有又惊又怕的事。

寿宴散后,贾季邻被王锳留下来请进后堂,告诉他说,术士任海川酒后闯入他的内室,强奸了他的爱妾,可恶至极。王锳命令贾季邻以长安县尉的身份追拿任海川,因事涉家声名誉,所以要绝对保密,捉到后悄悄就地处死,不用多问。

"小人自然无不遵命。只是万一案犯逃到外地,地方官从中阻挠,就多有不便了。"贾季邻稍有难色。

"唔,你虑事真是周严。无妨,待我出一牒给你!"说着,王锳起身到书案上亲笔写了一封短笺:术士任海川,妄言祸福,煽惑百姓,着所在地方官协同捕捉。

贾季邻接过王锳手令,带人从任海川的住所一直追到三百里外的冯翊郡,才把任海川捉住。但他不相信王锳的话,不相信任海川污辱了王锳爱妾的事,因为他亲眼看见任海川是王锃从座位上叫走的。他要向任海川问个明白。处死任海川之前,他单独提审,问任海川到底因为什么事得罪了王铼。

任海川哭着告诉贾季邻,说那一天他被叫进后堂,王锌要他相面,问他们王氏兄弟有没有帝王之份。他当时吓得说不出话,这是谋大逆的事啊,他又怕王锌兄弟事后杀他灭口,才慌忙逃席,到旅店取了一点川资便连夜逃出了长安。

贾季邻终于弄明白了事情的真相。他灵机一动,对任海川说:"实不相瞒,是王铼命我来杀你的。"

任海川磕头说:"少府公明鉴,海川确实无罪。"

"你何不向御史台写一自辩?我替你转呈,或许还有生望。"

"谢少府公!"任海川当即将事情原委写明白,交给了贾季邻。不过,贾季邻不敢违抗王铼的指令,还是命手下人勒死了任海川,但任海川的自辩,他却精心收藏着。朝政混乱,仕途险恶,他诸事都要留下后手。

想起这件往事,再品味王铼今天的神色言语,贾季邻心里猛地明白了:案犯邢縡谋反,与王铼兄弟有关,很可能王铼就是主谋,是元凶,王铼与王锌的疏远也可能是一个假象。

贾季邻的判断是对的。

人急造反。王铼急了,要造反。

论官位,他是殿中监、户部侍郎、御史大夫、京兆尹,还身兼二十余使;论权势,他虽在李林甫之下,却也和李林甫差不了许多,他的儿子甚至敢明目张胆地欺侮李林甫的儿子。

他还有一种特殊的本领,就是善于搜刮民财。为此,同僚们偷偷叫他"算博士"。这个绰号听起来是相当雅致的,因为按官制,全国最高学府中设有"算博士",教授生员算学,是九品官;宫廷里也专设有两名官教博士,教授宫嫔们书、算等课程,按习惯,教"书"的称"书博士",教"算"的称"算博士"。还有,唐初著名诗人骆宾王诗文中喜欢以数字对仗,如"秦地重关一百二,汉家离宫三十六"之类,人们也称他作"算博士"。可是,人们叫王铼为"算博士"就全是贬意了,是骂他善于盘剥百姓。那一年,以征"輂毂费"名义对灾区租税来个"明免暗不免"之后,他的"算博士"雅号便产生了。再如,国家规定,戍边的兵士六年一轮换,这六年中免收租税。可是边将报胜不报败，兵士死于战场了也不列清单上报，家乡的户口便无法除名，王鉷却下令，兵士戍边六年以上的，都由家属按数缴纳租庸——实际上就是向死人征税。

因为他做户口色役使和户部侍郎时如此善于巧立名目征收财物，每年可在国家计划外多收几百亿钱，然后进贡给皇上，存在宫内的仓库里。他告诉李隆基说："这些财物没有纳入国家计划经费，可放心使用。"李隆基在宫中宴乐无度，赏赐给贵宠之家和嫔妃的财物不可数计，正觉得总去国库里支取不方便，见王鉷源源不断地把成车的钱运进后宫，自然非常高兴。所以，论起皇上的恩宠，这几年王鉷已超过了李林甫。

官位，权势，恩宠，王鉷都有了，但他的欲望还远远没有满足。

他还不是宰相。他的上边还有右相李林甫，左相陈希烈。陈希烈是有名无实的宰相，凡事都是在李林甫拿定主意、提出成文后，他只管在上面签个名便算完事，可论起名分，毕竟也算是宰相啊！而李林甫，可是一直大权在握的，满朝文武没有不怕他的。这两个人，是王鉷取得更高地位的两大障碍，已经够让他伤脑筋的了，现在又冒出了个杨国忠。这个无赖子弟，仗着是杨玉环的本家哥哥，仗着自己的几个本家妹妹都受皇上的宠爱，锋芒毕露，咄咄逼人，现在已和自己并驾齐驱，而且眼看权位要超过自己了！

何况他的欲望还不只是做个宰相，他还有更大的欲望，至少要做个异姓王，如有可能，他还要像曹操所说的，做个"周文王"——为自己儿孙将来当皇帝铺好台阶。

他经常引镜窥影，总觉得自己长相不凡，正所谓天庭饱满，地阁方圆，龙凤之姿，天生一副帝王骨相；再看看自己的一双手掌，觉得有明显的"掌山河，握日月"的纹路。嘿，天予不取，反受其咎。胆大吃牛羊，胆小喝米汤，皇上昏庸不理朝政，皇太子一点实权也没有，不正是我龙飞蛇腾之时吗？

可是，他已经六十岁了，可以有所作为的时间已经不多了，而他上头的李林甫虽然近来常闹病，但谁知这个老奸巨猾的家伙什么时候死呢？还有那个陈希烈，饱食终日，无所用心，一味地钻研玄学，越闲越胖，越养越壮,看来十年八年也死不了。更何况,即使老天开眼,李林甫、陈希烈明天早上就一齐死掉,宰相的位子也未必保准能到他的手里,杨国忠很可能跃到他前面去。自己已是一大把年纪了,纵然能活,还能活多少年?就算能熬过李林甫、陈希烈,也肯定熬不过杨国忠,这家伙行伍出身,还不到五十岁,身体结实极了,听说每天晚上都离不开女人,再活二十年是毫无问题的。

可见,面对李林甫、陈希烈、杨国忠这些政敌,他连当宰相都困难重重,封王封侯做周文王更是渺茫,自己又年逾花甲,他怎能不急?

于是,他想起了一句古语:日暮途远,只得倒行逆施!

李林甫这些人自己不死,就把他们杀死!

王位坐等不来,就用造反的手段去夺取!

造反的计划在悄悄实行着。

他相中了弟弟王铧的好友邢缙。

邢缙累世官宦之家,父亲做过鸿胪少卿,可他本人却官运不佳,只在龙武军中当个录事参军,多年未得升迁。邢缙善弈,常和王铧一起下棋,成了莫逆之交。棋余酒后,时常向王铧发牢骚,说如今皇上只重边帅,不重禁军,禁军军官累年不得升迁,并说自己空有擎天架海的军事才干,却沉抑下僚,郁郁久居人下,只能把行军布阵的才干消磨在棋盘上。

那时候,王铧和王铱还在一起住。王铱几次做出无心的样子,考察过邢缙,发现此人确有真才实学,决非一般的妄狂吹牛之辈。他不但谙熟《范蠡兵法》《孙子兵法》等兵书,而且对本朝开国元勋李靖的兵法也有研究,关于治军、选将、行军、布阵、安营、攻杀乃至两军用间与反间,都有独创的见解,并且本人也武力超人。王铱心里暗道:此人真是奇才,正所谓是集张良、樊哙于一身的人物。天赐此人给我,正是要助我成大功!

但王铱绝不向邢缙透露心事,他只指使自己的弟弟王铧出面单线与邢缙联系,同时,为掩人耳目,兄弟二人又分了家私,各立门户。

现在,一切都按计划准备就绪。

邢缙私自召募了几十个亡命徒组成敢死队养在家中,他们个个都是有武力、善骑射的彪形大汉。同时,他在龙武军中约好了几个头目带本队禁军一同起事。

王锳不时偷偷将大批金银财物运进邢𬘘的家里,供那些人恣意挥霍。

发难时间定在天宝十一载(752)四月十二日,具体步骤是:早朝散后,邢𬘘率领自己的亲信先杀掉龙武将军陈玄礼等人,夺取龙武军的兵权;与此同时,在长安东、西市和各城门杀人放火,制造混乱;邢𬘘杀死陈玄礼后,率禁军攻入三处皇宫,软禁皇上李隆基和皇太子李亨,并派出一支队伍,伪造圣旨杀死李林甫、陈希烈、杨国忠。

全部得手后,王锳出面控制大局,逼李隆基下诏逊位,废掉太子李亨,另立一个小皇子做皇帝,同时,大赦天下,平反李林甫、吉温等人制造的冤案,擢拔一大批被李林甫挤倒的人,控制住朝廷的各要害部门,派出使者对边镇的节度使加官晋爵,稳住边防部队。

王锳觉得,这个计划是周严的,又是得人心的。

杀李林甫是得人心的。十多年来,李林甫伙同吉温等人大搞冤狱,树敌极多,朝臣许多人也对李林甫又恨又怕。杀了李林甫,不但李林甫的仇家会欢呼雀跃,在位的朝臣会有重见天日之感,就是普通百姓也会衷心拥护。

杀陈希烈也是得人心的。陈希烈在其位不谋其政,是李林甫的应声虫。不管李林甫要干什么坏事,他都不加思索地表示赞同,朝官和百姓早就唾骂他是个无耻的废物了!

杀杨国忠更是迎合人心的好事。杨国忠无才无德,声名狼藉,不过是拽着杨玉环的裙带爬上来的流氓无赖,而且就连杨玉环本人对他也并不亲热。

过去,我为了讨皇上的欢心,为了爬上今天的地位,干了不少不得人心的事,拼命搜刮百姓钱财,还陷害了杨慎矜兄弟,背地里肯定会有不少人骂我。现在杀了李林甫等人,便可以改变我在朝臣和百姓心目中的形象!

事成之后,我做太子太师,异姓王,王铧便可做中书令,邢𬘘便可做天下兵马都元帅,不过,对邢𬘘的权势要控制些,此人才大志高,须防他再生异志。然后擢拔亲信,让儿子王准多出头管事,以便将来干更大的事业……

加减乘除,阴阳人畜,"算博士"王𫓧盘算得很巧妙。

没想到,距发难只剩两天的时候,事情败露了。

那天刚过午时,正在殿中省当值的王𫓧突然接到宣召,即刻觐见皇上。

王𫓧来到大同殿,李隆基伏在御案上,把一份密报丢给他,说道:"此事爱卿去办吧!"说完,打了个哈欠。

王𫓧接过那份密报一看,大吃一惊。密报告的正是龙武军录事参军邢𫄨谋反的事!

王𫓧的心像是突然被抛进了万丈空谷,茫然不知所措。邢𫄨完了,他苦心经营的造反计划完了,自己也可能跟着完了!但他马上又镇静下来了,皇上把这件大事交给自己去办,说明自己还没有暴露,弄好了自己还可以保住。

他不露声色地拜别李隆基:"竟有这等事。臣即刻去办!"

按照惯例,捕捉长安城内案犯的事,归京兆府主管。王𫓧兼着京兆尹官职,所以李隆基才让王𫓧去办此案。王𫓧从兴庆宫赶回京兆府的路上,很快拿定了主意:牺牲邢𫄨,保住王铧。只有牺牲邢𫄨,让邢𫄨被活捉前就闭上嘴,才能保住王铧;也只有保住王铧,才能保住自己。因为王铧干的事情,都是他出的主意。

所有这些背景,贾季邻是不知道的,但他从王𫓧今天的言语表情上看出了破绽,断定此案的背景相当复杂,弄不好自己会栽进去。

他感到左右为难。

像王𫓧暗示给自己的那样,找个借口杀掉邢𫄨,是危险的。这是皇上过问的谋反大案,不经审问就把首犯杀掉,皇上追查起来,他这个小小县尉哪里吃得消?

不杀邢𫄨,也是危险的。如果在这个案子中,王𫓧并没倒台,自己却没有按王𫓧授意的去办,事后王𫓧决不会放过自己。王𫓧是个心黑手狠的人,找个借口杀掉他这个小小县尉,是轻而易举的事。

咚咚咚,第一通静街鼓响了。

哒哒哒,各怀心事的贾季邻和薛荣先率领二十多个不良汉策马奔驰在通往金城坊的青砖路上。

延寿坊西侧是南北纵贯长安城的永安渠,渠上有一桥,唤作延寿桥,去西市,去长安西北角的金城坊等八个坊,都必经此桥。贾季邻率众来到延寿桥头,恰好和飞马而来的王铧打了个照面,跟随王铧的两个人也神色慌乱。贾季邻心里一动,迎上问道:"郎中大人从哪里来?何事如此慌速?"

王铧比哥哥王锇小十来岁,平时桀傲骄横,可现在却掩饰不住自己的惊恐,答非所问:"贾少……大人有何公干?"他慌乱之中竟把"少府"改称成了"大人"。

"奉京兆府钧旨提拿邢缚归案!"贾季邻索性把事情说明,看王铧如何表示。

原来,王锇回到京兆府后,派人飞速到家中去找王铧商议对策,回报说王铧不在家里,他便断定王铧肯定在邢缚那里。他唯恐王铧被不良汉们堵在邢缚家中,便又派人到邢缚那里把王铧叫回来。可是,抓邢缚的事已不能再拖延了,于是没等王铧到家便又派出了贾季邻等人。正所谓冤家路窄,恰在这延寿桥头相逢。

果然,听了贾季邻的话,王铧更沉不住气了,他拍马走近贾季邻,低声说道:"贾大人,实不相瞒,我与邢缚平素有些来往,可也只是棋酒之交,万一他被捕后胡说,你可不要相信,这谋大逆的事可不是闹着玩的……"

贾季邻连忙说道:"郎中大人说哪里话,谁不知道王大人伯仲忠义立朝,焉能与乱党同谋?"他心里更有数了,王铧肯定是从邢缚那里逃出来的,肯定是王锇通风报信的,王锇肯定是邢缚谋反的大后台!

"这就是了,贾大人多关照,容当后报!"说完,王铧拍马走了。

贾季邻与薛荣先又带领着不良汉们跨过延寿桥向金城坊进发。这时,最后一通静街鼓已经敲响了。

他们来到金城坊尚文里邢缚家门前,正要打门拿人,突然邢缚家的大门被推开了,从里面杀出一伙人来,个个身披软甲,手持兵器,如狼似虎,指东打西,勇不可当。

贾季邻心中大喜。他头顶的乌云全散了,他怎么干都有理了!邢縡率众持械反抗,杀之有名,不怕上司乃至皇上追问;杀不了邢縡,也可向王銲交代,邢縡武艺高强,手下又有这么多帮凶,他贾季邻斗不过,是说得过去的。他虚张声势叫喊拿人,自己却边喊边拨马后退,随时准备逃跑。他知道,他带的这些人根本不是邢縡等人的对手。

薛荣先却拔出佩剑拍马当先,率领不良汉们迎战。他没有贾季邻那么多心事,也只是对王銲指定贾季邻为总指挥不服气,要以自己的勇敢行动压倒贾季邻。然而,交手不到一刻工夫,不良汉便被放倒了四个,薛荣先见斗不过这帮人,贾季邻又不肯向前,自己也只好拨马逃走。

贾季邻和薛荣先带领战败的不良汉顺着大街向北且战且退,邢縡等人却在后面紧追不舍。显然,邢縡等人是想顺路会合龙武军中的同党,杀出北门,冲进禁苑,再做打算。他们还不知觉,这时,龙武军将军陈玄礼已经把龙武军集中起来,正在清查邢縡的同党。

贾季邻和薛荣先向北逃出一坊之地,忽听邢縡等人的背后人喊马嘶,回头一看,王銲和杨国忠带领一些随员抄了邢縡的后路。邢縡一伙陷入了腹背受敌的困境。

薛荣先又来了精神,招呼不良汉们回头再战。

贾季邻却不肯参战,绕过混战的人群,来到王銲的马前。

王銲见了贾季邻,沉下脸来喝问:"区区几个反贼,怎么这么长时间还未捕获?"说着,瞥了一眼杨国忠。

贾季邻一听就明白了,肯定是皇上见这么长时间还没有接到捕获叛逆的回奏,派杨国忠催问,王銲才和杨国忠同来这里。王銲的话,是想把拖延时间的责任推给自己。

"案犯凶悍,持械拒捕,大概是事先听到风声……"贾季邻的答话,似乎默认了拖延时间的罪名。

王銲闻言一惊,下意识地看了杨国忠一眼,见杨国忠正指挥随从们围攻邢縡一伙,根本没注意听他们的对话,才放了心,又对贾季邻低声喝道:"胡说,案犯怎能事先得到风声?"

贾季邻又拍马向王鉷靠了两步,低声说道:"刚才在延寿桥遇到令弟郎中大人,他说,他平时和邢缚有些来往,让季邻不要听信邢缚胡说……"说完,眼睛盯着王鉷。

"那……当然,我弟弟怎么能和逆贼通谋?"王鉷口气很硬,但语调不自觉地放低了,"只管向前捕杀逆贼!"他把"杀"字说得特别重,带有明显的暗示。

这时,混战渐渐分出了胜负。邢缚一伙本来就武力超人,又要死里逃生,个个拼命冲杀,薛荣先一伙人和王鉷、杨国忠手下的人一则武艺平常,二则个个惜命,所以眼看又支持不住了。邢缚一伙中射出一箭,正中薛荣先肩窝,薛荣先的勇武之气顿时化为乌有,率先拨马逃命。不良汉们见状,也都一哄而散。

杨国忠仗着自己见过阵势,拔出防身剑想亲自迎击邢缚,突然,一支利箭飕的一声擦着他的耳边飞过,他心里一惊,手中的剑几乎落到马下。只听邢缚一伙人喊道:"只杀杨国忠,别伤了王大夫下人!"接着,邢缚一伙直奔杨国忠而来。

杨国忠手下一个随员劝道:"贼人凶顽,事先又有准备,大人快退吧!"杨国忠不敢再逞能,随着不良汉们一起败逃。

贾季邻没有听王鉷的话去捕杀邢缚一伙,而是跑到宫城西门去告急。高力士来不及向皇上请旨,以骠骑大将军身份调动了宫中养马的马夫四百人,骑马持械,由贾季邻带路,杀了过来,恰遇邢缚一伙在追杀薛荣先、杨国忠等人,王鉷也夹在其中一起逃跑。高力士和贾季邻让过众人,指挥带来的四百人把邢缚一伙团团围住。

邢缚一伙寡不敌众,一半被杀死,一半被活捉,邢缚本人受伤后自杀而死。那个连放几箭的人名叫韦瑶,被活捉了。

金城坊附近这场真刀真箭的夜战,规模虽然不大,却震动了整个长安城。这是李隆基登基称帝四十年来从未发生过的事啊。

这一夜,长安城的百姓在自己的坊里议论纷纷,有年老的人悄悄向年轻人预言,这是一个不祥之兆,天下大乱的日子不远了。

这一夜,"算博士"王鉷盘算了一夜。

杨国忠的露面,高力士的出场,打破了他对这个案子的垄断。高力士把俘虏关进宫廷的马厩中,他想杀人灭口都不可能了。他不得不往最坏处盘算。他叫来了弟弟王銲,要他必要时承担全部罪名。

王銲不干了,瞪起了大眼珠子:"事情是你谋划的,到这时候都推给我?我吃官司你当官?我死你生?我不干!"

王鉷熟悉自己兄弟的脾气,知道不能硬来,只能软硬兼施:"你认了罪,有我在你也不一定死;你把我招出去,我们王家就要绝后了!再说,知道我是主谋的只有你和邢縡两个人,如今邢縡死了,没有旁证,如果我一口咬定对此事全然不知,随你怎么说,皇上也不会相信你。谁不知道皇上对我深信不疑?谁不知道我俩兄弟不合,异爨而居?到那时,你住监狱连送饭的人都没有,你死了,连老婆孩子都没人抚养啊。你酌量着办吧!"

王銲沉思了好久,知道自己上了哥哥的当。哥哥让自己出头和邢縡单线联系,并造出兄弟不合、异爨而居的舆论和假象,是留了后手的。但他明白,今天和哥哥闹僵了确实对自己无益,自己斗不过哥哥。他终于答应,如果自己牵连进去,被提审时决不招出哥哥,但他真怕被处死,对王鉷哭着说道:"哥哥一定设法救小弟不死,判个流放也行啊……"

"只要我不牵连进去,你就死不了。不过,不论怎样审问,你都不能承认与邢縡同谋造反,只承认与邢縡有来往,曾借给邢縡钱物,至于谋反的事,你一概不知!"

王鉷安抚住了王銲,便以为化险为夷了。

王鉷以为皇上好对付,他竟把我这个想造反的人当成大忠臣,事发后还让我去抓案子,真是昏愦到脑袋掉了都不知道谁下的刀的地步,还不容易欺瞒吗?

李林甫、陈希烈、杨国忠也好对付,若是他们叮住我不放,我就反咬一口,说他们嫉妒我为国聚财之功,反正他们手里没有任何证据!

"算博士"盘算的对手中,漏掉了一个人,就是长安县尉贾季邻。他做梦也没有想到,聪明一世的他会栽倒在这个姓贾的县尉手中。

这天晚上，贾季邻也盘算了一夜。

他是一个被命运折磨得低了头的人。他本来也是书香门第出身，祖上曾做过官，到了父辈，家道衰落，可他还是有机会读书学剑。十八岁，正当弱冠之年，他以为自己学业有成，便兴冲冲地到长安求取功名。可是，赴考几年都是榜上无名。这时他家境更坏了，不得不亲自扶犁种地，有时还要靠借贷过日子，备尝世情冷暖，生计艰辛。四年前，他又一次赴京应考，结果还是名落孙山。他把囊中剩下的几个开元通宝铜钱都买了酒，龙吸鲸吞，想在昏醉中了此残生。酒店主人见他喝得异常，脸上又是凄惋绝望的神情，唯恐他死在自己的酒店中，便连哄带拖，把他弄到了大街上。他呕吐，他大哭，踉踉跄跄地呼天抢地，冲撞了王铁的马头。

王铁见他身材长大，能文能武，觉得是个有用的人，便留他在府中做些杂事，一年后又出帖推荐他作为京兆府的举人去参加科考，一下子考中了明经科。按惯例，新中第的人都要先放到外地州县做小官，三年后再考核提升。这时王铁又出面替他活动，留他在长安城的长安县做了县尉。按官制规定，长安、万年、河南、洛阳、太原、晋阳六个县称作京县，是全国一级县，官吏的官阶比其他县要高，其他县的县尉都是九品，京县的县尉却是八品官。

贾季邻被王铁从死神手里拉了回来，穿上了青袍，系上了黄绶，当上了京县的县尉，对王铁自然是感激的。他拜官公朝，感恩私门，吃着皇家的俸禄，却给王铁干活。三年来，他唯王铁之命是听，皇家的县尉成了王铁的高等奴仆。在王铁看来，他给了贾季邻第二次生命，也给了官位和俸禄，贾季邻理应对他忠诚不二，以死报效。他对贾季邻的忠诚从未怀疑过。

然而，贾季邻对王铁并非王铁想象的那样忠诚。他感激王铁的私恩，但他也知道如果不是皇上昏庸，沉迷声色，如果不是李林甫、王铁、杨国忠等人专权胡乔，他贾季邻现在也许不止是个小小县尉。他也深知仕途的险恶，不想死抱着王铁的大腿；他表面上对王铁知恩图报，百依百顺，但凡是王铁让他干的坏事，他都要弄清原委，都要留下见证，以便有一天王铁宦海翻船时，自己能弃船逃命，免于和王铁同遭没顶之灾。

他把白天的事串到一起琢磨,联想到去年杀任海川的事,断定这次邢缛谋反的总后台是王铁,也断定王铁很可能要翻船了。因为王铁已经暴露了,在他和高力士押解韦瑶等回宫城的路上,韦瑶等人就招供:时常到邢缛家参与谋划的还有王铧,出事前王铧被人匆匆叫走了。

大案连审两天,没有突破性进展。

因为案情涉及到王铧,王铁理应回避,所以李隆基诏令由杨国忠主持审理此案。但正如王铁所料,李隆基已糊涂透顶,唯恐王铁这个能替他搜刮民财的大臣牵连进去,特地关照杨国忠说,王铁和王铧不是同胞兄弟,平时又兄弟不合,王铧为人不讲孝悌之道,一向嫉妒哥哥的富贵,所以不要公开审王铧,以免王铧情急胡乱招供,牵连王铁。

杨国忠单独审讯王铧时,王铧一口咬定,他虽和邢缛有来往,还借给过邢缛钱物,但不知道邢缛谋反的事,他的哥哥王铁更是连他和邢缛有来往的事都不知道。

最先告发此案的是龙武军中的一个小头目,当初被邢缛裹胁进谋反集团,也干了焚香结义、歃血为盟的事,但总觉得此事太危险,终于出首了。他只知道王铧时常到邢缛家,至于王铧是否参与了密谋,他也说不准。

被俘的亡命徒韦瑶等人却招供说,王铧肯定是参与其事了。

李隆基接到杨国忠关于案情的回奏,想就此糊涂结案,但因王铧实在难脱干系,便让杨国忠授意王铁,要王铁做一次大义灭亲的表演,上表要求从重处罚自己的弟弟,从而洗清自己,以便继续立身朝廷。

李隆基的好意反而将了王铁一军。王铁哪敢那样做?那王铧岂不要翻脸把他也招出去?他对杨国忠说,王铧再不好也是自己的弟弟,他不忍心那样做,并说自己情愿纳还官爵,替弟弟赎罪,请皇上从轻处罚弟弟。

王铁的态度使李隆基大不高兴,也起了疑心。王铁是一个把官爵看得比性命还重的人,又一向与弟弟不和,现在怎肯舍弃官爵救护弟弟呢?

杨国忠看出李隆基对王铁动了疑心,便试探着对王铁下手了。他早就对王铁的权位眼红,想扳倒王铁,但王铁深得皇上宠爱,又和李林甫特

163

别亲厚,所以他不敢轻易下手。这一次,在邢缚造反的计划中,指名要杀他和李林甫、陈希烈,却没有计划杀王铁,他和王铁一起赶到金城坊时,邢缚一伙又叫着"别伤了王大夫下人",单杀他杨国忠,那一支冷箭险些要了他的命,他怎能不对王铁疑心?怎能咽下这口恶气?

他把自己的怀疑奏给了李隆基,并说,王铁午时接到圣旨,傍晚才派出不良汉去捕人,王锌又是匆忙逃离邢缚家的,其中一定有情弊,应扩大线索深究。

李隆基点头了。

杨国忠发出牒牌,提贾季邻和薛荣先到案查询。

薛荣先对这次捕人行动早憋了一肚子气,王铁指定贾季邻做总指挥,贾季邻不肯卖力,自己却挨了一箭,险些丧命。不等杨国忠开口,他就愤然嚷道:"贾季邻临事逡巡畏缩,自始至终刀未出鞘。请大人深究!"

贾季邻没有正面回驳薛荣先的指控,而是不慌不忙、一五一十地交代了王铁的可疑之处。从杀任海川灭口开始,到捕捉邢缚那一天王铁又授意他杀邢缚灭口,说得有条有理,清清楚楚,并从怀中掏出任海川死前的自辩和王铁亲笔写的要所在地方官协同捉拿处置任海川的手令,呈给杨国忠。

王铁兄弟久蓄做帝王的野心暴露了。

杨国忠把确凿的证据送给李隆基的时候,李隆基再也不能容忍了,当即颁下圣旨:王锌杖杀,赐王铁自尽,王铁妻子儿女一律流放,随从邢缚谋反的人统统斩首,贾季邻虽曾助虐,但揭发王铁有功,功过相抵,改调外地县尉。王铁留下的京兆尹空缺,由杨国忠充任。

杨国忠得意地笑了。

贾季邻转危为安,也长出了一口气。

十六、报应不爽　林甫未葬即受诬

蜀汉、曹魏、孙吴三国相争时,诸葛亮出祁山以伐曹魏,魏延曾自告奋勇领五千兵出褒中,循秦岭以东直出子午谷,不出十日,可到长安。诸葛亮却认为这是行险侥幸,怕万一魏兵于狭路埋伏,不单五千人要化为齑粉,也大伤全军锐气,没有采纳。后世有人以此为恨事,认为魏延的想法大胆可行,而诸葛亮则过于谨慎了。

天宝十一载(752)十一月,杨国忠却率领几十名副将、侍从,冒着山风走上了由褒中到子午谷的路,自成都急急赶回长安。

子午谷是秦岭中的一条山谷,全长六百六十里,北面的谷口称为"子",南面的谷口称为"午",故称子午谷。出了北面的谷口,长安城的轮廓便隐约可见了。

此刻的长安城在杨国忠的眼里,成了祸福莫测之地。

他是四十天前奉诏离京去成都的。成都是大唐西南的政治、经济中心,剑南节度使的治所就设在那里。去年,他以御史中丞、兵部侍郎的身份,又兼任了剑南节度使。今年初冬,剑南地方官奏称南诏兵屡次进犯剑南,请他到剑南处分军政之事。他怕离京后李林甫暗算自己,不愿赴剑南,李林甫却上奏章说理应派杨国忠赴任,李隆基才颁下诏敕,命他赴任。

现在,杨国忠奉诏回来了,而且是走子午谷这条最难走的捷径回来的。下诏书的太监不肯说皇上为什么招他,他心里没有底。此刻,他最担心的是,在他离京的这四十天里,李林甫派人搜集了他的罪状,奏报给皇上,若此,那就非但做不成宰相,而且连现在的官位都保不住,甚至会掉脑袋。

半年以来,杨国忠和李林甫的矛盾逐渐明朗化了。

早在邢縡案发之前,他就和李林甫暗斗了一场,他胜了,李林甫吃了个哑巴亏。

主意是吉温替他出的。吉温原来一心投靠李林甫,可是李林甫知道皇上原先对吉温印象不佳,并且觉得吉温这个人难以驾驭,一直不敢重用他。吉温帮助李林甫害死了韦坚、皇甫惟明、杨慎矜一大帮人,李林甫只为他奏请了一个户部侍郎。他不满足,便转而投靠杨国忠,要帮助杨国忠出谋划策,取代李林甫。他告诉杨国忠,要动摇李林甫,必须先从李林甫的亲信那里打开缺口。他俩选择了萧炅和宋浑作为试探性进攻的目标。

萧炅和宋浑都是李林甫的亲信。萧炅因闹出把"伏腊"读成"伏猎"的笑话,弄了个"伏猎侍郎"的诨号,被张九龄逐出中书省。张九龄罢相后,李林甫又擢拔萧炅回京,做上了京兆尹。宋浑官居御史中丞。这二人本来无才无德,平时就有劣迹,加上吉温是办案老手,便被悄悄凑成了一个贪赃枉法的罪名,由杨国忠密奏李隆基。因为是吉温经手,案情自然无懈可击,加上李隆基对"伏猎侍郎"本来就没有什么好感,李林甫又时常因病不上朝,萧炅和宋浑便被逐出京城,贬为边远之地的地方官。李林甫知道这件事时,皇上诏书已下,他眼睁睁看着两个亲信灰溜溜地滚出朝班,却无法伸手救援。直到这时他才明白,不但杨国忠已开始和自己作对,连吉温也背叛自己了。

没等李林甫想出对付杨国忠和吉温的好办法,邢縡案发,王銲被赐死,杨国忠则伙同吉温又狠狠打了李林甫一闷棍。

办案子有一个术语,叫做"探狱",这可不是"探监"的意思,而是"究查案情"。杨国忠和吉温趁热打铁,深"探"王銲的案子,把李林甫扣进了网中。

王銲兄弟及韦瑶等人被处决后,杨国忠和吉温经过一番谋划,便开始分头行动。

吉温对与王銲一案有牵连的人以及王銲的属吏们采取行动,授意他们招供王銲生前与李林甫私下来往的事。这些人对吉温早已闻名股战,加上王銲平时又总做出对李林甫言听计从的姿态,和李林甫过从甚密,所以很快就按吉温的意思凑出一大堆材料,证明王銲与李林甫超出一般朝臣的关系。

杨国忠则找上左相陈希烈的门,直截了当动员陈希烈出面告发李林甫私交王銲。陈希烈这些年表面上处处事事顺从李林甫,但也不甘心做这个没有任何实权的左相。他也悟出了一个道理,对李林甫这样的城府深密的政棍,任何善良的人,任何正直的人,任何靠某一特殊本领做官的人,都得吃败仗。恶人还须恶人降,只有像杨国忠这样敢胡来的流氓,才有希望挤倒李林甫。何况,凭多年身居台辅的经验,陈希烈已预感到李林甫气数将尽了。李林甫近两年不但时常闹病,而且有点众叛亲离了:王銲是他亲自一力提拔的,而王銲谋反计划中第一个要杀掉的是他;罗希奭是他的连襟,最近却公开和他吵架,断绝了与他的任何来往;吉温则另投杨国忠作靠山,伙同杨国忠把萧炅和宋浑撵出了朝廷……李林甫不那么可怕了,他陈希烈没有实权的日子也该结束了!陈希烈心一横,答应杨国忠,连夜起草奏章,弹劾李林甫,请皇上深究李林甫与逆臣王銲的关系。

与此同时,杨国忠又派出他的大儿子、户部侍郎杨暄连夜驰往鄯州,游说陇右节度使哥舒翰,要他出面弹劾李林甫。

杨暄本是膏粱子弟,惯会斗鸡走狗。三年前,他参加明经科的考试,没有及格,主考的礼部侍郎达奚珣慑于杨氏的权势,发榜时硬把他的名字列在"上第"中,接着,他又很快升任户部侍郎。别看他才学人品低下,但干挑拨离间的事,却是行家里手。

杨暄到了鄯州哥舒翰的节度使正衙,几句话就把哥舒翰煽动起来了。

一见哥舒翰的面,他就代父亲向哥舒翰致意,并说道:"大夫边功远出他人之上,家父屡屡建言应封大夫为异姓王,都因朝中有人不首肯而中辍,家父为此事对大夫甚感抱愧。"

哥舒翰自然一听就明白，杨暄说的"他人"就是安禄山；"有人"无疑则是李林甫。哥舒翰做了陇右节度使之后，以英勇善战驰名，并于天宝八载(749)夺下了石堡城，因边功加摄御史大夫、开府仪同三司，可是，安禄山已封为"东平郡王"，他却没有被封王，感到不满足；再则，李林甫诬害了他的恩帅王忠嗣，他一直耿耿于怀。

听了杨暄的话，他重重地一击膝，恨恨地长叹一声。

杨暄又说道："李某人专权误国，家父已忧虑有年。王铣本为李某所汲引，一向与李某交厚；这次王铣谋逆伏法，朝臣议论纷纷，都说与李某有关，只是无人敢出头弹劾李某，家父孤掌难鸣……"

哥舒翰这些年虽身居边关，但也一直注视着朝廷动静，对杨国忠的为人也有耳闻，知道杨国忠并非什么忠良之辈。但皇上耽于淫乐，朝政混乱，他身为边帅，朝中没有重臣为内援是不行的。既然杨国忠对他表示友好，他也就表示愿向杨国忠靠拢。他对杨暄说道："哥舒翰深受令尊大人恩义，未敢少忘。哥舒翰唯令尊大人之命是听！"

"家父的意思是，想借重大夫金言参劾李某，只怕大夫也……惧李某陷阱。"

"别人怕李林甫，我哥舒翰偏不怕他！"哥舒翰功高位尊，又握有陇右精兵，自然也势大气粗，加上杨暄一激，他几乎吼起来。

就这样，哥舒翰弹劾李林甫的表章，与陈希烈弹劾李林甫的表章，几乎同时递到了李隆基手里，杨国忠又亲手把吉温审得的与王铣案件有关人员的口供交给李隆基。

正所谓运去黄金失色，时来铁也生光。正在这个紧要当口，阿布思忽然率兵叛唐了。

这个阿布思原是突厥的"西叶护"，天宝元年(742)率兵降唐，李隆基赐他姓李，名献忠，拜为朔方节度副使。阿布思自恃才略，平时不把安禄山放在眼里，和安禄山不睦。今年春末夏初，安禄山奏请让阿布思率兵随自己出征，阿布思怕安禄山在行军作战中暗算自己，便率本部兵大掠军仓，向北叛逃。

阿布思的叛逃，无异于配合了杨国忠对李林甫的正面进攻，从斜刺里狠狠捅了李林甫一刀。因为李林甫遥领朔方节度使,阿布思算是他的副帅。副帅叛逃,主帅无论如何也难辞其咎。

做了十九年宰相的李林甫第一次在仕途上陷入被动,感到只有招架之功,没有还手之力,被迫败退了:他向李隆基上表引咎,辞去朔方节度使的职务。对于陈希烈、哥舒翰的弹劾,他虽然极力辩白,说自己与王铁谋逆无牵涉,但不得不承认,王铁是他向皇上推荐的,他又身为右相,对王铁谋逆之举事先竟毫无察觉,也难辞失职之责。

这样一来,李林甫虽然没有塌台,但李隆基对他不像以前那样倚重了;一些朝臣也发觉李林甫这个庞然大物原来不是不可动摇的。

这样一来,杨国忠与李林甫的矛盾明朗化了。

正当杨国忠想再发动进攻,置李林甫于死地时,朝廷突然接到剑南警报,皇上降旨杨国忠赴剑南巡阅边情,处分军政。奉旨离京前,杨国忠觉得自己是对李林甫连战连捷的将军,心里美滋滋的,可今天,重回离别四十天的长安时,美滋滋的感觉无影无踪了,剩下的只有空虚和恐怖。

杨国忠想,这四十天里,谁知道老奸巨猾的李林甫会想出什么鬼主意向我反扑过来?谁知道吉温这个看风使舵的家伙会不会又投向李林甫的怀抱转而对付我?陈希烈这个老滑头会不会为求得李林甫的宽恕而出卖我?尽管我拼命巴结,可我那个贵妃堂妹对我总是不冷不热的,她会不会在皇上耳边说我的坏话?

杨国忠知道,在朝廷的角逐倾轧中,如果把时间拉长,自己远不是李林甫的对手。李林甫老谋深算,他却心浮气躁;李林甫办事,包括制造冤案,都是巧妙地利用第三者,而他却常常赤膊上阵;李林甫经手的事,别人复查起来,很难找出破绽,而他经手的事,几乎没有一件事能经得住推敲。他离京的这四十天,如果李林甫撒开人马搜集他的罪状,可以搜得一大筐箩。特别是打南诏的事,若是被李林甫戳穿,他就是落个大大的欺君之罪——

南诏是李唐西南的一个小国,位于李唐和吐蕃之间,一向臣服于唐。前年年底,李唐的云南郡太守张虔陀肆意污辱过路的南诏国王阁罗凤的妻女,还索要大宗贿赂,令阁罗凤忍无可忍,率兵攻占了云南城,杀了张虔陀。于是,双方开战了。

　　杨国忠也是个知恩图报的人。他在蜀郡从军的时候,受过鲜于仲通的好处。他显贵之后,荐举鲜于仲通做了剑南节度使。这次李唐和南诏有了战事,剑南节度使又是以抗御吐蕃和南诏为使命的,杨国忠想让鲜于仲通在对南诏战争中立功扬名,便奏请让鲜于仲通率剑南八万两千名兵将去打南诏。李隆基也觉得大唐强大得不得了,正想扬威域外,马上同意了杨国忠的奏请。在李隆基和杨国忠眼里,以大国征小国,肯定会旗开得胜的。

　　鲜于仲通本人更是不知深浅。他率兵到了云南郡,阁罗凤派使者求和,表示情愿放还俘虏,修复因上次战争打破的云南郡城墙,双方罢兵。鲜于仲通自恃兵强,不答应讲和,与阁罗凤在西洱河会战。结果,唐兵因不服水土,不识地理,六万人马几乎全军覆没,剩下的也非病即伤,狼狈逃回。晚唐诗人刘湾在《云南曲》中说到这场败仗和它给百姓带来的灾难:

　　……
　　白门太和城,来往一万里,
　　去者无全生,十人九人死。
　　岱马卧阳山,燕兵哭泸水,
　　妻行求死夫,父行求死子。
　　苍天满愁云,白骨积空垒,
　　哀哀云南行,十万同已矣。

　　可杨国忠却瞪着眼睛撒大谎,说鲜于仲通征南诏大获全胜,上表为鲜于仲通请功。鲜于仲通也上表说,此战大捷全凭皇上庙堂胜算,杨国忠运筹京师,并请求让杨国忠兼任剑南节度使。于是,鲜于仲通升任京兆尹,杨国忠兼任了剑南节度使。

　　接着,杨国忠又谎称南诏又来进犯,请李隆基下诏募兵。百姓听说云南惨败,瘴疠可怕,都不肯应募。杨国忠派出御史到各地捉拿壮丁,带上枷锁,押去从军。百姓愁苦不堪……

想起这些事,杨国忠怎能不又忧又惧?

距长安南门只有三里路了,杨国忠的坐骑越走越慢了。

突然,杨国忠朝马臀狠狠抽了一鞭,坐马四蹄腾起,疾奔长安。

是福不是祸,是祸脱不过。怕有何用?快回去看个究竟!

反正我今天的权势富贵是天上掉下来的,反正有贵妃娘娘在,皇上不会杀我的头!贵妃是皇上的心头肉,我好歹也算皇上的大舅哥!反正凭我的干法,早晚也得完蛋!乐一天算一天,担惊受怕岂不是和自己过不去?

杨国忠的无赖劲儿上来了,他豁出去了!

长安还是四十天前的老样子,他的家,还在宣阳坊。

天交午时,他在自己的府门前下了马,他的小儿子杨晞迎了出来。

"朝廷出了什么事没有?"杨国忠劈头问了杨晞一句。他这句问话包含着很复杂的内容:贵妃娘娘还在宫里吗?李林甫弹劾我没有?皇上治我的罪没有?

"没,没出什么事……"杨晞答道。

"李林甫这些日子都干什么了?"

"没听说他干什么,他已陪皇上去华清池了……"

"都去华清池了?"

"都去了……"

"你怎么没去?"

"……"杨晞不知怎么回答了。按惯例,皇上去华清池,只有王公、宰相和朝廷重臣才有资格随驾,杨晞还没有官职,怎么能去呢?

杨国忠也感到问得不对头,又改口道:"去多久了?"

"有一个月了!"

"废物!"杨国忠无端骂了儿子一句,连二门都没进,喝令从人牵过马来,重新跨上马,奔向骊山。

长安真是个得天独厚的地方。不但有八水环绕,而且有秦岭怀抱。南面的终南山、南五台、翠华山,西面的圭峰山,东面的骊山,都是秦岭的支脉,都是风景秀丽之地。

杨国忠离开宣阳坊,经过春明门,沿大路向东跑了近五十里,便来到骊山脚下。

骊山并不高大,最高处离地面不过四百丈,东西长度也只有四十多里。可是,从开元年间开始,冬夏两季,李隆基就时常驾幸这里,避暑避寒。这倒不是因为骊山是名胜之地,或据说山上曾住过骊山老母,或因山顶有当年周幽王戏诸侯的烽火台遗迹,而是因为山麓有温泉。

据传说,最早发现山下有温泉且可疗疾健身的是秦始皇。一次他巡幸骊山,遇到一位神女,欲行无礼,神女怒唾其面。秦始皇马上生起了疮疖,他恐惧哀悔,跪求神女慈宥。神女指点他到山下温泉洗面,果然平复如初。这虽无可稽考,但至少从东汉开始人们就纷纷到这里洗浴,却是有明文记载的。

在骊山建离宫,是当今皇上的曾祖李世民首倡。贞观十八年(644),李世民下诏在骊山上营造"汤泉宫",以便他游幸洗汤。咸亨二年(671),李治又下诏将汤泉宫改名为"温泉宫",虽略加修建,仍是只有一处宫殿。可到了李隆基手里就大不一样了。

从开元十一年(723)开始,这里的土木工程虽然不太大,但几乎一直没有停止过。天宝六载(747)冬天,就是处理杨慎矜一案的时候,这里又筑起了城墙,称作会昌城,设置百官官署,王公贵族、朝廷重臣也在这里建起第舍,宫殿正式改名为华清宫。会昌城也成为一个单独的行政县,称作会昌县。现在,经五年的修建,这里树木茂密,殿阁如林,宏丽著名的朝元阁、长生殿、集灵台、斗鸡殿、宜春亭等宫殿亭台早已落成,王公百官的私邸也都早已告竣,并又把会昌县改称昭应县了。

进了昭应县城,杨国忠突然产生了一个大胆的想法,不先去见皇上,也不回自己的私宅,索性直接去拜访李林甫,试探一下动静。反正皇上派去的使者也未宣布我有什么罪状,我还是朝廷大臣,大臣出使外地,回来后先拜见宰相,也在情理之中!若是李林甫以礼接见,就说明自己还没有完全垮台,若是李林甫不肯接见,就得准备后路了。

他遣散了大队随从,只带两个亲信来到李林甫的府门前。

李府门前森然依旧,棨戟凌空,卫兵肃立。李林甫登上宰辅之位后,不断制造冤狱,唯恐仇家谋害自己,出门时金吾静街,步骑数百人左右拥护,几百步内不得有行人,连王公大臣都须远远回避。睡觉时一夕数徙,连家里人都不知道他住在哪个房间。各房间都是复门重壁,两道门闩,墙中安放木板,地面用巨石砌成,房内外暗设机关。外人一旦中了机栝,或毒箭攒身,或落进陷阱,必死无疑。所以,李林甫的家,就像李林甫本人一样,给人一种神秘可怕的感觉。何况今天杨国忠心里本来就像揣个小兔子一样,所以,他就更有些惴惴然了。

杨国忠趋步上前,陪着笑脸,自报家门,请门房通报进去。

门房板着毫无表情的面孔,寻思了好大一会儿,才说了一句:"等着!"然后踱进大门。

杨国忠一个人站在门口的台阶上,进退不得,足足等了一刻时间,还不见动静。府门前肃穆的气氛,仿佛无形的重压,使他喘不上气来。来这里之前鼓起的勇气渐渐泄光了,只感到心虚胆怯,腿膝发软。看看李林甫大开着的府门,仿佛是张开大口的怪兽,要把他吞噬下去;看看那些肃立的卫兵,又仿佛个个都对他闪着仇恨和狰狞的目光。

他突然想逃走。他觉得自己像一只孱弱的羔羊,懵懵懂懂地闯进了虎穴狼窝。

他刚往下挪动两级台阶,突然听到身后喊了一声:"杨大人请留步!"

声音虽然不大,但在这威严沉寂的府门前,显得异常响,他吓得一激灵,回身一看,只见李岫和杨齐宣站在门口。

这两个人杨国忠都熟识。

李岫是李林甫的大儿子,官居将作监,也是个三品官。他和父亲截然不同,为人特别和善自谦,不论是对朝官,还是对自己手下的侍卫役夫,他都有一副热心肠。李林甫曾多次叱骂他不是官场中人,他自己也常公开说,他不过是沾了父亲的光,被皇上恩命为朝官的,有一天去当老百姓,他也决不会感到意外。有一次,李岫陪李林甫游后花园,指着正在为他家修葺花亭的泥瓦匠对父亲说:"父亲大人久处钧轴,仇满天下,万一将来祸发,想退而做一个这样的泥瓦匠,能办得到吗?满损盈亏之道,父亲自然是比孩儿明白,不如早些抽身退步!"李林甫当时想了半天才说:"事情到了今天这样地步,已退不得了,一退就将被食肉寝皮。我自料生前不会有什么祸事,至于身后的事,听天由命去吧!"这件事传出来,人们对李岫更有了好感。不过,杨国忠和李林甫的看法一样,李岫也是个善良无用的人。

杨齐宣虽然和杨国忠同一姓氏,但至少五代之内联不上宗谱。他当上李林甫女婿的事,更是朝野皆知的趣闻。

几年前,在长安平康坊的李林甫府第里,发生了妻儿大闹月堂的事。

那一天傍晚,李林甫正一个人在月堂里沉思,他的夫人带着儿子李岫、李崿、李屿等冲了进来。这是坏了李林甫家规的事。因为李林甫早就规定,任何人都不准进入他的这间房子。

妻儿们一齐围攻,要他得饶人处且饶人,不要积怨太多,更不该再有意和太子作对;要他管一管儿女们的婚事,不能管生管养不管嫁娶,那六个到了待嫁年龄的女儿不能总养在家里。

李林甫见妻儿齐来,不便发怒,只得答应亲自过问待嫁女的婚事。他姬妾成群,养了二十五个儿子,二十五个女儿。有的儿女他连名字都叫不上来。

六个待嫁女,一一托媒太麻烦,于是李林甫想出一条妙计,让女儿们自己择婿。

他命自己的儿子遍邀百官、世族、书香之家的未婚子弟来家里作客,在客厅里题字作画,吟诗弹琴,让夫人领着待嫁女儿们在客厅墙上新开的小窗后面悄悄窥探,窗上还吊着璀灿夺目的奇珍异宝,吸引着公子哥儿们仰面观看,以便窗后女儿们细看他们的相貌。

这样,当场就有四个公子哥儿入选,其中杨齐宣被李林甫的第十七位女儿珮儿相中。

几个月后正式议婚时,李林甫从候选的女婿中勾掉了杨齐宣,说他人虽漂亮,但胸无城府,而且骨头软,太圆滑。可他的夫人和珮儿都不同意,珮儿急得大哭大闹。原来,杨齐宣早已先行一步地坦腹东床了。

李林甫大骂夫人和女儿一通,只得认了账,把杨齐宣也招作了女婿,并让他做上了谏议大夫。

杨国忠见这两个人出来迎接自己,心里稍稍安稳了些,因为这两个人平时对他都挺友善客气。不过,他也感到奇怪,平时,就是左相陈希烈到李府,也只是门房通报,书吏接引,今天李林甫怎么让儿子女婿一齐出迎呢?

他随着李岫、杨齐宣进了府门。李岫和杨齐宣却引着他绕过客厅,来到李林甫的后房寝室。

其实,杨国忠一路上的担心忧虑都是多余的。他离京之后,李林甫一直在病床上发昏,就连随驾来华清宫,也是儿孙们把他裹在重茵复衾中用软舆运来的。

他从两年前开始患病,起初是右胁胀痛、面色发黄、气虚胸闷,接着胁痛加剧,小腹膨大,便溏尿赤,四肢疼痛,有气无力。他自知患了不治之症,但对别人从不说实情,实在不能上朝,他也只说偶感风寒,贱体稍感不适。他知道,上至太子、下至朝臣及累举不第的读书人都在骂自己,都在盼自己快死。如果把真实病情透露出去,人们便会蜂拥而上向他进攻,后果不堪设想。正因为如此,连他的老婆孩子都不知道他到底患了什么病症。就这样,他靠着欺瞒过了两年的日子,在朝臣眼中,他仍是威严权重的宰相;在家人的眼中,他仍是一家之主。虽然时常闹病,但并不影响他过问国事家事。他的威风还在。

可是,四十天前,他再也欺瞒不下去了。

剑南告急,请求身兼剑南节度使的杨国忠赴镇。他本以为这是天赐良机,打算在杨国忠离京后凑集罪名,扳倒杨国忠,所以极力主张让杨国忠去成都,还挣扎着写了一份表章,请皇上派杨国忠出京。

没想到,杨国忠受了吉温的点拨,戳穿了李林甫的用心。

杨国忠向皇上告别时,跪在地上不肯起来,再三叩头,泪如雨下,请求皇上饶他一死。

李隆基有些奇怪:"爱卿这是从何说起?出了什么事?"

杨国忠哭出声来,摘下帽子,又连连叩头,说道:"臣疏率没有心计,蒙陛下擢拔,常侍左右,为他人所忌。此次远离京师,恐为李右相所害。臣一想起韦坚、皇甫惟明等人的事,心里就无比惶恐……"他知道,近几年随着太子地位的巩固,皇上对韦坚、皇甫惟明一案有些失悔了,才敢这样说。

站在李隆基身边的杨贵妃看着杨国忠恐惧可怜的样子,也动了恻隐之心,随口向李隆基说道:"李右相可真厉害,竟使家兄怕成这个样子,别人就更可想而知了……"

李隆基近来对李林甫已不那么倚重了,王鉷和阿布思的事,使李林甫在他心目中的地位下降了。他见杨国忠为离京赴蜀这件小事就吓成这个样子,也感到李林甫太专横,杨国忠太可怜了。他对杨国忠说道:"爱卿平身,朕岂是昏庸之人?爱卿忠勤,朕岂不知?朕替你作主!"

"陛下圣明。只是……臣实惧一旦远离陛下,为奸人谗言所乘……"杨国忠还是不肯起身。

"有朕主张,爱卿何惧之有?爱卿只管放心前去,朕屈指待卿,还朝后即可入相!"

"谢陛下!"杨国忠这才叩头谢恩,立起身来。

杨国忠出发时,李隆基又命高力士到郊外为他饯行,还亲自作了一首诗为他送行。

这些事传到李林甫耳中,李林甫知道扳倒杨国忠已不可能了,气得大叫一声,昏死过去。从那时开始,李林甫一直躺在病床上,很少有清醒的时候。

今天午后,他忽然清醒过来了。望着纷纷来请安问病的妻妾儿女,他默默地流着泪。他知道自己已到了生命的尽头,也知道这钟鸣鼎食的宰相之家将要无可挽回地衰败了。

他自知积怨太多了,身后的事不堪设想。

听到杨国忠求见的通报,他犹豫了一下,吩咐李岫和杨齐宣亲自去迎接,又屏退了在场的其他人等。

杨国忠在李岫和杨齐宣的引导下走进李林甫的寝室,只见李林甫端坐在装金饰玉的檀香床上,帐帘高卷,衾枕整齐,李林甫虽然未戴帽子,但服饰严整,须发光洁,精神饱满。

杨国忠揖礼请安:"国忠问相公安!"

李林甫点了点头,又向李岫吩咐道:"看座!"

李岫请杨国忠坐在一个锦墩上,又命人献茶。

下人退出后,李林甫仍睥睨着杨国忠,不说话。

杨国忠望着李林甫,不知道说什么好。

突然,李林甫问了一句,声音并不高:"御史大人辱临,不单是来向老夫请安的吧?"他用凶狯狠鸷的两眼,捉住了杨国忠犹豫惶惧的目光。

"国忠出使剑南,回京后径造潭府请相公安……"在李林甫的威势下,杨国忠的语音变得低抑而含混。

李林甫轻轻一笑:"也是看看老夫还能活几天,看看老夫这些日子有无对御史大夫不利的举措?"

"下官……"杨国忠从锦墩上立起来,额头上冒出了汗珠,"不敢……"

李林甫一笑,示意杨国忠坐下,又慢条斯理地说道:"御史大人不必在老夫面前玩小智术,你的心计是瞒不过老夫的。"

杨国忠又按李林甫的手势身不由己地半坐到锦墩上,张着口,但说不出什么,只呆望着李林甫。

"御史大人起身微末,本相一向善遇于你,近来何必苦苦相逼?"李林甫的笑容还没有消失,语气也变得更加温和,像谈着与己无关的人和事。

"下官一向感激相公知遇之恩,从来不曾……"杨国忠又抬起了屁股。

李林甫没有作声,仍然笑眯眯的,但两道目光越来越锐利,越来越深不可测。

杨国忠感到李林甫的目光是在咄咄发问:"萧炅、宋浑,无实罪而被斥逐,是怎么回事?陈希烈、哥舒翰不约而同地弹劾老夫,是谁搞的鬼?是怎么回事?是谁搞的鬼?是谁?是谁?"

杨国忠突然想起少年时的一件事。在西市的一家店铺前,他把手伸

177

进了一个大汉的钱褡裢里,那大汉一转身,铁钳般的大手死死抓住了他的手腕,威严而无言地怒视着他,他不敢挣扎,也说不出话……

终于,杨国忠撑不住了,带着哭声嚷道:"那些事与我无关!不是我干的!"

"什么事啊?"李林甫轻轻冷笑一声,问道。

"萧炅……陈希烈的事……"杨国忠腿有些发抖,像是在供述。

李林甫像是没有听清,又问了句:"什么事?"

"萧炅、宋浑被斥逐……陈希烈、哥舒翰弹劾相公的事……"

"鼠辈!"李林甫不知道是在骂谁,脸上的笑容消失了。

杨国忠双膝一软,跪在李林甫榻前:"委实与我无关,相公明察,相公垂悯。"

在背后,杨国忠敢蹦高谩骂李林甫,敢做攻击李林甫的事,可一旦到了积威成势的李林甫面前,他的腰膝便情不自禁地瘫软了。李林甫仿佛成了他命运的主宰,他仿佛成了李林甫的奴仆和囚徒,坏主意和周旋应付的话,统统跑到九霄云外去了。李林甫专政十九年来,从来没有人敢像杨国忠这样和他作对,但也从来没有三品以上朝官跪倒在他的榻前。敢于作对和自觉下跪,竟是这么自然地集于杨国忠一身。

李林甫知道自己对杨国忠已无可奈何了。今天,他自作聪明地跑到我这里探信寻风,又被我的威势吓成这个样子,也算得上我的胜利了,他是第一个跪在我面前的三品官啊!要让他多跪一会儿!

"杨大人,这是怎么了? 快请起,老夫不敢当!"李林甫在床上做着手势,让杨国忠起来。

杨国忠挺起上身,望着李林甫,不知李林甫是真情还是假意,不知道应该起来还是应该继续跪下去。不过,他本能地感觉跪着不如站着,站着不如坐着,他正试探着要站起身,李林甫又说话了:"西洱河一战,阵亡六万,只轮不返,鲜于却因功加官,咳,纵然朝臣都成了'立仗马',老夫还未聋未哑……"

李林甫的话,像是悲天悯人的感叹,又像是自言自语的沉吟,声音不高,却如黄钟雷鸣,震得杨国忠头晕目眩,像一个筋疲力尽的俘虏,完全失去了抵抗的意志和勇气,刚直起的腰又弯了下去:"此事全赖相公……怜悯。"

正如发现安禄山心怀异志不肯说破一样,对于云南战败,杨国忠却为鲜于仲通谎报战功的事,李林甫当时也不肯说破。这是他的惯技,别人哪怕是干了捅破天的坏事,只要不涉及自己的利害,他便只是看在眼里,记在心上,作为控制对方的把柄。不过,这件事,他失算了。当他发觉杨国忠已与自己作对时,他还没来得及向皇上戳穿这件事,便被杨国忠的连续进攻打得手忙脚乱,招架不迭,没有反攻的机会。杨国忠出使剑南后,他却一病不起,直到今天才有机会把这件武器拿出来吓一吓杨国忠。

"满朝纷纷,百姓汹汹,万一传到圣上那里……"李林甫攥住了这根线,继续抖动着。

"国忠已知此事不妥了,望相公遮盖……"

"呃——"李林甫突然呕了一下,吐出了一口黄水,脸色也骤然变黄。杨国忠爬起来,抓起床头的一块方巾擦拭李林甫口角和襟前的秽物。

"国忠!"李林甫吃力地叫了一声,情绪和神色与刚才判若两人。

"国忠在!"杨国忠答道,又为他揉胸搓背。

"我不行了……"李林甫仰在衾枕上。

杨国忠盼望李林甫立刻死掉,但又怕他诈病装死试探自己,又慌忙跪到床前:"相公安心静养,清恙指日可愈……"

李林甫长叹道:"这些话都不消说了。我知道,天下人都在骂我,你也想我死。因为我死之后,你便可代我为相了……"

"下官不敢,不敢……"杨国忠吓得汗流满面。

李林甫用失神的眼睛望了一眼杨国忠,惨苦地笑了一下,说道:"杨大人何必过谦。本相少年早达,在相位……一十九年,有唐以来,算得上在相位……时间最长的了,死复何恨?只是身后之事要有累杨大人了……"

杨国忠像儿子跪听父亲的遗言,什么都来不及想,只是连连说道:

"国忠唯相公之命是听,国忠愿为相公效力……"

"我曾请人卜算过,卜者说……"李林甫又断断续续地说道,"我生前家身可保无事,但名位只与寿齐,身后便会家败名裂……这话是对的。我也只能保住生前,无力保住身后。我也知道……我死之后,你不会放过我……"

"相公放心,国忠对相公如有二心,异日死在刀剑之下,身首异处……"杨国忠吓得双唇都发抖了。

"我知道,你会把我焚尸扬灰……"李林甫根本不理杨国忠的赌咒,"人死如灯灭,听之任之了……但你可念我生前不曾坏你的份儿上,放我儿孙们一条生路……"

听李林甫的话越来越重,越说越直,杨国忠渐渐镇定下来了,但还不敢放肆,依然跪着不敢起来。

"我也愿向你进一保身良言。"李林甫又说,"你入相后,要保……天下太平无事,天下无事,则你……家身无忧;天下变乱,则你家身……必然不保。目下……可虑者,莫过于安禄山,此人心怀异志,我早有……觉察,其人只是惧……我之威,未敢恣肆……其志。你要好自为之!"

"相公金玉之言,国忠当铭心刻骨!"杨国忠准备爬起身了。

李林甫喘了几喘,高声叫道:"只谋生前,未卜身后,积怨甚多,政敌难尽,我何其愚也!"接着,又吐了一口黄水,昏了过去。

第二天,昭应城当朝右相李林甫的府门前,黑纱垂地,白布蒙门,来吊唁的朝官和太监络绎不绝。左仆射兼右相李林甫薨逝了,李隆基降旨辍朝三日,重殓李林甫。

听到李林甫的确实死讯,杨国忠在自己家中乐得手舞足蹈,大笑大叫:"此老一死,吾复何忧?"

李林甫死后的第四天,杨国忠被任命为右相,接过了李林甫的位子,并兼任文部尚书。

一个月后,李林甫的尸体内棺外椁,运回了长安平康坊的宅第中,停放在灵堂内。

杨国忠对李林甫并没有就此甘休,他要向已死去的李林甫进攻,发泄他对李林甫因畏惧而产生的仇恨,也借此在朝官中立自己的威风。

他派人到范阳游说安禄山,说李林甫早就断言安禄山要谋反,反对安禄山挂宰相的头衔。安禄山本来对李林甫畏之如虎,现在李林甫死了,他也和杨国忠一样,要发泄对李林甫因恐惧而产生的仇恨,便照杨国忠的意思,上表诬告李林甫曾勾结阿布思谋反。他还指使阿布思手下的一个降将赴京面圣,证实李林甫生前与阿布思父子相称,相约里应外合,共夺李唐天下。

李林甫的女婿杨齐宣见岳父已死,杨国忠炙手可热,便转而投靠杨国忠,迎合杨国忠的意思,出头证实说,李林甫生前确实与阿布思约为父子,阿布思的一个特使经常神秘地出入李府。阿布思率兵叛唐后,那个特使好像还到过李府。他说得活龙活现,说那个特使面呈赭色,中等身材,扮作珠宝商模样。

墙倒众人推。左相陈希烈启奏说,李林甫多次企图动摇太子的地位,就是为了当今皇上千秋万岁后篡夺帝位。

李隆基下诏让左右两相亲查此案。杨国忠和陈希烈究查的结果,情况完全属实,据杨国忠奏报说,从李府的库房里还搜出了阿布思私送给李林甫的用纯金打制的九爪龙,还有肯定是准备用来制作龙袍用的绣龙锦锻——其实,这些东西都是李隆基赏赐给李林甫的。为了显示皇家的富贵,他曾把天下各地进贡的物品在尚书省展览一番之后,当场命人把这些东西全都拉给了李林甫。李林甫家有贡品,自然不足怪了。

然而,现在这些违禁品却成了李林甫的罪证。

于是,生前屡次制造冤案的李林甫,这一次被别人铸成了冤案:私交叛将,图谋不轨。

李林甫的棺椁还没有下葬,李隆基降旨:削去李林甫全部爵位,剖开李林甫棺木,抠出李林甫嘴里含的玉珠,剥下李林甫身上的金紫衣饰,改用小棺木以普通百姓礼节安葬。李林甫的子孙全部罢官除名,流放到岭南和黔中,李林甫的亲信因此被贬官的有五十多人。

杨国忠出够了李林甫的气,在百官面前也更加趾高气扬了。

十七、大患养成　力士阴求事缓发

长安城,花柳繁华之地,温柔富贵之乡,对于安禄山来说,简直就是人间天堂,充满了诱惑力。每次来长安,他都恣情玩乐,不愿离去。可这一次,他却急于离开它。

天刚放亮,他就在府门前爬上马背。

他的这处宅第,坐落在亲仁坊的东南隅,是皇上李隆基于天宝六载(747)亲自下令从国库拨巨款修建的。当时,李隆基特别关照有关官员说,修建这处宅第要不惜金钱,务求奢靡华丽,安禄山眼孔大,不要让他笑话我皇上无钱。于是,这处宅第果然修建得极其宏伟富丽,亭榭楼阁,错落有致,高台曲池,掩映成趣,帏帐幔幕,充盈其中。天宝九载(750),安禄山进京献俘,李隆基降尊与他一起参观了这处新住宅,同时把赏赐给他的室内和床上用品源源从皇宫中搬来,其中有名贵的贴花白檀牙床两张,每张床长一丈,宽六尺;银屏帐一悬,方圆一丈七尺。此外,大到屏风,小到窗锁帐钩,乃至盛饭的金盆,淘米的银盆,用银丝编织的筐和笊篱等,应有尽有。从那时起,安禄山每次回京,都住在这座无比奢华的安乐窝中。

像阴雨中的毒蕈迅速膨胀一样,从开元二十四年(736)李隆基亲自赦免后,二十年来,安禄山由一个"白衣领兵"的人,变成了全国第一个封为异姓王的边将。他现在身兼的官职数都数不清,简单地说,则是范阳、河东、平卢三道节度使,御史大夫,左仆射,还有太平郡王和柳城郡开国公的爵位。单是这一次回京,他就捞到了许多相当可观的官爵和赏赐。

他是今年正月初二回到长安的,到今天,天宝十三载(754)三月一日,在京两个月,加官晋爵和接受赏赐是他主要的政务。

正月九日,李隆基为他加上左仆射的头衔,赐实封千户,并赐给他的两个儿子一个三品官,一个五品官,各赐奴婢十房,庄宅一所。

正月二十四日,他又被加上床厩、苑内、营田、五方、陇右群牧都使,度支、营田等使。

正月二十六日,他又兼知总监事。

二月二十三日,他又为部下请得将军五百人、中郎将两千人的"告身"——一种空白的委官文凭。

接受这些官爵和赏赐时,他从容地谢恩,笑眯眯地参加庆祝的宴会或举行宴会庆祝。可他心里,却恨不得一步跨出长安。

这两个月,他像在刀刃上过日子一样,心神不宁。

这次奉诏回京,他是冒着很大风险的。

他的部将刘骆谷、门客李超、儿子安庆宗等人,是他安排在长安的坐探,总是及时而准确地将朝廷的动静密报到范阳。两个月前,他刚跪接过皇上召他进京的诏书,坐探们的密报也到了他的手里,报告了这次召他进京的背景:杨国忠屡次在皇上面前说安禄山将要造反,并断言,如果现在下诏召他进京,他决不会奉诏前来。安禄山接到诏书和密报后,只经片刻犹豫,便上了路,昼夜兼程,仅用三天时间就跑了两千五百二十里的路程,赶到了长安。

他要用"奉诏即行"的行动堵住杨国忠的嘴,再一次赢得皇上的信任和好感,为自己争取更充足的时间。

回到长安后,虽然皇上对他还是那么亲昵宠信,可不少朝臣都对他投以警惕甚至仇恨的目光,使他如坐针毡。他害怕皇上万一听信了杨国忠等人的话,把他留在京师,或改任其他官职,那他就成了网中之鱼,经营了几年的造反计划便会落空,进而招致杀身之祸。

昨天,他授意范阳的部下制造的一份假情报递到了京城,谎称军情紧急,契丹又大举进犯,要他马上回镇。他以此为借口,向皇上请求回到范阳去。皇上当即表示同意。

然而，只有出了长安城，过了望春楼，他才能成为出笼的鸟，破网的鱼。因为，皇上正在城东望春楼等着他，为他送行。谁知道皇上会不会中途变卦，又不放他回范阳去了呢？

马蹄嗒嗒，安禄山带着随从，出了长安城的东大门春明门，向望春楼走来。他那肥胖的身躯随着坐马的行进，有规律地轻轻前后摆动着。

望春楼越来越近了，骑在马上的安禄山心里越来越紧张。决定他后半生命运的时刻就要到来了。顺利通过望春楼，他就能完全回到范阳，凭着他天下无可匹敌的军事实力，他可以为所欲为，可以随时杀向长安，从李隆基手里夺取帝位；如果皇上改变了主意，不放他走了，他就只好乖乖地再回到长安。皇上带着大臣，带着禁军，他手下这一百多人要冲过去是不可能的，只能继续伪装诚朴，施行骗术。

他现在的官位、权势、富贵，不都是骗来的吗？

他做上了平卢节度使后，为了立功求赏，不断故意挑衅，欺凌唐东北边境的契丹、奚等少数民族，挑起战争，却谎报军情，骗皇上说，奚、契丹不肯臣服，不断内犯。结果他与契丹、奚战事不断，他的"军功"越来越多，官越升越高，军事实力越来越大。

他在前线又多次欺骗契丹、奚，要对方来谈判讲和，请人家喝酒，酒却是用莨菪子泡过的，喝下就醉死。那些上当的人醉倒后，他就将人家活埋，并割下其中头目的脑袋，装在木匣里，献往长安，骗皇上说，他又打了大胜仗，这些酋长的脑袋，是他在阵前斩获的。

他暗中准备造反，在自己管辖的地方新修一座军城，称作"雄武军"，储备铠甲军械，却虚张声势骗皇上说，敌人声势浩大，修筑军城是为了抵御契丹，还请求皇上派邻镇的节度使出兵帮助自己修军城。

三年前的秋天，他率六万兵马进攻契丹，结果全军覆没，他本人在马鞍上都中了敌箭，帽子和鞋都跑丢了，仅和手下二十人骑马逃得性命。败绩实在瞒不住了，他却骗皇上说，这次大败，是突厥降将左贤王哥解和河东兵马使鱼孙仙不遵号令，恃勇轻进造成的。

在回京朝见皇上的时候，安禄山更是随时随地说假话，骗取皇上的信任。他瞧不起太子李亨,见了太子不下拜。皇上问他,他却说:"臣是胡人,不识天朝礼仪,不知道太子是什么官。"皇上和他开玩笑,问道:"你的肚子这么大,里面装的都是什么?"他马上答道:"里面别无他物,只有忠于陛下的红心而已!"并表示说,"贱臣本没有什么才能,却蒙陛下如此信用,真是肝脑涂地也不能报陛下圣恩于万一。近来见陛下春秋渐高,臣每晚都向上天焚香祈祷,要上天把臣的寿数转让给陛下,让臣身替陛下先死!"李隆基虽嫌他说得粗鄙,不好答言,但心里很是感激他的赤诚……

　　望春楼到了。李隆基见安禄山一行来到楼前,带着杨国忠、杨玉环等人迎了上来。

　　安禄山翻身下马,跪到李隆基面前,叩头道:"臣有何德何能,敢劳陛下枉驾送行!"

　　李隆基没有作声,只是躬身来拉安禄山起来。

　　安禄山见李隆基不说话,心里发慌,莫非皇上真的改变了主意,不放自己去范阳了吗?他只瞥了皇上一眼,却不肯马上起身,又就地叩了一个头,开始施用骗术,索性将事情说破:"臣蒙陛下破格擢用,累居节制之任,恩遇超过常人。加上臣本胡奴,为人粗俗鲁笨,只知在边庭为陛下效死力,不善与朝官交往,肯定惹人妒忌,说臣拥兵太重,心怀异志。如陛下心已疑臣,就请陛下赐臣死于此地,臣不敢东去范阳以增陛下忧疑……"

　　李隆基摇了摇头,又拉了一把,可安禄山肥重的身躯像一座小山一样,他哪里拉得起,只好口谕道:"爱卿平身!"

　　安禄山又叩了一个头,才口称"遵旨",可刚支起一条腿,却又忽地跪下去,声泪俱下地说:"臣对陛下的忠心,唯天日可表!望陛下体察臣心,不使臣枉死谗人之口。臣今生来世,都不敢忘陛下大恩!"

　　和安禄山的估计一样,昨天午后,安禄山要在今天返回范阳的消息传开后,杨国忠等人确曾纷纷入宫劝谏,要皇上把安禄山留在长安。李隆基虽然还不相信安禄山会谋反,但觉得杨国忠等人的劝谏也不无道理,心里也有几分犹豫了,想在今天送别时看看安禄山的言行再决定。

现在,安禄山说破了李隆基的心事,李隆基反倒有几分抱愧,像是自己做错了什么事一样。他对安禄山说道:"朕何尝疑卿?卿快平身吧!"

安禄山这才立起身来,说道:"若非有边警,臣也实在不愿离开陛下,离开长安。陛下能另觅一人代臣驱驰也好!"说着,又掉了几滴泪,做出对李隆基依恋不舍的样子。

安禄山成功的表演,使李隆基心中的一点点疑虑完全消散了,若不是看在杨玉环的面上,他几乎要回头当面责骂杨国忠:安禄山这样赤诚憨直,哪会有造反的心机呢?你近来和安禄山不和不要紧,可不应该随便说人家要谋反啊!

李隆基拉住安禄山的手,推心置腹地说:"爱卿休要烦恼,也休生懈惰之心。他人疑卿,奈朕不疑卿何?朕知卿忠义有素,必不负朕。东北二房,还要借卿虎威镇抚呢……"

安禄山拭泪说道:"臣虽鲁钝,也听人说过'君疑臣则臣死'的话,臣今奉诏回镇,心实不安,怕会因此有负陛下重托。"他要继续麻痹李隆基,彻底打消李隆基的疑虑。

"爱卿不必多虑。朕一向是用人不疑,疑人不用的。朕平治天下已四十余年,难道会不辨忠奸,不分良莠?"李隆基越说越动感情,"朕听说,古代帝王命将出师,必曰'阃之内,孤自主之;阃之外,将军主之'。朕今送卿,也与聊相约:东北边境的军旅之事,悉由卿自主;京城之内,再有言卿欲反者,朕将解送至爱卿军营前,凭卿裁处。卿只管放心前去,勿生后顾之忧。朕在京城候卿捷音!"说着,自己解下身上的薄棉绛纱袍披在安禄山身上,说道:"爱卿长途辛苦,边地寒冷,穿此纱袍,可少御风寒,且明朕对卿深信不疑!"

大吉之兆!皇上将龙袍让给了我,这不就是上天要把江山交给我的预兆吗?安禄山系上袍带,心里又惊又喜,又跪下叩头道:"臣蒙陛下如此厚恩,虽粉身碎骨也难酬报万一。东北二房,不足以烦圣虑,陛下自可安居九重。臣此去范阳,不出两个月,必有捷报!"

接着,安禄山又向杨玉环告别,跪拜道:"儿臣有军务在身,不能长侍膝下,望母妃善自保重!"

安禄山和杨玉环约为母子,杨玉环称安禄山作"禄儿",这已有几年的时间了。安禄山深知"枕边风"的重要,在竭力讨好李隆基的同时,对杨玉环也千方百计献媚。每当在对外战争中掠到什么珍奇好玩的东西,他都要派人献给杨玉环一份。每当进京朝见皇上的时候,如果杨玉环在场,他都先拜杨玉环,后拜李隆基,说这是胡人的礼节:"先母后父"。三年前,即天宝十载正月二十日,安禄山在京城过生日,杨玉环赏赐这个"胡儿"许多衣服、宝器、酒馔,三天后,又召他进宫,为他"洗三",让宫人像包小孩一样,用锦缎和彩绳把安禄山包裹捆绑起来,用彩舆抬起来取乐。从那以后,安禄山随便出入后宫,有时和杨玉环同席而坐,同桌而食。

从方才皇上与安禄山的对话中,杨玉环也听出了一些奥妙。她心里是赞同让安禄山返回范阳的,她也根本不相信安禄山回范阳后会谋反,又怕安禄山在京城时间长了,总到后宫胡闹,会使皇上怀疑她与安禄山的关系。见皇上就要打发安禄山上路了,她不由得长出了一口气。

她对跪拜在地的安禄山说道:"禄儿平身!圣上竭诚待儿,倚为干城,回镇后要好自为之,勿负圣恩!"她又从侍女手中接过一个托盘,递给安禄山:"这些黄金百两,聊为儿千里川资!"

"谢母妃。母妃教诲,禄儿当铭记肺腑!"安禄山从杨玉环手中接过托盘,转身递给随从,又瞥了杨玉环一眼,目光中闪出一股别人不易察觉的邪念。杨玉环哪里想得到,她惊人的美貌,已使自己成为对方猎取的对象!

告别了皇上和贵妃,今天这一关算是闯过去了,安禄山心里踏实了。他从容镇静地走到杨国忠面前,笑嘻嘻地打拱道:"右相大人,禄山奉旨回镇,不知大人有何见教?"

李隆基早就有旨,让安禄山与杨氏兄妹兄弟相称。可现在,安禄山不称杨国忠为兄,也不呼杨国忠的行第,而是称呼对方的官衔,就有一点嘲弄的味道。

对于杨国忠的前任李林甫,安禄山打心眼儿里敬畏。站在李林甫面前,他一句假话都不敢说。李林甫一眼就能看出他当时的心事,一句话就能挑明他心中的隐秘。他亲昵地称李林甫为"十郎",不断地把边战中掠到的东西馈送给李林甫。在边庭时,每当朝廷派使臣来到,他都要先问:"十郎有什么吩咐?"使臣若说"李相公赞许大夫的职事",他就乐得设宴跳舞,若是使臣说:"李相公捎话给大夫,要大夫诸事小心慎重些!"他就吓得手足无措,跌坐到座位上失声嚷道:"天哪,我怕是快要死了!"李林甫死后,朝臣中可就再没有他畏服的人了。这个杨国忠,他根本没放在眼里,刚才和皇上对话时所说的"谗人",就是指的杨国忠。

杨国忠眼见皇上不听自己的劝谏,就要放安禄山东去,知道自己与安禄山的这一回合败定了。虽然听出安禄山话中有阴阳怪气的语调,但因为皇上和贵妃娘娘在场,他也不敢发作,可又不甘示弱,便弦外有音地答道:"大夫身荷圣眷,此番东归,定能有所作为喽!"

"竭忠尽力以报圣上,乃禄山职份之宜。禄山此番回京,蒙右相大人垂怜关照,不敢忘报!"杨国忠听得出,安禄山这几句话的意思是:该做的事我安禄山自然会去做。这次召我回京,都是你搞的鬼,我早晚要和你算账!他想再对付两句,安禄山却突然一转身,对随驾百官长揖拜别道:"禄山蒙列位大人相送,这里谢过了!"便奔向自己的坐骑。

李隆基根本没听安禄山与杨国忠的唇枪舌剑,他已踱到安禄山的坐骑前,欣赏着那匹高头大马和马背上别致的鞍鞯。

细心的人早已发现,安禄山的马鞍前边,还有一个镶金饰玉的凸起木槽,像个小马鞍子。原来,这些年来安禄山官升得快,体重也增加得快,现在足有三百五十斤,拖着一个巨大的腹囊。升阶下殿要有人搀扶,骑马也要有倚托。前些年,范阳通往京城的驿路上,驿站官员为安禄山的坐骑伤透了脑筋。一般的马匹受不了安禄山的体重,走不上一站路就累倒了。他们只好特购良马,分槽饲养,专供他一人骑用。买马时要用盛土的布袋子做试验,若能驮五石土的重量,才用高价买下。后来,安禄山的官做大了,往返京城与范阳间都自备健马随行,轮番骑用,驿站官员只在沿路为他修些上下马用的"换马台"就行了。其他行人称这些"换马台"作"大夫换马台"。不过,安禄山换马却不换马鞍,因为他的马鞍是特制的,马鞍前那个小鞍子,是用来承托他巨大下腹的。

安禄山来到坐马前,又一次拜别皇上。一个随从跑到马侧,俯身跪到地上,两手撑地,用脊背为安禄山作上马石。安禄山披着皇上赐予的绛纱袍,踏着那个随员的脊背,上了坐马,出发了。

在一里路之外的长乐驿,是东出长安的第一个驿站。高力士率领太监带着酒食,正等在驿亭上。

他领了皇上的旨意,到这里为安禄山饯行。他站在驿亭里,一会儿引颈望望东去的大路,一会儿又忧心忡忡地望着长安的方向。

满朝议论纷纷,都说安禄山可能造反,他也早就怀疑安禄山对朝廷的忠诚,可皇上就是不相信,仍然同意安禄山今天返回范阳。他知道,放虎归山,后患无穷,可毫无办法。皇上对他、对杨国忠,可以什么话都听,唯独这件事,说什么也不相信。

昨晚恰好是他当值,他准备在皇上进寝宫前再做一次探谏。李隆基却似乎早已猜到了他的心事,先开口问道:"大概你也要朕不放禄山东归吧?"

"老奴早就想向陛下进言,边将拥兵太盛,不是好事。国忠他们的担心,不是没有理由的,望陛下三思!"他本想兜个圈子再引入这个话题,没想到皇上先开了口,只得直截了当表示自己的意见。

李隆基摇了摇头,轻松而自信地说:"他们有什么理由?不过是胡乱猜度而已。国忠还说这次召禄山进京,禄山必不肯来呢,可禄山不还是来了吗?他若有二心,能奉诏即行吗?你有所不知,禄山与国忠近来不睦。国忠之言,不能全听!"

高力士心里暗暗叫苦。事情就坏在杨国忠身上!杨国忠虽然很会讨皇上的欢心,但在皇上心目中并没有多少威信。由杨国忠出头三番五次地说安禄山可能造反,反而把事情弄糟了。这就像平时总喜欢撒谎吹牛的人一样,即使偶尔发现了一个惊人的真实事情,可由他嘴里惊呼出来反倒没有人相信了。何况皇上已经觉察出杨国忠近来与安禄山不睦呢?杨国忠这个人,一切都以自身利害为转移,以前李林甫在世时,他为了与李林甫作对,拼命拉拢安禄山做外援,说安禄山的好话,现在见安禄山对他远没有当年对李林甫那么敬畏,就又反过来拼命说安禄山坏话,这怎么能叫皇上相信呢?

"老奴听说,安禄山在范阳北新修了雄武城,多积军械粮草。契丹与奚,并非我国劲敌,禄山三道之兵足可制之,却如此张大其势,陛下不可不垂虑。现在,精兵劲旅都在边境,中原武备空虚,万一变起仓猝,陛下何以制之?老奴与外臣,可是无亲无疏,只是为陛下竭尽愚忠……"高力士只得抛开杨国忠,从自己的角度来谈。

"你太多虑了。你是朕家的老奴,连朕的心事还不知道。修城备战,是将军职分内的事,何足为怪?至于说边兵太重,朕岂不知?朕登基以来,塞外蕃胡也都日渐强盛,边兵不重,怎么能抑其内犯?朕在缘边之地设节度使,正是为了保中原的安宁。外重内轻的兵力部署,是华夏与蕃胡间的形势造成的,因为舍此实无御敌于边境之外的良策。千秋万岁之后,有识之士也会体谅朕的苦衷。"李隆基讲出了十三年前设节度使时就想过的大道理。当然,有一点没有讲透:保中原的安宁,也就可以使他自己放心享乐。

高力士觉得皇上讲的这番话确有其道理。边兵不重,何以制胡?如果不设节度使,把兵力集中在中原,那就必然像武则天时一样,连年命将出师,总是顾此失彼,无法有效地镇抚境外蕃胡。可他又总觉得,皇上的这些大道理,有些管不住眼前的小道理。眼前,朝廷议论纷纷,说安禄山要造反哪!

他又说道:"陛下圣明,虑事深远,老奴岂敢置喙?不过,朝臣中可不止国忠一人说禄山有异志啊。老奴愚见,陛下还应有所防范驾驭才好。"

见大道理说服了高力士,李隆基很得意,也更加自信了:"朕平治天下四十余年,难道还不知道驭下之道?目下,拥有重兵的也不止禄山一人,安西的高仙芝,陇右的哥舒翰,都是当今名将,自可互相牵制,谁敢首先发难?何况,这些人都起自行伍,朕一向以恩义结其心,特别是安禄山,宠遇非常,怎能生二心?即使边帅中真有人谋逆,也决不会是禄山。那些攻讦安禄山的人,不过是妒其恩宠和富贵而已!"

高力士无言可答。看来不管自己怎样费唇舌,也改变不了皇上的主意了,因为自己也和别人一样,对安禄山仅仅是怀疑,也拿不出什么真凭实据。把那件事抖出来?不行,宣扬出去,有碍于贵妃的名声和皇家的体面,何况事情已过去好长时间了,说了皇上也不一定会相信,说不定震怒之下给自己加个什么罪名……

想到这里,高力士无可奈何地叹了一口气。

李隆基见高力士沉默不语了,朝高力士走近两步,低声说了几句心里话。这样的话,他对贵妃,对皇太子都没有说过:"朕知你一向忠勤,可你还不知道朕的心事。朕早就想过,古来帝业,也和世间其他事情一样,难免满损盈亏之道。合久必分,治久必乱,恐怕也是天道,非人谋所能胜的。只要朕有生之年不见变乱,也就可以了。身后之事,让后人去费心力吧!朕今已七十高龄,近来腰背时常酸痛,精力大不如从前。你若忠心于朕,可替朕只谋生前,休虑身后……"

高力士闻言,大吃一惊。他虽然发现皇上的气性远不如从前了,可没想到,皇上早就打定主意,只图生前快活,不顾身后国家安危了。皇上现在说出这些话,说明他心里对国事早已有了不祥的预感,只是不愿再费心力去治国安邦了,只求自己生前看不到忧患发作就满足了。唉,人太容易变了,皇上年轻时,是何等雄心勃勃、英武有为啊,当时谁能料到,他晚年竟变得苟图目前,不卜身后了呢?皇上尚且如此,作为皇上的附庸,自己还有什么可说的呢?还能做什么呢?

他只能帮助皇上把祸患推迟,推迟到皇上的身后。

于是,他请求今天来长乐驿为安禄山饯行。

旌旗舞风,马蹄扬尘,安禄山一行人来到了长乐驿。

见高力士率人站在驿亭前,安禄山只得收缰下马,深拱长揖:"高公公辛苦!"

看到安禄山脸上那得意和喜悦的表情,高力士更加相信自己的判断:安禄山这一次是怀着逃出樊笼的心情离开长安的,这一次回范阳,必反无疑!眼见龙回大海,虎归深山,一种自责和愧悔也忽地袭上高力士的心头:把这个就要大乱李唐天下的恶虎喂养大,罪责固然主要在李林甫,在皇上本人,但自己不也曾为之添过食料吗?从前,当安禄山的密使悄悄地把战利品送到自己家里的时候,自己不也曾悄悄地在皇上耳边替安禄山隐恶扬善吗?

高力士想到这些,不由暗自苦笑。他略一拱手还礼,说道:"奉圣上圣旨,为大夫饯行!"说着,从身后太监的托盘里拿过一樽酒,躬身浇酒到路上,口中念道:"此去山高水长,谨祈大夫一路顺风,吉祥如意!"这个礼数,叫作"祖饯",就是祭奠"路神",保佑远行者一路平安。

接着,一个太监又把两杯酒托到二人面前。

安禄山略一犹疑,又用狡狯的目光瞥了高力士一眼,伸手取过高力士面前的那一个杯子。

高力士暗骂:好个奸刁的胡儿,连对老夫也有戒心了。不过,他心里明白,安禄山的举止虽然有些失礼,但还算客气,没有拿出臂上的那块金牌。三年前安禄山返京时,唯恐别人用毒酒谋害自己,便向皇上讨了一块金牌,上镌"戒酒"二字。每当遇到他心有疑虑,不想饮酒的场合,他便甩出那块金牌说:"遵圣旨戒酒!"就谁也拿他没有办法了。

高力士抑制住心中的不满,拿起托盘上剩下的另一杯酒,与安禄山相对一饮而尽。

安禄山放下酒杯,忽然哈哈大笑,笑得那么开心,又那么放肆。

"大夫何故发笑?"高力士被笑得惊心,问道。

"我笑有人谋算安某,却枉费了心机!"安禄山答道。

高力士知道安禄山指的是杨国忠,而不是在说自己,便说道:"大夫受圣上如此恩宠,何人敢谋算大夫?大夫休要多心!不知大夫肯容老夫步送一程否?"

"不敢。高公公请!"

"大夫请!"

于是二人并肩前行,随从们都远远地跟在后面。

高力士做出别易会难的感叹语调,试探道:"此地一别,不知何日才能再与大夫相见。"

"少则一年半载,多则三年两年,禄山决然来京!"安禄山说得很果决,与高力士对视了一眼。

高力士明白,安禄山是在暗示发难的时间。

"老夫对大夫多有失礼之处,他日得罪于麾下,不知大夫肯见谅否?"高力士话中含有深意。

"高公公说哪里话!谁不知道高公公待人忠厚。禄山受赐良多,焉敢忘报!"

安禄山的话中也有话。高力士不但没少在皇上面前为安禄山说好话,并且为安禄山掩盖过一桩弥天大罪。

三年前,安禄山与杨玉环母子相称,常在后宫宴乐。一天晚上,李隆基溜到梅妃江采苹宫里去了,安禄山陪着杨玉环饮酒过量,他看着美貌丰腴的杨玉环,禁不住心旌摇荡,突然吵着要吃母乳,扑向杨玉环,一把撕下杨玉环的抹胸,抓伤了乳房。杨玉环吓得哭闹起来,安禄山的酒也吓醒了,满脸流汗,不知所措。多亏高力士赶到,为他消了灾。

高力士问明了情况,感到事情张扬出去,不但有碍皇家的体面,而且对自己也很不利:杨玉环是他向皇上推荐的,安禄山呢,自己头一天还在皇上面前誉美过,现在忽然出了这种事,闹出去显然对自己也不利,于是决定把事情压下去。

他先劝说杨玉环,说梅妃正与她争宠,这事张扬出去,对她大为不利,并为她出主意,做一个新颖的乳罩把伤痕盖起来,万一皇上发现了,就说是不小心让猧儿抓破的。反正皇上知道,杨玉环经常抱着康国进贡的白猧儿玩,有一次,皇上和一个弟弟下棋,眼看就要全盘皆输,杨玉环在一旁见了,故意把怀里的白猧驱到棋枰上,爬乱了棋局,救了皇上的驾。

安抚住了杨玉环,高力士又恶狠狠地吩咐在场的几个侍女,不准把这事说出去。连太子公主都怕高力士,何况这几个侍女,她们见高力士发话,自然都唯唯遵命。接着又命安禄山跪在杨玉环面前请罪,自己打自己嘴巴,杨玉环终于破涕为笑。从那时起,安禄山既怕高力士,又感激高力士。

现在,高力士听得出,安禄山是在说:即使将来起事成功,占了长安,也不会难为他高力士。但高力士不满足于此。他看着安禄山的御赐纱袍,问道:"大夫自问,圣上对大夫如何?"

安禄山吟沉了一下,答道:"当今圣上对禄山实是礼遇殊厚,推食解衣,宠信非常。"

"这就是了。老夫有一言,望大夫静听!"高力士说着停住了脚。

安禄山见高力士如此郑重其事,也不由得停住了脚,望着高力士。

高力士说道:"圣上对大夫的恩遇,实是旷古罕有。大夫如稍有人心,即使怀鱼龙变化之志,亦应待今上宫车晏驾之后再举事!望大夫好自为之!"说完,匆匆一揖,也不等安禄山再发言,转身就走到坐马前,翻身上马,率随身太监奔回长安去了。

望着高力士的背影,安禄山痴立了好一会儿。他暗自吃惊,也暗骂自己:太蠢了！起事的时机还不成熟,就让外人看出来了！不但朝臣议论纷纷,连这个久居深宫的老太监头目都洞悉了我的心态,我岂不和驴子一样愚蠢无用吗？——不,当今皇上比我还蠢,他周围的人都知道我准备起事,可唯有他对我还深信不疑,今天还给我来了个"黄袍加身"！

他唯恐再有变故,也飞身上马,率领随员沿大路疾驰东下,到了河南淇门,又下了黄河,乘船顺流东下,日行三四百里,风驰电掣般返回他的老巢范阳去了。

第四卷　乙未惊变

十八、火上浇油　国忠激反安禄山

　　骊山高处入青云,仙乐风飘处处闻。骊山脚下的华清宫,一片歌舞升平的景象。

　　年年岁岁山相似,岁岁年年池不同。华清宫里的汤池,越修越讲究,越修越漂亮。

　　李隆基洗浴用的汤池名叫九龙殿,又称莲花汤,最为华丽。池周是用带花纹的玉石修砌的,池中立着白玉石雕镂的莲花。九龙殿的西面是"太子汤",太子汤的西面是"宜春汤",顾名思义,分别是太子和嫔妃洗浴的地方。宜春汤的西面,又有"长汤"十六所,都是皇上率嫔妃宫女游泳和泛舟的大池子。

　　杨玉环的汤池别有洞天,殿宇修在一个长汤的里面,像是一个水榭,有一个回廊与外面相通。顺着回廊进去,就可看清这是一个环形的建筑,里外两层窗子,汤池就修在这环形建筑的中央。杨玉环每次洗汤,都是侍女事先将汤池的窗子关好,再从外面拉上厚厚的窗帘。杨玉环来到后,先到更衣室里由侍女帮着脱下衣服,再由一个侍女扶着,打开通向汤池的门,沿台阶下到汤池里。其余的侍女们则都沿着回廊和汤池的窗子侍立守候着。

　　今天,天宝十四载(755)十一月十五日,杨玉环刚刚入浴,李隆基就一个人悄悄顺着回廊溜了进来。侍女们见皇上驾到,纷纷施礼,他却挥手示意免礼;侍女们要通报杨玉环,他又摇头摆手止住了她们。

　　他绕着贵妃的汤池逐个窗子掀动窗帘,终于发现一孔窗子没有关严,中间留着一道指头宽的缝隙。他用手撩着窗帘,顺着窗缝向里面窥望。

不知是受了什么人的指点,还是杨玉环独出心裁,她总是有意让李隆基对自己的身体保持一种神秘感。共寝前,她总是带笑吹灭灯烛才解衣上床,起床前,她一发现李隆基要为她全部掀掉被子,就马上边招呼侍女边穿上内衣。也许正因为如此,她入宫已经十多年,现年已三十七岁,可李隆基对她一直宠爱不衰。

李隆基总是看不够这位妃子。她的头发浓密,乌黑闪亮;她的脸,白里透红,像一朵芙蓉花;她的五官,摆得那么匀称,柳叶眉又弯又长,眼睛黑白分明而有神采,双唇红润,牙齿整齐洁白。一般人的鼻子是最没有特点的,可她的鼻子却也能给人媚秀而稚气的感觉。她身材适中,浑身肌肤细腻而丰腴,又如雪似玉般洁白……在他的眼里,她从头到脚无处不美,无处不媚,无处不销魂。她比王皇后机敏黠慧,比武惠妃娇憨任性,比江采苹丰腴柔嫩,她的身上,集中了他见过的女人们的全部可爱之处!

此刻,李隆基醉心地望着正在洗浴的爱妃。汤池里,一盏香灯把整个汤池照得通明,而蒸腾的水汽,又如一袭讨厌的轻绡,把一切笼罩在似真非真、似梦非梦的境界中。杨玉环坐在齐胸深的水里,从容地撩动池水,轻轻地洗浴。丰满的肩膀,浑圆的乳房,雪白的长腿,都裸露给了正在偷窥的李隆基。

杨玉环的侍女平时本来就不太怕皇上,又见皇上此刻情绪颇佳,便都过来打趣。张云容先走了过来,故意板起脸,从皇上手里夺过窗帘的一角,用手按下。李隆基不敢作声,也不敢给脸色看,急得无法,随手摘下身上佩带的玉珮塞到张云容手里,赔着笑脸,推她走开。他想再撩起那个窗帘,其他几名侍女又都陆续来干涉,于是,他索性把身上佩带的玉珮都扯了下来,塞给了她们,才算天下太平。

他忽然来了诗兴,想以贵妃洗汤为题赋诗一首,到晚上在床头献给她。

"清波香雾芙蓉开,君王带笑窥浴来……"他刚想出了这两句,又觉得太直白,正想换一个委婉含蓄的说法,忽然听到回廊的入口处传来说话声,刚要转身去问,高力士一头撞了进来,嚷道:"陛下,安禄山起兵造反了!"

李隆基的诗兴被破坏了,他的脸马上阴沉下来,边向外走边喝骂道:"胡说!你也来胡说了!"

高力士跟在后面,气喘吁吁地说道:"奴才不敢胡说!奴才在宫门同时接到两份急章,安禄山引兵南下,已近博陵,叛军前锋已到太原,活捉了北京(今山西省太原市)副留守……"

"谣传!都是妒忌禄山的人搞的鬼!"李隆基哪里肯信。

"陛下,这一次可是真的呀!"高力士急得要哭。

这一次确实是真的。安禄山确实起兵造反了。

事情发生在四天前,发生在蓟城城南。

清晨,远处连绵起伏的燕山山脉,隐现在薄云淡雾里。

北风吹来,枯枝疏林发出筝鸣般的音响,地上的败草残叶随风瑟索滚动,飞蓬忽高忽低、忽快忽慢盲目地顺风飘向远方。

蓟城南郊的旷野上,车辚辚,马萧萧,旗猎猎,刀枪如林,人马如蚁。

十五万大兵在这里集中、列队,等候主帅的检阅,等候主帅的命令。

不到一个时辰,这十五万兵将就全都按部就班、鸦雀无声地面对将台站好。谙习兵事的人一看就知道,这是一支久经沙场、训练有素的劲旅。

这是大唐历史上难忘的一天。

大唐从天宝年间开始日渐加深的各种危机一古脑爆发了。

这一天,把大唐推进了无法摆脱的内外矛盾的漩涡中。

这一天,结束了中国历史上有名的"盛唐"历史。大唐国运从此一蹶不振。

这一天是天宝十四载(755)十一月十日,公元755年12月27日。

昨天,安禄山就把兵发长安的命令传给了亲信大将,今天,他要在这里阅兵,誓众,正式出师,杀向长安,去夺取李唐的天下。

为了夺取李唐的天下，夺取中原无边的繁华富贵，夺取美貌无双、早已使他智昏神迷的杨玉环，他悄悄准备十年了。

他伪装忠诚，不断地从头脑昏昏的李隆基手里攫来更大的实权，终于成了手握三道精兵的节度使。

他悄悄物色帮凶，并挑选了八千名少数民族壮士，称作"曳落河"，给予特殊的待遇，作为自己的敢死队，同时不断从皇上那里为自己的部将讨封赏，借以收买人心。

他近年多次对契丹、奚主动作战，有意识地把他们作为实战演习的对象，并派人偷偷绘制了范阳到长安的军用地图。

他准备了大量粮草和兵器，还私造了数以万计的绯袍、鱼袋。

一切似乎都准备好了，可时机似乎总不成熟。

他一直在等待着。

眼看朝政一天天衰败，说不定哪一天发生内乱内讧，到那时再起兵收渔人之利，岂不十拿九稳？

安禄山心念道，眼看着皇上年纪一天天大了，说不定哪一天驾返天庭，到那时朝廷即使不发生内乱，我也可随便为自己起兵找个借口，比如说先皇是被某人谋害致死的，我是起兵为先皇讨逆，那岂不名正言顺？

眼看着大唐有威望的宿将一个个都完蛋了，六年前，王忠嗣死在了汉阳太守任上。去年，名噪一时的哥舒翰又患了偏瘫，再拖一拖，也许高仙芝、封常清仕途出了什么事，也许哥舒翰会一命归阴，那时我再起兵，朝廷连个能与我对阵的有经验的统帅都找不到，那岂不省事得多？

更主要的，皇上对我的宠信和恩赏实在太过分了，起兵反对皇上，我真有点羞惭。我本想听从高力士去年饯行时的劝告，等皇上宫车晏驾再起事。

可是，现在我等不下去了。杨国忠逼我提前拔出了指向长安的战刀。

部队刚列队站好，安禄山便金盔金甲骑着高头大马从蓟城驰来。他的左边是孔目官严庄，右边是掌书记高尚，身后是长子安庆绪，心腹将领阿史那承庆、孙孝哲、史思明、安守忠、李归仁、尹子奇、田乾真、崔乾祐、田承嗣、何千年、高邈一干人等。

他们来到队列前,开始按辔徐行,从东向西检阅部队。

部队队列整齐,盔甲鲜明,旌旗飘飘,刀枪闪闪。

阅兵完毕,安禄山在将台边下了马,健步登上了将台,那动作,比在皇上面前跳胡旋舞还利落。

各队将校自动出列,跑到将台前列队。

将台是昨晚搭成的,台前立着大纛,台上五色旗迎风招展:东面是青旗,南面是红旗,西面是白旗,北面是黑旗,中央是黄色"安"字大旗。

安禄山的双眼瞪得溜圆,大声宣布道:"日前奏事官胡逸从京师回燕,带来皇上密旨,遣禄山率随身兵马入朝,诛灭那人。尔等将士,宜各遵旨,随本帅共勤圣上!"

台下的将校,有的互相交换着吃惊的眼神,有的则微微冷笑,显出今天的事早料到的样子。他们都明白,这不是什么奉旨去讨贼,而是去造反;他们也都明白,主帅所说的"那人",指的就是当朝宰相杨国忠。前天晚上吃大犒赏时,不是有人纷纷传言,说当今皇上被杨国忠劫持了吗?看来那是主帅的安排!不过,反就反,反上两京,看看凤阁龙楼是什么样子!听说两京遍地是金银玉帛,何不去抢一些?听说两京的女人特别娇丽,何不去夺几个?

台下的将校想入非非,谁也没有细听高尚宣读那慷慨激昂的檄文。造反就造反,造反就得靠将士,靠刀枪,杀人放火!至于那出师檄文,不过是用来骗人的,无非是说出兵有理,自己是仁义之师,要各地百姓安居乐业等老一套!

严庄出场了,台下将校不由得都显出肃立恭听的样子。这家伙平时做孔目官,兼管军中执法,可大意不得!

果然,严庄铁青着脸宣布了新的杀令:

异议惑众,率众叛逃者,杀三族!
妄言休咎祸福,谋不利主帅者,杀三族!
征途逃匿,临阵后退,临战反顾者,杀!

有令不行,有禁不止,约而后期者,杀!

泄露军情,出首军机,通敌求荣者,杀!

严庄宣布完毕,将校各散归本队,下达命令。

将台前,杀三牲祭旗。

各大将下了将台,持令旗调动军马。

安禄山下了将台,乘上铁皮军车。

鼓声动地,杀声震天,旌旗飘飘,烟尘滚滚,十五万人马如同洪水猛兽,漫山遍野向西南汹涌而来。

东北各地的急章、谍报,像雪片一样飞到华清宫。

李隆基终于相信安禄山造反了,慌忙召集宰相们进宫商议对策。

满朝大臣面对塌天大祸,个个忧形于色,独有杨国忠得意洋洋。

他的消息比皇上还灵通。早饭后,他知道安禄山确已起兵西下,反倒沉住了气,乐颠颠地跑到虢国夫人家里。

虢国夫人一见到他,乐得眉开眼笑,骂道:"滑头死鬼,今天怎么这么早就跑来了?"

"嘻嘻,今天高兴,来陪夫人消遣消遣!"杨国忠满面带笑。

"什么事把你乐成这个样?"虢国夫人漫不经心地问,"昨晚又赌赢了?"

"夫人猜得真准!"杨国忠撒了谎,又问道:"夫人如有兴致,我们再赌一场如何?"

"赌场上可不许再捣鬼!"虢国夫人说完,回头吩咐侍女:"拿双陆来!"

双陆,又称谱双,是两个人玩儿的赌具,由木盘、"马"、骰子三件东西组成。木盘是长方形的,两边各画十二个格子,称作"梁",就是桥的意思。"马"是棋子,长三寸,上细下粗,形如棒槌,黑白各六枚。双方摆好阵势后,掷骰子决定哪一方的"马"跳几个"梁",先将自己的"马"全部跳到对方阵地底格的算赢,称作"出马"。另一方落后几"梁"就算输了几"筹",按事先讲定的筹码大小算账付钱。

杨国忠今天的手气好极了,一个时辰就连赢了三盘。虢国夫人连叫晦气,又喊侍女:"去把韩姐、秦妹请来,今天非让他输得拿朝靴做抵押不可!准备'白瞪眼'!"

杨国忠哈哈大笑:"算了算了,夫人找谁来也得输。今天下官是人逢喜事精神爽,锐不可当。夫人还是吃点暗亏算了!"说着,淫亵地眨眨眼。

"滚一边去!我今天非赢不可,咱俩先'白瞪眼'!掷双陆你净搞鬼!"虢国夫人不依不挠。

"好好好,'白瞪眼'就'白瞪眼'!"杨国忠投降。

他们说的"白瞪眼"就是樗蒲,是最低等最简单的赌具,共五个子,每子分为黑白两面,一面涂黑色,画牛犊;另一面涂白色,画野鸡。将五个子一把掷出,五个子全都黑面朝上,称作"卢",得头彩,白面朝上的越多,输钱越多,所以这种赌博叫"呼卢喝雉"。因为输赢来得快,一掷就见分晓,所以俗称"白瞪眼",意思是一瞪眼就是一个输赢。

这回虢国夫人的手气不错,头一下子就掷了四个"犊",连嚷着叫杨国忠掷。

杨国忠抓起樗蒲,刚要撒手掷下去,忽听房门口侍女禀报:"中使奉旨……"

虢国夫人一回头:"宣我进宫?"

"来宣杨相公进宫。"侍女答道。

杨国忠得意地一声冷笑,把赢的钱往案桌上一推:"赏给丫头们买脂粉了!"说完,甩甩袍袖,迈着四平八稳的步子向门外走去。

在门外立候的边令诚嘻笑着施礼道:"相爷好快活!"

"圣上何事相召?"杨国忠明知故问。

边令诚声音放低了,神秘地说道:"奉旨立宣相爷进宫,听说安禄山反了……"

杨国忠又一甩袍袖:"些许小事,早在本相意料之中,何必慌急?尚容本相更衣!"

在京城,"五杨"的府第相连,在这华清宫外,"五杨"的住处也紧挨着。

杨国忠趸回自己的临时府第,一面命侍女服侍自己穿上朝服,一面盼咐夫人裴氏:"叫下人们收拾行装车马,准备回京!"

裴氏不解地望着他。这几年皇上都是在这里过冬的呀,今年才来一个月,怎么能就回去呢?

杨国忠故意卖关子:"看着我干什么?本相料事如神,不出三天,皇上肯定启驾回京!"

裴氏只得点点头。她本是成都的一个妓女,杨国忠当年在蜀从军时跟她常做露水夫妻。后来杨国忠做上新都尉时,不忘旧情,把她娶为夫人。这些年,杨国忠仕途扶摇直上,她在家里的地位却江河日下。只是因为她为杨国忠生过几个儿子,又受过皇上诰命封赏,所以杨国忠才没敢把她一脚踢开。不过,她实际上已成为仆妇的头目,学会了逆来顺受。杨国忠当着她的面把手伸进侍妾怀里取暖,她都得装作没看见,转身走开。现在,他郑重其事地盼咐正经事,怎能不遵命呢?

从虢国夫人府中出来,杨国忠足足磨蹭了一个时辰,才随边令诚来到长生殿楼下。

长生殿建在骊山脚下,九龙池的东北,是一个二层楼建筑,一楼中央是一个大厅,两侧并列着小房间。正门的两侧各有一个楼梯可通二楼,二楼实际上只是一圈里外两层的回廊,殿顶是鱼脊形建筑。

长生殿里,班序、礼仪都不那么讲究,此刻君臣聚在这里正议论纷纷。

杨国忠挺胸凸肚,镇定自若地走了进来,到李隆基面前施礼道:"臣奉旨入宫,参见陛下!"

李隆基迫不及待地说:"爱卿,安禄山真反了!"

"这是真的吗?不是谣传?"杨国忠故作惊讶,连连反问。

"确是真的。果不出爱卿所料!"

杨国忠心里甜美极了。一年多来,他盼望的就是皇上的这句话。为了能听到皇上的这句话,他费了不少心机啊!

杨国忠虽然身为宰相,可对谁谋反、谁不谋反这种事并不太关心。反正天下又不是他的,反正江河日下,天下迟早要大乱。可是,安禄山这鬼东西,原先对李林甫那么恭顺备至,可对我这个李林甫权位的继承人却是这么傲慢,背地里不送礼,见面不施礼,这口气我怎么咽得下?何况,他经李林甫临终前的点拨,也真的看出安禄山肯定要造反。

可是,不管他怎么叫喊"安禄山要造反",李隆基就是不听,就是不信。去年年初,还亲自出城送行,把本来成了网中之鱼的安禄山放回了范阳。

杨国忠的无赖劲儿又上来了:你皇上不是不相信安禄山会造反吗?我非让安禄山现在就反给你看看!只要能在皇上和群臣面前赢了口,证明我的先见之明,何惜明天兵满天下?何惜山河破碎,遍地烽烟?

他先是在安禄山的旧宅上打主意。

自从皇上为安禄山在亲仁坊修了那座豪华宅第后,安禄山原在道政坊的旧宅就成了安禄山远亲、门客的住所。

杨国忠背着皇上,授意京兆尹李岘托名缉捕盗贼,率兵包围了安禄山的旧宅,抓来了安禄山的门客李超、安岱等,秘密刑讯,逼他们招供安禄山谋反的证据。这几个人不肯招供,李岘又依杨国忠的主意,派人将他们偷偷杀了。

安禄山闻讯后,当然气得暴跳起来,但仍没有发兵造反,只是立即命自己的谋主严庄上表,请求皇上主持公道,并指出此事肯定是杨国忠在背后主谋,同时给杨国忠凑了二十条罪状,要皇上处置。李隆基见表后,认为又是将相不和,是一场没有是非的纠纷,便将京兆尹李岘外贬为太守了事,这样既安慰了安禄山,又保护了杨国忠。

杨国忠见这一招没有激反安禄山,又生一计:整吉温。

在宦海中,吉温信奉"有奶便是娘"。杨国忠和李林甫作对时,他见杨国忠有杨贵妃做后台,便帮杨国忠出谋划策,对付李林甫。李林甫死后,他见安禄山得势,手握重兵,便又向安禄山靠拢。这一下,他终于在茫茫人海中找到了真正情投意合的人。他和安禄山都是胆大心狠的人,一拍即合,很快就成了莫逆之交,拜上了把兄弟,并由安禄山出头,向皇上奏请让吉温做自己的副手。安禄山做河东节度使,吉温就是河东节度副使;去年安禄山进京,加内外闲厩都使时,又奏请让吉温兼任兵部侍郎、御史中丞、内外闲厩副使。这样,吉温就成了安禄山在朝廷的心腹。朝廷上的事,吉温随时派人向安禄山密报。

吉温背叛自己,投进安禄山的怀抱,令杨国忠愤愤然。他觉得搞掉吉温,可收到一箭双雕的效果:既砍掉了安禄山的一个臂膀,又可激反安禄山。于是,他对吉温下手了。

他先向李隆基奏称吉温不称职,并提醒李隆基说,此人就是当年皇上发誓不重用的那个"不良汉",因依附李林甫才爬上来的。李隆基隐约记起了这件事,便颁下一道圣旨,贬吉温为澧阳长史。接着,杨国忠又派人查出吉温贪赃和逼士人之女为妾的事,给吉温定了个"贪赃枉法,强抢民女"的罪名,再贬为县令,最后杖毙于狱中。李隆基不但没有看出杨国忠急于这样做是为了逼安禄山尽快造反的险恶用心,反而对群臣说:"朕早就发誓不重用吉温,是李林甫误朕。前几年刑罚太滥,都是吉温搞的。现在处死了吉温,你们可以放心睡觉了!"

与此同时,杨国忠又故意把左相韦见素的密奏散布出去。韦见素建议皇上把安禄山调进京做宰相,再派三个人分别出任范阳、河东、平卢节度使,以防安禄山造反。

现在,安禄山终于造反了,杨国忠的预言得到了证实,他得意极了。

杨国忠做出如掌上观文的样子,轻松从容地对李隆基奏道:"陛下,臣早已料定安禄山必反,今日果被臣不幸言中了。然此胡诚不足虑也!臣还敢断言:要造反的不过是安禄山本人,其余将士不过是被裹胁随从,不出数日,必然有人斩安禄山之头传之行在。陛下勿忧!"

李隆基半信半疑,勉强点了点头。

群臣面面相觑:安禄山号称二十万的精兵卷地而来,而中原近百年未见刀兵,内地几乎没有什么守备力量,不堪安禄山一击。杨国忠却说这种大话安慰皇上,怎么得了?

但谁也不敢多说话。等着瞧吧!

十九、浑水摸鱼　边令诚手毁二藩

宦官边令诚身穿三品紫袍,带着从人从长安奔向潼关。

他带着皇上的圣旨,要去杀死驻在那里的封常清和高仙芝。

封常清和高仙芝是对安禄山作战的两个前线总指挥。

马蹄声是有节奏的,可骑在马上的边令诚却有些心慌。此去潼关,生死攸关:要么顺利杀掉封常清和高仙芝,要么被他们杀掉。封常清忠直近乎迂腐,又是败军之将,已无兵权,还好对付;那高仙芝可比封常清难弄,万一他拥兵抗旨就麻烦了,自己肯定死在他的手里。

祸闯大了,欲退无路,今天是背水一战:不是高仙芝、封常清亡,就是我边令诚死!

李隆基虽然觉得杨国忠在长生殿下的大话挺宽心的,可回到京城以后,不但不见有人把安禄山的脑袋送到京城,反而情势一天比一天严重:安禄山所向披靡,很快以摧枯拉朽之势席卷了黄河以北的大片河山。许多州郡的守兵一听到城下安禄山军队的战鼓声,就魂飞魄散。原来,安禄山起兵前,特制了几面巨大的战鼓,鼓面是用鼍皮蒙成的,一敲起来,地动山摇,声闻几十里。从未经战的各地唐军一听到这大鼓声,便吓得自己大头朝下掉下城墙。

眼看着安禄山叛军迅速向西南进逼,李隆基觉得再坐等安禄山自己掉脑袋不是办法了,只得亲自布置了两道防线。

一道是命令安西节度使封常清急驰洛阳,打开东都的府库,招募了六万军队,砍断河阳桥,准备固守东都。

一道是派原安西镇节度使,现金吾大将军、开府仪同三司高仙芝带兵五万,屯在陕郡。陕郡东距东京洛阳三百三十里,西离西京长安四百九十里,在这里屯兵据守,既可算是洛阳的后援,又可算是为长安又立起一道屏障。

防线,设置得及时;将军,选择得恰当,李隆基放心了。他想,安禄山犯上作乱,本来是自取灭亡,现在又派出了两员身经百战的大将去对付叛军,还有什么可忧虑的呢?

可是,封常清到洛阳招募的新兵,都没打过仗,哪里是安禄山的对手?与安禄山的前锋作战七战七败,尽管封常清本人身先士卒,血染征袍,还是没守住东都。

李隆基多少年来一直是听喜不听忧,喜胜不喜败,这次听说封常清连安禄山的面都没见到就把洛阳丢了,又气又急,也不问青红皂白,下诏削去封常清全部官爵,不准进京奏议军情,直接到高仙芝部队中效力。

第一道防线土崩瓦解,紧接着,第二道防线又不战自破:封常清率残兵败将逃到陕郡,备述叛军如何凶猛难当,并向高仙芝献策说:陕郡粮少城低,无法固守,不如退守潼关,扼住叛军西进的必由之路。高仙芝一向器重封常清,加上军情如火,来不及向皇上请旨,便听信了封常清的主意,向西急退近二百里,扼守潼关。

潼关,古称桃林塞,又名冲关,是战国时秦国的东大门。关城建在山坡上,西靠华山,南连商岭,北临黄河,东接桃林,是西入关中必经的咽喉之地,因地势十分险要,自秦至唐,历来兵家势在必争。

如果皇上还没有糊涂透顶,如果高仙芝不和边令诚闹翻,尽管高仙芝的兵也都未经战阵,但凭潼关"一夫当关,万夫莫开"的地势,守住潼关、保住长安是完全可能的。可是,事情却恰好相反:皇上派心腹宦官边令诚来做"监军",而边令诚又恰恰干了安禄山想办又无法办到的事。

现在,边令诚就要到潼关替安禄山拔掉高仙芝和封常清这两颗钉子了。

边令诚自幼净身入宫,几十年来,靠着聪明机灵渐渐升为三品宦官,掌管宫门出入大权。原先,他只是乖巧地侍奉皇上,讨皇上的欢心,但还不大说假话;出使外地时,虽然有机会也捞点便宜,但还存有一点忠义。可是,时间长了,他渐渐变了,渐渐形成了自己的一套顽固的人生哲学。

他把人生,朝廷,官场,人心,统统看透了!

朝廷是非地,人间名利场!一朝天子一朝臣,胜者王侯败者贼!一个皇上登上宝座,另一个皇上就成了阶下囚,木中物,血中身!一批朝臣家破人亡之际,正是另一批朝臣洋洋得意之时;一批人失去了捞取权和钱的地位,另一批人却在他们原来的地位上捞得正起劲!

当今皇上的帝位,不就是从他父亲手里夺来的吗?李林甫挤倒了多少人,才夺占了相位?杨国忠不是上靠杨玉环,下靠自己吹牛撒谎攫取相位的吗?是非地中,名利场里,虽然手段各有奥妙,但都是在抢夺!有人靠心劲来夺,有人靠无耻来夺,有人靠刀兵明火执仗来夺!

既然都在夺,我边令诚为什么不夺呢?

出宫到高仙芝那里做"监军",做军队中的"太上皇",不正可以多捞一点吗?而且是去做高仙芝的监军,高仙芝不正理当给他多谋些好处吗?高仙芝和他是老搭档了,高仙芝的性命是他救的,高仙芝的官是靠他升的呀!

高仙芝是高丽族人,少年随父从军到安西,二十多岁就做了将军,但此后几年未被擢升。后来御史中丞、安西四镇节度使夫蒙灵詧见他仪容俊伟,勇敢善射,很是喜欢,多次提拔,使他在开元末年做上了安西副都护、四镇都知兵马使。天宝初年,唐在西部的附属小勃律投靠吐蕃,周围的二十多个小国也随之叛唐归附吐蕃,前后几任节度使前往征讨,都未能成功。到天宝六载(747),李隆基下诏亲点高仙芝为将,带兵万人远袭,并命边令诚做监军,随军征讨。

小勃律距长安九千多里,距吐蕃都城只有三千里,并和唐帝国中间隔着一块吐蕃的领地。这一仗十分艰苦。高仙芝率众从安西出发,行一百多天才到吐蕃边界的连云堡,经一场血战攻占了这座依山傍水的险要军城。这时,边令诚见离国已远,孤军深入实在危险,不愿再随军前进了。高仙芝看出了他的心事,拨给他三千老弱兵士据守连云堡,自己率兵西进,又转战一个多月,历尽艰险,终于攻破了小勃律,并砍断小勃律通往吐蕃的藤桥,堵住了吐蕃派来的援兵,把逃到山洞里的小勃律王和王后活捉,把小勃律及周围二十几个小国正式并入李唐版图。在凯旋途中,高仙芝命部将起草奏书,派人向皇上告捷。

高仙芝立了这样大功,又自己向皇上报捷,可气坏了主帅夫蒙灵詧,他不但不派人慰劳高仙芝,反而一见面就破口大骂:"吞狗粪的高丽奴!我问你,是谁替你奏得于阗使的?"

"是中丞大人!"高仙芝恭谨地答道。于阗使是他生平第一次接受的朝廷任命的职衔,是夫蒙灵詧替他向皇上奏请的。

"焉耆镇守使是靠谁做上的?"

"靠中丞大人!"

"安西副都护使是靠谁做上的?"

"中丞大人!"

"安西四镇都知兵马使是靠谁做上的?"

"中丞大人!"

夫蒙灵詧怒气冲天,问一句前逼一步。高仙芝惶恐地答一句后退一步。

"吞狗粪的高丽奴!"夫蒙灵詧又开骂了,"你本是无名下将,本帅抬举你,你身上哪一个官职不是我替你向朝廷奏请的?现在怎敢这样背主噬义,擅自向圣上报捷?"

"末将有罪!是末将当时乍成小功,喜不自胜,虑事不周。望中丞大人鉴谅!"高仙芝已退到节度使正衙的门口,无处再退了,只得跪下。

"哼!什么虑事不周,分明是忘恩负义,邀功市宠!本当斩首,姑且念你随军远征,暂时把你的狗头寄放在脖子上几天!"说完,他气不过,又踢了跪在地上的高仙芝一脚。

高仙芝历时半年,转战万里,风餐露宿,与士兵同食同寝,战马都换了两次蹄铁,人却半年不曾换衣,铠甲里都生了虱子,没想到竟落了个这样的结局。不但没有记功擢升,连一杯庆功酒都未喝上。从此,随众将参见主帅时,他心惊胆战,唯恐被夫蒙灵詧找岔子杀了头;平时见了随自己出征的将士也觉得脸上无光,对不起他们。几天工夫,他明显消瘦了。

边令诚实在看不下去了。他觉得高仙芝是怕他辛苦,怕他万一出危险,让他坐守城池,自己领兵远征,而且把从小勃律掠来的一对玉佛送给了他。他替高仙芝说话了,密章向皇上启奏:仙芝转战万里,垂饵虎口,平灭小勃律,立不世之功,却无滴酒之赏,寸功之录,忧惧失形,不日将死。

这封奏章果然见效。不久,皇上下旨,召夫蒙灵䇿入朝述职,高仙芝加为鸿胪卿、御史中丞、安西四镇节度使——完全取代了灵䇿的权位。

从此,边令诚和高仙芝成了好朋友,高仙芝每次出征,如掠到什么珍奇玩好,都少不了要送边令诚一份,边令诚也都心安理得地接受。边令诚还时常主动请求做高仙芝的监军,随高仙芝出征。高仙芝在战场上冲锋冒镝,他留在中军帐里饮美酒,观歌舞,正可谓各行其事,各得其所。

没想到,这次东征,两人却越闹越别扭,终致反目。

从长安出发时,边令诚带了自己的一个堂侄边国藩随军出征。这位边国藩天生不是国家屏藩的材料。平时仗着边令诚的权势,到处斗鸡走狗、寻花问柳,今年春天险些被人打死在慈恩寺里。

这座慈恩寺,是唐高宗李治做皇太子时为纪念他的母亲长孙皇后的"慈母之恩"而请旨修建的,所以寺名叫"慈恩"。慈恩寺地在长安东南的晋昌坊,与长安最著名的大公园"芙蓉园"仅有一坊之隔,寺里有十三个院落,一千九百多间房屋,僧侣三百多人。李治做了皇帝之后,又批准了从印度取经回来的玄奘的请求,在寺内建了一座五层宝塔来存储佛经,称作大雁塔。到武则天时,这塔又扒倒重建,由五层增到十层,由实心改为空心,使人可登塔顶远眺。到李隆基开元年间,这座塔又改建成七层,仍可攀登。每到春季,到芙蓉园里游春的人也常顺路到这寺内游玩。所以,芙蓉园里人山人海,这里也游人如织。

那天,边国藩从大雁塔下来,正遇到一个美貌的小姐带着个丫环吃吃笑着向塔顶攀登,边国藩自然不能放过这样的机会,回身又跟了上去,虽然没捞到什么便宜,也算开了一回心。没想到当他出寺门往家走的时候,路遇两个会拳脚的年轻人,掀翻了他的随从后,把他打折了腿。他在家里调养了半年才算复原。父母怕他再出去惹祸伤身,就央边令诚把他带去从军。

到了陕郡之后,边令诚把高仙芝叫进自己的帐中,让边国藩拜见,并要高仙芝在军中给边国藩弄个将军干干。他说得很轻松,以为是开口就能成的事,在他看来,高仙芝身为统帅,大权在握,时局又这样乱,随便授给边国藩一个六七品将军的头衔是易如反掌的事。没想到,高仙芝这回可没给他面子。

高仙芝诚恳地对他说:"边公公,高某受公公之恩太多了,按理说,令侄之事,就是高某的事。若是像往日那样出征敌国,这事好办。可现在逆胡作乱,国家元气大伤,军队士气又不振,如今之计,高某只能赏罚分明,量才授官,依功擢将。以高某愚见,可让令侄在高某帐前白衣效力,待稍有功劳,再行擢升。现在骤然为将领兵,实在是怕难以服众。"

"既然开府大人为难,就让他在我身边侍奉吧!做一士卒,还何须劳动开府大人!"边令诚沉下脸了。高仙芝的道理他根本没听进去。

见边令诚要翻脸,高仙芝心里也不安。对方是监军,代表皇上的,而且和自己关系一直不错,怎好闹翻?他硬着头皮做了让步:"也罢,就补令侄为仓曹参军如何?"

"悉听尊命!"边令诚见高仙芝让了步,也只得见好就收。仓曹参军的品秩是"正八品下",职务是专管军中仓库事宜。边国藩做上了仓曹参军,高仙芝与边令诚的第一次冲突才算告停。

从陕郡退守潼关,皇上并不知道,派来送犒赏财物的中使也是到了潼关才知道的,便把财物押送到潼关军中交割。

高仙芝和边令诚的第二次冲突开始了。

中使传达皇上旨意,赏赐军中三品以上将官黄金五十铤,五品以上二十铤,七品以上白银百两,九品以上白银五十两,士卒每人绢一匹。

边令诚见每个将军都分到了金银,忽然宣布自己要在军中庆贺生辰,请各将官赴宴。

寿酒哪有白吃的?分明是借口庆寿勒索众将分得的金银!何况,高仙芝还隐隐记得边令诚的生日是五月份,五十大寿时他还送过礼,可现在明明是腊月底嘛!但又不好戳穿,只得提上自己分得的那一份金锭,来到边令诚帐里,说道:"公公寿辰,理应大大庆贺一番。无奈两军阵前,军务吃紧,公公为国为君,暂免这一次吧!待破贼还京后,高某当率全体将军登门祝寿!高某身受公公再生之恩,这点小意思望公公笑纳!"说着把那包金子递给边令诚。

边令诚怎能听不懂高仙芝的话?高仙芝明明是在说:现在是两军对峙,你就以国事为重,少捞这一次"外快"吧!我情愿把自己分得的这一份金子全都送你,还不行吗?

国难当头、两军阵前,我就得少捞一点?我边令诚可没有那么高风亮节!你高仙芝从前出征,哪次不满载而归?那次攻破西域石国,光是名叫"瑟瑟"的碧珠就捞回十余斛,黄金用五六匹骆驼往家里驮,才分给将士多少?才送给我多少?你当我是傻子呢?你捞够了,今天拿几锭金子来装大方?

我只管浑水摸鱼,管什么国家存亡!

"虽说戎马倥偬之际,可潼关固若金汤,社稷安如华岳,难道皇上身边的奴才,连个生日都过不成吗?至于开府大人美意,某实不敢当!"边令诚还是明显地坚持要庆寿。

"那就定在明日午后未时开筵,届时请众将来赴宴,高某领寿酒后须离席巡营,还望公公能体谅。这点小意思还望公公笑纳,否则高某无颜再见公公了!"高仙芝又让了步,并把那包金子放到案上。他是想以大局为重,尽量不和边令诚搞僵,把这一关乎国家存亡的大仗打好。

边令诚脸上有了笑容:"开府大人军务在身,理应自便。开府的厚意嘛,边某实受之有愧。开府既如此说,某也只得愧领了,容当后报!"

主帅和监军的第二次冲突算是解决了。

第三次冲突,也是两人最后的决裂,发生在第二天晚上。

高仙芝见众将都吃醉了边令诚的寿酒,唯恐出事,不敢休息,自带亲兵连夜巡查各营。天近三更时,他正在南关巡查,忽然有人飞马来报,说关北的军仓起了火。他带人赶到现场,只见封常清怒气冲冲地把边国藩押了过来,边国藩身后还跟着一个披头散发的女人。

原来,边国藩吃了叔叔的寿酒之后,回到军仓,命手下士兵偷偷从临潼县里弄来一个妓女,歌舞取乐之后,就搂着那个妓女沉沉大睡。时值隆冬,帐里烧着炭火,炭火烤着帐角,引爆了两坛御赐名酒,熊熊燃烧起来。边国藩从梦中惊醒时,火舌早已借着北风的威势舔着了一座仓库。幸亏高仙芝是宿将,军仓分立在关南关北两处,各处军仓的仓库间又相距几十丈,加上封常清恰好夜巡到这里,发现得早,才未酿成大祸,但已烧毁备用羽箭两万余枝。

"边仓曹于两军阵前玩忽职守,酗酒嫖妓,烧毁军械,罪在不赦,请开府裁处!"封常清铁青着脸怒气冲冲地向高仙芝禀报。他自洛阳失守后,奉旨投到高部,高仙芝命他监巡诸军。

边令诚不知听了哪个快腿子的报告,带着酒意飞马赶来。他冲到边国藩面前,抬手就是两个嘴巴,嘴里骂道:"该死的畜生,我边家的脸面算叫你丢光了!还不跪下!"

不少将士救火之后都未散去,站在一旁看热闹。

边国藩跪倒在地。酒,早已变成冷汗流了出来,加上慌忙之中没穿好衣服,冬夜的风又是那么刺肌砭骨,他不住地打着冷战,两眼闪着恐怖的光,不时地偷看周围的人。

"去去去!各归部伍,这有什么好看?"边令诚又呵叱围观的将士。

围观的将士向后退了退,但并没有走开。他们有的交头接耳,有的故意弄出怪腔怪调,奚落这位监军大人。显然他们都知道了边国藩和边令诚的关系,也知道边令诚撵他们的用意:等他们都散了之后,再向高仙芝求情,饶了边国藩。

高仙芝也看出了边令诚的意思,但他再也压不住火气了。从十二月一日出师以来,他对边令诚一让再让,可边令诚的贪婪简直到了疯狂和无耻的地步。眼下边国藩又弄出这件事来,险些毁了全军!不杀,如何服众?不杀,这兵还怎么带?仗还怎么打?他不等边令诚开口,先发落道:"边国藩身为军官,本应恪勤职守,报效国家,然却酗酒宿妓,烧毁军械……"

"开府大人!"边令诚一听高仙芝的口气,就知道要治边国藩什么罪了,他顾不得监军的体面,慌忙截住高仙芝的话头,深深一揖道:"请开府大人息怒。犬子实不成器,可他是我边家的独苗了。请开府大人念他从军未久,连一个月的俸银尚未领到,念他无知,念他初犯,念边某多年侍奉圣上的微劳,看边某薄面,饶他一死。他情愿纳还在身官位,并献白银千两以资军需。望大人开恩……"

"监军大人,非高某不肯容情,令侄所犯实为军法所难容。"说到这里,高仙芝向在场的将士高声问道:"边仓曹之罪可赦否?"

"不可赦!""杀!"在场的人高呼着。

"杀!"高仙芝宣布道,"将其首级号令全军!"

没等边国藩哭叫,没等边令诚再说什么,早已怒不可遏的封常清听到高仙芝的口令,刷地抡起了刀,将边国藩的脑袋砍了下来。

边令诚当场昏了过去。他被从人抬回帐中之后,很快就醒过来。他连夜跑回长安,讨得皇上的圣旨,并从府里带回两个心腹精壮家丁,内披软甲,腰挎长剑,跟在自己身边。

从长安到潼关有三百里驿路,边令诚昨天午后从长安出发,今天,十二月十八日,天刚正午,他就来到了潼关。

冤家路窄。边令诚由潼关南门进入潼关西街,刚走一箭之地,恰好迎面遇到封常清。

封常清身材瘦小,左眼生半个翳子,右腿微跛,走起路来一拐一拐的。别看其貌不扬,却曾是颇有威望的西北边界名将,曾兼任安西四镇节度使、北庭都护、伊西节度使等职,尤以清廉俭朴、赏罚严明著称。被发配到高仙芝所部以来,十多天没睡一个囫囵觉,眼睛都熬得红红的,脸也变得更瘦削了。

边令诚见封常清只有两个亲兵随身,心里暗喜,上前拦住,说是圣上有旨,把他引到路旁一间房子里。这房子好像一个小康之家的书房,主人避乱出走,把书画和文房四宝都丢下了。

封常清显得异常镇静,跟着边令诚进了屋子,开口就问:"圣上命常清如何死去?"

封常清从未趋奉过边令诚,而且亲手杀了边令诚的侄子,边令诚现在手里握有勒令封常清自杀的圣旨,手下又人多势众,本想好好奚落封常清一番,没想到封常清一开口就把他推到被动的地位,只得长话短说:"圣上有旨,命你自裁!"说完,从随员手里接过一个匣子,从中取出一份圣旨,也没有宣读,就递给了封常清。

封常清跪接圣旨,也没有开读,便谢恩起身,把圣旨双手放到室内的书案上,对边令诚说道:"请监军大人容常清片刻,常清须修表一封。"

即使是斩杀普通罪犯,也还允许留下遗言,何况封常清曾是名噪一时的边帅,何况是当着这么多人的面,边令诚只得同意。他把一小坛鸩酒放到桌上,说道:"请便!本监军尚有圣旨在身,休要迁延时刻!"

封常清冷笑一声。这冷笑,既有视死如归的凛然正气,也有对边令诚这等龌龊小人的无比轻蔑。

他走到书案前,开始写遗表。虽然心不乱,手不抖,但眼泪还是扑簌簌地落下来。

这不是怕死的泪。

死,他早在洛阳陷落时就想过。多少将军,一出师就想到得胜后自己的升官发财,可他封常清却总认为,将军打胜仗是职分内的事,而打了败仗,特别是打了危及国家的大败仗,就理所当然地应该被处死。他在洛阳七战七败,六万兵士丧亡殆尽,他当时就想在阵前自杀,或冲进敌阵死拼,死在敌人乱刀乱箭下,但他害怕自己的死对国家、对整个抗击安禄山的形势不利。因为他是朝廷派出的第一个前敌总指挥。若是他的脑袋被叛军用长竿挑着示众,会是朝廷的奇耻大辱,会大长叛军的威风,大灭朝野抗击安禄山的志气。所以,他死里逃生,想跑到长安,让皇上降旨杀掉他,也想在临死前当着君王和朝臣的面大呼:"万不可轻视安禄山这个逆胡!"因为他出师前就明显感到皇上对安禄山叛军的力量估计不足,甚至还在相信杨国忠那安禄山不久会自消自灭的鬼话!可惜当时自己也轻视安禄山叛军,觉得把握很大,便急急出征了。

这也不是悔恨的泪。

那天晚上,他本可以把边国藩交给高仙芝后就走开,甚至可以替边国藩说两句好话。他在朝廷本没有什么根基,完全是凭战功升上来的,现在又成了败军之将,在别人部队里带罪效力,他的命运,犹如旷野里的一盏小油灯,已经禁不起一点点风吹雨打。特别是边令诚这样受皇上宠信的宦官,更得罪不得,边令诚在皇上面前几句好话,甚至能使他重新带兵,而只要在皇上面前添一句坏话,就可以要了他的命!可他当时实在是被边国藩的所作所为激怒了。边令诚从潼关消失以后,他就知道自己死期已到,不过,他没想到边令诚回来得这么快。他本想在今天午后把给皇上的遗表写出来。

这眼泪,是为皇上、为国事痛心!

皇上,你好糊涂啊!我洛阳兵败之后,想金殿面陈敌势,你拒不允见;我三次派人上表论军情,你都拒不启阅,原封退回。你还是那么固执自信,还是那样闻胜则喜,闻败则怒。时至今日,安禄山眼看要打到长安了,你还舍不得杨氏姐妹,不肯御驾亲征,还在听信杨国忠的昏话、边令诚的谗言!

看皇上现在的所作所为,潼关、长安都是守不住的了,战火已燃遍黄河两岸,也许还要向剑南、向长江两岸蔓延。何年何月战乱才能平息,是很难估量的了。而自己,空有一身本领,却不能再为国家出力了。这是真志士最痛心疾首的事!

遗表的腹稿早已打好,两盏茶的工夫,封常清就把它写出来了,主旨就是恳请皇上不要再轻视安禄山。他收尾了:

……仰天饮鸩,向日封章。即为尸谏之臣,死作圣朝之鬼。若使殁而有知,必结草军前,回风阵上,引王师之旗鼓,平寇贼之戈铤。生死酬恩,不任感激,臣常清无任永辞圣代悲恋之至。

收住了笔,也收住了泪,封常清镇定地将遗表封好,双手交给边令诚:"常清敢以遗表累监军大人上达天听!"

边令诚哼了一声,示意随从小太监接过遗表。

封常清伸手拿过御赐毒酒,揭去泥封,又对边令诚说道:"常清还有一事奉求!"

"何事?"边令诚已是不耐烦的表情。

"我死之后,望监军大人陈常清之尸于芦席之上,移至军门,作为战败者之诫以励军将!"

这有何难?边令诚点了点头。

封常清的两名亲兵都双泪长流。他们为封常清的死难过,也为他临终的这种请求所深深感动。临死,不求别人照顾自己的妻子,不求皇上恩荫,不求厚葬,却求暴尸军门以激励将士!

一切心事都完了。遗表肯定会到皇上手里,因为允许罪臣有遗言遗表上达,这是老规矩了,何况在场有这么多太监,边令诚也不敢将遗表私自毁掉。封常清用自己这个战败者的尸体警诫官兵,也算得上死得其所了。

封常清瘦小的身躯微微颤抖着,将那坛鸩酒一饮而尽。

看着封常清饮下了毒酒,边令诚心里一块石头落了地,对方马上就要死去了,他终于为侄儿报了仇。可他忽然又觉得对方太愚蠢、太可怜了,明明预感到死期已到,为什么不逃跑呢?在这天下扰攘的时刻,跑进深山,跑出塞外,谁能抓到?就是跑到安禄山那里,也不一定就死,说不定还能弄个大将军干干呢!可封常清竟这么……

"啪!"封常清把装鸩酒的泥坛摔到了地上,他走近边令诚一步,须发抖动,双目圆睁,大声问道:"监军大人,你可知道常清与高开府何等亲厚?"

"知——知道!"边令诚吓得向后退了一步。

边令诚对封常清与高仙芝的关系太清楚了。他经常做高仙芝的监军,是眼看着高仙芝将封常清一手提拔起来的。

封常清自幼随犯了罪流放到安西的外祖父来到边塞,生活困苦,但肯自学。三十多岁时,既无功名,也无家室。高仙芝做安西都兵马使时,他主动投到高仙芝门下,毛遂自荐,要做高仙芝的"傔从",即随身副官。高仙芝见他矮小丑陋,不肯答应,他就一连几十天,早晚总到高仙芝门前去等候,一见到高仙芝就诚恳请求,高仙芝没有办法,勉强补他做了个傔从。后来在一次随高仙芝出征时,他替高仙芝写了一份捷书,格式得体、内容详备、词语准确,深得高仙芝的欢心和当时的安西四镇节度使夫蒙灵犟的赞美。从那时起,封常清在高仙芝的提携下,逐步擢升。封常清才学出众,处事果断坚决,高仙芝对他真是言听计从。高仙芝每高升一步,都奏请皇上将他原来的官职让给封常清。知情的人甚至说高仙芝既是封常清的恩主,又是封常清的傀儡,因为大到行军作战的方略,小到日常生活的一些事情,他都唯封常清的主意是听。

"你可知道,今日是你杀我还是我杀你,只在我的一念之间?"封常清又逼近一步。

"……"边令诚下意识地摇了摇头,表示他不明白,并惊慌地环顾左右,又后退一步。

"哈哈!"封常清忽然大笑两声,接着说道:"我虽迂直,但何尝不知道,你这次回长安,会在皇上面前拨弄是非?我饮鸩之前,何尝不明白,皇上当初未杀我,而在今日传旨赐我死,这其中有你边大人的力量?我又何尝没料到,你还带着一份不利于高开府的圣旨?我若是一念之差,在你走后,我点拨高开府一句,那今天就不是你杀我,而是你自己飞蛾投火!我没有那样做,并非怕你,也并非怜悯你,而是以国事为重!以讨安的大局为重,不忍心大敌当前又生内乱!"

药力发作,封常清再也说不下去了,他哀伤地捂着绞痛的胸腹惨叫一声:"大厦颓崩,非风雨之力,乃蛀虫之力也!"

半个时辰之后,边令诚趁高仙芝巡阅诸营的机会,占据了他的正衙,并令人将封常清的尸体停放在正厅门外。

高仙芝巡营回来,一眼就看到了仰放在粗苇席上的封常清的尸体,又见边令诚立在正厅门口,马上明白出什么事了。他一头扑到封常清身上,叫着封常清的行第恸哭道:"封二,你死得冤哪!十余日来,你监巡诸军,废寝忘食,我正欲替你向皇上请功……"

"大夫且节哀,圣上对大夫亦有恩命!"边令诚率从人、家丁和护旨刀手围了上来。

高仙芝早就本能地估计到,这次边令诚不辞而别,回长安后肯定会在皇上面前说自己的坏话。但他觉得自己问心无愧,这次率兵出师,他执法严明,又没有像往次征讨敌国那样把掠到的财物中饱自己的私囊。

从陕郡撤退,虽未请旨,但那是形势所迫,而且监军边令诚本人当时也是同意的。他没有过错,不怕边令诚下蛆。此刻,他听边令诚说皇上有旨,边令诚指挥的人又逼近自己,暗自吃惊,跪下叩头道:"臣听旨!"心想,皇上要调换我的职务,夺我的兵权吗?

边令诚开读的圣旨大大出乎高仙芝的意料:

……右金吾大将军、东征副元帅高仙芝,临敌先退,弃地数百里,且不恤士卒,减截军粮,克扣赐物,为将无勇,为臣不忠。宜差中使边令诚往所在赐死,其余将士不问!

渐渐地,高仙芝从震惊中镇定下来,徐徐立起身,又猛地扑向苇席,摇撼着封常清的尸体叫道:"封二!你是神人吗?可你昨晚为什么不对我明言?"

昨晚,封常清曾含蓄地对他说,大敌当前,尤须注意保持晚节!他当时没太留意,现在才明白,今天发生的事,封常清早已料到了!

高仙芝又转脸向西,狂笑道:"皇上,你真是太聪哲了!从前,我每次出征,都大掠财物,饱囊而归,你却每次都升赏我,一直让我做到开府仪同三司!可这次出征,我两袖清风,廉洁奉公,你却以功为罪,要我死!这是何等的是非颠倒啊!"

"大胆!竟敢对圣上口出怨言!速速自裁!"边令诚喝道。

"监军大人休要催逼,高某遵旨一死而已!不过,高某要死得明白!我来问你,从陕郡撤兵,诚由高某做主,可你当时不也是同意的吗?况且,弃陕郡保潼关,乃是为将权宜之计,符合古人'将在外君命有所不受'之义;如果不当机立断从陕郡撤兵,休说陕郡守不住,潼关守不住,怕是长安也已入贼手了!这不战自退,何罪之有?这且休提,'临敌先退'还算有其事,可这'减截军粮,克扣赐物'的罪名又从何而来?"

边令诚见高仙芝没有造反的准备和抗旨的意思,胆子壮了起来:"圣上明察秋毫之末,岂能无中生有!"

"圣上不会无中生有,怕是你监军大人无中生有了!我真后悔,处死边国藩那天晚上,为什么没治你的罪,也没将你的事上奏皇上!儿郎们——"高仙芝忽然大声向门外士兵呼喊道:"上有天,下有地,你们为我作证!我在京师召募你们从军,你们一直在我身边,你们见我高仙芝把一锭金银、一匹绢帛入私囊了吗?高某是将死之人,你们不必害怕,尽管直言。有则呼'有罪',无则呼'冤枉'!"

"冤枉!"门外士兵的呼声撼天动地。

边令诚一见这情势,唯恐高仙芝叫兵士冲进来,慌忙示意自己从府里带来的家丁拔刀动手。

"且慢!"高仙芝对那两个凑近身后的人喝道,"我高仙芝官高一品,要死,也不能死于你们这些鼠辈之手!你们若敢乱动,我先杀了你们再死!"他又对边令诚大声呵叱道,"我高仙芝虽非完人,但还不至于不顾国家大局而拥兵自立!我死之后,你要奏明圣上,将我和封常清尸身一起运回长安,择地并冢而葬!"说着拔出了佩剑。

大门外的兵士一齐跪倒,放声大哭。

高仙芝左手握剑,走近封常清的遗体,叫道:"封二,我虽权位高于你,才智实不如你,今日能和你同死,也算幸事了!"他仰天大呼两声,横剑自刎,倒在封常清的遗体旁。

安禄山忌惮的两个对手,李唐朝廷中可以和安禄山周旋的两员宿将,就这样完结了,完结在昏庸而轻信的皇上手中,完结在国家危难之际仍要浑水摸鱼的宦官边令诚手中。

二十、洒泪驱兵　哥舒翰潼关丧师

洛阳。

随着天宝十五载(756)夏天的到来,安禄山感到走投无路了。

像飞旋的车轮慢慢停止了转动,他刚起兵时那气吞万里的威势消失了,陷入了进退维谷的窘境。

他在洛阳宫城的乾元殿里焦躁得坐立难宁。

洛阳,古称洛邑,东周以来,先后有东汉、曹魏、西晋、北魏等朝在此建都。大唐建国之后,一直把它作为陪都。它东接成皋,西连函谷,南临伊阙,北靠邙山。城墙南北长十五里二百一十一步,东西宽十五里七十步,高一丈八尺;内有一百零三个坊里,是市民居住的地方。宫城在皇城之北,城墙高四丈八尺,东西长四里一百八十步,南北长两里八十五步,内有乾元殿、集贤殿、仙居殿、亿岁殿、同是殿等宫殿。

安禄山现在所居的乾元殿,是洛阳宫城中的正殿。它的命运,和大唐的命运紧紧相连。

唐高宗麟德二年(665),它第一次落成了,名为乾元殿,成为洛阳宫的正殿。武则天即帝位后,于垂拱四年(688)二月,派自己的情僧薛怀义为总管,毁掉乾元殿,在其旧址盖起了"明堂",用了几万民工,于当年年底建成。明堂长宽各三百尺,高二百九十四尺,分为三层,极其宏丽,又称为"万象神宫"。到了天册万岁元年(695)正月,薛怀义听说武则天又有了新情人,一怒之下,放火把明堂烧为平地。武则天只好下令重修。万岁通天元年(696)三月,新明堂盖成,长高宽虽和烧掉的明堂一样,但不如旧明堂那样金碧辉煌了。李隆基称帝之后,开元五年(717)秋,下诏将明堂又改称为乾元殿。开元十年(722)冬,李隆基又下诏把乾元殿再改称明堂。开元二十七年(739)冬,又将武则天时建的这座明堂上层毁掉,用一层八角楼代替,楼上有八龙腾飞,共捧一珠。这么一改,高度降下九十五尺,第三层的周长小了五尺,依旧称为乾元殿。

这乾元殿虽然比原先低矮了,可在安禄山眼里,在夺取长安之前,这就是人间天堂了。他登基称帝的仪式就是在这里举行的。称帝后坐朝、议事、宴会也几乎都在这里进行。从天宝十四载(755)正月初一在这里自封大燕雄武皇帝以来,他成为这座宫殿的主人已经一百多天了。

现在,他感到自己在这里住不长了,已派人去请自己的谋士严庄和高尚来问计。

哥舒翰坚守潼关,不肯出战,像一道不可逾越的藩篱,堵住了他的西进之路;他的后方又处处起火,完全乱了套。他当初占领的二十多个州郡,现在有十七个倒戈了,重又树起了李唐的旗帜,声明唯朝廷之命是听,并联合起来,合计约有二十万军队,截断了他与范阳的通道。朝廷新任命的朔方节度使郭子仪、河北节度使李光弼屡战屡胜,更使他头疼。

刚才,他又接到报告,说是郭子仪和李光弼准备去攻打范阳,掀翻他的老巢。他急得团团转。

严庄和高尚走进了乾元殿,没等二人请安见礼,安禄山就指着二人骂道:"竖子!腐儒!你们两个怂恿我造反,说万无一失,大事必成。如今四方楚歌,进退无路,'必成'之势何在?"

安禄山称帝之后,严庄和高尚都封为中书侍郎,但实际上比被封为中书令的张通儒、封为侍中的达奚珣还得安禄山的信任。二人知道,安禄山近来双腿浮肿,视力减退,心浮气躁,所以对安禄山的臭骂并不太介意。高尚知道安禄山正在火头上,看了严庄一眼,示意他先劝解一下安禄山。

严庄年纪比高尚大,原来的官职是太仆卿。他觉得,不论从年龄还是地位上说,今天都得自己先发言。他试探着说:"陛下,如今之势,不过是……"

"我连富家翁都做不成了,还称什么'陛下'！都是你们这两个混蛋坑了我！你们给我滚开！我不想见到你们了！滚！"安禄山本来是召二人来商议对策,因为火气上冲,竟又一迭连声地把两个人赶了出去。

骂走了两个谋士,安禄山更加六神无主,他伏在御案上喘了一会儿,想到还是只有退兵去守范阳才是上策,否则范阳一丢,这座孤零零的洛阳城是守不住的。

正在这时,他的部将田乾真从潼关前线回来了,在殿外求见。安禄山立即宣召进来。

"潼关还是没有进展?"安禄山一见田乾真的面就问。

"哥舒翰高墙深壕,按兵不战。我军求战不得,急需粮草给养。"田乾真答道。

"果然啊,李隆基起用的这个老瘫子正是朕的对手！看来朕只能退保范阳了！"安禄山既是与田乾真对话,又是在发感慨。

"陛下何出此言？陛下出师以来,势如破竹,又已登大宝,怎么忽生退心？"

"前有哥舒翰挡道,后有郭子仪、李光弼要去攻我范阳。我祖坟家庙都在那里,一旦失守,岂不失了根本？"

"陛下切不可轻退,今日离了洛阳,再来可就难了。此事还宜与严、高两位大人从长计议！"田乾真说。

"还提那两个无用的腐儒干什么？我刚把他俩赶出了宫门,不许再来见我了！"

"陛下怎能这样自毁股肱？严庄、高尚都是佐命元勋,足智多谋,怎能斥之不用？末将料这二位大人必有良策,陛下应召来善言垂询。如不用二人之谋而退守范阳,末将恐怕将士人心离散,不可收拾。陛下三思！"

"阿法言之有理。无奈二人刚被我骂走,怎好再召？"安禄山无可奈何地望着田乾真。"阿法"是田乾真的小字。

"末将代陛下去请,请陛下传旨为二人备酒宴。"田乾真转身向殿外走去。

半个时辰之后,田乾真把严庄和高尚拉回了乾元殿。

安禄山亲自举酒向二人赔罪:"适才朕言语有失,望二卿鉴谅,都是哥舒翰、李光弼、郭子仪他们……"

严庄举酒道:"谢陛下。也怪臣与高大人计谋太迟,致使陛下忧愤,陛下责臣,也是应该。适才听田将军说,陛下有退保范阳之意?"

"不知二位爱卿有何高见?"安禄山又答又问。

"陛下切不可退!"高尚说道,"古来开国之帝王,哪有一战而取天下的?汉高祖刘邦兵败荥阳时,何等狼狈?蜀先主起自布衣,居小沛,失徐州,奔夏口,历了多少艰辛?魏武帝当初挟天子以令诸侯,尚有赤壁之倾覆,华容之困厄。陛下初举义旗,便席卷河北,雄踞洛阳,已可谓一蹴而初创帝业了,怎能尽弃前功?方今周围唐兵虽多,都是新募乌合之众,哪是我范阳精兵的对手?依臣之见,正是陛下西取长安以成大业之时!"

"可哥舒翰这个瘫子恃险不战,我军欲进不能……"安禄山表情开朗了些,但仍有疑虑。

"哈哈!"高尚胸有成竹地笑道,"此事臣已与严大人思之熟矣,不出两个月,管叫陛下在长安宫中面南高坐!"

"果真?"安禄山的大嘴咧开了。

"如言之不中,愿献此头于陛下!"高尚拍了拍自己的脖颈。

"卿有何良策可得潼关?"

"若哥舒翰死守不战,潼关诚不可得。然臣与严大人自有办法唤哥舒翰下关,把二十万犬羊送到我大军的虎口之中!"

"唔?"安禄山惊喜地睁大了眼睛,"快把妙策对朕讲来!"

高尚立起身,走到安禄山身边,俯身耳语。

严庄捻着短须,得意地扫视了一下在场的田乾真等人。

没等高尚说完,安禄山连连叫道:"妙!妙!爱卿真是我的张子房啊!朕顿开茅塞,顿开茅塞!"

"攻下潼关,长安唾手可得!那时郭子仪、李光弼还顾得上攻范阳?此乃孙膑围魏救赵之计!"严庄得意地补充解释道。

安禄山又叫起"妙"来:"拿下长安当为二卿记第一功!"

"咳!"高尚不觉喟然长叹道,"不危哪里是图陛下勋赏,不过聊以试胸中之才耳!臣要让李隆基老儿知道,他重用李林甫、杨国忠这些不肖之徒,妒贤嫉能,杜塞才路,必自食其果!"

高尚的感慨是有原因的。他本是范阳人,原名高不危。自幼饱读经史,满腹经纶,可就是连个明经进士都考不取。天宝六载(747),李隆基下诏,让天下有一技之长的人都赴长安应试,他也去了。可李林甫却从中搞鬼,说来应试的什么样的人都有,若皇上直接面试会惹皇上生气,应先让礼部、吏部层层考核一番。结果,经过这层层一考,竟没有一个人取得由皇上面试的资格,李林甫却上《贺野无遗贤表》说,皇上圣明,全国没有一个没做官的贤人。当年,范阳荒旱,遍地饿殍,高尚也曾扒树皮、挖草根。他恨朝廷的昏暗,恨李林甫的嫉贤妒能,发狠说:"高不危宁可造反失败而死,再不愿挖草根求活了!"他又一次跑到京城,先是投在高力士门下,做高力士义子和侄孙们的塾师,后来由高力士推荐到安禄山手下做掌书记。安禄山看中了他的才学,很是器重他,所有机要文件都经他处置,所有重要文告都要他起草。他感到终遇知己了,愿把一腔热血、满腹才智都献给安禄山。腐败的李唐政治,把他这样一个不甘寂寞又登不上仕途的能人,逼上了造反的道路。

高尚的心志严庄是很清楚的。听了高尚的话,严庄说道:"如今海阔天空,正是高大人骋才驰骛的时机!"

"不敢。愿与严大人同心戮力,共辅主公以成千秋大业!"高尚总觉得严庄比自己圆滑,所以话中带一点弦外之音。

长安。

流言蜚语不胫而走。人们纷纷传言说哥舒翰要留三万兵马守潼关,带其余的十几万大兵回归长安,杀掉杨国忠等人。还有人引经据典,说哥舒翰用的是"汉挫七国"之计,并具体解释说,当年吴、楚等七个同姓王造反,打出"请诛晁错,以清君侧"的旗号,汉景帝用袁盎之计,将晁错斩首,吴楚等国不战自乱。现在安禄山起兵,打的是奉旨诛杨国忠的旗号,哥舒翰要杀掉杨国忠,堵住安禄山的嘴,使安禄山不战自败。

紧接着,长安城里又出现了布露,上面写道:

皇太子先锋马副元帅哥舒谨以信义布告天下:吏部尚书右相杨国忠禀性奸回,才薄行秽,谗口媚骨,蒙蔽圣聪。缘姻亲以蹑高位,窃国柄以乱朝纲。逆胡兵犯天阙,爱其所起;河洛生灵涂炭,因其所招。本帅不日将援旗西指,代天行罚,唯诛国忠一门,不及其余朝臣。长安士庶,各宜知悉。大兵到日,幸勿惊扰。

流言,查无实据;布露,一眼就可看出是假的。可杨国忠却宁肯信其有,不肯信其无。无风不起浪嘛!他立即派人到潼关明察暗探:潼关守将王思礼等人还真的曾建议哥舒翰回兵长安诛灭杨氏!

不好!不能大意!得赶紧想办法!哥舒翰手握倾国之兵,他若真的兵发长安,谁能抵挡得了?杨国忠慌神了。

他跑进皇宫,向李隆基启奏说:"兵书上讲'安不忘危',又说'兵无必胜',现在潼关兵马强悍,可若万一失利,长安岂不危险?不如将监牧小儿编成部伍,在禁苑中训练起来,作为预备队,以防万一。"当时,京城中为皇上喂马、饲养斗鸡猎狗的人,不论年纪大小,一概称为"小儿"。

"有朕'半段枪'在潼关,足可作逆胡的对头!何须再设防?何况区区三千兵马,于事何补?"李隆基对哥舒翰还是信任的,因为哥舒翰一直和安禄山不和,他几次调解都未奏效。几年前,有一次哥舒翰和安禄山同时来京,他命高力士为二人置酒,让二人以兄弟相称,没想到二人竟在宴席上指名道姓,互相骂爹骂娘。因而尽管哥舒翰已患偏瘫在身,他还是强令哥舒翰带病挂帅出征。"半段枪"是哥舒翰的绰号。从前,哥舒翰有一次战枪打断了,他持半截枪继续冲击敌阵,勇不可当,由此得了一个"半段枪"的绰号。生病前,他每逢上阵都把手中的铁枪使得神出鬼没,常常把枪搭在逃敌的肩上,趁逃敌惊恐回顾之机,把枪刺进对方喉头,再用力一挑,把敌人挑离马鞍几丈高,摔到地上。

"萤火虽微,也可为暗夜之光。三千兵虽少,也比没有兵强些。况且现成的人马,如何不用?"杨国忠还是坚持,但他不敢让皇上知道漫布长安的流言蜚语。

"就依卿所奏,反正监牧五坊小儿也该裁减些了!"李隆基还是批准了杨国忠的奏请。

一支三千人的队伍在禁苑中训练起来了。过了几天,杨国忠又觉得这三千人仍无济于事,就又从国库拨出钱帛,招募了一万新兵,派自己的心腹将领杜乾运统率,驻扎在灞上。灞上在长安东三十里,就是当年项羽摆鸿门宴时刘邦驻兵的地方。杜乾运在这里驻兵,名为声援潼关,实是为堵住哥舒翰后退之路。

李隆基同意杨国忠派杜乾运率兵驻在灞上,但同时也同意哥舒翰的请求,把杜乾运率领的一万兵马划归潼关指挥。

杜乾运到灞上不久,即接到主帅哥舒翰的将令:叫他到潼关商议军情。到了潼关之后,哥舒翰给他一个"期而后至"的罪名,把他杀掉了,另派自己一个心腹将领来统率灞上的这支部队。哥舒翰当然不允许有人在自己背后插刀子,要解除自己的后顾之忧。

杨国忠更慌了:新招募的一万兵马落入哥舒翰之手,等于白白为虎添翼!

聪明的杨国忠明白:潼关是长安的屏障,潼关失守,长安必丢。安禄山远离巢穴,兵精将勇,利在速战;哥舒翰所统之兵虽多,但都是新募之兵,未经战阵,加上潼关天险,利在固守。但哥舒翰杀掉了杜乾运,说明他已经在提防自己,也说明长安的流言不是毫无根据的。让哥舒翰再在潼关固守下去,说不定哪一天自己就要吃大亏!

他决心全力撺掇皇上下诏,命哥舒翰全军出战!

既然已经逼反了安禄山,还何惜一个哥舒翰,更何惜潼关新募的二十万军兵!只要能保住自己的身家性命,何惜潼关失守乃至长安沦陷!

与其等哥舒翰回兵长安来杀我,不如借安禄山的手把他除掉!

早朝时,杨国忠对皇上启奏说:"陛下命哥舒翰东征,已近半年,哥舒翰一直按兵不战,未奏尺寸之功。这样何日可收复陕郡、洛阳?河北百姓何日才能重见天日?臣请陛下降旨,命哥舒翰克日出战,以扬兵威,以挫贼势!"

"哥舒翰固守潼关,也合乎兵法'以逸待劳'之说。众卿家以为如何?"李隆基征询朝臣们的意见。

正当朝臣议论纷纷、各执己见,令李隆基莫衷一是之时,内侍送上了郭子仪、李光弼的表章。李隆基浏览后,满意地点点头,说道:"郭、李二将军上表说,他们将去倾覆逆胡巢穴,活捉从贼者的家属作人质,逼迫从贼者归顺朝廷。还说此时潼关大军只宜固守,待夺得范阳后,乘贼内乱时再出锐师,便可一鼓而夺回陕、洛。此论甚合朕意,众卿不必争议了!"

"陛下!"杨国忠岂肯罢休,又启奏道,"郭、李二将军之策虽善,然其身在朔方、河北,焉知陕、洛之事?据谍者报称,安禄山窃踞洛阳后,沉湎酒色,不问军旅之事,其守陕郡之兵不满四千,且皆羸老之卒,不堪一击。现在开关出战,正所谓出其不意,攻其不备。如坐失良机,实为可惜,望陛下圣裁。"

"陕郡逆胡,果然只有四千老弱之兵?"李隆基有些不信。

"果然!几路谍者均如此报称。"杨国忠心里明知道这四千公开露面的老弱之兵是安禄山用来诱敌的。

"此事关系重大,待朕派人探明后再行处置。"

潼关。

一种全军大败亡,全线大崩溃的预感,正折磨着哥舒翰。

西平郡王哥舒翰的职衔是河西、陇右节度使,皇太子先锋兵马副元帅,尚书左仆射同中书门下平章事。从高仙芝被杀那一天开始,他拥兵二十万六千据守潼关,已历时半年。

他出身将门,又久在边陲为将,凭战功由低级军官逐渐升作两道节度使。丰富的实战经验告诉他,现在的形势是:守则潼关存,战则潼关亡!

可是,潼关无法守下去了。皇上接二连三派宦官来潼关。前天,来了两个宦官;昨天,来了四个;今天上午已来三个了。他指派判官萧昕专管接待宦官,常常是为这个宦官接风洗尘的酒宴未散,另一个宦官又到了。而所有的宦官,都带着一个相同的诏命:催促他出关作战,收复陕郡、洛阳。

他向这些宦官解释,他向皇上飞递奏章陈述,说安禄山及其部将久习用兵,其军将久经沙场,而自己统率的都是新募之兵,没有实战经验,决非安禄山的对手,只能坚守,不可出战,战则必败,败则潼关难保!

可是,没有用。皇上像着了魔似的,非要他出战不可!

他已抗旨硬顶了两天半,现在顶不下去了——中午,边令诚带着李隆基的亲笔圣旨来到了。

哥舒翰起坐不便,只得由行军司马田良丘代他跪接圣旨,圣旨的内容是:令哥舒翰克日出战,否则离职回京听候处置。

田良丘接旨后,边令诚打拱问道:"翰公近日贵体如何?"

"正当国家多事之时,贱恙缠身,实是有负圣眷。"哥舒翰有些凄然。由于李隆基会给节度使很大的权力,所以几个大的节度使都在边镇过着小皇帝般的奢靡生活。哥舒翰也不例外,他纵情声色,饮宴无度,身体垮得很快。三年前,他房事后入浴,突然晕倒在浴室里,苏醒后成了偏瘫,久治不愈。

"翰公身为国家干城,系天下安危,还须善自珍重。"

"多谢公公关照。敢问公公,圣上为何这样急于出师?有道是'欲速则不达',苟能取胜,何必务速?"哥舒翰问道。

边令诚望了在场的人一眼。哥舒翰示意众人退下。

室内只剩下两个人了,边令诚开言问道:"翰公可还记得,当年是谁救了翰公恩帅王忠嗣之命?"

"此事翰一直铭感公公恩义。"哥舒翰答道。

九年前,边令诚在皇上面前巧妙地为王忠嗣开脱掉与太子勾连谋反的罪名,还配合哥舒翰免去了王忠嗣杀头或流放之灾。

三司会审王忠嗣的那一天,李隆基虽然听了高力士和边令诚的话,降下口谕,不准追究和太子谋反之事,只审"沮挠军计"一事,但只"沮挠军计"一条罪名,加上李林甫从中添枝加叶,就足以王忠嗣死命,至少也得被流放远恶之地。

出于义愤,基于主帅对自己的知遇之恩,已出任陇右节度使的哥舒翰听到朝廷即将判决王忠嗣的消息,空手匹马赴京,来为王忠嗣辩护。他先找到了边令诚,请求边令诚为自己通报:"边公公,哥舒翰请公公引见圣上。如蒙公公鼎力,日后定当厚报。今日事急相求,哥舒翰是血性汉子,不能做小人之事。实不相瞒,哥舒翰这次是空着手来的,边公公看着办吧!如边公公袖手旁观,哥舒翰只有冒死闯宫了。"

边令诚犹豫了一下,答应了哥舒翰的要求。他知道,这次出力,不管成与不成,哥舒翰日后绝少不了自己的好处,河西陇右的军仓里,金帛多着呢!何况,上次他出使河西,王忠嗣送他的二十铤黄金还是哥舒翰亲手交给他的呢。

李隆基早就从梨园弟子所唱的《哥舒歌》中知道了哥舒翰的名字,不久前曾亲自召见,当面授予他陇右节度使兼西平太守之职。这次听了边令诚的通报,李隆基有些不高兴,因为按惯例,边帅不接到圣旨是不准擅自进京的,但他对身长力大、谈吐不凡的哥舒翰印象颇佳,所以还是勉强接见了哥舒翰。

事有凑巧,哥舒翰刚谢过擅自离职进京之罪,御史台就送来了审判结果:王忠嗣故意抗旨,沮挠军计,按律当斩!

哥舒翰顾不得拐弯抹角了,在殿上双膝跪倒,直言陈述石堡形势,认为王忠嗣不强攻石堡情有可原,不应重责。

李隆基不能容忍别人故意违背他的旨意,他准备批准三司会审的判决。他向哥舒翰一甩袍袖,转身向殿后走去。

哥舒翰急了,他伸手拉住李隆基的衣襟,连连叩头,额头都碰出了血,声泪俱下:"陛下,委实冤屈了王大夫啊!臣请用在身全部官爵以赎王大夫之罪……"

边令诚也在李隆基面前跪下,挡住了李隆基退入后宫的路:"陛下,陛下一向待忠嗣如己子,今日处死,日后想起来就后悔莫及了。奴才多次奉诏出使边庭,深知忠嗣素孚众望,今日极刑,边庭将士也会寒心的……"说着抱住了李隆基的一只脚。

李隆基进退不得,犹豫了一下,也觉得二人的话都有些道理,便命二人起身,答应不杀王忠嗣了。

第二天,圣旨贬王忠嗣为汉阳郡太守。

事后,哥舒翰派人送百铤黄金为边令诚祝寿。此后,边令诚凡有请托,哥舒翰无不照办……

"这些年来,我二人交情如何?"如今,边令诚又问哥舒翰。

"多蒙公公在宫中回护。"哥舒翰答道。

"那你就听边某一言:明日即开关出战!"边令诚说。

"却是为何?军旅之事,边公公有所不知……"

"朝廷之事,翰公也有所不知啊!"边令诚向哥舒翰身边凑了凑,低声说道,"杨右相对你疑忌已深,起初还不敢明言,后来圣上亲自点派羽林军哨探,得知陕郡一带,叛军果然只有老弱之众四五千人,便决计催你出战。可你又迟迟不战,杨右相便在圣上面前说你拥兵自重,见必胜之势而不战,必另有图谋。虢国夫人也几次进宫,说你不日将回兵长安,抄斩杨氏一门,乞圣恩怜护。皇上便也对你生了疑忌之意……"

"误国丧邦,盖由小人女子之谗口!"哥舒翰摇头叹道。

"边某以为,如今只能出关一战!实话对你说,边某受圣上密旨,如你见旨后仍不出战,便要将你押解还京,杨右相更是再三密嘱,如你仍不肯出战,边某便可伺机将你斩首!"

"啊?"哥舒翰倒吸了一口冷气。

"你我交情不薄,我是把实情都交给你了。以边某愚见,还是出战为佳,果能获胜更好,就是败了,你又何惜这二十万新募之兵?"边令诚知道,哥舒翰用兵,向来是严纪峻法,不惜兵士的。天宝八载,哥舒翰奉旨去攻石堡城,动用了六万三千人马,攻下石堡时,只获敌俘四百,唐兵却有三万人抛尸于立虎坡下。当时,王忠嗣在汉阳听到这个消息,大骂哥舒翰酷虐部伍,盛怒之下,暴病身亡。

"如能获胜,兵固不足惜,可如今是战则必败啊!"

"战虽败而身可保,坐守不战,纵然潼关固若金汤,而翰公身家将有不测之祸啊。孰轻孰重,还用揣摩吗?边某言尽于此了,公好自为之。"边令诚说完,坐在那里看着哥舒翰。

"罢,罢,罢了!"哥舒翰倚在躺椅上,连连摇头长叹。

灵宝。

这里南有崤山,北临黄河,东西有七十余里长的狭窄道路。隋文帝开皇十六年(596)第一次在这里建置县城,称作桃林,隶属洛州;唐初又划归陕州,李隆基天宝元年(742),为纪念在县城西南的幽谷关得到了老子李聃的灵符,把桃林县改称灵宝县。

六月八日,哥舒翰率领的二十万潼关守军来到这里,和安禄山的先锋大将崔乾祐会战。

四天前,即边令诚带圣旨到潼关的第二天,哥舒翰被迫大开潼关关门,驱动兵马出关东下。他回头看看险峻的潼关,忽然捶胸大哭,仰天叫道:"天乎!麾兵去打必败之仗,情何以堪? 天公有眼,今日丧师失地,非战之过,非哥舒之罪也!"他心里暗骂杨国忠奸佞误国,更怨恨皇上糊涂:时至今日,还自作聪明,听信谗言。看来不丢长安,你是不能猛省了!

"主公慎言,恐动摇军心!"骑马跟在他车旁官称"左车"的侍卫劝道。这个侍卫,本是哥舒翰的家奴,膂力超人,十五六岁即随主人驰骋疆场。每当哥舒翰用铁枪把敌将挑落马下,他便飞身下马,用刀斩取敌人的首级。战时二人配合默契,平时也几乎形影不离。现在,这个二十六岁的侍卫已是哥舒翰的侍卫总管。

听了左车的话,哥舒翰苦笑道:"今日之势,是有战必败,还说什么军心! 切记,此番出征,不可须臾离吾左右!"

经三天行军,昨晚到达了这里,今日凌晨,拉开了战幕。

哥舒翰因病情转剧,加上预知此战必败,所以昨晚就从陆路移居黄河的战船上,天亮之后,又亲率三万士兵,登上黄河北岸的高地观战指挥。

黄河南岸,王思礼率五万骑兵在前,庞忠率十万马步间杂的大队在后,向叛军进逼。

叛军迎战的人马看上去不足一万,有人骑马,有人步行,十五个人拥簇着一杆旗,整个队形散如盘沙,欲战欲逃。

哥舒翰坐在黄河北岸的高地上,看出叛军摆出的是"撒星阵",叹道:"叛军中必有能人！此阵非寻常之辈所能布设！"

站在一旁的田良丘问道:"如今该怎么办？"

哥舒翰一时也拿不定主意——他已断定,山后必有叛军的主力精兵埋伏,攻则必败,退尚可保全。但他对这场战争已没有胜利的信心。兵出潼关,他就知道是为了打一败仗！可是,举旗发令,让南岸的十几万将士冲进死地,他又有些犹豫。

正在这时,他的一个亲兵送上一封信,说是山下一个樵夫送来的,那樵夫说,这是主帅一个故人的亲笔急信。

田良丘替哥舒翰取出信笺,送到哥舒翰手上。哥舒翰打开一看,只见上面写道:

大燕皇帝驾前中书侍郎、行军参谋高尚,再拜于哥舒公麾下:尚久闻公之大名,窃慕公才略丰采久矣,今幸周旋于此,愿尽愚诚以供公参酌。天宝皇帝任奸用邪,国事崩坏,气数将尽,天命归燕,雄武皇帝已继大统。公今中吾反间之计,驱二十万将士于必死之地,与其丧师被擒,不如全师归顺,以免缧绁之辱。尚为公明言:公今不战亦须朝圣于东都,战亦将被生擒押解于东都。公身边即有高某之人。尚现于南山密林中坐观公之败亡,谨遣帐前小卒奉书上达,得罪得罪,不胜惶恐之至！

哥舒翰读完这封信,目光凝滞了好一会儿。他早就听说,这个高尚是安禄山的第一谋士。因怀奇才而不被皇上任用,才去随安禄山铤而走险。君昏臣奸,把高尚这样的能人推给了安禄山；君昏臣奸,使高尚的反间计得逞！君昏臣奸,使我这个宿将今日将败于高尚这儒生之手！

他知道今日败定了,但还不相信自己会被活捉。他与战场、与叛军主力相距十几里,中间隔着一条黄河,身边又有三万多兵马,高尚说要活捉自己,怕是大话吓人吧？

他扯碎高尚的信,又一次吩咐左车和自己的帐前校尉,今日不可须臾离开自己。然后,他一狠心,闭上眼睛,向田良丘发令道:"摇旗擂鼓,冲击敌阵！"

黄河北岸黄旗摇动，战鼓咚咚。黄河南岸的王思礼、庞忠驱兵扑向那一万叛军。冲在最前面的是百辆毡车，马披五色绢绫，毡车画着古怪花纹，这是哥舒翰驻守潼关时装备下的特殊部队，准备用来冲击敌人大队骑兵的，敌人的坐马见了这样五彩斑斓的怪物，会惊慌四逃。

叛军见官军大队人马冲过来，丢下旗鼓，扭头就跑。

官军的前锋追了一程，叛军伏兵突起，从高处推下木石。官军路隘人多，兵士们又都没上过阵，顿时大乱，首尾不能相顾，被叛军木石击中、被自家军马踏倒者不计其数。冲在最前面的毡车又都被叛军推出的草车挡住，叛军顺风放火，草车烧着了毡车，一时间烟雾腾腾，加上东风大作，扬起满天沙尘，后面的官军以为烟雾中就是敌军，乱箭齐发，箭矢差不多用光了，才发现烟火中根本没有叛军，倒有不少官军人马中箭而死。

正当官军灰心丧气、筋疲力尽之时，山后鼓声大作，叛军主帅崔乾祐带着大队精兵从山脚拐出，如虎狼奔向羊群般扑过来，官军十五万人马乱成一锅粥，有的被砍杀，有的丢盔弃甲逃入山林，有的被冲撞挤进黄河里，呼爹叫娘，哭声震天。

哥舒翰站在北岸，眼见官军已伤亡惨重，下令自己带的三万人马用河上的运粮船到南岸接应败亡的官军，想再收拢一些散兵败将。谁知这些在北岸观战的兵士已被南岸的惨败吓破了胆，一听将令，不但不肯下船，反而一哄而散，四面乱逃。

哥舒翰见此情状，用右手狠狠捶了一下瘫痪的左腿，无可奈何地叹道："大势去矣！"忽然，他又手指长安方向，哈哈大笑："本来是万全之势，今日成了覆亡之局，陛下，你该醒悟了吧？"

二十一、鼙鼓动地　仓皇西出延秋门

从长安西门向西,顺驿路西行四十里,就到了咸阳县城。

这咸阳县原是隋朝时设置的,后因受渭河改道的影响,唐时又把县治向西移了八里。原来的县治设在秦朝的杜邮亭,就是秦朝大将白起被秦昭襄王赐死的地方。

而今,皇上李隆基已放弃了都城长安,这位七十二岁的开元天地大宝圣文神武至道孝德皇帝,率众来到了咸阳县城东的望贤宫。

这座望贤宫,是皇上的一座行宫。从开元二十四年(736)李隆基从东都洛阳返驾长安以来,除了夏冬两季有时去华清宫消暑避寒外,他一直深居长安宫中寻欢作乐,当然也就从来没有到过这座行宫。

李隆基下了马,在几名内侍的引导下步上了望贤宫的台阶。他脸色灰白,须髯散乱,双眼也有些呆滞。急剧恶化的形势使他明显地消瘦了。

几天来,潼关前线的败报雪片似的飞落到他的御案上。

六月八日夜,哥舒翰的二十万大军惨败于灵宝的消息传来。

六月九日中午,又传来潼关被安禄山前部将领崔乾祐攻占的消息。傍晚,又得到确实情报:哥舒翰在潼关的关西驿收拢残兵时,他手下的番将火拔归仁杀死了他的帐前侍卫官左车,把他劫持给安禄山的部将田乾真,正由田乾真押往洛阳去见安禄山。同时还得知,河东、华阳、冯翊、上洛等郡的官员都已弃城逃跑,潼关周围大片土地城池都落入了安禄山之手。

当日初夜,平安火未到长安。按军队制度,在有战争的方向,沿路要设置烽堠,每隔三十里择高阜之处设置一个,派兵把守。每到初夜,守兵见到前方一个烽堠上起了烟火,便也在自己的烽堠上点起烟火,叫做"举烽"。各烽堠依次举烽,火光很快就传到京城,报告前方平安,所以叫做"平安火"。平安火未到,说明前方失守,沿路烽堠的守兵也已逃散。这些天李隆基都是见到平安火才就寝的,这一晚,李隆基彻夜失眠了。

从六月十日开始,长安城一夜数惊,一片混乱。街肆旅舍关门,东西两市罢市,人心惶惶,乱奔乱窜,流氓横行,无赖滋事。朝廷上君臣相对唏嘘。杨国忠向皇上秘密建议逃往剑南——他从迫令哥舒翰出师时就明知长安会失守,已以剑南节度使的身份暗中派人让蜀郡地方官做好接驾的准备。

李隆基也只得同意。

昨天早上,李隆基强打精神,登上勤政务本楼,向朝臣和市民宣布说准备御驾亲征。一些知道底细的人明白这是稳定人心的弥天大谎。当晚,他又从兴庆宫移驾大明宫,暗令龙武大将军陈玄礼整顿军马待发。

六月十三日,是个黄道吉日。天刚放亮,李隆基带着贵妃杨玉环和韩国夫人、虢国夫人以及皇太子、皇子、妃嫔、公主、皇孙和大臣右相杨国忠、左相韦见素、京兆尹兼御史大夫魏方进、宦官高力士等,由陈玄礼保驾,为了不惊动市民造成混乱,从大明宫的后门穿入禁苑,又从禁苑西门延秋门出了长安,踏上了向成都逃跑的漫漫长途。

现在,他刚走到望贤宫的正门前,高力士也拾级登上台阶,追到他身边,悄声启奏说:"陛下,王洛卿已和咸阳县令一起逃跑,咸阳县没有官员来接待。"王洛卿是一个宦官,奉命先行,告谕沿路各地官员为皇上的大队人马安排食宿。

李隆基听了高力士的报告,什么也没有说,只是摇摇头,长长叹了一口气,迈步进了望贤宫的院子。

看守宫殿的人早已不知去向,只在大门内的一个小厢房里留下一个锅灶。正殿是个宏丽的双层楼阁,但大门大约几十年没有开过了,斜吊着的一把铁锁,锁身已生起了臃肿的铁锈,门窗和楹柱的涂漆已差不多被风雨剥蚀干净,一个窗扇不翼而飞,留下一个四方的黑洞,残留的窗扇也东倒西歪,挂满了蛛网和尘埃。满目凄凉,破败不堪。

早晨出发前,谁也没有吃饭,又赶了两个多时辰的路,人们都饿了。随行的兵士已四散到村落里寻找食物,不懂事的皇孙、皇孙女们哭嚷叫饿,那声音从敞开的行宫大门直传进来,李隆基更感凄然。他回头用哽咽颤抖的声音命令高力士:"朕的那匹御马病了,把它杀掉,用行宫的门窗作柴,煮马肉给孩子们吃……"说完,径直向正殿后面走去。

细心的高力士发现李隆基表情悲苦,眼里闪出凄然绝望的光,便示意在场的一个宦官去执行皇上的口谕,自己仍跟在皇上的身后。

殿后有一株大槐树,巨大的树冠南接殿顶,北盖宫墙,树下阴湿的地上长满了青草。李隆基走到殿后,一屁股坐到树下已生有苔藓的一块方石上,倚着树干发呆。

山河破碎,大势已去!国都乃国家的象征,如今东都早已被安禄山窃踞,长安不日也将陷入贼手;皇帝乃国家的主宰,如今却成了逃难之人,连饭都吃不上,而且还要继续西逃,逃到巴蜀之地!那里本是皇族中人外贬流放的去处。如今,我身为皇帝,却自动去投那里。身在皇宫,高凭御案,我是至尊至贵的皇帝,可一旦失去了都城,失去了皇上的威势,尊贵也就没有了,就在今天的路上,一些扈从士兵已不遵约束,有的甚至口出怨言,一些宦官、朝臣也都不那么遵礼仪,不那么毕恭毕敬了。这才刚上路半天,以后会怎么样?到成都后又会怎么样?恐怕难免受人挟制,至少难免要迁就那些掌刀的武官、有实力的地方官!那样,皇上的脸面不是丢光了吗?活着不是比死还难受吗?我活了七十二岁,享尽了人间富贵风流,与其以后龌龊地活着,不如现在就痛快地死了。自己当年起兵诛灭诸韦,不就是为了不窝囊地活着而冒险吗?现在已做了四十五年皇帝,难道要反过来去过那种窝囊的生活吗?不能!不如现在一死干净!

他手握鞘上饰有金龙的御剑柄,慢慢站起身来,叫了一声:"力士——年兄!"

高力士猛听皇上这样称呼自己,虽然心头闪过一种不祥的预感,但还是惊得满头大汗,身不由己地跪倒在草地上,连连叩头道:"奴才不敢,奴才该死,罪该万死!奴才听大家圣谕!"

"你听我说!"李隆基说道,"国事至此,我不愿再受颠沛之苦,就是有朝一日灭了安禄山贼寇,我也无颜回见长安父老。我死之后,你要善辅太子,收拾天下。你在我家,身事三朝,见多识广,忠义有素,可念我平时待你不薄,勿忘我今日之言!"说着拔出了佩剑。

高力士大哭,忽地跳起身,扳住李隆基的胳膊。李隆基虽然比高力士年轻一岁,但因纵欲过度,近日生了暗疾,体力已不能与高力士相比。高力士奋力夺下了宝剑,丢到了草丛里,然后又跪下抱住李隆基的一条腿,哭道:"陛下不可轻生!"

李隆基长叹一声,泪如雨下:"你何必拦我呀?我已参透,生的痛苦无法解脱时,死比生痛快多了!"

高力士边哭边劝慰皇上:"陛下切不可这样想。陛下今日弃世,大唐社稷将如何?天下苍生将如何?老奴常听人说,天下之事,祸福相倚,圆缺相替,此乃物之常理。陛下平治天下数十年,海内承平,国家殷富,万古不及,国人有目共睹,千秋自有公论。至于逆胡作乱,实因其兵权太重,可这正如陛下以前教诲奴才的,方今境外异族势盛,要保疆守土,边兵不得不重,边兵重则边帅难免生异心,加上安禄山狂悖,背主噬恩,方有今日之祸,也不足深怪,后世也自会有公论。况且现在安禄山虽然猖獗一时,但其识度短浅,不日必生内变,陛下南有大江两岸大片富庶土地,千万忠义子民,北有郭子仪、李光弼勤王之师,自可再造乾坤,重整朝纲,焉可轻易弃世?陛下轻生,岂不正助了贼人气焰,寒了天下平叛志士之心?"

"你的话诚然有理,可我如今成了逃亡的家翁,乞食的丐者,连扈从的将士都有了怨心,即使能生到剑南,也难免入人彀中,受制于人,我实在受不了这些……"李隆基仍是哽咽的声音,像个依在大人膝下的孩子。

高力士见皇上不提死的事了,心里也轻松不少,也品味出了皇上话里的意思。他忙说道:"这些都是小事,老奴替大家妥善安排,大家自管放宽心!"

"朕近些年托任失人,已悔之无及!"李隆基又长叹一声。

高力士更明白皇上的意思了,正要说什么,忽听杨国忠喊叫道:"陛下,陛下怎么到这里来了?"

高力士回头一看,杨国忠跑进了行宫的后院,怀里兜着什么东西。他马上停住了口,眼睛看着皇上,示意皇上不要表现出内心的隐秘。

杨国忠说道:"咸阳县令真可恶,弃官逃走了!臣到村里买了一些胡饼,来献陛下。"

近两年来,李隆基易饥善饿,用饭稍不及时,便心慌气短,手足发颤。今天又经小半天鞍马之劳,已是又饥又渴,但他没有接受杨国忠的胡饼,用别人不易察觉的厌恶目光看了杨国忠一眼,说道:"朕不思食,送赐近侍和皇孙吧!"说着,带领高力士和杨国忠转到殿前。

殿院内和院门外,内侍、嫔妃和皇子皇孙们正在吃东西,这些东西是杨国忠招呼附近村民送来的。马肉虽已煮好,但没有人吃,不知是因为没有放盐难以下咽,还是皇儿皇孙们受了什么人的点拨,不忍心食用皇上的御马。李隆基见几个小皇孙徒手捧着麦饭、面饼,狼吞虎咽,又一股酸楚的热流冲上了眼睛,他强忍住泪水,示意杨国忠把买来的胡饼分给那几个尚未果腹的皇孙。

行宫的院门一阵喧闹,高力士快步走了出去,不一会儿,又折回李隆基跟前,启奏道:"外面郭家村的两户百姓要见陛下,其中两个年长者说是曾见过陛下。"

李隆基本来羞于见人,听说是曾相识的老人,不由产生了他乡遇故知的亲切感,说道:"请他们进来!"

"遵旨!"高力士对李隆基还是毕恭毕敬。

李隆基避开众人,刚退到行宫正殿廊庑下,高力士就引着一伙村民进来了。为首的就是那一胖一瘦两个老头儿。

两个老者率领着儿孙向李隆基跪拜,李隆基弯腰搀扶道:"老人家不必多礼,二位老人家何时见过朕?"

"小老儿名唤杜耕,四十多年前曾在杜曲见过圣上。"瘦老头先答道。

"小民郭从谨,开元二十三年(734)有道产及第,胡乱做过两年县尉,殿辞时曾见过圣上。"有品阶的地方官赴任前,一般都要金殿拜别皇上,称作"殿辞"。

李隆基摇摇头,表示都不记得了。

"圣上应该记得的,王十一王大人的信,是小老儿亲手交给圣上的……"杜耕又说。

"啊,王十一,王琚,唔……"李隆基想起来了,"是你?唉,一晃四十多年了,你也老了,朕也老了。你怎么迁居这里来了?"

"往事休提。陛下起兵诛灭诸韦,崔日用那个狗东西去韦曲诛韦氏亲族时,滥杀无辜,把老杜家的人也杀了不少。当时拙荆刚分娩两天,也被他们杀了,我抱着他……"他指指身边的儿子说,"跑进山沟里,才逃了命,在杜曲住不下去了,才逃到这里……"杜耕说话还是啰啰唆唆的。

李隆基听明白了,又摇头叹道:"托任失人,托任失人啊!朕今天狼狈如此,成了逃难之人……"

"陛下不必伤感。"郭从谨接着说道,"陛下虽受些颠沛之苦,但知道了'托任失人',实是天启圣聪,社稷万民之福!陛下托任失人,山野草民都看得明白,当年皇甫惟明大人路过这里,小民就曾拦他马头,请他把愚见转奏圣上……"

李隆基记起来了,当年皇甫惟明进京,曾密奏李林甫弄权,杜塞言路,说是咸阳县东两个老者的意思。他当时根本没听进去,也没听清两个老人的名字,没想到今天在这里遇上了。他仔细打量了这两个老者,点点头,又摇头叹道:"托任失人,朕之过也!"

高力士见李隆基面有愧色,连连自叹自责,唯恐他再生短见,插嘴道:"陛下龙体不适,又未进食,不宜长谈……"

"力士休要拦朕,朕见此二位老者,甚感宽慰……"李隆基对高力士摆摆手。

"陛下尚未进食?"郭从谨回头吩咐儿孙,"快回去把喜筵酒饭都抬来!"

"喜筵?"李隆基闻言有几分奇怪。

郭从谨解释道:"是小民孙儿与这位杜老孙女今日择吉行合卺之礼。本来是准备今年秋天办喜事的,因为听说安禄山逆旗西向,陛下欲御驾亲征,是小民一力主张,让孙儿前去从戎效力。他的父母和亲家商定提前让他们成婚,使闺女名分有托,想婚事三日再让他去从军讨贼。不期今日在这里得见陛下,也是他的福分。"他回头喊道,"方儿,到前边来!"

"原来如此,难得卿家有此忠义之心!"李隆基说到这里,看看站在面前的新郎,叹道,"好个少年郎君!"又回头用目光寻找高力士,只见高力士指挥一个小太监从窗口跳进行宫正殿里,从殿里向外递送凳子椅子。

高力士先用袍袖拂去一把椅子上的灰尘,放到李隆基身后,然后又让另一个小太监把两个凳子让给两个老人坐,老人谦让一番,谢过皇上赐坐之恩,才坐在李隆基面前。

李隆基吩咐高力士:"取采绢十匹来!"又对郭从谨、杜耕说道,"朕匆忙离京,又不知二位卿家择吉,未曾备办礼物,几匹贡绢,权作贺仪,并偿酒饭之资!"

两位老人刚要起身谢恩,又被李隆基制止。听了皇上的话,郭从谨才又想起皇上还没用饭的事,再次吩咐同来的人回去取酒饭来。

郭杜两家的人走后,郭从谨和杜耕陪李隆基坐着,讲一些得人则昌,失人则亡,兼听则明,偏听则暗的治国之道。虽是老生常谈,且又讲得杂乱无章,可李隆基却感到亲切朴实。就是这些连山野老人都懂的大道理,自己过去却没有真懂,没有实行,才有了今天啊!

郭杜两家的人和庄客们把酒饭抬来了,郭从谨先斟上一杯酒,跪献给李隆基。李隆基却没有接酒,说道:"朕从不饮酒。"

郭从谨以为自己失礼了,当着李隆基的面将那杯酒一饮而尽,然后换了一个酒杯,又斟了一杯酒,再次举过头顶。

李隆基摇头说道:"卿家误解朕的意思了。卿如此忠义,朕哪里是疑卿酒中不洁。朕确实戒酒四十多年了。朕还记得,那是开元四年的事……"

开元四年(716)八月五日,是李隆基的三十二岁大寿,大宴夜以继日,二更时分,他已醉意蒙眬,但兴犹未尽,又传旨把酒席从宫中移到太液亭上。

李隆基带着太监和后妃来到太液亭时,正当弯月初上,亭内的灯光,天上的月光,照在太液池荡漾的水波上,真有水光接天,水天空阔之感。李隆基凭轩高坐,在梨园弟子演奏的新曲声中,一面欣赏太液池的夜色,一面开怀畅饮。宫闱丞杨安见皇上已经大醉,几次上前劝止,请皇上善保龙体,不可饮酒过量,都被李隆基叱到一旁。

李隆基终于大醉了。酒,刺激着他的神经,一股雄武之气横溢胸中,他传旨让人取一柄大槊来,他要学魏武横槊赋诗!

大槊取来了,李隆基大步走出水亭,来到伸向水面的平台上,手握长槊,用雄浑狂放的嗓音唱起了曹操的《短歌行》:

　　对酒当歌,人生几何!
　　譬如朝露,去日苦多。
　　慨当以慷,忧思难忘,
　　何以解忧?唯有杜康……

见了风,酒往上涌,加上唱歌用力,一曲《短歌行》还没唱完,他就连打两个前失。杨安又上前劝阻:"陛下已经醉了,请圣驾回宫……"

李隆基一掌把杨安推了个趔趄,骂道:"胡说,朕何曾醉来?谁不知朕酒量冠绝天下?!"

他舞动长槊,又唱起即兴赋成的短歌:

　　功高五帝,德迈三皇。
　　大安华夏,宾服八荒。
　　海晏河清,阴阳顺畅。
　　唐皇帝业,地久天长……

乓——乓！大槊砸在平台一角的白地蓝花的陶瓷鱼缸上，缸破水流，鱼儿落到平台上扭身摆尾。

杨安急步上前扶住他："陛下当真醉了，回宫休息……"

醉酒的人最忌别人说自己醉了，何况现在李隆基已醉得发狂，他没等杨安把话说完，一脚踢倒杨安，狠狠地朝杨安的脑袋砸了一槊："鼠辈怎敢诋毁朕躬，屡败吾兴！"接着，自己也落脚不住，一头扎在杨安身上。

第二天日上三竿，李隆基才从王皇后的寝宫里醒来，盥洗之后，他便让宫娥宣召杨安。昨夜的事他一点也记不得了。

宫娥不动，王皇后也是凄然的表情。

高力士进来，委婉地告诉他，杨安已被他酒后打死，正停灵在家中。

接着，姚崇、卢怀慎求见，面责他酒后伤人。

他羞愧得无地自容，最后传旨赐御库绢五百匹给杨安家属办丧事。从此之后，李隆基滴酒不饮，就是吃药，也从不用酒作药引。

今天，李隆基一提起这件事，又别有一种滋味涌上心头。当年，初践帝位，为了治国平天下，身为性本嗜酒的皇帝，仅因酒后的过失便能痛下决心戒酒。可后来，却沉湎于声与色之中，多年不大过问朝政，听任李林甫、杨国忠弄权，竟把天下搞成这个样子……

高力士也在一旁证实，皇上确实戒酒几十年了。

郭从谨说道："小民不知宫中之事。既是如此，不知陛下肯用小民家的粗饭否？"

李隆基点了点头。郭从谨命家人将酒分献院中的随驾皇亲，又命家人盛来一钵米饭。

正在这时，杨国忠从宫门走了进来，对郭从谨和杜耕两家人喝道："无知村民，怎敢向皇上擅自进食？"

李隆基怫然不悦，说道："难得他们好意，你不必疑虑！"

"启奏陛下，随行皇亲宫眷都已得食，臣已命尚食奉御为圣上准备了午饭。"

"朕知道了，你且退下。"

李隆基用厌恶的目光看着杨国忠退下，一转眼，看见郭从谨的儿子正端着一钵米饭传递给郭从谨,便问郭从谨道:"这位卿家是……"

"是小民的独生子,今年也快四十岁了。"

"令郎的右臂好像……"他发现了郭从谨的儿子只用一只左手端饭。

"他是残疾之人……"郭从谨吞吞吐吐地答道。

"他是六年前自己砸坏的……"杜耕嘴快,把郭从谨不愿说的事说了出来,"那时陛下降诏再次征兵去打南诏,人们听说头一年征南诏的军队大败,死了几万人,云南又是蛮荒瘴疠之地,中原人到那里不服水土,没等打仗就死去大半,就都不肯应征。杨右相派御史到处抓捕青壮年男子,带上木枷送到军队里。是这位郭老兄见多识广,怕独生子死在云南,就在深夜用石头砸断了儿子的右胳膊,以逃兵役。胳膊虽然断了,性命可是保下来了……"说着,他自己先落了泪,周围的两家人也都抽咽起来。

"小民得罪在先,请陛下恕罪……"郭从谨捧着那钵饭跪下。

李隆基也落下了泪,扶起郭从谨道:"卿家何罪之有,是朕托任失人……"他记得,那次征兵的诏书是他下的,可当时杨国忠称南诏王叛唐归附吐蕃,屡扰唐疆,并说征南大军屡战屡胜,百姓踊跃从军。他当时只顾在宫中取乐,哪里知道云南大败的事,哪里知道民间还有人为逃兵役自残肢体!

"此事老奴也曾向圣上进言。老奴还听说河南、河北两道自残肢体以逃兵役的还有不少人呢。都是过去的事了,不必提起了!"高力士说道。

李隆基从廊下走下台阶,用手拉起郭从谨儿子的断臂说:"是朕糊涂,累卿家受苦。你不怨朕吗?"

"小民不敢。"郭从谨的儿子说。

李隆基又看看那位新郎,问郭从谨的儿子道:"你有几位令郎?"

"只他一个。"郭从谨的儿子指着新郎回答。

"唔,那卿家是两世单传喽?"

"是三世单传了,小民也是独生,无兄无弟……"郭从谨在一旁代答道。

"三世单传,那你们舍得让这郎君去从军吗?"李隆基问道。

"不瞒陛下说,实是有些舍不得。可是,小民虽久在乡野,也还稍知大义。当年云南之役,实是朝中有人欺君,边将贪功邀赏而启边衅,对南诏以强凌弱,故小民不愿让儿子去做牺牲。今逆胡作乱,所至焚杀淫掠,甚至屠城,比异族入侵犹甚,小民岂能坐视?故此一力主张,让孙儿完婚后即去从戎效力。今日幸得遇陛下,请陛下恩准让他做一厮从小卒,也是他的福分……"

李隆基听了郭从谨的话,感慨道:"朝野之士,如都像卿家这样忠义,何愁逆胡不灭!不过,朕今日须赶至金城,郎君今日又是新婚,朕不忍让他未入洞房就随朕颠沛。卿家果是真心,朕赐他闲厩马一匹,让他三日后沿路去追朕如何?"

"谢陛下。吾皇万万岁!"郭杜两家的人都跪拜谢恩。

二十二、马嵬兵变　玉环魂断小佛堂

人生,总是有笑有哭的。

贵妃杨玉环,是个爱笑的人,笑起来很动人;她又是一个爱哭的人,有时哭得很伤心。

笑,她有时是开心的笑,有时是违心的笑,有时是放肆的笑,有时是满足的笑。哭,有时是假哭,有声无泪;有时是真哭,有声有泪;有时哭得很伤心,有泪无声。

笑和哭,有时是她情感的自然宣泄,有时是她使用的一种手段,一种武器。

现在,她哭了,有泪无声,哭得很伤心。

她不是在耍手段,不是在用哭做武器,而是被猝然到来的巨变、日仅过半即突降的灾祸搅起了悲痛,被悲痛和绝望的寒流冲动了发达的泪腺。

驿站外传来的消息是使人难以置信的,然而却是真实的:随驾的禁军杀死了右相杨国忠,杀死了杨国忠的长子户部侍郎杨暄,杀死了随驾的韩国夫人,杀死了御史大夫魏方进,打伤了左相韦见素,现正包围着驿站。

这座驿站,叫做马嵬驿,距长安西门一百二十五里,是西出长安的第一个大驿站,位于马嵬镇南的大路旁。据传说,马嵬镇始建于晋代,是一个名叫马嵬的人率家属避乱至此,筑起城墙,因此得名。从这里策马飞奔,只要半天就可到达长安。

今天早上,杨玉环与皇上一行从金城出发,赶了半天的路,刚到这里半个时辰,事变就发生了。

她明白,禁军敢于这样放肆,一定是暗中有人谋划,有人授意,这些人的锋芒所向,是她杨氏一门,祸事,很显然会波及到自己头上。

她知道,自己一生的欢笑至此永远结束了,即使皇上极力保护她,使她免于死难,她也不会有欢笑了。何况,近来皇上对她冷淡,昨夜在金城驿中安歇,又是男女混乱,贵贱无别,她和他连说话的机会都没有,谁知道他现在想些什么呢?今天,也许自己不单是结束欢笑,还会结束哭泣,结束一生!

她三十八岁了。三十八年来,她有过多少次笑,又有过多少次哭哟!

二十二年前,她十六岁,正当豆蔻年华,情窦初开,她被册封为寿王李瑁的妃子。

那一天,她终生难忘,是开元二十三年(735)十二月二十四日。

上午,她被养父杨玄璬用车送进皇宫。一下车,她就被一些老宦官、老宫娥包围了,老宦官为她跑前跑后,老宫娥则是寸步不离,将宫中的规矩、成婚的礼仪,甚至那令她面红耳赤的男女之事都不厌其烦地对她指教,向她交代。她当时既兴奋,又感到神秘,既紧张,又隐隐感到自己在渴求什么。她温顺地按老宫娥和宦官的引导去做。午饭,满桌她叫不上名堂的食品,老宫娥指点她吃什么,她就吃一口什么;沐浴,浴池的温水里似乎撒了什么香料,连水雾都有一股幽香,她由两个宫娥替她洗身、沐发、更衣。出浴后,她入宫时穿的衣服全不见了,老宫娥替她穿上了崭新礼衣,内衣是那么软,棉衣是那么轻柔,外罩的红地黄花的衫袴是那么鲜艳,头戴的花冠更是珠光宝气,耀人眼目。穿戴完毕,她再见到养父时,从养父的眼神中,她断定自己的打扮是惊人漂亮的。

接着,她和养父在宫娥和宦官的簇拥下去见皇上。皇上和武惠妃并坐在大殿上。她和养父跪拜之后,皇上颁下册书,正式宣布她为寿王之妃。她和养父又一次谢恩。

傍晚,在宫廷的鼓乐声中,在烛笼、步障、金缕罗扇的引导下,她由两个宫女扶入李瑁的寝宫。夫妻交拜后,男女对坐,李瑁为她颂《催妆诗》《却扇》诗。她虽然没有完全听懂诗意,但李瑁清朗甜润的嗓音,使她感到心里甜丝丝的。"却扇"之后,侍女们先后退出,她大胆地抬眼望望李瑁,只见他身材适中,眼大而有神,脸白而细嫩,满身青春的活力。他向她走来,把她搂在怀里,又惊又喜中,她也向他慢慢地收拢双臂。那时,她伏在他的肩上,笑了,笑得很甜……

十七年前,她二十一岁,和李瑁新婚五年,变得更加妩媚丰腴了。美貌,使她的命运发生了陡变。

那是开元二十八年(740)十月中旬,她坐上一辆双层辊车,由高力士骑马陪同,在一队羽林军士的拥簇下,由长安驰往骊山温泉宫。她接到皇上、也是她公爹的圣旨,要她到那里谒见。

华清宫,她也来过;皇上,她也见过。可今天,她有些神情恍惚,机械地按照侍女的引导,先用饭,后入温汤中沐浴,出浴后上妆侍宴。夜宴时,皇上让她坐在自己身边,她就坐到皇上身边,皇上让她饮酒,她就饮酒。

歌舞停,夜宴罢,她再一次净身换妆,然后由四个宫娥提灯前导,把她引进李隆基的寝宫。

宫娥们退出去了,皇上站在她的面前,两眼盯着她的脸,足有两盏茶的工夫。接着,皇上又迈动双脚,走到她身后,像鉴赏一件巧夺天工的工艺品一样看着她。她的心怦怦直跳,两眼无助地望着脚下。

突然,皇上对她动手脚了,她下意识地抗拒着,然而,没有用,她被他狂暴的动作和力量剥掉了衣服,拥进了芙蓉帐里。

第二天,日上三竿她才醒过来,她穿衣,盥洗,梳头,皇上一直陪在她身边。他向她说出自己的安排:让她先出家做道士,住进后宫,在后宫辟一殿为太真宫,她的道号就叫太真。这样可以遮人耳目,这样可以朝夕相聚。过几年再正式册她为妃子。

她一言不发,梳妆完毕,皇上又命人取来一个金步摇赐给她,并亲自给她戴到头上。这金步摇是纯金打成的首饰,呈凤鸟形,上端缀有珍珠,戴上它走路,珍珠随步而摇动,使人平添姿色。戴上金步摇后,皇上问她:"玉环,朕为你的安排如何?"

他对她说些什么,她并没有认真地听。她不需要认真地听。皇上,操有对天下人生杀予夺的权力,她一个弱女子,对他只能服从,他说怎么办,她就得怎么办。

听到皇上问她,她本想哭,但她没有哭,而是轻轻点点头,轻轻地笑了。

这是违心做出的笑容。

五年前,她三十三岁,身侍皇上已经十二年了。

夏天,她随皇上在华清宫避暑。七月七日,是传说中织女渡鹊桥与牛郎相会的日子。关中风俗,上至皇宫,下至百姓,妇女都在庭院里铺设锦帐,摆案焚香,陈列饮食,摆上瓜果,做"乞巧"。

那一夜,蓝天寂寂,银河耿耿,玉露冷冷,上弦月升到中天的时候,她晚妆初罢,一个人陪着皇上登上长生殿的二楼,仰看牵牛星座。她忽有所感,不自觉地发出一声长叹。

"玉环,因何忽而不快?"李隆基问道。

她看了他一眼,过了好久,才慢慢说道:"臣妾听人说,以色事人者,色衰而爱弛。臣妾已三十多岁了,他日珠黄,不知被大家置于何地!"

"爱妃何出此言?爱妃在阿蛮身边十多年,当知阿蛮非薄情之人。"李隆基摩挲着她的肩膀,昵声安慰道。

她轻轻摇摇头,又说道:"田舍翁多收二斗米,尚想易妻。况陛下贵为天子,后宫粉黛无数。不管陛下怎么说,妾知道迟早有一天要……"她又叹了一口气,接着说道,"细想起来,还真不如牛郎织女。虽然每年只能见一次面,可年年都有相见的机会呢!"

"牛郎织女,怎能比阿蛮与爱妃,朝夕相聚,终生相守?爱妃休要烦恼,阿蛮决不负心!"

她还是摇头叹气。

"唉呀,"李隆基有些情急了,"你想一想,你入宫以来,阿蛮对你如何?你难道要阿蛮把心掏出来给你看吗?"

她转过身来,倚在他的怀里,用手抚着他的胸前说:"臣妾岂敢让陛下掏出心来？只愿今生今世，陛下心里常有贱妾，妾就死而无憾了。"

"岂止今生今世，阿蛮生生世世，与卿厮守，天长地久，永不离分！"他说话间一眼瞥见楼下庭院中的香案，猛地拉起她的手就往楼下走。

到了庭院，他甩开她的手，跪在香案前，发誓道："苍天在上，牵牛作证，我李隆基愿与爱妃杨玉环生生世世，永为夫妻，如若负心，不得善终！"

李隆基的诚意，终于使她感动了。是啊，她入宫以来，他对她确实爱如奇珍异宝，他专为她作了《得宝子》歌曲，公开说："我得玉环，如得奇宝。"她在天宝四载正式被册封为贵妃，贵妃仅次于皇后，而皇上自从废了王皇后之后，一直没有再立皇后，她就相当于皇后！他对她的宠爱是专笃的，差不多是行同辇，止同室，宴专席，寝专房，她的一家人都沾了光，杨氏一门富冠天下，以至民谣说："生女勿悲酸，生男勿喜欢。""男不封侯女作妃，看女却为门上楣。"作为一个女人，能为自己、为家门赢得的一切，她都从他那里得到了。现在他又为她发这样的重誓。

她笑了，是一种满足的笑。

当然，她也哭过。

她还是小孩子的时候，做蜀州司户参军的父亲杨玄琰死了，她哭了。父亲生前很爱她，怕这个独生女儿养不大，谎说此女生下来时臂上带一玉环，并为她取名为玉环，意思是把她套住，不让她再回到阎王那里。可她的哭，并不是因为失去了慈父而悲痛，而是被母亲的痛哭吓哭的。

父亲生前是个七品官，俸禄微薄，没有留下什么家产。她被母亲带着去投靠她的叔叔杨玄珪。叔父一家对她很好，她的堂兄杨铦更是总爱逗她玩，有时也故意逗她哭。她很喜欢小狗，叔父为她弄到一只卷毛狮子狗，虽然毛色不纯，但灰嘴唇白鼻梁，也很可爱，她高兴极了，白天晚上抱着它。有一次，趁她在后园放下小狗去追蝴蝶的工夫，杨铦故意把那小狗丢进树下的一眼枯井里。她发现是杨铦搞的鬼后，大哭起来，叔叔婶婶赶来后，重重打了杨铦两巴掌，并命家人下井把狗抱了上来。从那时起，她发现一个奥妙：宠爱她的人怕她哭。以后杨铦再恶作剧，她就装出要哭的样子，杨铦便马上赔罪认错。

做了李瑁的妃子后,她感到自己是在蜜糖中过日子。李瑁是皇上的第十八个儿子,是皇上三十个儿子中生得最健美的,又知音识律,性情温婉,对她总是轻怜痛惜的,是她可意郎君,她全身心地爱着他。他本来是有希望被立为储君的,可武惠妃死后,高力士力保李亨做了太子,他做太子的希望破灭了,但她对他的爱情却丝毫没有因此而受影响。他是亲王,他开府仪同三司,做他的妻子,她满足了。那年高力士来宣她到华清宫进谒皇上时,她正和寿王在府邸里猜枚玩儿,高力士宣布的旨意,对她和寿王都如晴空霹雳。她和寿王都明白,宣她去进谒意味着什么。寿王不知所措,她更是惶惑莫名。论年龄,皇上差不多可做她的爷爷,论名分,皇上是她的公爹,何况皇上后宫粉黛无数,对美女见一个爱一个,她进宫后命运又会如何呢?更何况,她真舍不得眼前的夫君。可是,皇上的圣旨是不可抗拒的,若是武惠妃没有死,也许还可想办法,也许这件事根本不会发生,可武惠妃在三年前死去了,寿王在皇上眼中的地位一落千丈。眼前,他俩要想活下去,只能遵旨!

　　高力士退出后,她扑到李瑁的怀里,哭了,是生离同死别的哭,是割肉求生的哭,是弱者的肉将被强者所食时的无可奈何的哭。

　　自从华清宫里被皇上召幸后,她一直按照皇上的安排,以出家女道士的身份,在后宫的一处宫殿安身,宫中的人称她的宫殿为太真宫,称她为太真,她就这样做了皇上五年的情人。

　　天宝四载(745)初秋的一天晚上,皇上又到太真宫里来了,却发现她在哭。

　　李隆基慌了,像哄小孩一样:"莫哭,莫哭,朕不是来了吗?"

　　她还在哭。美人雨泣花愁,更别有一番风韵,牵惹李隆基的情肠。他抱住她,吻她的脸,抚她的胸,悄声劝慰:"莫哭嘛!有事快对朕说,朕为你做主!"

　　她扭过头,把满头乌发丢给李隆基,说道:"妾入宫快五年了,人家还叫妾'太真'……"

　　"噢,朕明白了,待朕慢慢区处……"

　　"都五年了,还'慢慢'地!"她又委屈地抽泣两声。

"好,快快地,快快地,快快地嘛……"

这一次哭,果然奏效,没过一个月,皇上先为寿王李瑁娶了韦昭训的女儿为妃,然后,八月十七日,在大明宫凤凰阁举行了册立她为贵妃的仪式。

这一次哭,她是装出来的,是讨身价的哭。

被册妃一年之后,她又哭了一次——她被皇上逐出皇宫,撵到杨铦的家中。

她被册为贵妃之后,她的一家人都显贵起来,养父杨玄璬已死,追赠为兵部尚书,叔父杨玄珪做上了光禄卿,堂兄杨铦做上了殿中少监,杨玄璬的三个女儿、她的三个叔伯姐妹的家,也都搬到了京城,住进了皇上赏给的房子。

她把寿王彻底忘了,做皇上的贵妃和做亲王的妃子,地位和待遇真有天渊之别哟!她完全面对现实了,她要巩固自己的贵妃地位,也是出于妒意,她得罪了皇上!

头一天晚上,她心情不佳,多饮了几杯酒,等到三更,也未见皇上到来。天亮之后,她一打听,原来昨晚皇上又到梅妃那里过夜去了。

又是这个梅精害得自己一夜独守空房。她不由得妒火中烧!

梅妃本名江采苹,原是岭南一个医者的女儿,生得身材苗条,聪明伶俐,擅长吟诗作画。她比杨玉环早入宫几年,也颇得皇上的怜爱。因为性喜梅花,常画梅花,宫院里广植梅花,所以李隆基称她作"梅妃"。杨玉环初入宫时,诸事还能让梅妃几分,时间长了,二人渐渐不能相容,时常互相嘲谑。她骂梅妃是"梅精",梅妃竟回赠她一句"肥婢"。杨玉环被册贵妃之后,地位高出梅妃,心里最妒的也是梅妃。她被册为贵妃之夜,故意不理李隆基,逼得李隆基发誓以后再也不到梅妃那里去过夜。可一年下来,她看得出,皇上虽然更喜欢自己,但对梅妃还是旧情未断。

势大胆也大,位高气也高。她身为贵妃,上无皇后,自然是三宫六院之首,胆子便大了起来。这一次,她不能再容忍了。

她带着侍女冲到了李隆基与梅妃过夜的寝宫。梅妃闻讯慌忙从后门逃走,只剩个李隆基被堵在床上。

她大吵大闹,说皇上贪欢忘晓,梅妃狐媚惑主。

"朕夜来劳乏,独宿于此。"李隆基故意打个哈欠。

她见皇上瞪着眼睛耍赖,竟然还对自己称起"朕"来,气不打一处来。她弯腰拾起梅妃丢下的一只绣鞋,狠狠地摔到床上:"既是独寝,这只绣鞋从何而来?想是陛下所穿了?"

侍女们情不自禁,发出嘻笑声。

李隆基顿时恼羞成怒,披衣坐起,喝道:"放肆!"立即传旨,命高力士将她送回杨铦府中。

到了杨铦家中,兄弟姐妹都来看望,有人安慰,有人抱怨,整个杨家的人都沉浸在惶恐不安的氛围里。他们都知道,他们是靠杨玉环而显贵起来的,杨玉环得宠则他们荣,杨玉环失宠则他们辱。

在皇宫生活了五年的杨玉环,突然被撵回杨府,也恍如从九霄一下子跌落到泥地上,清醒了许多。她领略了皇上的厉害,领略了皇上至高无上的权威。皇上的一句话,可以使她荣为贵妃,成为全国女人中的魁首,同样,皇上的一句话,又可以使她沦为民妇,甚至夺去她的性命。同时,从兄弟姐妹们的表情上,她也更清楚了,她一人身系杨门的荣辱生杀。她知道,皇上是不会让她在杨府中常住的,要么召她回宫,要么会赐她一死。她若一死,杨氏一门的灾祸便会接踵而至。

在兄弟姐妹哀怨的目光和忧心的叹息声中,她感到了恐怖、惶惧和悔恨,不禁潸潸泪下……

此刻,在马嵬驿后院里,杨贵妃的哭,比十年前被逐回杨铦府时的哭要凄惨和恐怖得多。那一次,凄楚中还存有一点逆转的希望,希望皇上能回心转意,宽恕自己,重新接自己回宫。可现在,惨祸已成事实摆在面前:随驾的杨氏一门都倒在了血泊中,比皇上早一天逃回四川的杨国忠夫人裴柔和虢国夫人,也难逃厄运。

当她听说杨国忠被羽林军杀死的一刹那,她的脑中出现了一段短暂的空白,只是暗自吃惊,并没有哭。杨国忠虽然是她的同族本家,但她入宫前,根本没见过他的面,她对他的感情,与对杨铦的感情相比,根本不可同日而语。杨国忠固然是靠与她的兄妹关系骤登相位的,但最初却是靠韩国夫人,特别是虢国夫人的推荐才见到她和皇上的。她对杨国忠并没有什么特殊的好感,只是觉得他比杨铦机灵精明、敢作敢为,会讨皇上的欢心,高官显位后对自己贵妃地位的巩固不无好处,因此才肯暗中多少帮他一点忙。杨国忠做了宰相后,轻浮暴躁,飞扬跋扈,她已觉得不顺眼;近半年来,她更看出,安禄山造反、潼关失守都与他有关系,所以,当她听说杨国忠被杀时,她心里虽说不上是喜,可也说不上是痛。

当她听说随驾的杨氏一门都遭惨杀时,她才意识到事情的严重,一下子仿佛掉进了冰水中。

驿站外一阵吵嚷,中间还夹着高力士和李隆基时高时低的声音。此刻,她已顾不上为杨国忠等人的惨死而伤心了,她想:皇上是否有能力驱开她头顶的死神呢?

她不敢到前院去见皇上,更不敢在羽林军面前抛头露面,只能在这里等待着。她深深感到自己原来是一个可悲的弱者。

沙,沙,沙,她熟悉的高力士的脚步声由远及近。他来干什么?是来通报消息?是来劝慰我?是来召我去见皇上?为什么走得这么慢?

她擦了一下眼泪,迈步从二门后回到她休息的小房子里去,等待高力士到来。

高力士也不等侍女通报,径直走进了她的房间。他的身后,跟着两个太监,手里握着一条白罗巾。

高力士逐出侍女,朝她跪下,泣不成声:"奴才……来拜别……贵妃娘娘!"

杨玉环明白了,他们是来结束自己的,结束自己的笑与哭,悲与欢,荣与辱,爱与恨……

她的血液仿佛一下子凝固了,呼吸也停住了。

过了好一会儿,才喘过一口气来,两股泪水无声地滚过双颊。

"皇上何在,还能容我见皇上一面吗?"像一个将要在狂涛中没顶的人仍会胡乱地去抓一根漂在水面的稻草那样,她仍寄一线希望于皇上。

"娘娘是聪明人,这条罗巾,乃圣上所赐……"高力士的话,委婉而坚决。

"朕在这里……"李隆基手拄木杖,老泪纵横,在寿王李瑁的搀扶下走了进来。

杨玉环见了这一老一少,刹那间百感交集,泪如泉涌。这一老一少,都曾是自己的男人。十六年来,这一老一少第一次同时并肩出现在自己的面前!

"贱妾拜别大家……"她跪倒在李隆基跟前,又喃喃问道,"以大家天威,尚不能庇妾一身了吗?"

"朕自身尚且……愿爱卿善地超生!"

听了李隆基决绝的话,杨玉环知道自己断无生望了。她抬头看看李隆基,李隆基已悲不可抑,背过身去,却发现手扶李隆基肩臂的李瑁那似恨似怨似悯的目光。她真想扑到李瑁的怀里痛哭一场,然而,就是这生离死别的时刻,她也不可能这样做了。她早已是他的"母妃"了!

"贱妾何罪?外面究竟出了什么事?"她又问道,当然是在问李隆基。

李隆基背着身子,他无颜正视杨玉环,也无法正面回答杨玉环:"朕……实有负爱妃……朕不久也当……追爱妃于九泉……"

高力士移动一下双膝转向李隆基叩头道:"奴才斗胆,奴才请大家回避!"又用命令的语气对李瑁说道,"快扶大家出去!"他怕再延误时间,怕驿外的士兵冲进来。

李瑁平时就怕高力士,现在见他这么严厉,慌忙半搀半拽地把父皇带出门去。

高力士又移动一下双膝,转向杨玉环,代替皇上回答她的发问,他说得很快,也很明确:"娘娘实在无罪,圣上和奴才尽知。可扈从将士围了驿馆,说国忠既已谋反伏诛,娘娘不应再留在皇上身边。他们还说娘娘……以色事君,惑君误国。如今之计,只有娘娘……"

高力士的话如电光石火,使她看清了自己的地位。自己现在成了牺牲品,自己的一生都充当了牺牲品!养父把她献给寿王,换取了皇亲的身份;寿王把她献给了皇上,换取了亲王地位的巩固;今天,皇上又要把她的性命献给哗变的将士,平息众怒,稳住局势,保住自己的帝位和性命!

国家的事,都是君王你自己弄坏的,与我何干?我本是寿王的妃子,过得很快活,是你倚仗皇帝的威势,把我夺到你的床上。是你迷恋我,我何曾蛊惑你?你给了我,给了我杨家富贵荣华,可我从来没有武则天、韦后、太平公主那样的野心和权势!杨国忠固然是顺着我这根竿子爬上来的,可归根到底,还是皇上你和他气味相投,不然,为什么杨铦只是一般的供奉官,而杨国忠却成了宰相?为什么到头来你把我牺牲?

人,全是易变心、负心的骗子!你为了讨我的欢笑,恨不得把天上的月亮都给我摘下来,还发誓要和我世世代代为夫妻,可现在大难临头,竟狠心同意用我的死换你的生!这个高力士,平时一口一个"娘娘",恭顺得不得了,可现在竟做了把我送上望乡台的人!

她对周围的人绝望了。她不哭了,立起身来说道:"容我礼佛而死!"她现在觉得,可相信的只有神佛了。

"娘娘请便,愿娘娘善地超生!"高力士叩了一个头,也站起身来。

驿馆后院的房后有一座佛堂,供奉着佛祖的塑像。

杨玉环来到佛堂对佛像跪下,泪水又夺眶而出,她边拜边哭诉:"佛祖在上,侍儿杨玉环生时行善,从不杀生;今日含冤而死,无处申诉。只愿佛祖垂佑超拔。侍儿来生,一愿不做女儿身,二愿不落帝王家……"

说到这里,她想放声大哭,可是,结成套环的白罗巾套到了她的脖子上,她瞥眼一看,只见高力士指挥两个太监,收紧罗巾,把她拖向佛堂前的一株梨树。高力士的脸上,是她从未见过的狰狞……

二十三、依样葫芦　李亨乘机夺父位

三股力,导致了杨氏一门在马嵬驿的覆灭。

三股力是:龙武大将军陈玄礼和随驾的羽林军将士;太子李亨和李辅国;李隆基和高力士。

俗话说,老实人常在。当初随李隆基诛灭韦氏和太平公主的武官中,只剩下陈玄礼一个人了。李仙凫早已病死,王毛仲因纵暴不法被赐死,葛福顺、李守德被王毛仲牵连,贬为低级官吏,也早已离开人间。只有这个陈玄礼,一直做着羽林军将领到现在。

他为人厚道,对上不居功放肆,对下不倚势凌人。他不贪财物,只老老实实在皇上赐给的宅第中吃自己的那一份俸禄;他不纵欲,饮酒有度,不蓄姬妾;他武艺不算高强,但自从李隆基登基到现在,四十多年来,他万日如一日,总是鸡鸣就起床,在自家的庭院里,在随驾的兵营中,练剑健身;他从不结党营私,很少和朝官来往,喜怒不形于色,王毛仲擅索甲仗的事与他无关,李林甫、杨国忠擅权时,不少朝臣像春天的韭菜一样被割掉,可他一直平安无事。居正三品官而无人倾轧,享厚禄无人妒嫉,年近七十而身体健朗,安稳地做着宿卫宫廷的将军。

可是,这些日子,这个老实人不老实了。

杨国忠把潼关的二十多万守军推给安禄山,为安禄山打开通向长安的大门,这种祸国殃民的做法使他怒火中烧,咬牙切齿。在长安的时候,他就想动刀子,杀掉这个奸相。但是,这样的事,如不事先得到太子或皇上的认可,那就等于他自己造反。他不敢直接去找皇上,因为皇上身边有一个杨玉环,她对要杀杨国忠的事不会无动于衷的;他又无法与太子私下接触,太子李亨吸取了韦坚、皇甫惟明、王忠嗣事件的教训,为了避嫌,总是深居东宫,不与朝臣特别是内外武官来往,而且越是朝廷有风吹草动时越谨慎。

出了长安,离了皇宫,他身为羽林军首领,感到方便多了,甚至随时都可见到他想见的人。正当他要与太子和皇上密商除掉杨国忠时,太子李亨的心腹太监李辅国、皇上的贴身太监高力士先后来找他了。

李亨今年四十五岁了,被册封为皇太子也已十八年。可是,他什么权力也没有,像个被软禁的囚徒,提心吊胆地在东宫里打发着岁月。对于处心积虑谋害他的李林甫,他恨不得食其肉,寝其皮;对于像一头公驴一样乱踢乱叫的杨国忠,他也恨得牙根发痒。李林甫死了,他乐得三天三夜没睡着觉;杨国忠总揽大权后,他又看清了:不除掉杨国忠,即使父皇突然死了,他也未必能顺利登上帝座!因为杨国忠控制着朝政,杨贵妃控制着后宫,他们内外串通,说不定搞出什么名堂,要废掉自己、另立太子,也是轻而易举的事。别看平时杨玉环与杨国忠不那么融洽,一旦有了共同利害,他们还会串通一气的!

人的心目中总是有偶像的。如果说李亨心目中的偶像是自己的父亲,他盼望有朝一日能像父亲那样贵为天子,恣意享乐,那么高力士就是李辅国心目中的偶像。

一个太监,能做到一品官,能使宰相、太子唯唯诺诺,能对满朝公卿颐指气使,真使他羡慕至极。可是,他现在只是太子身边的一个老太监,如不建奇功,成为第二个高力士就只能永远是幻想。现在,这个比太子还大十多岁的老太监,凭他在宫中生活几十年的经验,看出了门道:摘星换日立奇功的机会来到了,第一步要把杨国忠除掉!

他对太子李亨百般劝导,分析利害和成败因素,昨夜住在金城驿时,李亨终于同意派他去游说陈玄礼。为了表示忠诚,他哭着拜别李亨,发誓道:"此事得手,自是殿下洪福;如若失手,老奴宁肯一家数十口被屠戮,也不会说是受了殿下教令!"

不谋而合。李辅国刚出陈玄礼的军帐,高力士又到了。他得到皇上的默许,来传谕陈玄礼,伺机除掉杨国忠。

　　高力士和李辅国不同。他此生已无所求。皇上对他的恩遇太深厚了,他得到的富贵和荣耀太多了,他心甘情愿地要把余生献给李隆基。同时,他也知道,自己文无功,武无劳,不能再去侍奉新的主子,在有限的余生里,他的命运只能和李隆基的命运连在一起。李隆基生则他生,李隆基辱则他辱,李隆基亡则他也亡。他同意李隆基弃都城逃跑,因为他看得很清楚,满朝文武中再无一个人是安禄山的对手,再无一个人能统兵守住长安。可是,一出延秋门,他就在李隆基耳边嘀咕,说是剑南方面杨国忠的势力太大,到那里之后,他这个老奴才怕是很难再侍奉于皇上身边了。

　　哥舒翰全军覆没,潼关失守,对李隆基来说,是一味苦辣酸咸俱全的清醒剂。他恨自己昏庸,也恨杨国忠误国。高力士富有暗示性的话,更使他心动:剑南是杨氏一门的老家,杨国忠年轻时在那里从军多年,后来又兼任剑南节度使多年。可想而知,那里杨国忠的亲朋故旧,老上司、新属员遍地皆是。从长安逃到那里,无异于离虎口而进狼窝。到那里后,杨国忠如虎入深山,他这个皇帝则如龙进沙滩。到那里后,杨国忠成了地方实权派,会打着他的旗号胡来,甚至会干脆把他软禁起来,前代挟天子以令诸侯的事是司空见惯的。与其那时受制于杨国忠,不如现在就把他除掉,一则可免去后患,二则可瓦解安禄山部将之心,他们不就是打着诛灭杨国忠的旗号吗? 三则还可暖一下天下人之心,仅从杜耕、郭从谨两家人口中,就可知道百姓对杨国忠是不满的,不要说那些死于灵宝的几十万将士的家属了……

　　于是,李隆基同意了高力士的秘密建议,授意陈玄礼寻机会除掉杨国忠。

　　于是,三股力汇合了。

　　从昨晚开始,陈玄礼开始逐渐向羽林军将士渗透:安禄山作乱,潼关失守,都是杨国忠弄权误国所致! 杨国忠靠盘剥百姓取悦皇上,你们谁家都受过他的害! 到了剑南,杨国忠要勾结吐蕃,烧绝栈道,挟天子以令天下,诸位休想再回中原见父母妻子了!

将士们的怒火烧起来了。他们本来就不愿离开关中,何况一路上连饭都吃不上,早就憋了一肚子气。经陈玄礼一煽动,他们再也按捺不住了,纷纷乱嚷:"宰了这个舅舅养的无赖!"

"我们早就有心砍了他,只是怕将军不同意!"

"杀了他,皇上怪罪下来,我去偿命,我豁上了!"

"说干就干,白天动手,别让他溜了,他儿子姐妹一大帮呢!"

对于这一切,杨国忠竟一点也没有察觉。他正是得意忘形的时候。再过几天,到了成都,他就是主人,皇上就成了寄食于他门下的客人,他更可以一手遮天了!看来,国家乱、都城丢,对于他来说,非但不是坏事,反而是大好事,他自己不但没有丢掉什么,反而会得到更多,官可以更高,势可以更大!

这日天刚近午,李隆基的大队人马来到马嵬驿。李隆基和杨玉环等嫔妃在高力士的引导下进入驿馆后,杨国忠带着儿子杨暄,左相韦见素带着儿子韦谔,御史大夫魏方进带着儿子魏元向,按礼节到驿馆中问候皇上起居。从驿馆出来,迎面遇到一群人拦住了他们的去路。

这一群人是吐蕃的使者,共二十一人。他们来时还不知道大唐发生了内乱,今天上午在通往长安的路上和李隆基的大队人马相遇,才知道他们要拜会的大唐皇帝正向西南逃命,不会马上以礼接待他们,他们只得随着大队人马同行。

"你们不要去打扰皇上,先找个地方用午饭,待午后……"杨国忠对吐蕃使者说道。

没等杨国忠说完,为首的吐蕃使者便抱怨道:"我们不是去找皇上,而是来请几位大臣赏些食物。我们身为使者,总不能和士兵一样自己到村镇中去寻食啊!"

杨国忠已感到这些使者是一个包袱,但吐蕃地近剑南,他现在又不敢惹恼他们,便压住火气说:"本相就派人寻些食物与贵使充饥,待午后引贵使拜见皇上,贵使就算完成使命,便可回国了。"

"我们来时的路已不记得了,盘缠也已用尽,敢烦相公派一向导,并赐些银两……"吐蕃使者提出要求。

杨国忠正要再对吐蕃使者说什么，猛听吐蕃使者们的身后有人大喊："杨国忠与吐蕃同谋造反！"他抬头一看，几百名扈从士兵已向他们围了过来，这些士兵，有人骑马，有人步行，有的箭上弦，有的刀出鞘，个个满面怒气，口中乱嚷道："杨国忠父子谋反了！"

"魏方进父子同谋！"

"杀反贼！"

"有诏杀杨国忠！"

"杀祸国殃民的贼！"

六个朝臣，三对父子，一下子都惊得合不上嘴。他们原来都只看着眼前吐蕃的使者们，谁也没注意远处将士向他们围拢过来。其中杨暄吓得从马背上溜了下来，伏在马身后发抖。他吃喝嫖赌比他父亲还在行，文武之道却实无一策。韦见素父子和魏方进父子，也都是依附杨国忠上来的，不过安禄山起兵后，韦见素一些政见与杨国忠不合，在朝会时常和杨国忠争论不休。但他们也都没见过这阵势，不约而同地望着杨国忠。

杨国忠毕竟是行伍出身，平时又骄横惯了，此刻还能撑得住架子。他坐在马上，用手指着乱叫乱喊的士兵，厉声喝道："放肆！本相正在宣慰吐蕃来使，你们岂敢胡闹！这是造反！谁是领头的，站到前边来！叫你们陈将军来！"

叫喊的将士一下子被镇住了，驿站前的广场上出现了短暂的宁静，双方在沉默中对峙着。

突然，士兵丛中一人叫道："你就是反贼，还说谁造反？"说着一箭飞来，正中杨国忠马鞍。此人是扈从兵士张小敬。昨天在望贤驿，他因食不果腹而口出怨言，被杨国忠听到，随手兜头抽了他一马鞭，至今他下颏处的鞭痕还红肿作痛。今天上午，陈玄礼还暗中关照他，教他临事不要胆怯。

张小敬的一声叫、一支箭打破了僵局，羽林军将士又挥马舞剑叫骂着向前冲。

杨国忠再也撑不住架子了，拨马向驿馆方向逃命。他这一逃，更助长了羽林将士的气势，他们像两军阵前追杀败阵逃跑的敌兵一样，争先恐后呐喊着向前冲杀。

那二十一个吐蕃使者,因为横在羽林将士和杨国忠等人中间,最先被乱兵杀死。

杨暄刚爬上马背,忽然飞来一箭,正中他的面门,他惨叫一声,从马上栽了下去。

杨国忠拍马跑了十几步,被张小敬从后面赶上,一枪戳落马下。张小敬又忽地跳下马,一刀割下杨国忠的脑袋。

魏方进中箭落马后,大呼"儿子救命"。魏元向跳下马来扶父亲,乱兵冲了过来,长刀短剑齐下,父子登时双双毙命。

韦见素父子二人,子前父后,斜刺里逃跑,一个骑马舞槊的士兵追了上来。韦见素回头喝道:"你们怎敢如此擅杀朝廷大臣!"那士兵并不答言,朝韦见素兜头拍下一槊,韦见素一闪,额头被大槊扫去了一片皮肉,鲜血涌流出来。韦谔见父亲危急,只得兜马回救,那士兵又举起大槊。

正在这万分危急的时候,张小敬拎着杨国忠的首级跑了过来,对那士兵喊道:"杨国忠父子已死,别再伤害韦相公父子了!"韦见素父子才抱头向驿馆中逃去。

李隆基听了韦见素父子的禀报,知道杨国忠父子已被杀死,心里感到一阵轻松。他让在身边的儿子李瑁用药为韦见素包扎伤口,自己扶着拐杖向驿门走来,想看一看外面的动静。高力士随后跑了过来。

可是,事情的发展大大出乎他的意料之外。他像一个拙劣的法师,能呼来风雨,却无法控制风力的强弱、雨量的大小,也无法使风停雨歇。

就在他向驿馆大门走来的时候,羽林军将士们正乱哄哄地向驿馆形成弧形包围过来。他们的枪梢挑着杨国忠、杨暄、魏方进、魏元向和韩国夫人及其家属的脑袋。这些将士,用刀剑发泄了对昏庸的皇上、对权势熏天的杨氏一门的愤怒。

见羽林军士前来包围驿馆,李隆基心里暗自吃惊。

那些羽林将士见皇上出现在驿门口,都叫喊着,摇晃着枪梢上的人头,向皇上逼近。

高力士抢在前面,用身体挡住李隆基,对众将士高声说道:"皇上旨意,杨国忠谋反当诛,众将士讨贼有功,自当论功行赏。众将士可按部就班,勿惊圣驾!"

众将士虽然没有再向前进逼,但谁也没有后退。他们冲着站在驿门台阶上的高力士和李隆基乱嚷道:"虽然杀了杨国忠,还有祸水在后宫未除!"

"让皇上到前面来讲话!"

"把杨玉环交出来!"

"冲进去!砍了那个女妖精!"

愤怒的士兵随时可能冲上台阶,冲进驿馆;士兵们不逊不敬的言词表明,若是他们冲上来,后果不堪设想。这时的李隆基,才发现自己在处置杨国忠的事情上又犯了个错误:忘记了自己的处境!现在已不像从前在皇宫时那样了,现在已丧失了让谁死谁就得死、让谁生谁就可以生的至高无上的权威!杀了杨国忠,再想留下杨玉环,已经不可能了!

陈玄礼率领三十几名军官出现了。他跪在驿门台阶下,向李隆基启奏道:"杨国忠谋反伏诛,贵妃娘娘便不应再留在陛下身边。不然,这些讨贼有功的将士是不会心安的。臣冒死奏言,请陛下将贵妃娘娘割恩正法,以安将士之心……"

见陈玄礼跪在自己的脚下,李隆基多少心安了些。陈玄礼毕竟是羽林军的统领,又几十年来一直忠心侍卫皇宫,是不会听任士兵冲上来犯驾的。但他此时像是被群盗扒光了衣服的女人,又羞又怕。羞的是失了皇帝身份,听任乱兵大呼小叫;怕的是从乱兵中飞来冷箭。他慌忙对陈玄礼口谕道:"爱卿平身,为朕约束部伍,贵妃之事,朕当自行处置。"

"臣遵旨。"陈玄礼一边起身一边答道:"贵妃娘娘之事,望陛下速裁,迟则恐生不测。眼下群情激愤,臣实难约束……"

李隆基点了点头,急忙拄着拐杖退到驿馆门内,靠着驿馆的墙,像傻了似的低头不语。不杀杨玉环,实难平息羽林将士的激愤;杀杨玉环,他又实在不忍心。他长期和杨玉环在一起,知道她和杨国忠虽为名义上的兄妹,实际上并没有什么感情。何况,杨国忠谋反,不过是羽林军将士杀杨国忠的一个借口,杨国忠至少是不会此时此地谋反的。再用这个借口去杀杨玉环,杨玉环实在冤枉。更何况,突然让她从身边消失,会在他的生活中造成一个可怕的空白。他老了,怕孤独,怕失去这个在身边陪伴他十多年的美人儿。

韦谔安顿好父亲,来到皇上身边,太子李亨、寿王李瑁也都来了,他们和高力士一起,无语地侍立在皇上跟前,望着皇上。

驿门外,包围着驿馆的羽林将士又掀起一阵声浪。皇上身边的人紧张地互相望着,可李隆基还是不语也不动。

韦谔跪下来,朝李隆基膝行一步,说道:"古人说,'众怒难犯'。现在羽林军士群情不平,随时都可能冲进来,请陛下速决!"说完连连磕头,然后抬头望着李隆基。

李隆基顿了一下手杖:"多官勿得催逼,让他们冲进来,把我也一道杀了吧!我不要活了!"声音呜咽,双眼落泪,那表情像是在大人面前任性撒娇、用哭声讨取大人同情的孩子一样。

在场的人都一齐跪了下来。李亨说道:"父皇聪哲,定能以江山社稷为重。然此时诚如韦卿所言,事不宜迟,安危只在顷刻之间……"

"贵妃深居后宫,善体朕意,有何罪过?岂可让她随国忠同死?"李隆基又顿了顿手杖。

高力士说道:"贵妃确实没有罪过,但如今杨氏一门,已诛戮殆尽,贵妃再留宫中,将士自然不放心。如今只有让将士安心,陛下才能平安,陛下平安,大唐江山才有希望……"

高力士说完,众人都连连磕头,表示同意高力士的意见。

韦谔的额头已渗出血来,那是头磕地撞破的。

李隆基朝高力士一甩袖子:"任公公所为,然朕实无颜见贵妃了……"说完转过身去,泪如雨下。

高力士叩头道:"陛下放心,此事由老奴去办。"说完,起身向后院走去。

韦谔赶忙起身,到驿馆大门口对众将士高声宣布:"圣上圣明,已降旨赐死贵妃娘娘,众将士少安勿躁!"

驿前广场静了下来,驿馆内也静了下来。

半个时辰之后,杨贵妃的尸体被移到驿馆前院,放在一辆平板车上,身下铺着重茵,身上盖着锦被。

杨玉环的尸体一出现在驿馆庭院中,作用于杨氏一门的三股力便分解了。

陈玄礼觉得自己除掉举国切齿的杨国忠,算是干完了一件于国于民有利的事。他今后仍应竭心尽力保卫皇上。

那些羽林军将士,觉得出尽了气,加上陈玄礼的约束和劝导,也算安定下来了。

皇上李隆基受的刺激最大。当天,他水米未进,当晚,彻夜未眠。

第二天,因为杨国忠已死,向何处走又成了问题。朝臣和宦官们在他面前争论何去何从,他也没有心思听。

高力士呢?他把全部心力都默默地献给了皇上。他力主除掉杨国忠,主要是怕到成都后皇上成了杨国忠的掌中物;除掉了杨国忠,他还是替皇上的安危绞尽脑汁。

众人议论纷纷,有人主张马上返回京城,募兵设防,有人主张去太原,有人主张去朔方,有人主张去凉州。他们共同认为,剑南是去不得了,杨国忠在剑南经营多年,亲朋故旧极多,现在杀了杨国忠,再到那里去,等于自投罗网。高力士却主张还是照杨国忠原来的计划,继续奔向成都。

为了解除众人的疑惧,他首先分析说:"诚然,杨国忠在剑南的势力不小。如不除杨国忠,剑南实不可往,往则必受其制。可是,现在杨国忠父子已伏诛,他在剑南的亲朋故旧便群龙无首,不可能有什么大作为。圣上銮驾到那里,恩威并施,自可反客为主,成万安之势。"接着,他又将剑南与众人提出的州郡作了比较,分析利害说:"去剑南,虽然路远难行,但那里古称天府,土富人众,表里江山,内外险固,汉高祖凭借它创立帝业,蜀刘占有它而三分天下。圣驾到那里进可以收拾天下,守也不失为汉中之王。至于诸位所谈其余可去之地,虽各有道理,但各有弊端。太原虽城固粮多,但原属安禄山统辖,人心难测,又距逆胡锐锋太近,故不可往;朔方地近边塞,百姓一半是胡人,向来不习礼教,恐生不测;凉州路远地偏,大漠萧条,不利车辆往来,只利逆胡骑兵驰驱,故也不可往。相比之下,还是去剑南为佳。至于返回长安,实已不可。逆贼西向,已得潼关,气焰正炽,圣驾回京后,即使能募得数万新兵,也不堪逆胡一击,那时再幸外地,岂不更加狼狈?"

高力士考虑得周到细致,说得有条有理,加上平时他的话在朝臣面前就有一定的权威,所以众人纷纷赞成。

李隆基的心乱极了,听周围人们闹哄哄的议论,他心里像塞了一把松毛柴一样烦乱。去哪里?哪里都不好,哪里都可以,杨玉环仰卧在平板车上的那张惨白的脸,总是在他眼前闪现。至于今天逃往何处,他根本没有去想。

见高力士来请示,他含糊地反问道:"公公以为如何是好?"

"老奴已经陈说愚见,以为幸蜀为便。"

"任公公所为……"李隆基下意识地重复了一遍昨天赐死杨玉环时的那句话……

掀翻杨氏一门的三股力中,太子李亨和太监李辅国的这股力,似乎无足轻重,但这股力的后劲最大。

李亨亲眼看见随驾的杨家人都被杀掉了,感到从心头搬掉压了多年的巨石,轻松、舒坦。他想大笑,想高唱,但积久成习,他表面上对父皇还是那么孝敬,对高力士还是那么恭谨,也因为他还没有想好下一步该怎么办。

昨晚,正当他用晚饭的时候,李辅国悄然来到他的身边。

他照样吃饭。晚餐不错,有一叠麦饼,一只扒鸡。这在东宫里算不上什么饭菜,可此时此地,在五千人的队伍中,就算得上上品了。不过,他吃得这么惬意,显然还因为精神愉快。

李辅国见周围没有人,慢悠悠地说了一句:"殿下吃得好香哇!"

"香!你也来——"他一高兴,要赏给李辅国一只鸡腿,刚说了半句话,才想起李辅国从来不茹荤血,又改口道:"可惜,你没有这个口福!"

话题来得挺顺当!李辅国接着说道:"何止是没有口福,生的乐趣比常人不知少多少呢!"

李亨一边吃鸡,一边含糊地点点头。确实,李辅国不但不吃荤,近不得女人,还从来不穿华美的衣服,而且连掷双陆那样简单的游戏也不会。除了周到地侍奉主子之外,一有闲暇就瞑目盘膝而坐,数手里的念珠,像个和尚。

"不过,奴才也有别人没有的乐趣!"

"唔?"

"那就是能亲身侍奉殿下。"

"唔。你的忠心,孤心里素知。"

"今天尤其高兴。"

"唔?因为除掉了那个人?"李亨说的"那个人"当然指的是杨国忠。李辅国没有作声。

李亨抬眼看看李辅国,李辅国凑近一步:"不。是老奴觉得殿下时来运转了!"

"时来运转?"李亨停止了咀嚼。

"殿下年近半百,还要再等下去?现在是千载难逢的良机,老天要将天下交给殿下了!"

李亨吃惊地扫视一下左右,见没有外人在场,低声又急切地问:"你说什么?是真的?"

李辅国凑到李亨身边,低低地说出了自己的打算。

李亨听完,又问道:"能行?可别弄巧成拙……"

"没错儿!皇上正是心力交瘁、六神无主的时候!自古以来,都是世乱帝王兴,殿下可不能再犹疑了!机不可失,时不再来!"李辅国的话,诚恳而坚决。

"试试看……"李亨觉得把握不大。

"此事今晚老奴去办,还是那句话:成功是殿下洪福,失手由老奴一身承当!"

若是在京城皇宫之中,李辅国是无法在夜里出去活动的。现在是乡野之中,给李辅国造成了连夜游说的方便条件。

今天早饭后,皇上的大队人马刚刚开始向前运动,李辅国昨夜导演的戏剧就开场了。

马嵬城中的豪门富户,周围村镇的乡绅庄主,拖儿带女的共有几千人,堵住了皇上大队人马的去路。

几个鬓发斑白的老者代表众人来到李隆基马前,请求道:"京城宫阙,是陛下的家室;先代列圣的陵寝宗庙也都在长安,陛下怎么能把这些都抛弃了呢?陛下入蜀,万一贼兵烧绝栈道,陛下再想出蜀就难了。以草野老儿们愚见,陛下莫如留下来,募兵破贼。老儿们子孙不少,皆愿从陛下破贼以保乡土……"

和李辅国的估计完全一样,李隆基这些日子被折腾得心力交瘁,加上昨晚夜不成眠,今天他感到头昏脑涨,额头阵阵冒虚汗,手心也湿漉漉的,连话都懒得多说。百姓为什么不约而同来了这么多,他想都没想。但他知道,这些百姓的建议是不可行的。现在募兵迎战安禄山,等于以卵击石。对于国事,对于平叛,他已丧失信心。能否把安禄山之乱平定下去,何时能平定下去,他都心中无数。他现在只想清静些,只想快些逃命。

他想脱身而行,又无法打发这些拦路的老人,只得说道:"朕近年衰耄,托任失人,致使逆胡作乱。现在胡锋正炽,朕须远避。你们百姓因朕而遭涂炭,朕实愧对众卿家……"说完,又拍马要往前走。

百姓拦住马头说道:"既是陛下决意西行,也应让太子留下率众儿郎讨贼!"

百姓的话提醒了李隆基,他乘机说道:"朕今身体委实欠安,众卿家有话,可对太子说……"说完,他示意李亨留下来,自己率着大队继续前行。

李隆基的大队刚过去,站在路旁的百姓都拥到大路上,把李亨和他的儿子以及东宫的官员围在中间,要求李亨留下来,率领他们抗击安禄山。

安禄山所到之处,烧杀淫掠,这些百姓已有所闻,加上昨晚李辅国和东宫太监们在他们中间添油加醋地一宣传,更感到恐慌。这里离长安不远,安禄山叛军进长安后,难免波及此地,所以,众人听从了李辅国等人的游说,今天来劝皇上或太子留下来抗击叛军。

李亨暗自高兴,李辅国为他设计的方案进展得好顺利!但他却装出不愿留下的样子,说道:"众卿家忠义,孤心尽知。但父皇年迈,蜀道艰难,孤怎忍心离开父皇?"

李亨马前的百姓见李亨说得真诚,还带着哭声,认为太子笃诚孝顺,真是不愿意离开老父,便都不知再说什么好了。李辅国在一旁暗自着急,怕李亨假戏真作下不来台,忙给李亨的三儿子李倓使眼色。李倓会意,上前拉住父亲的马缰,劝道:"父王,逆胡作乱,天下分崩,不顺乎民心,不借重百姓之力,怎么能平定叛乱,收拾金瓯?既然这么多父老相留,父王就应顺从民意,留下来率众平叛。儿臣望父王三思!"

"孺子也来胡说,要为父做不孝之人吗?"李亨呵叱道。

李倓并不慌忙,李辅国昨晚已向他交了底。他松开马缰,跪下道:"父王息怒,儿臣岂敢陷父王做不孝之人,儿臣是要父王弃小孝而守大孝!"

"何为大孝?何为小孝?又来胡说!"李亨还是满面怒容。

"儿臣以为,父王追随圣驾入蜀,侍奉在至尊身边,冬温夏清,昏定晨省,这是一般儿女之情,是小孝,是容易做到的。若能留下来东讨逆贼,收复两京,澄清玉宇,使社稷危而复安、宗庙毁而复存,那时再洒扫宫廷,大排仪仗,迎至尊还宫,这才是大孝,这也是最难做的。儿臣以为,父王不能弃大取小,避难就易。"李倓的文才武略超过他的长兄李豫,现封为建宁王。他巴不得让李亨早日登上帝位,那时自己就可能被册立为太子,所以今天特别卖力。大孝小孝的道理是他昨晚上就想好的,后面两句有激将味道的话,则是他突发的灵感。

李倓话音刚落,李辅国便亲自出马了,他跪在李倓身旁,磕头说道:"百姓如此忠义,建宁王所言也深得天理。老奴斗胆,也请殿下顺乎民意。如殿下不允众人所请,就请殿下打马从老奴身上踏过去吧!"说完,竟伏在地上哭了起来。

李辅国的言语和行动,富有煽动性。周围百姓也都跪下,纷纷说道:

"殿下应守大孝!"

"小民愿随殿下讨贼!"

"如殿下不允,小民也请殿下打马踏身而过!"

李亨见此情状,感到火候差不多了,便跳下马来说道:"众卿平身。孤王实不愿远离父皇,然众卿如此至诚,孤王也实难违命。此事尚须容孤王启奏父皇定夺。"

"就是圣上不肯俯允,百姓也不会放殿下而去的。"李辅国又说了一句,并扫视了跟前的百姓一眼。

百姓们明白了李辅国的意思,拉住李亨的坐马说:"此事殿下派一人去启奏圣上即可,不必殿下亲去!"

"小民宁肯获罪圣上,也不放殿下西行!"

李亨又做出无可奈何的样子,对身边的大儿子广平王李豫说:"吾儿速去替为父拜见圣上,奏明百姓之意,请圣上定夺!"

这时,李隆基已走出五里多路,仍不见李亨追上来,便派寿王李瑁回来探听消息。因数千名百姓塞满道路,李瑁无法到李亨跟前,只得把看到听到的如实向皇上回报。

李瑁刚刚说完,李豫也飞马到了,又将百姓不放太子西行的情形详述一番。

李隆基听完,没有了主意,望着高力士一言不发。

高力士虽然觉得这里面好像有点什么名堂,但事情发生得突然,他无凭无据,加上让李亨做太子是他的主意,李辅国又出自他的门下,他就更不好说什么了。

见高力士不作声,李隆基又用目光征询韦见素的意见。

韦见素昨天在马嵬驿前被一槊扫掉了半个真魂,只怕一路上再出意外,也不愿再多说话。可他现在是皇上身边唯一的朝廷重臣,既然皇上看着他,他又不能不说话,便哼哼唧唧地说道:"既然百姓苦留,总不能派羽林军去抢回太子。让太子留下也好,一同都去成都也未必好⋯⋯"

李隆基不愿再多想,也不愿再耽误时间,他只想往前走,走到一个安静的地方,走到一个安全的地方。听了韦见素的话,便对李豫说道:"既然如此,你回去告诉你父王,就说朕准他留下来率百姓讨贼。朕与中官朝臣同行,足可平安,要他不必忧念。正值天下多事之秋,让他万事小心,好自为之!"

接着,他又吩咐陈玄礼,从羽林军中拨两千名将士,从闲厩马中拨三百匹最好的马给太子,并把太子的亲属、宫眷护送给太子。

先离开皇上,拉出自己的一支队伍独立行动,待势力扩大后再选择机会突然宣布即位登基,这是除掉杨国忠之后,李辅国为李亨设计的从李隆基手中夺取帝位的全部计划。

至此,第一步计划顺利实现了。

二十四、倒行逆施　分封诸王徒添乱

大唐首都长安城一片混乱。

六月十三日拂晓，皇上李隆基是秘密逃跑的，不但大多数朝臣不知道，而且连住在宫外的皇儿皇女也都不知道。到了上朝的时候，衙门内外卫队照常排开仪仗，许多朝官照常来上朝。宫门打开后，没有随驾逃跑的太监、宫女带着大包小裹纷纷向宫外逃跑，人们这才知道皇上已不知去向。长安城顿时鼎沸起来。王公大臣拖儿带女向城外乱跑，城内外一些百姓则趁机拥进皇宫和王公大臣府第抢夺财物。

风吹水立，大浪淘沙。没有随驾出逃的大臣中，有人被安禄山捉住，押往洛阳；有人投降了安禄山，摇身一变，由大唐的朝官做上大燕雄武皇帝的臣子，也有的人听说李隆基向剑南逃去了，便随后追赶。

从长安去西南，有几条路可走。第一条就是李隆基大队人马所走的大路，从长安出发，径直向西，经扶风、岐山、陈仓，转而南下，经河池、普安入蜀。这一条路是从太白山北绕行，较平坦易行，但途程较远，仅从长安到河池郡就须绕行近千里路。第二条是斜谷路，先从长安西行，到郿县后从县城西南三十里的斜谷谷口入山道，再走两百二十里便可到河池，这条路山洞栈桥较多，崎岖难行，又称石牛道。若是从长安城向南直行，穿过终南山，翻越秦岭，也有山路可通。其中最著名的就是三年前杨国忠出使蜀地回京时走的子午谷，还有著名的栈道武关路，汉刘邦灭秦，东晋桓温伐前秦，刘裕灭后楚，都走过这条路。除此之外，还有一条不出名的山路，称为骆谷路，从长安西南百里处入骆谷谷口，横越秦岭，行四百二十里到洋州。从长安入蜀,这条路最近,但最不易行。

来追随皇上的朝臣,没有统一指挥,有人走大路,有人走山路,有人入斜谷,有人奔骆谷。

骆谷的山路上,难得见到太阳。从头顶的一线青天来判断,已是申牌时分。三个骑马的人仍然沿着山路鱼贯前行。三个人的装束都差不多,只是前后两个人都佩剑囊弓壶箭,马后驮着食袋,看上去都是二十出头的年纪,而中间的一个人,虽然也精神饱满、双目有神,但从那一副整齐的胡须来看,至少已是五十岁开外的人。他正出神地欣赏着两侧山峦的秀丽景色,那怡然的神情,活像一个来游山玩水的人。

正是夏末秋初的季节,山路两侧草木茂盛,一片绿色,绿树、绿草,为山峦盖上了一层厚厚的绒毯,似乎把头顶的天空都染绿了。晚风吹来,带着野花的幽香和山野里特有的草木气息,沁人心脾。他陶醉了。

"老爷,天色已晚,该投个宿处了,前边山坳里好像有一户人家……"走在前面的那个人回头说道。

"不忙,天晚暑气消退,恰可赶路!"他答道。

"万一前面再无人家,岂不又要睡山洞了?以小人之见,也是早些投宿的好!"骑马走在最后的那个青年说道。

"就知道吃饭睡觉,真是俗不可耐!这山峦欲滴翠,草木翻绿波,青萝拂行衣,马蹄惹花香,何等快人胸臆,岂不胜过山野小民之家的窑洞土炕?"

"老爷有如此雅兴,只是苦了我们做防阁的了。昨晚错过了宿头,我们守在山洞口一夜没睡着觉!"走在前面的那个人嘟囔道。显然,他和后面的那一位都是"防阁"。防阁是京官家里的卫兵,按朝廷规定,在京五品以上职事官家里都有防阁,一品官九十六人,二品官七十二人,三品四十八人,四品三十二人,五品二十四人,由有勇力的人担任。他们负责护卫,身份比一般奴仆高,但和主人的关系没有奴仆那样亲密。

"胡说!昨夜我一觉醒来,你们两个鬼东西睡得呼呼的,倒是老爷给你们当了防阁!"走在中间的那人笑骂道。听他们的对话便可知道,他虽是主人,但对下人宽柔,与下人的关系很融洽。

他姓房名琯，官居宪部侍郎，实际年龄已六十一岁。他是武则天时宰相房融的儿子，少年好学，风度沉静。年轻时在伊阳山中隐遁十几年，专心读书。开元十二年，他听说李隆基将要到泰山封禅，便献上一篇《封禅书》，讲的是封禅的意义和礼仪。当时的中书令张说认为他是一个奇才，擢为秘书省的校书郎，是个正九品官。从此登上仕途。天宝五载，他升做代理给事中，后因受李适之、韦坚案子的牵连被贬为太守。去年初，因为安禄山的推荐，皇上又召他回京做上了宪部侍郎，是个三品官。

知道皇上已弃都城逃往剑南的确实消息后，他和一些朝官一样，在追随皇上还是留在长安二者间徘徊犹豫了几天。他喜欢交际，门客很多，而且多是有名气的读书人，所以他的名声相当不错，不少人都认为他应做宰相，加上和安禄山的关系也不错，留在长安等安禄山到来是不会有亏吃的……但他最后还是拿定主意，去追随皇上。他认为，安禄山智术短浅，虽然猖獗一时，终究不会成大事；而李唐虽然一时失利，但全国大片土地上效忠李唐的势力相当大，天下最后还得是李唐的。于是，他约会皇上的女婿、张说的儿子张垍和张垍的哥哥张均一起追随皇上。可出城十多里后，张均兄弟二人借口有事，又折回了长安城。他便一个人带上两个防阁踏上了骆谷的山路，到现在，他们已经走了三天了。

这两个防阁是房琯出发前从四十多个防阁中精选的，身强力壮又机灵乖巧。他们见主人情绪很好，后面的一个又逗趣道："老爷此行和小人穿一样的衣服，就当当防阁也无妨！"

"混帐东西，见了皇上，我不敲断你的腿！"房琯又笑骂了一句。

嗒嗒嗒，后面传来了马蹄声。马蹄敲击着山间石路，清脆而急骤。

"后边有人来了！"走在后面的防阁说道。

"好像只有一个人，我们等等他！"房琯说着。

不一会儿，一人一骑赶了上来。来人身材高大，戎装佩剑，策马疾驰。

"达夫！"房琯认出了来人，惊呼道。

"是房大人，幸会幸会！"来人跳下马施礼道。

房琯也下马还礼,问道:"达夫此来,是去追随圣上了?"

"正是。"来人答道。

"真是不期而会,你我恰可结伴而行!"房琯十分高兴。

"房大人为何才行至此地?"来人问道。

"先时不知圣上驾幸何方,后来……上路后贪恋林岩之秀,走得慢了……"房琯的答话有些吞吞吐吐,他当然不愿说自己出发前在长安犹豫了两天,怕来人再追问,又打岔道:"达夫诗才名世,如今出入万马军中,当会多有新作吧?"

来人姓高名适,字达夫,原是诗人,诗与岑参齐名,世称"高岑",尤擅长写边塞军旅生活的诗。他早年做过县尉,嫌官职卑微,弃官到了哥舒翰部下,做上了哥舒翰的掌书记,是节度使手下仅次于判官的文职军官。哥舒翰出任天下兵马副元帅后,他升做监察御史,辅佐哥舒翰守潼关。

"戎马倥偬,国家多事,如今天子又蒙尘出狩,达夫何来诗兴!"高适的答话,流露出对房琯问话不以为然的味道。

房琯听了高适的话,感到几分不自在,也觉出自己的问话有些不妥,便又转而问道:"达夫身体强健,宝眷又不在京,追随圣上,又何后于老夫?"房琯的意思是:你既然对皇上如此忠诚,怎么才来追皇上?怕也是犹豫了多日吧?

高适听出了房琯的话外音,但对方年龄比自己大五岁,官阶比自己高五品,况且都是旧交,不好言语冲撞,只得认真答道:"金殿献策,圣上不纳,下官又只身驰马折回潼关,愚意是会同王思礼等将军,多聚败兵以图东讨,不意王将军等已沿大路去随圣驾,达夫只好又转而向西,故而迟了……"

哥舒翰在灵宝大败后,高适曾星夜赶回长安,向李隆基建议用国库中现有的全部财物再次招兵,死守长安。李隆基没有采纳。这件事房琯是有印象的,但高适又折回潼关的事,他就不清楚了。听了高适的自述,他不免有几分尴尬。

话不投机,双方险路遇故交的热情渐渐消退了。高适告辞道:"下官有事要向圣上奏明,须先行一步了!"

"天色已晚,何不到前面山民家共宿一宵,来日同行?"房琯挽留,但感情并不热烈。

"君王蒙尘,左右又不得其人,下官恨不能一步赶到圣上身边。老大人年已高迈,从后面慢慢赶来吧,下官身颇顽健,想乘月色多赶几步路,告辞了!"高适深深一揖,翻身上马。他们还都不知道马嵬驿事变,高适说的皇上身边不得其人,指的就是杨国忠。

房琯虽不知道马嵬驿的事,但他预感到,在去成都路上,皇上、太子、杨国忠、陈玄礼之间蓄之已久的矛盾肯定会在进入剑南前爆发。他打定主意慢慢走,等皇上进入剑南界时再赶上就行了。他望着高适急匆匆远去的背影,轻轻摇了摇头,暗笑道:你虽已年过半百,可还是太嫩啊。你这样匆忙赶去,说不定陷进漩涡里不能自拔呢!要出任扬、益节度,也不能这样争啊!

在开元、天宝年间的诗人中,李白、杜甫是最受人推崇的,高适和他们也是好朋友。天宝四载(745),他们共聚于北海太守李邕那里,一次宴会上,酒已半酣,李邕忽然说道:"诸位都是当今名士,今日何不学古人,来个'各言尔志'?"

李白满饮一杯,大声说道:"凭小子胸中之才,如遇明主,得宰相之位,易如俯拾草芥。使寰区大定,海县清一,谈笑间之事耳!"他三年前赴京,做了两年多供奉翰林,因恃才纵酒,疏狂傲慢,李隆基认为他非庙堂之器,赐金放还,所以自诩中带有牢骚。

高适比李白小一岁,比杜甫大十岁,按年龄的顺序,该他发言了。但他听李白慷慨陈词后,微微一笑,避开李邕的目光,转脸看着杜甫,意思是让杜甫先说。

杜甫当时只有三十三岁,正是雄姿英发、风华正茂的时候,但他生性敦厚,可没有李白那样的豪情壮志,只说道:"致君尧舜,淳化风俗,济时爱民,不敢惜身!"虽说得不具体,但也是兼济天下的襟怀。

高适酒量很大,虽也酒过数巡,仍毫无醉意。杜甫说完,他也轻轻放下酒杯,说道:"古人说:'陈力而就列。'高某不才,自忖德才得扬益节度足矣!""扬"即扬州广陵郡,"益"即益州剑南道。当时民谚说,天下财富,"扬一益二",即扬州和剑南是天下最富饶之地。要做这两处的节度使,志向也不算小了。

说完,三人相视大笑。人对人的印象,往往就是在这忘情谈笑间形成的。从此,高适对杜甫的为人更加敬重,而对李白,虽然折服其胜过潘江陆海的诗才,但认为他把世事看得过于轻易,有些言过其实,情谊渐渐淡漠了。

不久,房琯路过北海郡,从李邕口里知道了这段佳话。现在,见高适和他言语不合,又不肯同行,不由想起了这段往事。

几天以后,高适在河池郡追上了李隆基,升任了侍御史。

半个月后,七月十二日,房琯才在普安郡追上了李隆基的队伍。

这普安郡原名剑州,是位于剑南道西北的一个郡,到了普安,就算进入了剑南的地界。从长安到普安,从六月十三日到七月十二日,李隆基的队伍恰好走了整整一个月。

长安,被抛到了千里之外,安禄山的叛军,也没有沿路追来,自己被捉住的危险也已经没有了;充作置顿使的韦谔当先开路,不断派人来报,说剑南果然山川险固,物产丰富,地方官正积极准备接驾,李隆基的情绪渐渐平稳并开朗起来了。

他觉得自己仍然是聪明能干的。弃长安出狩剑南,是及时的,不然,不知今天会怎么样了;除掉杨国忠,虽然同时失去了杨玉环,但仍是必要的,不然,现在肯定成了杨国忠的笼中鸟了;在扶风郡,他稳定住军心,更显出他宝刀未老,仍有随机应变的才干。

对于那次成功的表演,他至今还暗自得意。

那是从马嵬驿出发两天后的事。刚刚平静下来的羽林军将士又闹腾起来。事情是由分出两千人跟随太子引起的。

这些羽林军将士,大多数是关中平原上的人,其中不少人的家就住在长安城内外,都不愿离开家乡到遥远的剑南去。马嵬驿杀了杨氏一门后,皇上又赐死了杨玉环,他们的气出够了,觉得再无话可说了,只好跟着皇上继续前进。可是,现在有近一半的人划归太子指挥,留了下来,剩下那些仍要随皇上入蜀的将士就觉得吃了亏。一样的羽林军将士,人家留在家乡附近,而自己却要去什么巴山蜀水,不干!

有人逃跑了,也有人去追随太子李亨。剩下的怨气冲天,骂爹骂娘,甚至对皇上身边的人出言不逊,连陈玄礼也管不住了。

这样下去怎么行?护驾的人数不能再少了,否则路上遇到山贼都应付不了;将士们的不满情绪也不能再听之任之了,否则会酿成比马嵬驿逼死杨玉环还严重的祸乱!

可是,怎样才能稳定扈从将士的心呢?高力士摇头叹气,韦见素连发唉声,都束手无策!以势压服眼见是行不通了,说不定还会激出事变;赏赐财物,封官许愿这一套也都行不通。所带财物不多,分到每人名下没有多少,而且人人有份,等于人人无份。封官许愿也无人当真,因为皇上本人尚且前途未卜,他封的官还不等于水中月、镜里花?到这个时候,李隆基才发现自己手下缺人才,缺那种能文能武、有纵横捭阖才能的人才!

在扶风郡郡守的官衙里住了一宿,李隆基也没有想出稳定军心的好办法。第二天早晨,有人报告说:蜀郡向朝廷进贡的春彩十万匹运到了。

原来,蜀地盛产带花纹的锦,特别柔软漂亮,与杭州产的罗齐名,俗称"越罗蜀锦"。按惯例,蜀郡每年春天都要向朝廷进贡一次蜀锦,称作"春彩"。

李隆基听到报告,心里猛地一动。请将不如激将,何不在这春彩上做文章,对扈从将士来个"欲留故放"?

他吩咐把蜀郡进贡的春彩都摆在郡衙门外,并命陈玄礼集合随驾将士。

随驾将士都到了郡衙门外后,他来到郡衙门口,对众将士说道:"众卿对朕一向忠勤,惜乎朕年老昏愦,平时未曾厚待众卿。这次变起仓猝,众卿未及辞别父母妻子就随朕跋涉至此,备尝艰辛,朕甚为惶愧,深感有负众卿。前途入蜀之路,山高水长,艰险难行,众卿父母妻子又都倚门而望,朕今意已决,任凭众卿离队归家,朕决不留难。适有蜀郡贡锦万匹,分为两千份,为众卿沿路水米之资……"说着,竟哽咽起来。他本意是用手段笼络安抚众将士,可说到这里,却真有些动了感情,泪水夺眶而出。

将士们静极了,自出长安以来,他们的秩序从未像现在这样好,有的人竟低声啜泣起来。

李隆基继续说道:"众卿只管放心离去,前途虽然可能遇到险难,朕愿与儿孙辈以身当之,决不愿再连累众卿家。正如俚语所说,这是朕自作自受。众卿归家后,为朕向众卿父母谢罪。现在河北、关中兵火遍地,都是朕不明所致,朕已悔之无及,望众卿父母各自珍重,不必以朕躬为念……"

这些将士大多是血性汉子,吃软不吃硬,现在听到平时至尊至荣的皇上说得这么动感情,满肚子怨恨和牢骚都消散了,感到心里热乎乎的。那个亲手杀了杨国忠父子的张小敬,还有他新交的朋友、郭从谨的孙子郭方,更是感动得放声哭了起来。他俩一齐跪倒在地,其余将士也陆续随着跪了下来,请求皇上让他们留下,请求皇上饶恕近日来他们言行中的侮慢之罪。

李隆基躬身将跪在自己跟前的将士扶起,叫所有将士都平身,又对他们说道:"众卿趁着离乡不远,还是回去为好。前途吉凶未卜,蜀道崎岖难行,加上沿路郡县偏小,有时怕连饮食都供应不足,与其到那时众卿再怨朕,再想离开,还不如现在就……"

众将士呜咽流泪,纷纷表示,前面纵有刀山剑树,也愿随銮护驾,死也不悔……从此之后,这些将士真的再也没有口出怨言,都按部就班、死心塌地护驾前行。

到了普安,李隆基想好好歇几天,羽林军对郡守的府衙做了安全检查后,他昂然进入府衙,刚刚坐定,就得知房琯追随到这里了。他高兴极了,立即派太监去召见,并得意洋洋地问高力士道:"朕的预见如何?"

"陛下先见,老奴不及万一!"高力士答道。

刚离长安不久,李隆基猛然发现自己身边的大臣太少了,曾在马上问高力士:"留在长安的群臣中,谁会追随朕来,谁不会来?"

高力士回答说:"太仓粟可数,沧海水可量,世上唯有人心难测,又值风云突变,奴才岂敢妄度朝臣?"

"姑妄言之,朕不怪罪于你,朕也心中无数。"李隆基坚持要高力士猜测。

"按情理来说,张均、张垍兄弟是张说爱子,张说临终遗言,要他们善事陛下及太子,况且张垍又是陛下爱婿,二人应最先追随陛下西来。陈希烈被罢相之后,怏怏不乐;房琯也算朝廷老臣,时人都以为他应拜相,陛下一直未下恩诏,况且他和安禄山交好,这两个人或许不会来。奴才胡乱猜测!"

李隆基轻轻摇头说:"你说得有道理,但未必都对。张说事朕多年,朕深知其人,虽才学仪表出众,但为人缺刚毅之气,常顺朕过,又喜财路。均、垍二人酷肖乃父,必舍不得家财,况且张垍曾要求做宰相而未得,势必心有芥蒂,恐怕不一定随朕西来;陈希烈就不必说了,朕当初用他为相,就是失误;房琯这个人,倒是有始有终的性情,受李适之、韦坚一案牵连,虽贬官而不屈挠,说不定他倒先追随朕来呢!"

现在,房琯真的先赶来了,李隆基怎能不高兴? 真是黄河虽无澄清日,人生常有得意时。他弃了都城,丢了爱妃,做了逃亡皇帝,今天却有心思为自己的一个先见之明而对高力士自鸣得意。

房琯随太监进来了,行跪拜礼后,李隆基问道:"爱卿一路辛苦,爱卿何日离开长安?"

"因起初不知圣驾所向,十六日才离京来追随陛下。加之路径不熟,贱躯体质素弱,走走停停,今日才得睹圣颜,望陛下恕臣随驾来迟之罪!"房琯心想,若是当初沿大路急急追来,说不定在马嵬驿也随杨国忠、魏方进一起丢了脑袋。

"爱卿此来,足慰朕心,何罪之有? 来时见过张均兄弟吗?"

房琯略一沉吟,据实回奏道:"臣本与张均兄弟同日离京,出城十余里后,他兄弟二人说是有事,又返回长安。臣等了一天,也未见他们赶来,只得一人前来。臣斗胆妄言,臣观张均兄弟当时言貌,好像心里另有打算而不肯对臣说,可能……不一定来追随圣驾了。"

李隆基恨恨地哼了一声,又望了身边的高力士一眼,对房琯说道:

"爱卿素孚时望,朕今欲屈爱卿为相,何如?"

房琯跪拜说:"臣千里来随陛下,非为官爵,实欲尽忠。臣德薄才拙,辅弼之位,还望圣上另选贤能居之。"他心里高兴,口上却作自谦之词。

"爱卿不必过谦,爱卿此来,必有良策教朕。朕如早日得甘霖了。"

当日午后,李隆基正式下诏,拜房琯为文部侍郎、同平章事。房琯做上了宰相。

这座郡守的府衙,成了李隆基的行宫。坐朝的仪式虽比不得在长安时那样排场,但比在长安准时了。

两天后的早朝,新任的宰相房琯和新任的侍御史高适发生了激烈的争论。

房琯向李隆基建议分封诸王。让李隆基几个随驾的王子分别出镇各地,兼任数道数郡节度使。

他的理由是冠冕堂皇的。诸王分镇,可以维系各地人心,可控制各地军马钱粮,有助于天下人心的稳定和讨伐安贼。

高适坚决反对。他出班奏道:"陛下不可从房相公之议。分封王侯以镇天下,历来是取乱之道。周封诸侯,国无宁日,终亡于诸侯之手;汉封诸王,也几危家邦。方今安禄山之患未除,岂可又启祸乱之端?"

高适虽是诗人,但他从不耽于雕章琢句,他的诗,直抒胸臆,浑厚自然。他对人、对事的观察比一般文人冷峻深透。对于房琯,他是深知其人的。房琯心术虽然还不算坏,但年轻时学竹林七贤隐遁山林,出仕后仍带有浓重的文人的迂阔性情和贪图名位荣利的弱点,凡事都喜欢提出与众不同的意见以显示自己高明。高适一听房琯的建议,不但马上预见它的危害,也窥破了房琯的个人用心:李亨生来柔弱,又在反击安禄山的最前线,面对安禄山这个强手难保必胜,而让诸王子各据一方,不论哪一个王子在对安禄山的斗争中占了上风,扩大了实力,甚至最后以实力取得皇位的继承权,都会感激这分封之策,房琯便可长保权位。

李隆基想的比房琯还深一层,听了房琯的建议,他暗暗叫绝。

随着安全感的增强和情绪的好转,李隆基有心思揣摩一些事情了。

他越想越觉得马嵬驿西边百姓强留太子有些蹊跷。怎么一下子冒出了那么多百姓拦路？太子真是被百姓拦住脱不开身吗？太子留下收拢潼关败兵,加上郭子仪、李光弼屡胜之师和河、陇一带守备部队,实力会迅速膨胀,还会听自己的圣旨吗？他悔恨自己当时头脑昏昏,糊里糊涂地允许太子留下。现在看来,那是大错特错的事！

房琯的建议,恰是一个很好的补救措施！让各王子出镇各地,便可分天下之势,每个王子都有一大片势力范围,有自己的兵马钱粮,便可互相牵制,互相争衡,互不服气,只好都对他这个父皇表示恭顺拥戴,自己便可继续控制住天下大势,便可继续安居皇位！

房琯说完,李隆基便想表态定夺,没想到高适出来表示反对,他只好把已到口边的话吞回去,做出虚怀纳谏的样子,用探询的目光扫视一遍在场的朝臣。

韦见素身为宰相,不得不发言了。对于房琯的建议,他可没有李隆基、高适考虑得那么深远。他表示什么意见,要根据争议者双方的地位和皇上的脸色来决定。房琯名望重,又承恩宠刚刚拜相,而高适虽也有才名,但不过是七品侍御史,而且从皇上的表情看,也似已赞同房琯的建议,他还用得着考虑吗？于是他表态说：“臣以为,安禄山作乱,天下人心浮动,让诸王分镇,正如房元老所说,可使土地有主,人心有系,臣以为此议可行……”

高适坚持己见：“陛下,此议万不可行。诸王在陛下身边,自然相安无事；一旦分镇各地,有土有兵,必然自雄自固,互相觊觎；身边再有个小人挑唆,更会争斗不休……”

房琯直接出面反驳高适了：“高大人此言差矣。圣上一向训子有方,诸王都是孝悌有素,分镇后定当如同手足,互相照应,怎会相争相斗？”

高适也觉得情急之下把话说得太直了,但他仍不肯退让,直视着房琯说：“此乃情与势之必然！和水为泥,土本无争,但一半去圬墙,一半去塑佛,土便会相争！”

“二卿不必争了！”李隆基说道。此时,他对高适的感情是复杂的。

他赞赏高适政见的尖锐,把事情看得这么深透,但他又暗怨高适没有替他这个皇上的切身利益考虑。如果让太子一个人去主持讨伐安禄山的斗争,那么,权力和人心必然都渐渐归向太子,他这个皇帝就会变得有名无实,甚至连皇帝的名分也会丢掉,那样,即使明天就平定了安禄山之乱,对他又有什么实际意义?

"此议还是请陛下圣裁吧!"韦见素也来调停。

高适此时已隐隐揣摩到李隆基的心理,但不便说破,只得补充一句:"臣实恐一波未平,一波又起!臣切望陛下三思!"

个人权位高于一切,李隆基还三思什么呢?当天早朝散后,他就正式颁发圣旨:以太子李亨为天下兵马元帅,朔方、河东、河北、平卢节度都使;永王李璘为江南东道、岭南、黔中、江南西道节度都使;盛王李琦为广陵大都督,江南东路及淮南、河南等路节度都使。原先遥领各道节度使的皇子依旧不变。

李隆基的用心很明显:虽然给了李亨一个天下兵马元帅的头衔,但所节度的地区大部分是对安禄山作战的前沿,有的已被安禄山控制;而李璘、李琦等得到的则是大片繁荣富庶的地区,得到了那里的土地、财富、兵马,足可和李亨遥相对峙。

李隆基自以为又干了一件绝顶聪明的事,从此便可牢牢握住皇权、安居帝位了。

他没有想到,他的太子李亨已赶在他的前面,就在他到达普安的当天,李亨已在两千多里之外的灵武登上了皇帝的宝座,把他这个还在逃亡途中的父皇推到了"太上皇"的位置上。

二十五、肠流满地　禄山身死家奴手

　　至德二年(安禄山圣武二年)正月初五的三更夜,薄云笼罩着洛阳的上空,城北的北邙山公墓群里卷起的阵阵惨烈的阴风,带着尖厉的啸音扑向洛阳的宫殿群,像是阴魂来招呼伙伴。

　　低垂的门帷被一柄大刀的刀尖轻轻拨开,接着持刀者从门帷的缝隙中挤了进来。烛光照出他那矮小的身躯,照出他那张年轻俊美的脸,照出他仇恨而又恐惧的目光。他手中又长又宽的利刃,也在烛火中闪烁着红光。

　　他是李猪儿,安禄山的贴身阉宦,现在要杀死安禄山了。

　　他恨安禄山。

　　他本是契丹族人,孩童的时候被安禄山的军队掠来。安禄山见他慧黠伶俐,便叫他在身边侍候自己,端夜壶,系腰带,什么活儿都干。后来,安禄山又用药酒把他灌醉,亲持锋利的小刀割去了他胯下那个调阴走水的物件。他流血数升,昏死过去。安禄山把他放在阴湿的地上,用灰烬把他的下身埋起来,过了一天一夜他才苏醒过来,成了安禄山身边的小阉人。安禄山称帝后,他便成了太监——为此,他恨安禄山。

　　安禄山对下人酷虐,称帝之后,双眼昏暗而近失明,后背和下肢又多处皮肉坏死,性情更加暴躁,动不动就捶笞身边的人。李猪儿因经常侍奉在他身边,挨的打也最频最剧。前天,他几乎被活活打死,而原因,只是他正当安禄山发怒时捧上了药盏。

　　早在范阳起兵之前,安禄山就物色到一个绰号"活仓公"的医工做自己的侍医。活仓公说安禄山已患有内疾,为他开了一个方剂,要他经常服用。起初,安禄山还不相信自己有病,不肯服药。攻进洛阳后,他时常感到燥渴委顿,才听从活仓公的劝告,开始服药。可服药几天后,他就不耐烦了,大骂活仓公戏弄自己,是药三分毒,哪有病人要天天服药的?难道要我死前总捧着药盏吗?他索来活仓公的药方一看,更是冒火,附片一钱另包先煎一刻。别人的药方都是满满一大篇,活仓公怎么只用这几味药来搪塞自己?他不容分说,命人打了活仓公二十军棍,押赴军营去喂马。一个月前,他病情加剧,想起了活仓公,又召活仓公来诊视。活仓公这次开的方剂药品倒是多了,他连服二十几天,病情似乎稳定了些。三天前,他再命人召活仓公来,活仓公却早已逃得不知去向,临走时留下一封信,说安禄山已病入膏肓,纵扁鹊复出,华佗再世,也无能为力了。

安禄山听人读完活仓公的信,无名火高万丈,正在这时,李猪儿手捧药盏走进殿来,要他服药。

"什么药!"安禄山眨着浑浊失明的眼睛大声喝问。

李猪儿吓得浑身一抖,手中的药盏险些摔到地上。他结结巴巴地答道:"是……活仓公的药方……"

"混帐东西!眼见他是李唐的奸细,谋害朕躬!你也是他的同党!来人——拉下去打!"

安禄山的殿前侍卫们冲进来,把李猪儿踢翻,拖出殿外杖臀。这一次打得格外重。多亏严庄赶来相劝,李猪儿才免一死。

然而,他只是安禄山身边的一个小小的太监,如果没有人主使,他是决不敢持刀来杀大燕皇帝的。

他的主使是安庆绪。

安庆绪是安禄山的嫡长子,安禄山的第一位夫人康氏所生。安禄山起兵造反时,康氏和小儿子安庆宗正住在长安,被李隆基传旨杀掉了。可是,这件事并没有引起安庆绪的悲痛,他随在安禄山身边,被封为晋王,沉浸在将来继承大燕皇帝的憧憬中。他是嫡长子,以后要做皇太子,进而做大燕的皇帝,不是天经地义的事儿吗?可是,近来他惶恐不安了,继承帝位的美梦要成泡影了。因为父亲迟迟不肯正式宣布他为皇太子,因为父亲特别宠爱随在身边的第二个夫人段氏,连大燕皇宫里的太监、宫女们都纷纷传言,说皇帝准备立段氏的儿子安庆恩为皇太子。

他要得到皇太子的地位,竭力讨父亲的喜欢。能想到的他都想了,能做到的他都做了。

他知道父亲喜欢凶悍勇武的人,演武练功时便格外卖力。但安禄山骂他只有蛮力,不懂方法,而且不应该卖弄匹夫之勇,应学"万人敌"。

他想笼络党羽、扩充实力、立功树威,便要求带兵到前线与李唐官军作战,安禄山却说他根本不懂军旅之事,到前线被杀被擒不要紧,挫了兵威士气可了不得。

他把从洛阳一个世代官宦之家掠来的一条棕色大狗加以精心驯养后,起名"棕狮"献了上去。安禄山很喜欢这条狗,留下了,当场逗弄了好大一会儿,但忽而又转身骂他情趣卑下,不务文武正事,而且狗的名字也不雅。

他无所适从,动辄得咎,眼看理当到手的皇太子的座椅要被别人夺去了。

李猪儿的另一个主使是严庄。

严庄原在李唐朝廷挂个太仆卿的官衔,在安禄山军中做的是孔目官的实职。安禄山做皇帝后,他和高尚都成了中书侍郎。但他的情性和高尚迥然不同。对于个人的荣辱祸福,他考虑得多,考虑得深远。他深知,在这兵满天下、人欲横流的时候,自己这个没有兵权的人,必须处处提防,时时小心。自己好比航行在陌生而危机四伏的航道上的一叶孤舟,必须随时灵活地转舵,以躲开暗礁和浅滩。

他认定只有守在安禄山身边,控制住安禄山,才能保住自己的地位和权势。因为安禄山是大燕王朝的主宰,各军事将领互不折服,都唯安禄山之命是听。所以,自从安禄山进入洛阳以来,高尚已数次到前线参谋军事、指挥作战,他却从未离开洛阳城门一步。安禄山手下大臣、将军上奏章、禀军情,都要经他的手;安禄山病重以来,他更成了安禄山的代言人,大臣、将军奏事,都要经他转告,安禄山的指令,又要经他向下转达。

然而,现在他也恨安禄山了。

安禄山病情越重,情绪越不稳定,不但身边的太监宫娥经常被他无故打死打伤,连严庄本人也常无故挨打挨骂。说话声小了挨骂,声大了也挨骂;走路脚步重了要挨骂,脚步轻了也要挨骂。活仓公逃跑后,他又找来一个医工为安禄山诊视,医工要安禄山戒酒、戒房事、戒咸食和甜食,没等医工说完,安禄山就暴跳如雷,一连声叫武士把那个医工推出去活活打死了,并骂严庄和那个医工通谋戏辱他,喝令打严庄三十军棍。虽然行刑的武士都怕严庄,打得不重,但也打得他两天下不来床,十天走路不便。

前天,他为阻拦安庆恩滥杀无辜的事,又挨了安禄山一顿打骂。

入洛阳城不久,安庆恩从洛阳城中掠得一个名叫春花的歌伎。这个春花,不但年轻美貌,而且歌喉甜润,歌技超群。安庆恩命她日侍歌舞,夜侍枕席,对她比对生母段氏还上心。她喜欢的东西,他翻江倒海也要为她弄来。段氏喜欢喝牛奶、马奶,这春花却喜欢喝人奶,他便为她捉来十个乳母,每天挤奶供她喝。

几天前,春花忽然心血来潮,要和洛阳城中所有歌女比歌。安庆恩自然马上召来洛阳宫内外的歌女们,比了两天,她选出三十个唱得最好的歌女。安庆恩以为她要当这三十个人的头儿,一起侍奉他,没想到她突然变了脸,要他把这三十个人统统押到郊外活埋。

安庆恩虽然不情愿,但也不敢违了春花的严命,只得亲自把这三十个歌女押往郊外。歌女们知道自己大难临头,一路大放悲声,路旁围观的百姓也恨得咬牙切齿,有的歌女的家属拦住安庆恩的马,哭求他开恩,也有的家属准备到城外拼命夺人。正当闹得不可开交的时候,恰好被骑马路过的严庄撞上了。

上自安庆恩、下至押解驱赶歌女的武士,一见到严庄,都成了霜打的草,蔫了。连那些歌女,也吓得止住了哭声。

安庆恩仗着父母的宠爱,背地里本来不把严庄放在心上,可一到严庄面前,他和安禄山手下许多文武官员一样,腿软口也软,好像新鬼站到阎王爷面前一样。

听了安庆恩吞吞吐吐讲完事情的原委,严庄愤然骂了一句:"胡闹!"随即命令安庆恩把歌女们当场放掉了。

安庆恩唯恐严庄告发他的荒唐行为,便恶人先告状地对安禄山说,他见父皇心绪不佳,为父皇精选了三十名歌伎来为父皇破闷,正要送进宫来,被严庄半路拦住,强行夺走了。

对于自己的两个心腹谋臣,安禄山渐渐分出了薄厚,他对高尚越来越器重,对严庄的印象却越来越不佳。听了安庆恩的报告,他信以为真,气得呼呼直喘。

安庆恩刚刚退下,殿门口就传来了严庄那熟悉的脚步声。安禄山指着殿门的方向,大吼道:"打!往死里打!"

严庄大叫"无罪",武士们也不敢立即动手。

安禄山骂道:"你这个腐儒,我一向待你不薄,你却处处和我作对!打!拉下去打——你们怎么还不动手?"说着,他去摸索挂在床头的那柄大刀。这柄大刀,原是李唐武库里的镇库之宝,据说是贞观年间侯君集平灭高昌时掠来的,侯君集谋反被杀后,这柄刀一直封存在武库里,七年前,李隆基把它赏赐给了安禄山。安禄山见它又长又宽,削铁如泥,为它起了个诨号叫"大嚼铁",珍藏起来,不肯轻易给人看。近来,他的眼力越来越差,唯恐身边的人暗算自己,便将它取出来,挂在床头。

这些日子,严庄已对安禄山的帐前卫兵下了不少功夫,把他们治得服服帖帖,其中还有几名已成了严庄的亲信。这些人见安禄山去摸大嚼铁,知道情势不妙,耽误下去严庄和他们自己都会吃大亏,便连推带拥,把严庄弄到殿门外,虚张声势,杖打严庄。虽然不敢下死力,但也难免打中严庄的臀部,而且安禄山连声喊打,他们也不敢停手。

严庄虽然工于心计,但他趴在地上,一时也想不出应急的办法来。爬起来逃跑?这些卫兵是不敢阻拦的,但那样岂不太狼狈?而且安禄山岂肯罢休?若是他再派武将去捉拿自己,岂不把事情闹大了?可是,趴在这里挨打,又该怎么收场呢?

正当严庄不知如何是好的时候,他的救星田乾真来了。

田乾真对严庄和高尚二人一向很敬重,常对人说,我们大燕皇帝起事,全仗这两个人谋划,我们武夫作战,也全靠这两个人运筹帷幄才能获胜。他见严庄挨打,喝令武士住手,自己进殿来劝阻安禄山。

田乾真跪拜后,问安禄山道:"陛下,陛下当初做三镇节度使,今天做大燕皇帝,哪个尊贵?哪个显荣?"

安禄山对自己手下的武将一向客气。听了田乾真的发问,他不加思索地答道:"这还用问吗?自然是做皇帝尊贵嘛!"

"那么,是谁为陛下定谋起事的?"田乾真又问道。

安禄山不作声了。

"又是谁为陛下谋划,使我军于桃林一役大破哥舒翰,转危为安的?"

安禄山把手中的大嚼铁摔到了床头。

"陛下雄武,固然是万世莫及,但没有严、高二位大人谋划运筹,陛下哪会有今日?……"田乾真继续说下去。

安禄山被田乾真问得无言以对,怒气也消散了一些,但他病势沉重,血热气躁,很快的,一股无名的暴躁又冲了上来,没等田乾真说完,他又吼道:"滚!都给我滚!"

严庄不是那种不识大局的人。如果光是这些打骂,他还能忍受;光是由这些打骂产生的恨,他也能压住。

他要除掉安禄山,是见安禄山已病得性情异变,而且已无好转的希望,不能继续做大燕皇帝了。如果让安禄山再活下去,死前再立安庆恩为皇太子,大燕的国事便会变得不可收拾,自己的前途也就会吉凶莫测。因为废长立幼,历来是取乱之道。立了安庆恩为皇太子,文臣会怀有二心,武将则会拥兵自重,互相争斗,西边李唐的兵马再扑过来,刚开创的大燕帝业便会玉碎宫倾。

为了大燕的基业,为了自己的权势,必须现在就除掉安禄山。趁安禄山还没有正式宣布立安庆恩为皇太子,趁安禄山的心腹大将都在外地,趁高尚正在去淮南的途中……

李猪儿恨安禄山,安庆绪恨安禄山,严庄也恨安禄山,但是,要杀死安禄山,李猪儿没想过,安庆绪也没有想过。他们两个没有想过的事,严庄却想到了,并且下了决心。

严庄先找来安庆绪,直截了当地问道:"殿下身如幕燕鼎鱼,自己还不知道吧?"

"庄兄,"安庆绪对严庄一向执兄长之礼,这一声称呼又特别诚恳亲热,"愚弟朝不保夕,岂不自知?正所谓似坐针毡,度日如年……"

"殿下忧虑诚然有理,自古以来,废长立幼之事不少见啊!"

"兄长既已洞悉愚弟苦衷,切望赐教自救之计。"

"办法是有的,我已告诉了殿下,殿下不是不肯去做吗?"

安庆绪茫然了。

"前天我讲的'熊掌难熟'的故事,殿下……忘了吗?"

安庆绪想起来了。前天,听说严庄挨了打,他去探望。严庄俯卧在床上,给他讲了一个故事——春秋时候,楚成王的长子商臣发觉父王要废长立幼,问计于太子少傅潘崇。潘崇问道:"太子能北面而事弟吗?"商臣答道:"我忍受不了那种屈辱。""既然不能屈己事弟,就只好逃往外国了。"商臣答道:"那也不行,没有哪一国会收留我,我也不愿受寄人篱下之辱。"潘崇说:"除了这两个办法,别无长策了!"商臣跪地不起,一定要潘崇再想一个万全之计,潘崇终于说道:"除此之外,只有行大事一条路了。只怕殿下不忍心!"商臣一跃而起:"这件事我却能办到!"当天夜里,商臣谎称宫中有变,指挥宫廷卫兵围了楚成王的王宫,潘崇率力士突入成王的寝殿,逼成王传位给太子商臣。成王说:"孤愿遵命传位,但不知能否留我一条活命?"潘崇答道:"一君死,一君立,这是自然之理,国中岂容有二君?大王怎么老糊涂了呢?"成王请求道:"孤方才命人烹制熊掌,待熊掌熟而食之,死而无憾!"潘崇冷笑道:"谁不知熊掌难熟?大王想迁延时刻,等待外援吗?"他把腰间束带解下,扔给成王,厉声喝道:"大王速速自便,休等我动手!"成王自知求生无望,只得拾起潘崇的腰带,系到颈上……

一想起严庄讲的这个故事,安庆绪猛然明白了,严庄要他弑父自立!但是,这样严重的事突然提到他的面前,令他的心一下子缩紧了,惊恐得说不出话来。

严庄一甩袖子:"既然殿下不敢做第二个商臣,我又何尝愿做第二个潘崇!"说着站起来要走。

安庆绪一把拉住他:"慢……此事必须从长计议……"

严庄沉着脸,用教训的口气说:"真是竖子不足与谋!告诉你,这样的事,只能速计速决,迟则生变,祸不可测!"

安庆绪朦胧感到即将做大燕皇帝的幸运,但他是个无能无用的人,仍疑惧重重:"此事虽好,只是……"

"殿下不必再疑虑了。"严庄转身对安庆绪说:"君臣父子之间是应讲忠孝的,但到了万不得已的时候,也只好做万不得已的事。殿下今日不举大事,就等于束手待毙,明天就可能会身首异处。再说,皇上病势日剧,乖戾暴虐,喜怒无常,已不堪为君。殿下举大事而代之,正可谓应天顺人,大义灭亲!"

"愚弟唯庄兄之命是听!"安庆绪下狠心了。

"此事贵在速发,若等高尚回来,便决无成功之望了。他不在京,正是天赐殿下良机!"严庄又补充道。

"全仗庄兄筹划。事成之后,富贵共之!"

说通了安庆绪,严庄又去找李猪儿。

听说要杀安禄山,李猪儿吓得瘫倒在地。他结结巴巴地说:"这种事……我可不敢……"

"那你就去告发我吧!"

"我……不敢!"

严庄踢了李猪儿一脚,骂道:"干大事又不敢,去告发也不敢,真是个天生的废物!"

"废物……是废物……"李猪儿连连说。他成了阉废之人以后,男子的气性确实越来越小了。

"你受的鞭笞,怕是连你自己都记不清有多少次了吧?上一次若不是我一力救你,现在你的尸首都该烂了!这样忍辱苟活,何日才能了结?那个人越来越暴戾,一发火就打人杀人,你在他身边,说不定什么时候就会送了命!你就甘心那么糊里糊涂死掉吗?"严庄捻着短须,像是在数落自己的子孙和奴仆。

严庄的话句句是实,句句在理,李猪儿不作声了。

"告诉你,我已和晋王殿下议定要举大事,今天你要不答应,不用等那个人杀你,我现在就要了你的命!"严庄的眼里露出了凶光。

在李猪儿的眼里,安禄山再可怕,也还是人,而严庄,简直就是魔鬼!他见严庄动了气,连魂魄都吓飞了,忙说:"我干,我干……"

严庄的脸色缓和下来,说道:"起来吧!生与死,荣与辱,在你一念之间。你不随晋王殿下举事,只有死路一条;随晋王起事,你就成了新皇帝的功臣、元勋!"

李猪儿颤抖着立起身,似懂非懂地点了点头。

严庄把李猪儿领到安庆绪那里,当即议定:晚上就动手,由李猪儿刺死安禄山,严庄和安庆绪领兵围住安禄山的寝宫,在外面策应。

傍晚,李猪儿觑个机会,把安禄山床头的大嚼铁偷了出来。严庄又把安禄山寝殿门内外当值的卫士都换上了自己的亲信。这些武士见李猪儿持刀进殿,谁也不敢阻拦,因为他们都已知道,李猪儿的背后有严庄和安庆绪主使,这两个人已带兵把这寝殿团团围住,安禄山活不成了。

现在,李猪儿手持大嚼铁,来到了安禄山的床前。这张床,是以前李隆基驾幸东都时用的,又宽又大,雕龙刻凤,镶金饰玉。床的四角立着帐竿,吊着寝帐。

安禄山在帐里打着沉闷的鼾声。

李猪儿颤抖着撩开寝帐,烛光照见床上熟睡的安禄山。他盖着宽大的黄缎被,微蜷侧卧,恰如一头饱食酣睡的大猪。

李猪儿右手把大嚼铁伸进帐内,又向床头移近一步,屏住呼吸,对着安禄山粗肥多肉的脖颈,举起了大刀。他平生第一次举刀杀人,而且是杀他朝夕侍奉的主人,他感到万分恐惧,心提到了嗓子眼儿上,全身汗毛都根根直立。

"呼",安禄山的床上突然蹿出一个物件,李猪儿一惊,手中高高举起的刀险些从空中落到脚下。他定睛一看,原来是安庆绪送给父皇的那只"棕狮"。它平时见惯了李猪儿,几乎没有什么反应,此刻似乎察觉出李猪儿行为异常,双眼直瞪着李猪儿,龇牙咧嘴,口中发出低沉凶暴的呜呜声。

李猪儿脸色变得惨白,浑身抖得更厉害了,他恐怖地望着棕狮,下意识地向安禄山的床边靠近了一步。

安禄山的鼾声停止了,蠕动着翻了一下身,由侧卧变成了仰卧,被子也掀到了一旁,露出了赤条条的半个身子。

"呜——汪!"棕狮叫了一声。

安禄山被这一声狗叫惊醒了,蒙眬中察觉帐内有人,喝道:"谁?"伸手就去床头摸他的大刀。

李猪儿不敢再耽误,慌乱地举起刀,朝着安禄山肥大的腹部砍下一刀。

安禄山本能地缩回摸刀的手,双手支床,噌地坐了起来,大叫:"有贼!"

李猪儿又一次举起了刀,但棕狮却扑了上来,叼住他的一只腿向后拖。他的这一刀落了空。

安禄山乘机又用双手在床头摸索,没有摸到刀,知道护身宝刀已被盗走,便大叫着跪起来,去撅床角的帐竿。但是,他的腹部已经开裂,肚肠子咕嘟咕嘟向外冒。他已无力折断帐竿做武器了。他摇撼着帐竿,摇得整个寝帐乱晃,床也抖动乱响,口中呼叫着:"杀我者,必家贼;主谋者,必严庄!高尚——高尚!你不该……"

安禄山想喊:高尚不应该不把话对他说明,不应该离他远去。

在这兵燹遍地、四海鼎沸的年月里,高尚像被禁闭十年的烈马忽然闯出了栏圈,要迫不及待地发泄积蓄多年的精力一样,竭诚尽力地为安禄山奔走效劳。他用计大破哥舒翰之后,又转而对付李亨手下的房琯和高适。

突然的政局巨变,常常会使卑微者的私欲得到满足,也常常使久沉下僚的志士得到发挥才干的机会。

房琯做宰相的欲望被满足了,高适以才干取功名的夙愿也得以酬偿,他终于当上了淮南节度使、扬州大都督府长史。

几个月来,高尚就在为安禄山出力对付这两个人。

去年八月,房琯和韦见素奉太上皇李隆基的旨意,从成都到李亨所在的顺化郡,宣布李隆基同意李亨即皇帝位。李亨因房琯素有名望,也承认了父皇对房琯的任命,让他在自己身边继续做宰相。房琯拉出以天下为己任的架势,新皇帝的许多军政大事,他都独断专行。但他还不满足,想建立军功以树立自己在文臣武将中的威望,便向李亨上表,请求亲自带兵去收复长安。李亨以为房琯真有收拾乾坤的本领,答应了他的请求,把除了羽林军之外的兵马几乎都交给了他,并传旨命郭子仪、李光弼配合他作战。

房琯以为可以建立不朽功勋了,他兴冲冲地把归他指挥的部队分为南、中、北三军,亲自率领中军和北军进逼长安,与安禄山的将领安守忠在咸阳县东的陈涛斜相遇。唐人称女人的墓地为"斜",陈涛斜就是因该地曾埋过一个名叫陈涛的人的妻子而得名。

因为房琯气势汹汹来收复长安,大燕朝廷自然也要认真对付。高尚也来到了陈涛斜,在大将安守忠军中坐镇指挥。

房琯徒有虚名,并无才略,更不会用兵。他异想天开地传令用春秋时代的车战之法,配备了两千辆牛车,准备用牛车冲锋,步兵骑兵继进,说这样便可大获全胜。

高尚侦知明白,微微冷笑,传令先头部队的军士每人准备茅草一束,铁锹一把。交战之时,安守忠的部队在上风头放起火来,军士们把点燃的茅草捆子向房琯的牛车阵乱丢,并顺风用铁锹扬起沙尘。烟火尘土之中,房琯的牛车阵大乱,焦头烂额的牛拖着战车疯狂四散奔逃,冲乱了后面的马步军阵,于是人畜相撞,牛吼兵叫,乱奔乱窜,溃不成军。房琯的部队当场死伤四万余人,只剩几千人逃得性命。

房琯还不肯认输,又率领后赶上来的南路军卷土重来,没想到高尚早已派人劝降了南路军中的两员大将,这两个人在两军对阵时突然率部倒戈,房琯险些成了俘虏,狼狈逃回到李亨那里,险些被李亨杀掉。

陈涛斜一仗,挫败了房琯,消耗了李亨主力的大部,高尚知道短时间里李亨恢复不了元气,无力再攻长安了,便踏着冬雪返回了洛阳。

他刚回到安禄山身边,忽然得到情报:李璘在江陵造反了,要划江而守,据金陵而立国,与李亨分庭抗礼。

高尚简直不敢相信这是真的,马上派人再去侦探,回报说此事完全属实。

高尚仰天大笑:"李隆基老匹夫,真是糊涂透顶,竟在这当儿搞分封!大唐必亡无疑了!"又用手拍着自己的脑门儿叹道,"这真是大燕皇帝的洪福,也是我高尚再度施计逞才之良机耳!"

高尚的情报确是真的,他的兴奋和感叹也是有理由的。

五个月前,房琯和高适在普安于李隆基面前的那场争论,不但关系到大唐的命运,也表现了这两个人的人品与政见的高下。

事情完全如高适所预见的那样发展。李隆基分封的亲王中,只有永王李璘离开李隆基赴任,他到任之后,果然造反了。

李璘是李隆基的第十六个儿子,自幼丧母。他长相丑陋,凹睛斜眼,但很有心计。李隆基出逃时,他随在身边。在普安被李隆基封为江陵郡大都督、江南东路等四道节度使。他到达任所后,见这里地广物丰,特别是江淮流域的租赋都集中在江陵,堆积如山,野心便膨胀起来。于是招兵买马,顺江东下,要取金陵为都城,像东晋那样划江而守,占有东南的半壁河山,与李亨、安禄山三足鼎立。

对于自己的父亲和兄弟,李亨的消息特别灵通,心眼来得特别快。李璘造反的阴谋刚暴露,李亨便知道了。他为李璘找了一个对头,就是侍御史高适。他把高适从成都召到自己那里,封高适为扬州大都督府长史、淮南节度使,管辖十二个郡,命他带兵与邻镇的节度使来瑱、韦陟一起对付李璘。

高尚在洛阳听到这个消息,当然欣喜异常。天下大势,他了然于胸。他知道,李亨能在这么短的时间里扩充出反攻的实力,靠的就是江淮流域源源不断的租赋做给养。如果李璘划江立国的企图成功,就等于掐住了李亨的食管,李亨的军队便会人无衣食、马无草料,哪还会有力量与大燕的军队作战?哪还会有心思东征收复长安、洛阳?

高尚打算亲去扬州走一趟,劝降高适。高适是他的同宗兄弟,他有条件接近高适。高适又是对付李璘的主要节度使,高适投降大燕,来瑱和韦陟便无能为力,李璘割据江南的企图便会实现。他也想过,如果高适坚决不肯投降安禄山,他便投到李璘军中,帮助李璘打败高适等人,完成李璘的霸业,让李璘与安禄山遥相配合,一起吃掉李亨。

他把自己的设想报告了安禄山,安禄山拍案叫绝。

但高尚对安禄山不放心,对洛阳宫中的事不放心。临行前,他去拜别安禄山,跪奏道:"陛下,为臣此番远行,少则需一个月,多则需三个月。臣有事相请。"

"你是朕的功臣,"安禄山说道,"有事只管说,朕无不依从。"

"臣自身并无请托。"高尚说道:"臣从前曾向陛下剖明心志。臣是愤于李唐朝政混乱,李林甫妒贤嫉能,才来为陛下奔走的。臣只求一逞胸中才智,让李隆基老儿知道坐失人才会自食一种什么样的恶果……"

"既然如此,朕对卿已言听计从,你还要如何?"

"臣今远行,实对陛下放心不下。只求陛下许臣一事,臣才能无后顾之忧,一心为陛下图江南之事。"

"要朕许你何事?"

"制怒戒躁。"

"制怒戒躁?"

"正是。"高尚诚恳地说道,"陛下已登九五,贵为天子,切不可再逞匹夫之怒。古来帝王将相,因急怒之下刑罚失当而丧身的先例是不少见的,陛下宜慎之戒之。"

安禄山不高兴了,眨了眨黯淡无光的眼睛,许久没有作声,但终于点了点头。

高尚见左右无人,膝行两步,对安禄山悄声说道:"陈涛斜一役,李亨损兵六万,近期无力攻长安,洛阳便可保无虞。臣所虑者,不在李亨,而在陛下左右之人。正所谓小人难养,家贼难防,大厦少毁于风雨,多坏于蠹虫。"

安禄山问道:"难道朕身边有不忠不义之人吗?"

高尚沉思了一会儿才答道："臣的意思是,陛下如赏罚不当,身边的人难免生异心。"

"朕小心在意就是了。"

高尚又向前凑了凑,到了安禄山的榻边,问道："陛下以为严庄如何？"

"唔？你是说……"安禄山一愣。

"臣与他相交共事十余年,觉得他才智有余,但心术不纯正,臣冒死一言,请陛下用其才,防其变。为臣走后,国中家中的大事,切不可轻议,待臣回来后再为陛下斟酌……"

因为几年来高尚显露了超人的才干,为安禄山屡立奇功,安禄山对他的好感也远远超过了严庄。高尚在他面前,他感到快慰,感到有依靠,很少发脾气、使性子,也肯像明君一样,兼听广纳。听了高尚这一席话,他虽然不大以为然,可还是答应下来了。

可是,高尚一离开洛阳,他便把高尚的话忘得一干二净。

现在,他被李猪儿砍开下腹,才突然想起高尚,想起高尚的话,一下子什么都明白了。可是,晚了,他连下半句话都喊不出声来了。

他在床上翻滚挣扎着,肠子和着鲜血,流了满床满地,口中发出肥猪被捅了一刀时那种绝望的吱呜声。

奴才介入主子间的争斗,常常成为廉价的工具和扮演可悲的角色。李猪儿砍了安禄山一刀,虽因慌乱恐惧而未中要害,而且刀也落得不重,但因大嚼铁本身既重又锋利,所以足以致安禄山死命。他摆脱了棕狮,钻出门外去向严庄报功,刚出安禄山寝殿门,就遇上了持刀的严庄和安庆绪。

严庄低声问道："了事没有？"

"了事……"李猪儿说未说完,安庆绪一刀砍死了他。

严庄和安庆绪一前一后进入寝殿,见安禄山已滚到地上,身子直挺挺地浸在肚肠和鲜血中,刀口和嘴里还在涔涔冒血。

严庄向殿门内外的卫士一挥手,这些如泥塑木雕的卫士才活动起来,走近严庄,听候命令。

严庄吩咐:"李猪儿谋逆,刺杀圣上,今已伏诛。先把圣上遗体用床毡包起来!"

卫士们不敢说什么,也不敢怠慢,把安禄山的身体和冒出的肠子用床毡包到一起,又依据严庄的命令,在安禄山床下挖了一个坑,把安禄山的遗体放了进去,再把殿门口李猪儿的尸首拖进来丢进坑内,埋了起来。

严庄严厉喝令在场的人保守秘密,并派兵严守宫门,又和安庆绪一起带兵突入后宫,将段氏和安庆恩杀死。

第二天,严庄向大燕的朝臣宣布:圣上病重,册立长子安庆绪为皇太子,监理国事,军事之事悉听监国皇太子裁决。

两天之后,严庄又宣布,皇上传位于皇太子。安庆绪在严庄一手导演下,黄袍冕旒,即大燕皇帝位,尊安禄山为太上皇。

又过了两天,安庆绪才宣布太上皇"驾崩",为安禄山发丧,把安禄山尸体挖出来装进棺椁。

高尚赶到淮南时,为时已迟。高适已用反间计大破李璘军队,李璘本人也在逃跑路上被杀。高尚无所施其计,匆忙赶回洛阳,这里一切也都已完结。

高尚感安禄山知遇之恩,到安禄山灵柩前痛哭一场。明知安禄山死得蹊跷,他也无可奈何,又见安庆绪只知纵情酒色,严庄又专权不肯相容,他也心灰意冷了。

安禄山死后,大燕国势一蹶不振,部将各不相服,兵权渐渐集中到史思明手中。当年八月,李豫的兵马收复了长安,十月又收复了洛阳。

严庄见大燕大势已去,又一次急转生命之舟的舵杆,背叛了安庆绪,向李亨投降,当上了李唐的司农卿。

高尚大骂一通严庄,保着安庆绪逃到邺郡。后来史思明赶到邺郡,杀死了安庆绪,同时杀害了高尚等人。

史思明自己称起了大燕皇帝。

安禄山凭借李隆基给予的兵权,起兵造反,做了一年零五天大燕皇帝;他的儿子安庆绪接着做了两年多皇帝,又被史思明所取代。

安禄山一死,李亨和儿子李豫顺利收复了大片河山,李唐复兴的局面出现了。可正因为安禄山死了,李璘死了,李亨胜利了,李隆基的境遇也就越来越可悲了。

第五卷　南内西宫

二十六、苦雨凄风　回銮上皇肠百转

　　风向不正。午后还是西风,黄昏却变成了北风。北风又推拥来一天阴霾,夜色过早地降临到栈道上。

　　这条栈道,北起河池郡草凉驿,南到褒城的开山驿,全长四百二十里,是傍山架木而成的悬空通道。脚下的木板,横铺在嵌于山石中的圆木上,靠山的一面,又架着铁索,铁索上又设有铁铃。人走在栈道上,脚下的木板轻微颤动着,发出嘎吱嘎吱的响声,手扶铁索,铁索上的铃铛也发出当啷当啷的音响。

　　李隆基的人马,由南向北行进在栈道上。

　　下起小雨了,轿夫的步子更慢了。十一月上旬的天气,本来就很冷,加上北风冬雨,连坐在软轿里穿着轻裘的李隆基都感到阵阵寒意。

　　他是上月下旬离开成都的。一个月前,李亨李豫父子的兵马先后收复了长安和洛阳,李亨派太子太师韦见素专程来接李隆基返回长安。如今,他踏上归途已经半个多月了。

　　从去年七月他率领一千三百名朝臣和将士、二十四名宫女到成都,到今年十月又率六百名朝臣和将士、二十名宫女回长安,他在成都度过了一年零三个月的时光。这近五百个日夜中,他的变化太大了。

　　来时是骑马逃跑,回时是乘轿徐行。

　　来时是皇帝,回时是太上皇。

　　来时头发花白,回时须发如雪。

　　来时,他还在努力控制自己的命运;回时,他的命运如同空中的纸鸢,线被紧紧攥在自己儿子李亨的手中。

李亨现在是千军护卫、文武济济的皇帝,而他,身边还能忠于他的只有高力士和陈玄礼两个人了。

失去了帝位,成了有名无实的太上皇,他本不愿回长安去受窝囊气。听说儿孙收复了两京,他就派人去向儿子李亨表示,请求把剑南道给他做养老之地。可是,就是这样的一个要求也没有得到满足,李亨派韦见素到成都,非要他回长安不可。他便不敢再坚持了。他心里明白,儿子对他不放心,怕他在剑南再搞出什么名堂。

回去就回去吧,成都低湿,他有些住不惯,何况经安禄山叛乱,皇室威望下降,蜀郡地方豪绅也有闹事的。今年七月,蜀郡军官郭千仞勾结地方豪绅造反的事,他至今一想起来还心惊肉跳——

那天傍晚,他和给事中裴士淹在行宫里评论开元、天宝年间的各位宰相。这个裴士淹原是中书舍人,也是沿骆谷路来追随他的。这个人聪颖柔顺,精通各朝历史,李隆基很喜欢他。四个月前,李隆基感叹张九龄对安禄山的先见之明,派他到张九龄的故乡韶州曲江去祭祀张九龄,厚恤张九龄的家属,刚刚返回成都。张九龄在开元二十四年被罢相后,第二年又被贬为荆州长史,开元二十八年死在荆州任所。

话题自然从裴士淹的使命谈到了张九龄。李隆基慨叹说:"朕若听张九龄之言,当初若在大理寺杀了安禄山,哪能有今日之祸!张九龄大概是神人吧?他怎能有那样的远见卓识?"

"曲江公能识祸乱于未萌,实是难得。不过陛下也不必过于懊恼,当局迷,旁观清,当时迷,事后清,也是人之常情,谁能事事都有先见呢?"裴士淹的话,有宽慰李隆基的意思。

"话是这么说,不过,朕当时未用九龄之言,终是千秋憾事。"李隆基又叹了一口气。

"此事李林甫也难逃其咎。臣听说,李林甫生前也看出安禄山心怀异志,只是未肯说明。"

李隆基愤然发狠道:"休再提起此儿。此儿最为妒贤忌能!当时他不同意杀安禄山,是顺朕之过,与九龄作对;让胡人为边帅,久任不易,也是出自他专权固宠之谋！"

裴士淹失口问道："陛下既知其为人,怎么用他做了十九年宰相？"

李隆基沉默了。他能说什么呢？当时,他只顾纵情于声色,懒得过问朝政之事,觉得李林甫虑事周严,办事干练,便把大权都交给了李林甫。

见李隆基沉默不语,裴士淹发觉自己言语失当了,这不是揭太上皇的疮疤吗？他又把话拉了回来："李林甫老奸巨猾,城府深密,办事循规守矩,也难怪陛下当时未能看透他的为人。"

李隆基摇了摇头："不,还是朕当时糊涂。他在位近二十年间,朕耳中不闻忠言、眼前不见直臣,都是他一手遮天所致,朕本应有所察觉。"

"陛下后来还是治了李林甫的罪,足见陛下圣明！"

李隆基苦笑了一下,说道："其实,当时杨国忠、陈希烈、安禄山他们说李林甫生前曾与阿布思通同谋反,虽有人证,倒未必真有其事。朕当时心里也不大相信。李林甫的真正罪恶,在于他生前埋下了今日祸乱的种子！"

"陛下所见极是。臣暇时细细想来,今日祸乱,实由李林甫养痈,杨国忠引发。陛下在马嵬驿除掉杨国忠,真是英明之举,大快天下人之心。"

李隆基又沉默了。他心里明白,杀杨国忠是应该的,但已迟了。若早杀杨国忠,便不会有哥舒翰的灵宝之败,也就没有后来的弃都西逃之事了。

裴士淹见李隆基又不说话了,便改了话题,说道："以前的事都过去了,陛下不必过于思虑。当今皇帝治兵于灵武,妙选贤能,不日定当克复两京,拨乱反正。"

李隆基不以为然："他任用的人,虽或能定祸乱,但都非平治天下之大才,非朕之姚崇可比。唉,大唐纵能中兴,也难见朕开元之盛世了。"停了一下,他又慨叹道："有姚崇在,纵有几个安禄山,也不够他平定的；有宋璟、韩休在,也不会使朕有日后之失！"

李隆基的议论,裴士淹认为公允而中肯。他觉得,这个七十多岁的老人,此刻如大醉初醒。他为李隆基的清醒而高兴,心里也增添了几分敬爱。

他正要再宽慰李隆基几句,忽见高力士跌跌撞撞跑进来,叫道:"不好了,有人谋反,围了行宫,陛下快随奴才来!"

李隆基惊呆了。高力士不容分说,拉起他就往外面跑。裴士淹也慌慌张张跟在后面。

这座行宫原是蜀郡太守的衙署,一个严整的高墙大院。高力士拉着李隆基直奔前院,顺着院墙的台阶登上了院门上的门楼。这座门楼,下层是砖石结构,上层是竹木结构,高耸在院门的上面。

天已昏黑,叛乱的队伍举着火把冲到了院门前,看上去有几百人。

行宫的卫兵在陈玄礼的指挥下,关闭了院门,并锁上了通向门楼的小门。

高力士对李隆基说:"陛下勿慌,奴才已派人去调剑南节度使来平叛,下面又有陈玄礼守护,不碍事的。"

"陈将军兵少,怕……"李隆基知道,随他到成都的一千三百名将士,现已减员剩一千人了,又分四番轮流宿卫行宫。现在行宫内至多只有三百人。

"战虽不足,守尚有余,陛下放心!"高力士此时倒显颇有大将风度。他对下面喝道:"门外何人?胆敢夜犯行宫?"

院门外为首的人高叫道:"吾乃跳山虎郭千仞!请太上皇出来答话!"

李隆基经高力士劝慰,已定下神来。他见院门外人马虽多,但部伍不整,显然是乌合之众,胆子也大了几分。他向前走了两步,手扶栏木,高声说道:"朕躬在此,卿有何事?"

郭千仞叫道:"郭某受大燕皇帝密旨,来取陛下传国玉玺,事成之后,封我为蜀王。陛下如也能册我为王,我便罢兵而去,不然,便请陛下将传国玉玺赐臣。请陛下速裁!"

李隆基说道:"卿欲求官爵,可去平叛前线讨贼立功,岂可持兵要挟朕躬,擅索国玺?念卿无知,如能抽身速退,朕不罪你!"

郭千仞冷笑道："陛下休要大言吓人。要么封我为王，要么交出国玺，否则恕我无礼了！"

"反贼！"站在李隆基身后的裴士淹抢上两步，叫骂道："太上皇巡幸蜀地以来，不曾薄待本地官民，你怎敢胁众作乱？不怕灭门……"话还没说完，突然发现下面一支冷箭正朝李隆基飞来，他猛一横身子，挡住了李隆基。

那支冷箭射中了裴士淹的左胸。

郭千仞的叛乱，当晚就在剑南节度使李峘和护卫李隆基的六军兵马都使陈玄礼的内外夹击下平息下去了，郭千仞本人的坐马被郭方射中一箭。郭千仞弃马逃跑，健步如飞，很快消失在夜幕中。

但裴士淹却替李隆基死去了。他中的是一支箭镞涂有剧毒的箭，第二天天亮时就咽了气。临死时，这个白净文弱的人完全失了形，浑身绀青，头肿得像笆斗，脸色像涂了靛青，白眼球变黑，黑眼珠变蓝，那模样的丑陋和可怖，是李隆基从未见过的。

这谁也说不清是涂了什么毒药的毒箭，太可怕了，这与蛮夷接壤的蜀郡太可怕了，不能再留在这里了。

而且，李隆基还隐隐感到了更可怕的东西。

他渐渐品味出，郭千仞兵围行宫实在有些蹊跷。郭千仞造反显然很仓猝，准备不周严，如果没有人指使，一般人是不会这么冒险蛮干的，谁不知道造反是什么罪名呢？郭千仞真是替安庆绪来讨传国玺的吗？能不能是儿子或儿子身边的人急于得到传国玺而暗中捣鬼呢？太可能了。儿子虽已即位，但传国玺还没有到手，还在我这个做了四十多年皇帝的父皇手里，儿子不放心啊！也许是要用郭千仞的造反把我逼回长安，借郭千仞的嘴喊出要得到传国玺的心声吧？

啊，传国玺，你是皇帝身份的证明，是皇帝的印章，是祥瑞，是稀世之宝，但也是灾难，是殃祸啊！光是这个"玺"字，古人就动了多少脑筋啊——周代之前，它是从"尔"从"土"，意思是天付尔此器，俾宝之以守土也。到了周代，太史籀改成从"尔"从"王"，取天付尔此玉，宝以为天下王之意也。秦始皇并六国之后，得蓝田之玉，雕为印章，四周刻龙，正面是李斯篆文"受命于天,既寿永昌"八个字,命玉工孙寿精心雕刻而成。这方玺产生之后,便成了豪雄争夺的宝贝。为了它,兄弟相杀,父子反目,千百万人流血!

刘邦进入关中后,秦王子婴奉此玺降刘邦于轵道旁,此玺落入刘邦之手,项羽来抢,演成楚汉相争。汉高祖即位之后,此玺世代相传,便开始被称为传国玺。西汉末年,王莽篡位,派安阳侯王舜向孝元皇太后强索传国玺。太后怒骂不予,王舜索要愈急,欲行无礼,太后用玉玺打王舜,摔到地上,玉玺被摔坏一角。王莽得玺后,命人用赤金镶补上那破损的一角。后来,王莽被淮阳王刘玄所灭,传国玺又到了刘玄手里。赤眉军攻入长安,杀刘玄,立刘盆子为帝,传国玺也归于刘盆子。汉光武帝刘秀收降刘盆子后,得到这方宝玺,建立东汉,又传了二百年。

到了东汉末年汉献帝时候,董卓作乱,掌玺者把它投进洛阳宫建章殿前的井里,被孙坚得到。后来孙坚战死,其子孙策向袁术借兵以去江东图霸业,留下玉玺作为质当。袁术兵败身死后,其妻和其侄袁胤扶灵柩奔庐江,被太守徐璆尽杀之,夺玉玺献于许都的曹操,从此玺归曹操。两晋南北朝时,刀兵四起,天下扰攘,你争我夺,玉玺几易人手。隋朝灭亡后,萧后及杨正道带着它逃入突厥。祖上太宗皇帝不获玉玺,便命人另刻一玺,玺文是:"皇帝景命,有德者昌",直到贞观四年,萧后归国,才又将这传国玺带回中国,太宗皇帝刻的那方玺便退而成为"受命玺",只在祭祀天地时用了。从那时起,传国玺又代代相传,现在,我的儿子又千方百计要从我的手里夺去它。

唉,真看不出,这个做太子的时候忠孝厚道的儿子,做了皇帝以后,对付自己的父亲心计倒蛮够用啊!当初你在灵武擅自即位,我派房琯和韦见素带着玉册和传国玺到灵武宣布禅让传位。你为了掩天下人耳目,虚情假意地把传国玺送了回来,说是收复两京后仍让我做皇帝,如今却又派人玩起逼玺的把戏!

无论如何,成都是住不下去了。再住下去,说不定还会出什么祸事。我不能死在四川,不能像裴士淹那样可怕地死去。

回去就回去吧,让儿子放心,儿子放了心,也许自己会有一个寿终正寝的结局……

冬雨还在下,软轿还在栈道上蠕动,栈道上的铁铃还在响。

李隆基坐在软轿里,迷迷糊糊,似醒似睡。他的脑海里一片空白,什么都不愿想。失去了帝位,今后要按儿子的意志生活,看儿子的脸色过日子了,想什么都没有用了。甚至今夜宿在何处,他也不愿想,反正轿停下后会有人料理自己的食宿,一切都由韦见素他们安排吧!

一阵疾风吹来,掀动了轿帘,李隆基打了个寒战,困倦顿消。

"咕——咕,咕咕咕——咕咕!"栈道旁的山林中传来鸟叫声。

"张徽!"李隆基掀开轿帘一角,向外面喊道。

"宣——张——徽!"轿旁的太监传呼。

张徽是李隆基梨园弟子中有名的乐工,善吹觱篥,很得李隆基的宠爱。他在长安无家室,听说皇上逃向四川,便随后追了上来,一直陪侍在李隆基身边,时常为李隆基演奏歌曲解闷。他能说会道,李隆基觉得无聊时也常找他来闲聊。

张徽赶到了轿旁,问道:"陛下唤奴才何事?"

"哪有什么事,不过想问问你,这是什么鸟的叫声?"李隆基在轿中说。

张徽跟在轿旁,边走边听,过一会儿才答道:"好像是鹧鸪的叫声。"

"鹧鸪?"

"是呀!陛下请细听,咕——咕,咕咕咕——咕咕,肯定是鹧鸪。这种鸟都是夜里叫,从入夜叫到天明,不停地自呼其名,也有人说,它总是在叫……"张徽越说越来劲。

"胡说,信口雌黄!"李隆基在轿中笑骂道,"又来欺哄朕躬!朕听说鹧鸪只生在豫章郡以南,如今已入秦界,哪儿来的鹧鸪?"

"要不就是布谷!"

"越发胡说了!如今是冬天,哪有布谷叫?"

"不是布谷,就是鹧鸪,或许因为这里山深气暖,也有鹧鸪。"张徽其实根本不知道是什么鸟在叫,他只想逗李隆基说话,引李隆基高兴,故意翻来覆去地胡说。"陛下请听,肯定是鹧鸪的叫声,'归不得也——哥哥'！"

张徽的话，猛地触到了李隆基的心事，他不再说话了。山鸟的叫声，确实像鹧鸪的叫，或许真是鹧鸪在叫？他早就听说，鹧鸪的叫声确如张徽所说的，是"归不得也——哥哥"。

归不得，归不得，长安归不得呀！可是，不归行吗？也不行啊，留在成都也不会有好日子过啊，偌大天下，竟没有我李隆基快意度晚年之地了。张徽啊，你只顾哄我高兴，哪知道我的心思啊！

过了好久，李隆基才又说话了，他问张徽："到什么地方了？"

"快到庙台驿了。高公公说，今夜宿在那里！"李徽答道。

"是来时住过的那个庙台驿吗？"李隆基又问道。

"是。"张徽也发觉太上皇刚才情绪不佳可能与自己的答话不当有关，所以不敢再油嘴滑舌了。

庙台驿，李隆基还记得，来时曾住过，曾在那里写过一首歌词，取名《雨霖铃》。那天，也是雨夜在栈道上赶路，他听见栈道上的铁铃在风雨中不断发出当啷当啷的响声，问身边的一个太监道："铃铛这么响，在说什么？"

那个宦官想了想，回答说："以奴才听来，铃声是在叹息说'三郎——郎当'！"这是讽谕，是臣下一种借题发挥规谏皇上的方式。不过，这个宦官敢于这样直统统地规谏皇上，也是看出皇上一路上气性已消磨殆尽，不会发怒加罪于他。

果然，李隆基没有发怒，只是苦笑一声，下意识地重复一句："说我吊儿郎当？"当晚，在庙台驿住下后，他在灯下写了一首歌词，抒发弃都逃跑的凄惶心情，并寄托对爱妃杨玉环的思念。到成都后，他又把这首歌词谱上了曲子，亲自教张徽他们演唱。演唱到动情处，李隆基不禁唏嘘落泪。后来，李亨擅自登基称帝的消息传到成都，李隆基便再也没有让乐工演唱这支歌。

现在，仍是风雨之夜，又来到庙台驿了，李隆基蓦然想起了那支《雨霖铃》，问张徽道："朕当初教你的《雨霖铃》，你还记得吗？"

"曲谱还约略记得，歌词差不多全忘了。陛下已有一年没命奴才们演唱了。"

"忘便忘了罢,到驿馆后朕再制一新词,仍用原谱。"李隆基说道。

庙台驿是北出栈道的最后一个驿站了,到草凉驿只剩六七十里路。这里是向阳山坳上的一片平地,参差错落住有百十户人家,在崇山峻岭中,这也算得上一个大去处了。驿馆也是建在村镇外临街的地方。

李隆基自幼受张说等人的影响,颇爱文辞,加上现在又有满腹幽愁暗恨,所以,一首歌词挥笔即成。他进了驿馆,叫来纸笔,马上又依照那首《雨霖铃》的曲调,写了一首新歌词。

李隆基刚刚放下笔,正要对侍立在一旁的张徽说什么,高力士走了进来,他对李隆基说道:"陛下一路劳乏,该早些安歇,不应再劳心力。陛下在写什么?"说着走近灯下来看。

"朕随便写一阕歌词解闷。"李隆基说道。

高力士看完李隆基的歌词,摇头道:"以奴才之见,陛下应无喜无忧,无欲无求,以期晚年静心养颐,不可写这样胸臆外露之词。传扬出去,多有不便,纵皇帝仁孝,皇帝左右执事者也难免弄口舌。请陛下三思。"

"你说得对,你说得对!"李隆基连连说道,"你替朕毁了它吧!"

高力士卷起太上皇写的那首词,放在烛火上烧掉了。

李隆基对张徽说道:"你只把朕教你的《雨霖铃》曲谱练熟,以后演曲不唱词便是了!"

说完,他神色黯然。失去了皇位,连写歌词抒发胸臆的自由都没有了,连在身后留下一首歌词的自由都没有了。唉,留下曲谱也好,让将来的文人骚客去依曲谱填词吧,有心者会体味到我今天的处境,明白我为什么连一首歌词都未留传下来的难言的苦衷!有情者或许还会为我一洒同情之泪吧!

这时,守在驿馆大门内的太监进来通报:"皇帝派遣的中使啖廷瑶等带三百人前来迎驾,刚刚赶到这里,请求太上皇接见。"

高力士代答道:"就说太上皇已经安歇,明早再见!"

李隆基挡住道:"不,让他们即刻进见。"他觉得,儿子派这么多人走这么远路来迎接自己,其中一定有什么文章,他想早些知道个究竟,不然这一夜也睡不好。

这个啖廷瑶,李隆基已见过一次。他是皇帝的心腹宦官,第一次到成都请李隆基驾返长安的就是这个人。

啖廷瑶和一个身穿六品朝服的中年朝官进到驿馆中,向李隆基跪拜问安后,啖廷瑶说道:"奴才奉皇帝旨意,来迎接太上皇。太上皇到望贤宫时,皇帝还要亲率文武在那里迎驾!"

李隆基点了点头,又指着那个六品朝官问道:"这位卿家是……"

"臣是韦义赞,官居符宝郎……"韦义赞躬身答道。

符宝郎是门下省的属官,掌管皇上的国玺和符节,是经常侍奉在皇帝身边的从六品官。

一听韦义赞的自我介绍,李隆基马上明白了儿子派这些人来迎接自己的真正用心:要他交出传国玉玺等九枚玉玺。

原来,皇帝除传国玺外,还有八玺,各有各的用处。神玺是镇国之宝,从不使用,只在大朝会时摆在皇帝的御座,散朝后即入库;受命玺只在封禅、礼神明时用;皇帝行玺专在回答王公疏表时用;皇帝之玺专在慰劳王公、赏赐臣下勋位时用;皇帝信玺专在征召外地官员赴京时用;天子行玺专在回答周围国家君王的书信时用;天子之玺专在宣慰边境少数民族酋长时用;天子信玺专在让周围少数民族国家发兵内援或征讨其他少数民族国家时用。

这九枚玉玺,按常规,皇帝外出时都要带着,分装在五个车内,由手持黄钺的武士护拥着车子,随在皇帝的车后。李隆基仓皇逃离长安时,顾不得那么多仪卫制度,用一个小车全拉了出来,一直带在身边至今。

现在,李隆基见儿子派符宝郎来迎接自己,便明白这是儿子在暗示自己交出这九枚玉玺,儿子显然不允许他这个已被废掉的皇帝带着九玺进长安。

交出去就交出去吧。大势已去,皇帝是夺不回来的了,九玺再留在身边,自己也无力再守护住它们了,还可能为此惹来杀身之祸。李隆基想到这里,望了高力士一眼。高力士冲他点点头,李隆基知道高力士已领会了自己的意思,便对啖廷瑶、韦义赞说道:"皇儿在灵武即位时,朕就以传国玺相授,皇帝当时没有接受。今二卿既远道来迎,朕就想烦二卿护玺车先行,交给当今皇帝,不知二卿意下如何?只是此事不宜草草,二卿且暂歇一宵,待明晨朕设香案祭告天地祖宗后再行交割,如何?"

啖廷瑶二人做出诚惶诚恐的样子,跪下道:"太上皇诰命,奴辈自是无不遵从。但此事关系甚大,又无皇帝旨意,奴辈实不敢奉诏。奴辈只是来侍奉太上皇,代为守护国宝尚可,并不敢护玺车先行!"

哼,无皇帝旨意?那你符宝郎来干什么?代为守护国宝?还不就是来接收九玺吗?李隆基愤愤然,但又无可奈何,只得说道:"就按二卿之意办吧!"

二十七、明争暗斗　假张均枉作牺牲

死囚们一字排开跪在地上,个个面色灰白,双眼暗淡无光,脖子也挺不直了。死刑,还是大辟,而且还要暴尸示众,这在昨天就于大理寺向他们宣布了。他们已向皇上遥拜谢恩,他们已留下了遗言,但是,马上就要砍头,无论如何也是可怖的。他们几乎都已瘫作一堆了,像从万丈高崖上落下去一样,魂飞魄散地等待着摔到地面的一刹那。

十八名死囚中,只有第二名死囚脖子还挺着,眼珠还在游转,表明他虽然心已乱,但神还未散。

他的目光,落到了眼前几丈远的那株柳树上。

这株柳树,在长安皇城东南角的城墙下方,已有几十年,树皮龟裂,如蛇皮的鳞块;时值寒冬,树枝在冬风中瑟索着。它是长安城中有名的"独柳树",距大理寺正门只有二里路,一向是处决朝官的地方。老百姓背地骂哪个朝官,就常诅咒说:"先别凶横,上朝就得去独柳树!"朝官们互相开玩笑的时候,也常发誓说:"我若是口不应心,明天就去独柳树!"

独柳树,朝官死亡的代名词;独柳树,张均过去也常拿它赌牙疼咒,现在却真的被绑到了它的面前!

他的目光又转到远处朝官群上。啊,朝官们都来了,显然,他们是奉了李亨的圣旨,来看这些叛官逆臣的末日的。

唉,荣与辱,生与杀,成与败,真是在一念之间哟!当初我若是弃家去追随李隆基或李亨,今天不也拖紫怀黄,和他们站在一起看别人被杀吗?可是,当初有谁能断定安禄山和李隆基谁胜谁负呢?当时,安禄山势不可当,风卷残云般扫荡了河北大片河山,攻占了洛阳和长安;而李隆基受杨国忠的蛊惑,一错再错,终于逼得哥舒翰在桃林一战把倾国之兵输得精光,然后他弃京城、抛群臣,丢了祖坟祖庙偷偷逃亡!又有谁能料到,安禄山父子败得这么快,这么惨,李亨父子这么快又收复了洛阳和长安呢?两年来,倏忽反复的局势开了人们多大的玩笑啊!有人成了新贵,有人却成了阶下囚或刀下鬼!

他又瞥了一眼和自己跪在一起的其他十七名死囚。

这些人,和他一样,都是两个月前被从洛阳押来长安的。

两个月前,李亨的大儿子李豫攻占了洛阳,在"大燕皇帝"安禄山、安庆绪父子手下任侍中的陈希烈,任左相的达奚珣,任中书令的张垍,还有任刑部尚书同平章事的他,共计三百多名原先在李隆基手下任职的唐臣,又成了唐军的俘虏。

他们被押到长安后,两个月来,受尽了各种污辱。

他们几次免冠跣足,列队到朝堂请罪。

他们要无休止地坦白交代在安禄山手下任职的过程和自己做过的一切事情。

他们要受新贵的呵斥和狱卒的谩骂。

最难堪的,是要他们去拜见甄济。这个甄济,有学识,讲操守,原来隐居在汲郡的青岩山中。当初安禄山刚做上节度使时,就表奏他为自己的掌书记。甄济觉察出安禄山阴怀异志,假说自己得了风瘫症,不肯接受官职。安禄山当上了大燕皇帝后,派部将蔡希德带刽子手去接甄济,刽子手捧着安禄山亲自贴上封条的鬼头刀。意思是甄济要么出山做大燕的官,要么就杀头。甄济却二话不说,闭上眼睛,伸长脖子,让刽子手开刀。蔡希德被甄济的这种刚直正气所感动,向安禄山回报说,甄济确实有病,不能出山。安庆绪继位后,派人硬用轿子把甄济抬到洛阳,甄济还是装病不肯做官。李豫收复洛阳后,他便成了高风亮节的楷模,一下子由白衣拜为六品秘书郎。

拜见甄济,他们本来就自惭自愧,无地自容,御史大夫崔器却传令要他们对在场的御史台和大理寺官员报告自己的感触,把自己与甄济比较一下。

有几个人实在受不了这种心理上的刑罚,悄悄吞金自戕了。

张均没有自杀。他忍受着污辱,企望着宽大和赦宥。

虽然身陷大理寺狱中,但他父亲的生前好友房琯、苗晋卿等人,还有他的家人,不断地把外面的消息报告进来。

他听说,李亨颁旨成立了审理他们这些变节投敌唐臣的特别法庭,钦点礼部尚书李岘、兵部侍郎吕諲为"详理使",会同御史大夫崔器共同审理这桩大案。

他听说,吕諲和崔器是追随李亨起家的新贵,对变节投敌的唐臣表现出义愤填膺、深恶痛绝的姿态,主张按叛乱罪处置,一律杀头。只有李岘,原是李隆基的老臣,两年前因查抄安禄山旧宅的事吃过杨国忠的暗亏,仕途上经过风浪,还比较老成,主张对这些投敌者区别对待,分等降罪。

他还听说,李岘几次与吕諲和崔器在李亨面前争论,他反对把投敌者统统杀掉,前后共提出三个理由:当初安禄山气焰凶虐,太上皇仓猝弃群臣南巡,群臣百姓都各自逃生,被安禄山势力裹胁而投降受官,情有可原,不分青红皂白一律杀掉,有违仁恕之道;现在虽已收复了两京,但河北大片土地还在安庆绪、史思明手里,那里还有不少被迫投降的唐臣和百姓,如果现在把这三百人统统杀掉,那些人就会死心为贼效力了;把这三百人一律处斩,也不合古训。《尚书·胤征》上说,"歼厥渠魁,胁从罔问",三百人中,胁从者众,应区别对待。

究竟哪一条理由说服了李亨,张均没有去想,他只是觉得李岘的第一条理由太中肯了,太合情理了。

是啊,当初安禄山的兵马如洪水猛兽杀向长安,当时连皇上李隆基都不知所措,带着贵妃娘娘和皇儿皇女逃跑了,可我的家小私财都在长安,带不走,就该把他们都丢给安禄山吗?再说,安禄山部将进长安后,杀人如麻,崇仁坊成了杀人坊,光祭祀安庆宗那一次就杀了八十三人,剜心肝,揭脑盖,惨不忍睹。我们若是不投降,不只有死路一条吗?何况,李隆基弄到了弃京逃亡的地步,还对杨国忠言听计从,谁还愿随那昏君奸相逃往剑南呢？

听说李亨同意了李岘的意见，将对这三百名投敌的朝官分等治罪，张均暗暗高兴。他想，自己无论如何也不会被处死了，三百人中，只要有一个人可免死，这个人就得是他！他对当今皇帝李亨有恩啊！

二十七年前，张说在弥留之际，拉着张均兄弟的手嘱托后事："为父自幼出入皇宫，长成后又为相多年，虽几经沉浮，今日终得寿终正寝，也算无憾了。只是对你二人放心不下。"

张均、张垍跪在父亲床前，磕头听训。

张说接着说："你兄弟二人聪明外露，功名心切，这是立身朝廷的大忌。为父诚恐张氏宗族倾覆在你兄弟手中。近年每当想起诸葛瑾父子之事，便惶然汗下。"

张均兄弟都知道，诸葛瑾是三国时诸葛亮的哥哥，仕吴多年，临终时曾预言，他的儿子诸葛恪聪明外露，仕途不知进不知退，将来必遭灭门之祸。诸葛瑾死后，他的话果然应验了。

二人听到这里，紧张地问道："父亲是否想让孩儿弃官？"

张说摇了摇头："虽然仕途多艰，但空老林泉之下，如一根草一样，默默生，默默死，岂不枉为人一世？"

"请父亲示儿为官保身之道。"张均兄弟泪眼望着父亲。

张说又说道："仕途虽险也不能不入仕，君王虽不可侍又不能不侍，这里面的道理和学问，只可心领神会，实在难以言传。不过，为父侥幸已为你们在皇宫中栽下一棵可遮风避雨的大树，你们要曲意侍奉这棵树，保护这棵树……"接着，张说第一次对儿子讲出了他当年保护了尚在血胞中的李亨性命的事。

那时的李亨年已弱冠，封为忠王，遥领节度使了。

张说死后，张均兄弟记住了父亲的遗言，竭力和李亨交好。李亨立为太子后，李林甫、杨国忠多次想废掉他，张均都以兵部侍郎、刑部尚书的身份，张垍也利用驸马的身份，协同高力士尽力保护李亨，李林甫和杨国忠的阴谋始终未能得逞。

现在，李亨成了皇帝，我们兄弟成了囚犯，他能甩手不管？

可是,事情大大出乎张均的意料。

昨天上午,圣旨颁到了大理寺,宣布了对投敌变节者分等处理的名单,他张均的名字列于大辟的十八个人中的第二名!

他惊晕了,连磕头谢恩的动作都没有完成便昏了过去。

他在昏迷中被加上了重铐,拖进了大理寺的死囚牢。

他清醒过来之后,一个人呆呆地面壁而坐。

他暗骂李亨忘恩负义,竟忍心把他处斩并暴尸示众。

他暗骂李岘乱出主意,主张什么分等治罪,还不如干脆三百人一起全都处死了呢!

他明知圣旨是至高无上、不可更改的命令,但他还企望李亨能回心转意,对他特赦。

他也企望安庆绪又突然打回长安,将他劫走。

他甚至幻想突然天塌地陷,桑田变沧海,把长安、把全国都毁灭掉!

昨天傍晚,宦官啖廷瑶奉李亨旨意,来牢房看望他,他才知道,弟弟张垍只判为流放。这对他还是新闻,因为他列于大辟的第二名,死名单的后面有谁没谁,他根本没听到就昏过去了。啖廷瑶还向他透露,赦免张垍死罪,是皇上向太上皇争之再三获准的。

今天上午,他的家属又被允许来与他会面,他又知道了,皇上昨晚派人送给他家大量财物,还答应授给他的大儿子五品官,不过,此事现在还须暂时保密。

虽然啖廷瑶的话闪烁其辞,家属的话语焉不详,但张均已明白了:自己错怪了当今皇上李亨,要杀他们兄弟的,要让张说绝后的是当今太上皇李隆基!他张均的死、弟弟张垍的流放,是太上皇与当今皇上父子二人明争暗斗的结果!

张均的判断是正确的,尽管他不知道其中的细节。

李隆基和李亨父子之间,现在是既相互怨恨,又相互惧怕。

李隆基从长安逃到四川的过程中,根本没料到安禄山会死得这么快,不可一世的安禄山叛军会这么轻易被赶出长安和洛阳。他在驾返长安途中,越想越后悔。当初自己怎么竟惊慌失措,只顾逃命了呢?怎么不加思索,就轻率地把收拾山河的大事交给李亨了呢?如果当初自己不是越过栈道跑到剑南,而是留在中原或西北指挥对安禄山的作战,今天就该是另一番景象了。他将是一个拨乱反正的皇帝,以胜利者的姿态重返京城,千官围绕,万军拥护,威风凛凛,趾高气扬!而现在,自己却变得这么委顿,这么微不足道,只有六百名疲惫的兵士随在自己身边,走向吉凶莫测的长安!

悔,常和恨连在一起。他恨自己当初被安禄山吓破了胆,更恨李亨竟敢擅自称帝,并培植了一大批文武群臣,牢牢掌握了皇权!

李亨对父亲的怨恨则是由来已久了,他恨父亲重用李林甫、杨国忠两个奸相,特别是李林甫做宰相的十九年,使他寝不安席,食不甘味!他失去了韦坚、皇甫唯明、王忠嗣这些有力的助手和亲朋,他失去了韦妃、杜良娣,眼睁睁看着这些人被杀、被贬、被迫离开自己,他却不敢有丝毫不愉快的表示。李林甫、杨国忠两人总是千方百计谋害他,他却没有任何反抗的力量,只能战战兢兢地避祸,提心吊胆地过日子。

他们又互相惧怕。

李隆基怕儿子,因为儿子是皇帝,有至高无上的权力。儿子一旦撕破脸皮,他的余生绝不会好过。

李亨怕父亲,是因为他要顾及自己的声誉和在天下人心目中的形象。他在灵武急不可待地擅自称帝,就已理亏心虚;如果父亲坚决不肯交出传国玉玺,或提出要继续当皇帝,再和父亲闹翻,那他就将很棘手;即使父亲只是当众哭闹,骂他一顿,他也会在天下人心目中、在后代的史书上,铸成"乘乱篡位"的罪名!他必须竭力造成这样一种假象以掩天下人耳目:帝位,是父亲心悦诚服地禅让给他的;他对父亲还是一如既往地恭谨孝顺,他们父子之间异常融洽,亲密无间,"其乐也融融"!

相互的关系如此微妙,相互间的斗争也就很微妙。

李隆基返回长安的路上,率众走到凤翔郡时,李亨派来"护驾"的三千精锐骑兵迎面来到了。李隆基便知道自己的那六百名卫兵已失去了存在的价值。他们已无力再保卫自己,留下来只能因和新来的卫兵发生派系之争而惹乱了,还会引起儿子的猜忌,只得命令他们立即解除武装,把盔甲武器放进凤翔郡的库府中,发给银两,慰劳一番,并宣布免除他们家属三年租税,就地遣返还乡,自己则开始完全接受儿子部队的"保护"。

走到马嵬驿时,李隆基听说儿子已带满朝文武迎到了咸阳县望贤宫,他故意给儿子一个软钉子碰。他派人告诉儿子,说自己到马嵬驿触景生情,悼念一年半以前在这里被缢死的杨贵妃,要在这里住一宿。害得李亨带着文武大臣在咸阳县住了一夜,第二天才在望贤宫举行了欢迎仪式。

在欢迎仪式上,李亨让父亲升上望贤宫南楼,自己脱下皇帝穿的皇袍,穿着做太子时穿的紫袍,在楼下磕头,请求李隆基继续当皇帝,自己仍去做太子。这时的李隆基猛然想起四十四年前承天门城楼上的情景。那时自己成功地武装除掉太平公主一党,握牢了皇权,却也装出不愿居大位的样子,请父皇继续执政。父皇当时只无可奈何地说:"天下之事,儿好自为之吧!望儿慎终如始,胜过乃父!"那一幕情景,仿佛就发生在昨天,那一幕情景,和今天多么相似!真是数有轮回,父行子效,现世现报!当年父皇的心境,大概和自己此时的心境完全一样,而自己儿子现在的所作所为,和自己当年的所作所为又何其相似啊!李隆基只得下楼,要来黄袍,亲自给李亨披上,对他说:"天数人心都已归于你,你何须固逊?朕得一静殿保养余年,就算是你的孝心了!"李亨这才再次拜倒,做出不得已的样子接受了黄袍。为了表示自己对父皇的孝敬,从望贤宫返回长安时,李亨亲手把父亲扶到象辂车上,自己在车下步行,为象辂车牵马缰。走了几步之后,李隆基才发现,慌忙制止,让身边的人强行把李亨扶上马。李亨上马后,为了表示对父皇的孝敬,亲自在车前引路,而且又不走路的中央,只走在路边上。

可是,到了长安后,这种父慈子孝的表演就结束了。

李隆基住进他一向喜欢的兴庆宫后,第一件事就提出要郑重其事地把杨玉环改葬。他想以此来显示一下自己的存在,让天下人都知道他太上皇还是有权威的,他喜欢的人,即使死了,也会享有尊荣。

李亨却回敬了一个软钉子,不同意改葬杨玉环。理由是,杨玉环是杨国忠的妹妹,马嵬事变又是羽林军发动的。现在天下人都切齿痛恨杨国忠,如果为杨玉环改葬,会使天下人心浮动,羽林军将士也会疑惧。

李隆基没有办法,只得命高力士带几个太监悄悄地跑到马嵬,把杨玉环的尸体从佛堂前的梨树下挖出,在驿路边修了个小坟了事。

紧接着,李亨又颁圣旨,大赦天下,唯独不赦免李林甫、王鉷、杨国忠子孙,同时宣布,把天宝年间改的官名、郡名一律改回来——天宝元年,李隆基改中书门下两省长官为右、左相;天宝三载,改州称郡,改刺史为太守;天宝十一载,改吏部为文部,兵部为武部,刑部为宪部——李亨的这道圣旨,等于向天下正式宣布李隆基天宝年间的政治完全失败。

对于这一切,李隆基怎能不生气?于是,在处置这些变节投敌的唐臣时,父子间的矛盾冲突明朗化了。

李亨现在是大权在握的皇帝,完全可以自作主张处理这些人。可是,这些人都是李隆基的旧臣,若不请父亲来定夺,李亨觉得于情理上实在说不过去,他只得亲到兴庆宫请父皇示下。没想到,这一来反把事情弄糟了。

李隆基把对儿子的不满都发泄到了张均兄弟身上,主张非把他俩杀掉不可!

他恨张说,为什么当初帮助自己留下了李亨这个孽种!如果那次张说送来的都是堕胎药,世上就根本不会有李亨这个人了!从前,他感激张说帮自己保全了一个儿子的性命,现在,他却因此而痛恨张说了!张说可恨,张均兄弟就该杀!

他恨张均兄弟,为什么从前总是护着李亨!如果没有他们兄弟的保护,李亨也许早就被废黜掉了,听李林甫的话,换李瑁来做太子,也许会比李亨好得多!

当然,现在当着李亨的面,李隆基的这些恨是不敢说出口的。他只一口咬定,张均兄弟罪不可赦:"张均兄弟,累世宠荣,身居显位,且连姻戚,于险难之际,首鼠两端,终于背主投敌,受贼宰辅之职。决不可赦!"

李亨很快便明白父亲的本意了,父亲要杀张均兄弟,实际上是用巴掌来打他的脸!但他此时也不便说破,只能为张均兄弟辩解:"儿皇听说,张均兄弟虽受贼职,实由安禄山胁迫,身不由己,这次未随安庆绪北逃,便可见他们天良未泯!"

李隆基心里暗笑,毕竟还太嫩啊!他随便反问道:"依儿之见,这些没随安庆绪北逃的人,就都可赦了?"

"不不,儿皇不是这个意思。儿皇是说,张均兄弟情有可原,张垍又是父皇爱婿……"

李隆基冷笑道:"爱婿?认贼作父,犬彘不食!犬马贱畜,犹能恋主;龟蛇蠢物,尚能报恩。他张均兄弟却背主噬恩,在贼庭那两年不知出了多少坏我家国的主意,还说什么姻亲!"

李隆基越说调子越高,李亨没词儿了。李亨也知道,不论文才还是口才,自己都远远比不上父亲。斗嘴是徒劳的。

"阿奴!"李隆基叫着李亨的乳名,以老子身份教训道:"你现在已正大位,是一国之主了,执法应该平允,不可因私废法。记得开元初年,长孙昕兄弟本是皇亲,无端殴辱朝臣,为父尚治其死罪,今日张均兄弟可是罪同叛逆啊!决不可赦!"

此时,李亨又悔又恨。失悔此事不应来向父皇请示,惹出了麻烦;恨的是父皇装腔作势,用大道理逼他去杀自己的恩人,也恨自己笨嘴拙舌,找不出再争辩的理由。父亲"不可因私废法"的话触动了他的私衷,他跪倒在李隆基跟前,恳切地说:"父皇最疼儿皇,知儿私衷。儿若没有张说救护,就不会落地成人。今日要杀了张说之子,将来儿死之后,有何脸面见张说于九泉之下?儿今身为国主,不能救张均兄弟,何颜见天下之人?况且,儿听说李林甫、杨国忠三次蒙蔽父皇,欲置儿于死地,皆赖父皇聪明,也赖张均兄弟回护,才免遭厄运,否则,何来今日九五之尊?现在张均兄弟两人只此一次死罪,儿就不能救免他们吗?"说着,竟真的动了感情,伤心地哭了起来。

若是换了别的事,儿子这样求情,这样哀哭,李隆基早就动心了,他毕竟是个感情丰富的人。可是现在,李亨的话却如火上浇油,使他的怒火更高了。他几乎是在喊:"你眼中如果还有为父,张均兄弟便决不可赦!你起来吧!"

听到李亨的哭声,一直守在殿门外的高力士轻轻走了进来,见李隆基怒气勃勃,连忙对李隆基摆手,示意他冷静下来。

李隆基马上意识到自己的失态,也意识到和儿子彻底闹翻的严重后果,圆瞪的眼睛慢慢恢复了常态,但一时改不过嘴来,只是心虚地长出了一口气。

李亨也不愿在此时此地和父亲彻底吵翻,他仍跪着不动,哭道:"父皇息怒,请父皇鉴儿私衷,曲法申恩,不然儿实无颜再居此九五之位了!"他的话,也露出一点威胁的味道。

李隆基吩咐高力士:"扶皇帝平身!"语气缓和多了。

高力士来扶李亨:"太上皇和皇上父子情深,什么事还不好商量?皇上快平身吧!"

李亨还是不肯起身。

高力士只得在李亨身后跪下——这是礼节,除祭祀天地祖宗等特殊场合外,一般只要皇帝跪倒,臣下便都要随着跪倒。

高力士跪下后说道:"太上皇和皇上议事,本来没有奴才插嘴的地方,"他是一个知趣的人,虽然知道太上皇现今无论如何也不会怪罪他,皇上当年做太子时,又受过他的保护之恩,也不会怪罪他,但他也不愿插在他们父子中间多说话。可他看出,李隆基再与儿子僵下去便不好收场了,他出面调和折衷又是可能和得体的,他才开口说话,"老奴以为,太上皇痛恨张均兄弟,自情理之中。他兄弟二人,顾妻恋子,媚敌称臣,实为屠沽之所羞,犬马所不齿;皇帝念张均兄弟先人之功,且连戚里,为之乞命,也合'八议'之义。且太上皇出巡剑南之前,受杨国忠蒙蔽,群臣朝闻亲征之诏,夕失警跸之所,今责其不能扈从,也是难说的事了。"

高力士的话,说得句句在理,李隆基父子都注意听着。他所说的"八议",是法律术语。唐法是唐初长孙无忌和房玄龄在隋朝法律基础上修订的,共十二卷五百条,其中规定,皇亲、故旧及贤能、功贵等八种人,除犯十恶不赦罪外,都可酌请评议、减轻处罚。

"老奴认为,"高力士最后说出了自己的折衷方案,"如今之计,不杀张均兄弟,不足以正国法;不赦张均兄弟,又不合'八议'之义,且无以见二圣好生之德。老奴愚见,不如将张均兄弟,杀一留一。"

李隆基父子都感到刚才自己把话说绝了,谁也都不愿再向前进攻一步。听了高力士的话,双方虽然都感到不满足,但实际上都同意了,觉得也只好如此了。

李亨为了顾全父亲的脸面,首先表示态度:"二兄所言,合理又合法。父皇以为如何?"他在东宫时,惮于高力士的势力,尊称高力士为"二兄",即位以后,感激高力士旧日之恩,在宫中对高力士的称呼仍然照旧。

李隆基也是见台阶就下,他命高力士平身,扶起李亨,然后说道:"朕今日也是年老多事。儿既已正大位,凡事便可自作主张,我又何必苦苦与人为仇?只是恨张均兄弟竟然投敌坏我父子国事家事。也罢,就按高公公所议,杀一留一吧!"

"儿皇遵命。但不知父皇……"李亨又问道。

"兄弟同罪,自然是重其兄而轻其弟。张垍由你发落,流放远恶之地,张均应该弃市,不可再赦!"

于是,张均今天作为死囚押进了刑场。

午时到!还有三刻的时辰这些死囚便要身首异处!

围观的人群一阵骚动,监斩官带着几个随员骑马来到刑场。因为案情重大,皇上钦点兵部侍郎、详理使吕諲为监斩官。

吕諲刚刚坐定,又有几匹马驰进了刑场。宦官啖廷瑶来到吕諲跟前,传达皇上口谕,要在行刑前再提张均回大理寺一次,审问新发现的一个重要案情。

张均又被推上囚车,在啖廷瑶的押解下,急急走出刑场。

天近午时三刻,张均又被推回刑场,跪在原地。这时的死囚们都已饮过长别酒,被拔去犯由牌,头发也都被刽子手挽成一个结儿盘在头顶了。

第二次被推到行刑处的张均,像是刚才被抽去了筋,脸色涨红,耷拉着脑袋,浑身瘫软,任凭刽子手摆弄着。

"咚咚——咚咚——咚咚",三通鼓响,接着又是一声锣鸣,张均和其余十七个人都被砍倒在刑场上。

　　刽子手们挺胸凸肚,互相望着带血的鬼头刑刀。杀人,砍下人头,就是他们的职业。谁能一刀把死囚的头齐齐砍下,谁的刀上和衣襟上血少,谁就是英雄,谁就有了向同行夸耀的谈资。至于砍的是谁,犯了什么罪,他们才不管呢。

二十八、危言耸听　权阉逼迁太上皇

有人说,对自己破绽百出的小聪明洋洋得意的人,是愚蠢的人。

李辅国可不这样认为。他为李亨出了许多破绽百出的主意,却觉得自己是绝顶聪明的人,洋洋得意。

他为李亨设计的分两步从老子手中夺取帝位的方案,都是破绽百出的。

在马嵬驿西,李亨摆脱开李隆基独立行动,是这个方案的第一步。只是因为李隆基连续几宿没睡觉,加上被前一天杨玉环的惨死搞得头脑昏昏,才算被他一时瞒过了。李隆基只走出几百里路,就发觉这里面有蹊跷。

李亨在灵武自行称帝,是此方案的第二步。

李亨在马嵬西拉出两千人马后,和李隆基相背而逃。李隆基南去蜀郡,他却率人向北逃走。路上又遇到潼关败下来的散兵,慌迫之中误以为遇上了安禄山叛军,混战了一场,一路上又有一些士兵逃亡,到灵武时他只剩五百多将士了。所幸这一带有国家的马场,百姓又多养马,共收得公私马匹一万有余,加上朔方郡留后杜鸿渐等人手下还有一些兵马,这才勉强在灵武站住脚。

灵武是朔方节度使的所在地,南距长安一千多里,一向是重要军城。到这里之后,李辅国便怂恿李亨立即登基称帝。

渴盼久了的事,一旦突然来到面前,人们又常常不敢相信它是真的。李亨做了二十年太子,连夜里做梦都盼望能早日登基为帝。可是,现在就让他登基，他又觉得事情来得太突然。他怕惹火烧身，把安禄山的主力引向自己，更怕天下人骂他篡位。

李辅国知道李亨的心思，百般劝诱："登基之后，便可名正言顺地诏令天下，收朔方诸城之兵，发河、陇之卒，驱天下之众，与安禄山争锋。现在，许多人都要在讨逆中立功名，殿下不即位，众人便无望于殿下，不会竭诚效命。至于'应天顺人'的事，自可人谋……"

李亨终于默许了。

李辅国开始行动。

先是造舆论。让原来的东宫属官、太监向随太子驾的官吏将士和前来迎接太子的地方官说——

"皇上两年前就曾要禅让帝位，这次马嵬之西又有恩命，要太子继位！"

"太子仁孝爱民，有人君之器，这次马嵬西百姓遮道请留，便可见太子得万民拥戴！"

"太子大驾从平凉郡出发来灵武时，彩云浮空，白鹤前引，又有人看见黄龙从太子住过的房内飞出，腾空而去！"

"太子到灵武前，这里大风飞沙，跬步之间不辨人物；太子到后，风沙顿止，天地廓清！"

有的是无中生有，有的是牵强附会，有的是添枝加叶。假的说成真的，没影的说成有形的，有影的更是活龙活现！这样一来，容易轻信的人都相信李亨是上应天象的天子了，有心计的人也明白李亨有意即位了。

会趋炎附势、见风使舵的人总是代代相传。李亨有意称帝，李辅国又几次派人明言暗示，李亨周围的人又何乐而不为？于是，河西司马裴冕、朔方留后杜鸿渐、朔方所辖受降城等六城转运使陆少游等人一起上表，请李亨即皇帝位。

李辅国早已和李亨商量好，要故作姿态，不能一下子就答应裴冕等人的要求。当年，曹操受魏王的封号还谦让了三次，曹丕代汉还逊谢了两回，现在李亨是在父皇健在的情况下即帝位，见表即允，岂不太露骨了？

裴冕等人自然明白李亨要玩掩耳盗铃的把戏,所以连上六表,表现得再诚恳不过了。李亨这才表示勉强同意臣下之请,在灵武城南门楼上接受群臣朝拜,宣布做皇帝,尊父皇为上皇天帝,改年号为至德。

不用说,李辅国的这一套主意又是破绽百出的,其中最明显的破绽就是没有征得李隆基的同意,而且传国玉玺还在李隆基手里。

用掉包的办法从刑场上救下张均,更是破绽百出,连小孩子都骗不过。

李亨在父皇面前为张均兄弟求情,几乎撕破脸皮,才争得个"留一杀一"。回到宫里后,李亨连连唉声叹气。

李辅国知道原委后,密献掉包计:找一个替死鬼,换下张均!

李亨恍然大悟,连叫好计,口谕李辅国立即亲自去办。

可是,好计不好办,李辅国带着唊廷瑶等几个心腹太监和武士,用一个下午的时间,找遍了长安所有的监狱,从大理寺狱、京兆府狱直至长安、万年两县的监狱,都没有找到一个相貌和张均相似的在押犯!

迫在眉睫!第二天午时,就要在独柳树下对十八名死囚开刀问斩,这事太上皇已知道,并已明诏晓谕全国臣民,万万不能再变更的。到全国其他州县中的监狱去找人,已来不及!

李辅国忽然想到了禁卫军!这时的禁卫军体制已有改变,新设置了左右神武军作为北牙六军中的主力,主要由"元从"弟子充任。所谓"元从",就是指从马嵬开始随李亨北上的将士和从灵武开始就跟随在李亨身边的将士,他们大多现已挣得勋爵退役,子侄辈得以来充任禁卫军。这左右神武军,相当于当年的万骑营,是北牙六军的中坚力量。另外又选择一千名善于骑马射箭的武士充作殿前射生手,分为左右厢,称作英武军。

第二天,李辅国又在禁卫军中寻找了小半天,还是没找到和张均面貌相似的人!

真是踏破铁鞋无觅处,得来全不费功夫。当李辅国失望地离开北牙六军的军营,想通过英武军军营回大明宫找李亨再议对策时,忽然发现英武军中一个校尉生得酷肖张均!李辅国平时就总手捻念珠念佛,这回不由得又暗暗念了一通南无阿弥。

这个校尉就是在马嵬驿射死杨国忠的那个张小敬。事后,老练的陈玄礼再三告诫他,射死杨国忠的功不能贪,不能恃,以后也不要再向别人提起,否则说不定会有祸事临身。从成都回来,走到凤翔时,李隆基遣散了自己的六百扈从士兵,张小敬本想解甲回乡,因回乡的路被安庆绪、史思明部队阻断,只得暂留在禁军中,又因为善骑射,回到长安后被选拔为英武军的团长,官称是校尉,管着三百人,在英武军里算是一个中级军官了。他的好朋友郭方也仍留在禁军中,编在神武营中。

不用说,李辅国一手策划指挥的拿张小敬从刑场上换下张均,又是破绽百出。圣旨早已颁下,宣布了罪犯的死刑;罪犯又早已验明正身,押在刑场,马上就要杀头,皇上又怎么会匆匆降旨提回大理寺重审呢?又怎么只审了那么一小会儿就又送回了刑场呢?细心的人还会发现,送回刑场的张均比提走的张均略略魁梧些,而且眼中闪着极度悲愤的光,口唇翕动又不能言。

然而,这一破绽百出的主意却成功了。

从这些破绽百出的成功中,李辅国捞到了大好处。

李亨即位之后,他被擢为太子家令、判元帅府行军司马事,就在李亨的外帐办公值宿,李亨向外发圣旨,接受四方表章,都要经李辅国的手;李亨的宝印符契都由他保管,甚至军队中的巡警口令都要由他确定。

收复长安以后,李辅国的地位更高了,权势也更大了。他专掌禁兵,住在皇宫里,李亨的一切诏敕,都要经他过目并签署后才能发出;散朝以后,不论宰相还是其他朝官,再有奏章,都要通过他上达李亨,再通过他把处理决定转告奏事者。有时干脆由他代发圣旨,事后再禀告李亨。他的官职很多,又有开府仪同三司和郕国公的爵位。他终于实现了做第二个高力士的宿愿,而且比当年的高力士还惹人注目,因为他发达得太快了,还因为他尽管持斋念佛,可有时比高力士还锋芒外露。

此刻,李辅国正在设于宫城内的住宅里,坐在交椅上,眯缝着眼睛,醉心地欣赏着一件宝贝。

那是一件玉制工艺品,名叫玉龙子,大唐的一件传国之宝,是当年太宗皇帝在晋阳宫得到的,长孙皇后一直把它珍藏在衣箱里。高宗李治诞生三天的时候,长孙皇后把它赐给了李治,此后一直藏在皇家内库。武则天君临天下之后,一次偶然高兴,把各位皇孙召到殿上,看他们嬉戏。命人取来竺西国贡献的玉环、金钏、银盏等宝物摆在他们面前,让他们随便抢。别人都跑上去乱抢乱夺,捞到不少宝贝,唯独李隆基不为所动,端然而坐。武则天大为惊奇,问道:"你怎么不去和他们争夺?"李隆基用甜润的童稚声答道:"些些点点之物,何须去抢?让给兄弟们吧!"武则天摩挲着他的脊背,感叹道:"此儿小小年纪,如此心性高远,器欲难量,将来必能做太平天子!"当下命人从内库取来这玉龙子赐给了他。

别看这玉龙子方圆只有两三寸,但温润精巧,隐隐放出华贵的光芒。放在床帐之中,能避蝇驱蚊,放在衣箱之内,可防霉蛀,盛夏随身带着它,可解暑热,暗夜取出它,光华可比灯烛。尤为奇异的是,每当天将下雨时,它的表面便会凝结一层水珠,此时如捧在手里细看,可见玉中隐隐有一龙形,正在舞爪奋鬣,兴云布雨。据宫内的人传说,开元年间,每当京城附近天旱不雨,皇上便在星斗满天的时候,设案焚香,把它放在香案上乞雨,百乞百灵,所以开元年间总是风调雨顺。可到了开元末年,一次又遇到久旱不雨,皇上再照旧乞雨时,便不灵验了。皇上一怒之下,便把它投进了兴庆宫的龙池里。这下子可不得了了,只见龙池内一股云雾暴起,直冲云天,须臾间,狂风暴雨大作,大雨连下十多天,江河泛滥成灾了。

当然,这些都是出于宫人的传说,没有人去面问李隆基是否真实。李辅国也不相信这小小玉玩有这么大神通。他想得到它,只是因为它是件有名的带着神秘色彩的精美玩物。

它是昨晚由太上皇李隆基身边的太监黄幡绰偷偷送来的,不用说,是黄幡绰从李隆基那里偷来的。

这个黄幡绰生性机敏,能说会道,原先很得李隆基的欢心。李隆基逃往蜀郡后,他也投降了安禄山;收复两京后,他和陈希烈、达奚珣等人一样,又成了李亨父子的俘虏。因他原来只是一个小太监,所以没有上绑,也没有收狱,只是直接交给了太上皇李隆基发落。李隆基见到他,十分高兴,想赦他无罪,高力士却说,黄幡绰在安禄山那里颇得信任,可随便出入安禄山的宫殿,还为安禄山圆过梦,语涉大逆,应该惩罚他。

李隆基问黄幡绰:"可有此事?"

黄幡绰跪禀:"确有此事!"

"也是个忘本的东西!置朕待你数年恩义于不顾!"李隆基面有怒色了。

"奴才该死!"黄幡绰磕头道,"该死又不愿死。陛下大驾蒙尘赴蜀,奴才身陷贼手,不巧言哄骗逆贼,怎能留下性命今日再来侍奉陛下?"

"又来花言巧语,当时你怎样哄骗逆贼?"李隆基又质问道。

"奴才不敢对陛下花言巧语。奴才对逆贼安禄山才是花言巧语。"黄幡绰一脸正经气。

"真的?"

"千真万确。安禄山让奴才圆梦,奴才信口开河骗他!"

"怎么骗的?"

"他说梦见穿着袍袖拖地的衣裳,奴才说这是将要像尧舜一样垂衣裳而治天下,他说梦见窗槅子倒了,奴才说这是除旧布新之兆。"

"这明明是奉承他,怎么是骗他?"

"奴才当时跪着回安禄山的话,一边说,一边用脚尖在地上划'非'字,表示说的是不算数的。其实奴才当时一听安禄山说梦,就知道他要完蛋了!"

"何以见得?"

"他的梦就是预兆!袖子拖地,是束手待毙;槅子倒了,是土崩瓦解。这个道理奴才可懂得!"

李隆基听到这里,忍俊不禁,大笑起来,笑骂道:"好个巧嘴奴才!"于是,黄幡绰又回到了李隆基身边。从那时到现在,三年时间过去了。

在这三年里,李隆基与李亨的矛盾相对缓和下来了。李隆基向儿子交出了传国玺,交出了一切处理朝廷军国大事的权力,得到了儿子和群臣上的"太上至道圣皇大帝"的尊号,安静地在兴庆宫里过着优裕的太上皇生活。李亨则心安理得地在大明宫里做着皇帝。

在这三年里,黄幡绰供奉在太上皇身边,时常说些笑话为太上皇破闷取乐,不过,暗中却在准备投靠新的主子。

作为太监,他知道,自己只有生活在皇宫里,侍候在皇上身边,得到宦官头目的欢心,才能有好日子过。眼看太上皇已七十八岁了,近两年身体又更加衰弱,不用拐杖已不能走路了,太上皇一死,兴庆宫里这帮人便得作猢狲散,自己年纪轻轻,不另寻主顾怎么行?

他看中了李辅国。李辅国现在大权在握,是李亨皇宫中最大的宦官头目。在他看来,巴结上李辅国,就不怕兴庆宫墙倒殿塌。于是,有事没事,他都找机会到李辅国的家里走动,不时把兴庆宫的珍宝玩好弄一些送给李辅国,现在,又壮起胆子把玉龙子偷出来送给了李辅国。

李辅国正出神地把玩着玉龙子,忽听小太监在门口报道:"黄幡绰又来了,在宫外候见!"

李辅国心里一动:这小子又来干什么?讨封赏?送东西?报告什么消息?

他那张老太婆似的脸上没有任何表情,用老太婆似的声音吩咐道:"召他进来!"说着自己从交椅上站起身,向客厅走来。

黄幡绰需要李辅国,李辅国也需要黄幡绰。对于李辅国来说,黄幡绰的更大价值不是能偷得太上皇的宝贝,而是他的特殊地位和身份。他是他李辅国在兴庆宫里最理想的坐探和耳目。

李辅国知道,像自己这样出身微贱且才德都不足以服众的人,一旦权力到手,就不能再失去它;仕途上只能上不能下。任何一点疏忽,任何一点波折,都可能带来不可收拾的后果。大明宫方面,可保无虞,李亨能登上帝位,全靠他的谋划,他是李亨做皇帝的柱石之一,李亨对他深信不疑,至少近期是不会把他怎么样的,何况他现在既是禁军的总管,又是皇上的总管,李亨的动静他了如指掌。他伤脑筋的是兴庆宫。

他恨兴庆宫里的人,也怕兴庆宫里的人。

他恨兴庆宫里的人,是因为兴庆宫的人都不把他这个新贵放在眼里。

兴庆宫现有五百名卫兵,三百匹马,李隆基身边有高力士、陈玄礼、玉真公主、九仙媛、红桃等人陪伴着。

高力士就不用说了。他是李辅国的老主人,见了李辅国,虽不失礼,但也决无施礼的道理,只是很得体地和李辅国应酬,李辅国心里不舒服,但还能容忍下去。

陈玄礼是诛灭韦氏和太平一党的元勋,侍卫宫掖五十年来,忠勤职守,有功有劳,是德高望重的老臣,虽已无实权,但名分上是太上皇身边的人,又有从一品的爵位,对李辅国当然也不肯俯低做小。他总是有意躲着李辅国,实在回避不开了,也只是不亢不卑地打个招呼。这就使李辅国耿耿于怀,因为满朝文武官员中,包括在讨伐安禄山战争中立了盖世功勋的郭子仪、李光弼,都得对他躬腰控背,恭谨地施礼,这个陈玄礼如此无礼,李辅国怎能不生气?

玉真公主是太上皇的妹妹,当今皇上的姑姑,又早年出家做了道士。李亨为了表示对父皇的孝敬,特地请她到兴庆宫陪伴太上皇。她不礼敬李辅国,尚情有可原,可也不该附和九仙媛和红桃取笑他呀!那件事,至今使李辅国惭恨不已——

那是半个月前的一天,他随同李亨和张皇后到兴庆宫向太上皇请安。太上皇和皇上、皇后在殿内闲谈,他只好在殿外相候。他正等得不耐烦时,忽听龙池畔传来笑语声。他循声信步走过去,只见玉真公主与几个宫女正在龙池畔的水榭内逗弄着什么东西。他凑过去一看,被围在女人们中间的是两只雪白的猫。李辅国本来是个少言寡语的人,这时可能受了女人们欢快情绪的影响,不由得脱口赞叹道:"这样的白猫,真是少见!"

女人们一下子停住了嬉笑声,惊奇地回头望着李辅国。玉真公主年纪大,又见过李辅国,不好说什么。九仙媛原是李隆基的宫女,红桃原是杨玉环的侍女,她俩一直跟随在李隆基身边,从未见过李辅国,不知道他就是权倾朝野的郕国公,加上红桃以前长期侍奉杨玉环,奴随主贵,说话向来没有顾忌,有时竟敢和李隆基开玩笑。现在听了李辅国的话,怔了一下,然后用尖酸的口吻说道:"这位大人看花了眼吧?这哪里是猫?你好好看看吧,这是康国狮子猧,是昨天新贡来的!"

康国狮子猧？这就是康国狮子猧？李辅国听说过从前杨贵妃很喜欢这玩艺儿。可今天当着这么多人的面，竟把白狗称作白猫，他实在发窘，一时不知道说什么才好。

红桃却没有注意玉真公主的眼神，接着说："这狮子猧尾巴总爱竖着，耳后的毛长，口边无须，大人回府看看，府上的猫是这样的吗？"

李辅国有口说不出话，有威风不敢在这里使，只得无趣地转身走开。刚走出几步，只听身后传来九仙媛的冷诮："田舍奴！措大气！"接着，女人们爆发出一阵放肆的笑声，其中也有玉真公主的声音。

李辅国不是那种鼠肚鸡肠的人。如果光是这些不敬、这些污辱，他还可忍耐下去，他可以把这些怨恨压在心里。

可是，对兴庆宫，他不单是怨恨，还有恐惧。

他担心李隆基复辟！近些日子，这种忧虑越来越沉重了，因为李亨身体越来越糟，眼看就要不久于人世了！

有李亨健在，他倒不太担心李隆基能够复辟。因为李亨的帝位是借安禄山造反之机从父亲手里夺过来的，李亨虽然表面上对父亲孝敬，心里却提防父亲再把帝位夺过去。可万一李亨死在父亲之前，就不好说了，李隆基很可能乘机复辟，就是不亲摄朝政，只为新继位的小皇帝出出主意，他李辅国就要倒大霉。因为李隆基对他肯定是恨之入骨的。

他密切注视着李亨的病情，也密切注视着兴庆宫的动静。

御医每次为李亨诊治，他都到场，并常把御医叫到自己房中细细盘问。御医悄悄告诉他，皇上肝火盛，腹内有积水；肾气虚，尿中带血浆。是个不轻的症候。

兴庆宫方面，他每天都派人去打探动静，并授意黄幡绰随时报告李隆基的活动，特别是与外人的联系。

现在黄幡绰忽然来求见，李辅国估计准是兴庆宫方面有了什么动静，所以马上接见。

客厅里，黄幡绰施礼后，李辅国手捻念珠，眯缝着双眼，等待着黄幡绰开口。

黄幡绰瞪着小眼睛，狡黠地扫视了一下周围。

李辅国右手微微一挥,在场的下人便都悄然退了出去。

黄幡绰凑近李辅国身边,低低地诉说着。李辅国表情木然地听着。

黄幡绰说完,李辅国没发一言,又轻轻挥挥手,示意他退回兴庆宫去。

当屋子里只剩他一个人的时候,他一反刚才沉默不语的神态,忽地从座位上站起来,在室内来回踱步。

时机终于来了,借口终于有了,要把李隆基牢牢地控制起来,以免后患!

抓住这个机会,利用这个借口,把太上皇软禁起来,让他形同囚犯,虽生犹死!让他在高墙深院中默默死去,像齐桓公死于深宫,赵主父死于沙丘那样!

他急步走出自己的小院,进入皇上的寝宫。

李亨正倚在床边,由两个小宫女轻轻用掌心拍着后背,近来,他发觉这样好受些。

李辅国故作惊慌,跪奏道:"陛下恕老奴死罪,老奴有要事启奏:南内有异谋!"

李亨一骨碌爬起身,问道:"你说什么?"

"老奴得知,太上皇在兴庆宫与外人交通,今天上午又召钟绍、郭英义到勤政楼上密谋,陈玄礼、高力士都在场,他们一会儿指天誓日,一会儿悲叹流涕。老奴唯恐他们所谋不利于陛下,冒死上闻,伏惟圣裁!"李辅国一脸庄重表情,委婉地说明太上皇在密谋夺位复辟。说完后两眼直盯着皇上。

李亨的情绪渐渐平静了下来,沉吟了好久。他知道,此事非同一般,李辅国决不敢无中生有。可是,这件事涉及到他们父子的关系,涉及到自己的名声,何况兴庆宫到底发生了什么事,还须进一步查实,所以万万不可轻动。想到这里,他做出无所谓的样子,对李辅国说道:"圣皇一向仁慈,不会有这种事的!"他和群臣为太上皇上了一大串尊号,"圣皇"是这尊号的简称。

"太上皇倒不一定有这个意思,可是外人就靠不住了。谁不想立奇功谋富贵？陛下切不可轻忽！"李辅国又说道。

"那你说该怎么办？"李亨重病在身，心绪不宁，现在更加烦乱了。

"依老奴之见，陛下应以江山社稷为重，不能像普通百姓那样诸事随顺尊长之意以求孝敬之名了。为今之计，要消祸乱于未萌，只有屈太上皇迁居西内才是上策！"李辅国终于端出了自己的主意。

"兴庆宫乃圣皇发祥之地，圣皇甚爱之，幸蜀前即已居之三十年，回京后也是一直住在那里……骤然迁于大内，圣皇肯定难过，朕实在于心不忍，朝野也会有议论……"李亨虽然觉得李辅国的主意不错，但仍犹豫不决。

李辅国已听得出，皇上还有些顾虑，但心里已同意自己的意见了。他又接着说道："其实，请太上皇迁居西内，陛下正可示天下人以孝敬。兴庆宫狭小，宫墙矮陋，又与居民区距离太近，很不安全。请太上皇居于大内，一则大内森严，可使太上皇有万安之势，二则西内距此大明宫甚近，便于陛下尽昏定晨省的孝道，三则可杜绝小人蒙蔽蛊惑太上皇，正可谓有百利而无一害。请陛下三思！"

李亨听了李辅国的话，连连点头，有气无力地说："你的话不无道理，不无道理。不过，迁太上皇于西内，事关重大，容朕再好好想一想，并须和诸宰臣商议。兴庆宫其他之事，还赖卿多为朕留心。朕今身体不适，卿且退下！"

二十九、金笼囚鸟　李隆基百感萦怀

其实,兴庆宫里并无异谋,不过,今天兴庆宫倒是比往常热闹些。

昨天晚上,李隆基乘月登上勤政务本楼,见月华满天,清辉遍地,人间天上,月宫皇宫,都融浸在一片神秘的月色中,不由产生一种怅惘怀旧之感。他手扶栏杆,唱起了前代诗人卢思道的《从军行》来:

朔方烽火照甘泉,长安飞将出祁连。
犀渠玉剑良家子,白马金羁侠少年。
…………
庭中奇树已堪攀,塞外征人殊未还。
白云初下天山外,浮云直向五原间。
…………

卢思道的这首诗,本来就是适于传唱的歌行体,加上语句清丽流畅,句多对偶,情调悱恻缠绵,所以开元年间宫中就经常配乐演唱。现在,李隆基刚唱了一半,正唱到动情之处,忽听对面道政坊中传来嘹亮的笛声。那笛声抑扬起伏,婉转有致,听起来很耳熟。李隆基停止了歌唱,侧耳静听,终于听清了,那笛声奏的是《水调》,是开元末年宫中的曲子,他亲自教给梨园弟子的。他当即指着道政坊的方向对高力士吩咐道:"那里一定有开元年间的梨园弟子。等天亮你去替朕找来!"

天亮之后,高力士去道政坊还没有回来,宫门侍卫忽然传报:宫外有一个名叫钟绍京的老者求见太上皇!

钟绍京?他还活着?他还想着来看我?李隆基闻报又惊又喜,一种失意中遇到知音,他乡异地偶逢故人的感觉蓦地涌上心头。他一面宣谕请钟绍京进宫,一面亲自前往宫门迎接。

在勤政楼下,他和钟绍京相遇了。

不像君臣相见,倒像故友重逢;不似久别又觌面,恍如隔世相见!

两人先是相对站立,审视着对方,然后都丢掉手中的拐杖,抱住对方,老泪纵横,呜咽流涕。

过了许久,钟绍京才后退两步,要跪行大礼,李隆基又一把拦住他,携手走进了勤政楼。红桃拾起他们的手杖,跟在后面。

落座以后,李隆基问道:"爱卿,这些年是怎么过来的啊?"问话中充满了友善和惨楚。

"往事不堪提起。陛下蒙尘幸蜀后,臣不知圣驾所向,且年迈体弱,不能执戈以讨叛逆,又不愿落入安禄山之手,便弃官南逃,回到了臣祖籍赣州避乱……臣擅弃官,得罪在先……"钟绍京答道。

李隆基叹息道:"唉,爱卿何罪之有!倒是朕……朕有六军之众,尚弃都西幸,何况爱卿。这几年在故乡还过得好吧?"

"臣家中有几垅薄田,还可卖字糊口,衣食尚不曾缺。只是家乡百姓景况大不如前了。战乱以来,男丁多从戎,妇犁孺耕,收成欠佳,课税又重……唉!"钟绍京说着,又摇头叹气。

"记得丧乱之前,朕授卿的官职是……"李隆基还约略记得当年授钟绍京京官的事。

那是十多年前的事了。从开元初年起,因受刘幽求、王琚等人的牵连,钟绍京也被贬为地方官,辗转各地几十年。天宝中期,他一次回京述职,偶然接受了李隆基的单独召见,因他实在不愿再到地方上做官,跪在李隆基脚前痛哭流涕道:"陛下就不记得当年讨韦氏的夜晚吗?怎么忍心让臣终生不能回京呢?当年佐命立功的人,现在都已亡故了,只剩老臣一人还在,且已风烛残年。陛下就不能免臣颠沛之苦吗?"

当时,李隆基虽然沉迷声色之中,但还有一点故人之情,加上钟绍京为人本分,不遭李林甫之忌,钟绍京才得以留在京师,拜为银青光禄大夫,安禄山作乱前,他又升做少詹事。

不过,现在李隆基已记不清当时授给钟绍京什么官职了。

"当时授臣银青光禄大夫,后转少詹事。"钟绍京答道。

"唔。"李隆基似乎想起来了,点了点头,又问道:"爱卿现在还能写字吗?"

"不行喽。一搦管手就有些发颤,写不好了……"

"不妨事,在朕这里多住些日子,朕传御医为爱卿诊视……"

"谢陛下。臣是老迈之症,恐非药石可医了,陛下不必费心了……"

"爱卿高寿?朕记得爱卿长朕几岁……"李隆基边回忆边问道。

"不敢。臣今年八十有一了。陛下真好记性。"钟绍京接过红桃递上的茶,呷了一口,又问道:"陛下龙体尚好?"

"倒觉得比前两年顽健些,不过,到底是七十六岁的人喽,怕冷清,总嫌清冷寂寞……"李隆基露出了凄惶的表情。

钟绍京宽慰道:"臣这几年悟出一个道理,静心独处,便可保身。天下事由皇帝管着,陛下已远离'炉火',正可颐养天年……"

三国时,孙权要把天下诸侯的矛头引向曹操,劝曹操废汉称帝,曹操识破了孙权的用心,骂道:"是儿欲踞吾着炉火之上耶?"从那时起,"炉火"便成了帝位的代名词,含有皇帝的日子也不好过的意思。

"爱卿哪里知道,朕今不踞炉火,胜踞炉火啊!"说到这里,李隆基觉得不妥,又改口说道:"好在儿孙还孝顺,衣食无忧,都怪朕生性喜欢热闹,才有冷清之感……"说完,他笑了起来,但笑得很勉强。

钟绍京小心地赔着笑,说道:"陛下真会说笑话,陛下贵为太上皇,天子之父,哪还会有衣食之忧?"

"唔,那不可恃,权位不可恃,儿孙不可恃。一饮一啄,莫非前定。朕做皇帝的时候,太喜欢热闹了,现在不是冷清了吗?朕做皇帝的时候,太奢靡了,说不定哪一天会衣食不周呢。这不可怪别人,只能怪自己,自作自受,因果报应……"

钟绍京听出太上皇的话有信佛悟道的味道,怕惹出什么麻烦,正不知再说什么才好,高力士走了进来,后边跟着一个少妇。这少妇虽是长安妇人打扮,但看上去落落大方,像是见过世面的。

钟绍京立起身,向高力士问安:"高公公好!"

高力士打量一下钟绍京,很快就认出来了:"这不是钟大人吗?正好,来陪陪太上皇。"他又转身向李隆基道,"陛下请看,这位是谁?"

李隆基看看随高力士进来的少妇,摇了摇头。

那少妇施礼道:"奴婢谢阿蛮请太上皇安!"

"阿蛮?是你!你……好狠心啊,怎么才来见朕?"见到谢阿蛮,李隆基也是又喜又怨。

这个谢阿蛮,原本是新丰城著名的女伶,歌唱得极好。天宝年间,每当李隆基携杨玉环幸华清宫,都要召她进宫来,很得杨玉环喜爱。李隆基几次要召她进宫供奉,她都婉言谢绝了,并说:"贱妾乃民间一优伶,至微至贱,又不懂宫中礼法,不愿入宫。妾虽在宫外,陛下一有宣召,妾便立时应命;陛下不用妾时,妾仍在宫外侍奉父母,岂不两便?"李隆基不忍拂了她的意思,也就没有勉强。不过,从那以后,她经常被召入宫,成了杨玉环额外侍女,李隆基和杨玉环游宴或出幸诸杨之家,也时常带着她。宫内外的人都敬她爱她,亲切地称她作"阿蛮"。

谢阿蛮回答李隆基的话:"陛下宫院深严,不奉诏敕,贱妾怎能进宫拜见陛下?再则,也怕陛下见了贱妾就想起当年之事,岂不徒增伤感,故而不敢贸然进见……"

高力士见谢阿蛮提起当年之事,怕真的引起李隆基的伤感,忙在一旁岔开话题道:"陛下,阿蛮现已有家了!"

"噢?阿蛮已成家了?朕向你贺喜了!夫君操何业?"

"谢陛下。贱妾因避安禄山兵乱,南逃襄州,路上结识了夫君。他本是陛下当年的梨园弟子,现在与妾在东市开了一个酒肆谋生……"

李隆基笑道:"这么说,你们真是夫唱妇随了。朕不如你们……"说着脸上又现出凄惶的神情。

看来要李隆基不伤感是不容易的。听说谢阿蛮已婚配,他也联想到自己。是啊,曾作为一国之君的他,如今连一位夫人都没有了。武惠妃之后,他只册立了梅妃江采苹和贵妃杨玉环,杨玉环死在马嵬坡了,梅妃当时失宠,逃离长安时便没有带她,回京后,想起她来却不知下落。后来听说被安禄山乱兵杀死,埋在宫中一棵梅树下。他命人挖开一看,果然是梅妃,尸体肋下有刀伤。李隆基思念转剧,命人画了一幅梅妃的像,悬在寝宫之中,他还在画像上题了一首诗:

忆昔娇妃在紫宸,铅华不御是天真。
霜绡虽似当时态,争奈娇波不顾人。

就这样,一场兵乱,他不但失去了皇位,也失去了两位妃子,现在,只有当年的旧宫女九仙媛和杨玉环的侍女红桃侍奉在他身边。这两个人虽然也善体人意,但比起杨玉环和江采苹两个妃子,自然是不可同日而语了。想起这些,李隆基怎能不难过?

李隆基又问谢阿蛮道:"你的丈夫怎么没有同来?"

高力士代答道:"她丈夫去市上购鲜鱼去了。奴才已吩咐店伙,让他回店后即进宫来。"

"好,好,朕如今又多一位故人了!"李隆基点头说。

这时,玉真公主也已用罢早饭,由九仙媛陪着缓步而来。高力士对李隆基说道:"陛下请登楼吧,奴才去传乐队来!"

李隆基说道:"今天不登此楼了。去长庆楼吧,那里可多见些行人百姓。"

长庆殿在兴庆宫的东南角,紧靠大街,登上长庆殿,不但可清楚地看见街上的行人,还可隐约听到他们的说话声。这里,实际上成了李隆基观察长安生活,呼吸宫外空气的一个窗口了。

李隆基扶杖登上长庆殿,供奉在兴庆宫的乐工们也都带着乐器来到了。李隆基见有钟绍京和谢阿蛮在场,分外高兴,忽然问高力士:"朕记得父皇曾做一大琵琶,此物还在否?"

"还在,一直无人能弹奏,在库里放着呢!"高力士答道。

"命人取来,问乐工中可有人能弹奏?"李隆基吩咐道。

不一会儿,两个太监抬着一个顶尖底圆的大黄缎袋来。解去缎袋,里面露出和人高低相仿佛的大琵琶。这大琵琶镶金带玉,丝弦完整。但乐工们都摇头,表示都不会弹奏这硕大的乐器。

李隆基有几分扫兴,众乐工也都有些局促不安。

正在这时,一个中年汉子上殿向李隆基跪拜。谢阿蛮向李隆基禀奏道:"他就是贱妾的丈夫贺怀智!"

李隆基又高兴了,问道:"昨晚是你在家中吹笛吗?"

"是小人,是小人昨天多卖了几文酒钱,一时高兴,晚上胡乱吹了两支曲子,都是陛下当年教诲的……"贺怀智答道。

"唔,朕教演的曲子已流传到民间了,朕可不朽矣!"李隆基苦笑着说道。停了一会儿,他又问道:"当年几个高手乐工,还有在的吗?"

"都已星散了。小人听说雷海青被安禄山肢解于洛阳凝碧池了,李龟年兄弟流落到江南去了,下落不明……"

雷海青的事李隆基早就听说了。安禄山的部将攻进长安后,把李隆基的舞马、舞象和梨园弟子们都抓到了洛阳。一天,安禄山在洛阳宫内苑凝碧池举行大宴,强迫乐工们为他演奏歌曲。雷海青称病不肯到场,安禄山令人强逼他来参加演奏。宴会中,梨园弟子们对叛军的暴行记忆犹新,加上触景生情,想起过去宫廷内演奏的情景,个个都很凄然,甚至暗中流泪,音乐自然都奏不成调子了。安禄山一听大怒,令武士查看,凡有泪痕者立即斩首。这时,雷海青再也忍不住了,把手中乐器摔在地上砸得粉碎,向着李隆基父子所在的西方放声痛哭。安禄山气得暴跳如雷,下令把雷海青缚于试马殿,肢解示众。当时,诗人王维也被叛军俘获,软禁在洛阳普施寺,听说这件事,当即口占一诗:

万户伤心生野烟,百僚何日更朝天?
秋槐叶落深宫里,凝碧池头奏管弦。

这首诗广为传诵,最后终于传到了李隆基的耳中,还没回长安,他就知道了雷海青的事迹。

李龟年兄弟的模样,李隆基也还都依稀记得。兄弟三人,名龟年、彭年、鹤年,都生得身材瘦长,面容清癯,双目微陷,满脸精明气。三人之中,李龟年深知音律,善演奏乐器,常做小乐队的指挥,彭年善舞,鹤年善歌,都是梨园弟子中的著名人物。可惜,如今不知流落何方去了。

　　"唉,故人云散,往事都如梦寐。"李隆基听了贺怀智的话,又连连叹息,接着手指那大琵琶,问道:"卿可鼓此琵琶吗?"

　　贺怀智看了那琵琶一眼,答道:"怕手生了,鼓不好。"

　　"不妨事的,试为朕一鼓聊以适兴。"

　　"小人遵旨,请陛下多指教。"贺怀智说着,走过去抱起那大琵琶,拨钮调弦,捻挑试音。

　　"朕记得先皇制此琵琶时,曾赐它一名,卿还记得否?"李隆基向贺怀智走近一步,随口问道。

　　"小人还记得,它名叫'玉环'……"贺怀智不加思索,脱口而出。

　　李隆基一下子呆住了,周围的人也都怔住了,一声不响地望着李隆基,连长庆殿上的空气都似乎凝固了。

　　贺怀智这才发现自己说错了话,慌忙推开琵琶,跪倒在地:"小人死罪,小人失口乱道,陛下恕罪!"

　　玉真公主、九仙媛和红桃都围了过来,有的搀着李隆基的胳膊,有的为他轻轻敲背揉胸。贺怀智跪在地上,吓得汗流满面。

　　过了好大一会儿,李隆基才长长地吁出一口气,又挥手示意贺怀智平身,说道:"你何罪之有?朕也想起来了,此物确乎名叫'玉环'。唉,朕失一'玉环',今日又得一'玉环',怕也是天意吧?还是劳卿为朕一鼓玉环,务要尽欢……"

　　不知是受了李隆基悲怆情绪的影响,还是被方才的情景吓的,贺怀智尽管紧抿嘴角控制自己,但眼泪还是顺着眼角流了下来。

　　李隆基和众人重新坐好后,贺怀智已调好玉环,问李隆基道:"陛下要听什么曲子?"

　　李隆基转而问钟绍京道:"今日略去君臣之礼。座中诸位,唯爱卿年高,请爱卿点曲吧!"

钟绍京起身逊谢:"陛下在上,臣哪敢僭先。还是陛下点曲,臣得聆听,已是幸事了!"

"今日故人相聚,不讲君臣之礼,务求尽欢。爱卿自管点来!"李隆基还是让钟绍京先点。

钟绍京不敢深拂太上皇之意,只得说道:"既是陛下恩命,臣斗胆了。就奏《龙池曲》如何?"

龙池曲就是龙池乐的曲谱。这龙池乐,是李隆基登基后为记兴庆坊龙池的祥瑞而创作的乐舞歌曲,演奏时要有十二个舞伎冠饰荷花作舞。钟绍京点这支曲子,是为了让李隆基高兴。

贺怀智用大琵琶弹奏了《龙池曲》,李隆基的情绪完全好转了。高力士凑趣道:"今日太上皇高兴,阿蛮姑娘能否再为太上皇唱支歌?"

李隆基也用期待的目光望着谢阿蛮。

谢阿蛮起身道:"既是陛下高兴,又是高公公有命,妾焉敢不献丑?只是久不在人前歌唱了,真是怕唱不好了。"

红桃也打趣道:"你们两个来个'妇唱夫随',就请贺君伴奏如何?只是楼下的乐工们该冷落了。"说得人们都笑了,连玉真公主也露出了笑容。

李隆基又对谢阿蛮道:"久不闻卿清音,唱个长些的!"

谢阿蛮笑着凑近丈夫,低声说:"那就唱一支《汾阴行》吧。"

贺怀智点点头,拨动了琵琶弦。谢阿蛮唱道:

君不见昔日西京全盛时,汾阴后土亲祭祠。
斋宫宿寝设储供,撞钟鸣鼓树羽旗。
汉家五叶才且雄,宾延万灵朝九戎。
柏梁赋诗高宴罢,诏书法驾幸河东。
…………
自从天子问秦关,玉辇金车不复还。
珠帘羽扇长寂寞,鼎湖龙髯安可攀。
千龄人事一朝空,四海为家此路穷。

豪雄意气今何在,坛场宫馆尽蒿蓬。
路逢故老长叹息,世事回环不可测。
昔时青楼对歌舞,今日黄埃聚荆棘。
山川满目泪沾衣,富贵荣华能几时?
不见只今汾水上,唯有年年秋雁飞。
....

根据太常乐官的理论,音乐,是古人圣人冶情之具。情感物而动于中,声成文而应于外。圣人乃调之以律度,文之以歌颂,荡之以钟石,播之以管弦,然后可以涤精灵,可以祛怨恩。施之于邦国,则朝廷有序;施之于天下,则神祇有格;施之于宾宴,则君臣和;施之于战阵,则将士勇。

然而,即使是在大张乐舞的场合,也只有少数人才能真正体味到音乐的妙处,更多的人却只知随人乐却不知他人之所以乐。今天,谢阿蛮奉命唱一长歌,她就唱了这支《汾阴行》,但歌词究竟是什么意思,寄托和抒发了什么情感,她并不全懂;高力士和玉真公主也不懂,他俩的使命是陪侍太上皇,太上皇高兴他俩就随着高兴。他俩如果能听懂这首歌词的意思,早就阻止谢阿蛮唱下去了。九仙媛和红桃当然就更不懂了。

真正能听懂这首歌词的是钟绍京。他知道,这支歌词是李峤所作,李峤与杜审言、苏味道、崔融为初唐"文章四友",李峤本人历仕高宗、武后、中宗各朝,官至中书令。这首歌词是借汉武帝巡幸河东的事,抒发人生易老、荣华转瞬即逝的伤感情绪。当年汉武帝志满于自己的文治武功,巡幸河东,祠后土,泛舟汾水,于汾水中流船上欢宴群臣,自为《秋风辞》。

李峤正是借汉武帝巡幸河乐,汾水放歌的故事,抓住秋风辞最后两句的意思大加发挥,写成《汾阴行》的。钟绍京听谢阿蛮唱出这支情调哀惋的歌,深恐再次触动李隆基那敏感的愁肠,可一看李隆基正微闭双目,摇头晃脑地听得入神,他又不敢打断谢阿蛮。

忽然,李隆基睁开双眼,拄着拐杖从座位上站了起来,叫道:"好!

好!歌词好,也唱得好!"

众人也都附和着:"好,好,好极了!"

李隆基又问谢阿蛮:"此词何人所作?"

谢阿蛮答道:"贱妾只知是李峤所作。"

钟绍京也点头道:"是李峤所作!"

"好,好!李峤真是才子!"李隆基连连感叹,又念诵着歌词中的几句:"山川满目泪沾衣,富贵荣华能几时?不见只今汾水上,唯有年年秋雁飞!李峤真是才子!"

此刻,李隆基感情的闸门又被李峤的诗捅开了,心绪翻滚,百感交集。是呵,青春易逝,人生易老,自己当年的富贵风流,兴庆宫昔日的歌舞繁华,都一去不复返了。只有终南山仍隐隐屏长安而立,八水还悠悠绕帝京而流。在造物主面前,人太渺小了;在人间爱和恨的长河中,人生太短暂了。富贵不能长在,青春不能久驻,权势不可靠,儿孙不可倚。自己垂垂老矣,说不定哪一天就会一抔黄土掩木棺了,到那时,自己的悲与欢,得与失,都被埋葬了,只有这满目山川还在,市井相缠的长安还在,人们还照样娶妻嫁夫,生子送殡……呜呼,人生竟是这样虚幻,如梦如烟!

想到这里,李隆基不由得又老泪潸潸。这泪,是对生的感慨,是对生的留恋。众人见了,纷纷起身,走近劝慰。李隆基对众人说道:"不妨事的,朕是为李峤诗中之情所动。唉,有情之人,才能作如此有情之文,也才能动有情之人,李峤可谓先知朕心者。李峤真是才子!"说着,他在廊檐下信步徜徉,眺望远天,俯视长安市井。

忽然,他发现长庆楼下的大路上走过一个骑马的将军。那将军衣冠整齐、英姿勃勃,李隆基叹道:"好个英武少年将军!他是谁?"

高力士向下望了望,也没有认出,便喊道:"楼下过路的是哪一个?"

那个过路的将军听见喊声,抬头一看,认出是太上皇在楼上,慌忙滚鞍下马,在路旁跪拜道:"臣郭英义拜见太上皇!"

"郭英义?"李隆基搜寻着自己的记忆,自言自语。

"奴才记得好像是郭知运大夫的后人。"高力士在一旁说道。

"郭知运的后人?既是故人之后,快宜上来一叙!"郭知运这个人李隆基记得,他是开元时的名将,曾做过陇右节度使,讨突厥、吐蕃都立过功,封过县公。

高力士一边传呼,一边动身下楼去接郭英义。他见李隆基今日情绪不佳,便嘱咐郭英义,上楼后应拣太上皇高兴的话说。

不一会儿,郭英义在陈玄礼、高力士陪同下登上了长庆楼。郭英义重新拜见李隆基后,自我介绍说,他是郭知运的二儿子,现在官居羽林大将军兼御史中丞。

李隆基满面带笑,说道:"将军年轻有为,又值国家多事,正可多为国立功!"

郭英义谢道:"臣当牢记陛下教训。"说着,又按高力士在楼下嘱咐的意思,说道:"陛下年事已高,臣伏望陛下随时自珍,颐养龙体。这也是父老百姓之意,他们时常说起开元年间的好日子,感戴陛下恩德。就是巴蜀百姓,也都感念陛下幸蜀时的仁德恩泽。臣今春出使成都,有幸得瞻陛下幸蜀时行宫,蜀地官民已置行宫为道观,并供奉陛下金铸真容和乘舆侍卫图画。足见陛下恩泽深入百姓之心……"

侍立一旁的高力士,早就听说郭英义是随李亨起兵于灵武而暴贵的,虽是将门之后、能武能文,但为人少年得志,纵情肆欲,不护细行,唯恐他言语失检,惹太上皇不快或伤感,所以特地下楼叮嘱一番。现在见郭英义对答十分得体,高力士心里也暗自高兴。

人有时也是很容易满足的。听了郭英义一席入耳的话,李隆基得意地连连点头,脸上露出了满意的笑容。他当即吩咐高力士,今日难得众人相聚,命御厨备一酒宴,请玉真公主代他做主人,宴请钟绍京、郭英义、谢阿蛮夫妇,并让高力士、陈玄礼作陪。同时吩咐赏侍立在楼下的乐工每人三匹绢,散归本院自便。自己却让红桃、九仙媛陪着,到龙庆池边为众人寻醒醉草去了。原来,龙庆池南岸生有几丛异草,紫叶红心。开元年间,有一太监大醉后偶经草旁,醉态顿失,人们才发现这草有醒酒的奇效。

听了李隆基的吩咐,钟绍京、郭英义、谢阿蛮夫妇等人心里都热乎乎的,并对李隆基油然而生一种同情和敬爱之情。啊,真是接近佛祖的时候,才知道佛祖也并不神圣。眼前这个太上皇,曾坐了近五十年的金殿,那个时候,他深居九重,威行令重,他的话,就是满朝文武的意志,决定着全国五千万人口的祸福。他的诏敕,曾赈济过嗷嗷待哺的灾民,曾扭转过国家积贫积弱的局面,曾任命过才德孚众的宰臣,曾罢免过狗苟蝇营的贪官污吏。当然,他的诏敕,也曾冤枉过正直的臣子,也曾把将士、把百姓推到灾难的深渊,也曾使一些忠耿之士含恨九泉,一些将士魂游荒外、骨委黄沙。他曾沉湎声色,骄奢侈靡,也曾弃都逃命,凄惶颠沛。如今,他失去了帝位,在这兴庆宫中过着寂寞的晚年,变得这么多情善感,一口一个"故人",多像一个普普通通的乡间老人那样好客,那样善良热情啊!

然而,鱼游沸鼎,燕巢飞幕,浑然不知境遇之险恶。就在他们欢宴的时候,黄幡绰跑到李辅国那里告了密,李辅国又到李亨那里挑唆了一番。

当天傍晚,李隆基刚刚送走郭英义和谢阿蛮夫妇,正在和钟绍京闲聊,陈玄礼慌慌张张来报告:李辅国带着圣旨包围了兴庆宫,把兴庆宫的卫兵全部换防,把兴庆宫内的三百匹马牵走了二百九十匹,只留下十匹!

李隆基闻言惊呆了,过了好久,才苦笑着对钟绍京说:"还记得上午朕说的话吗?不踞炉火之上,胜踞炉火之上啊!看来,吾儿不得终孝,朕也怕难得善终了!"

三十、西宫幽冷　老上皇苟延残喘

好出风头而没有心计,心直口快而没有主见,这就是咸宜公主的性格。

她是武惠妃的小女儿,李隆基的娇公主。少女时因母亲得宠,她也备受李隆基的疼爱。开元二十三年(735),她下嫁驸马杨洄,李隆基为她加实封至一千户,这在当时,已是破例的事了。当时皇妹最多才封一千户,皇女最多不过五百户。那时李隆基还知节俭,曾对人说:"皇妹皇女封这些户已经够多的了。百姓的租税不是我皇上个人所有。战士沙场出死力,赏不过束帛,女子何功,要赏这许多?赏赐过多了,她们便不知节俭了。"虽然这么说,但还是因为溺爱这位公女,破格实封千户下嫁了。

她生得很像母亲,明眸皓齿,娇小玲珑,但不像母亲那样工于心计。没有什么事能使她心事重重,没有什么事能使她懊恼落泪,她总是美滋滋、乐悠悠的,总是充满一种幸福感,总能给别人带来一种欢乐的气氛。对别人,她既不嫉妒,也不戒备,总像一个孩子般的天真和善良。也许,正因为这种性情,她母亲武惠妃死后,李隆基照样很疼爱她,而她的异母哥哥李亨,尽管对她的母亲武惠妃恨之入骨,可当了皇帝之后,也没忍心伤害她。她已年逾不惑,仍过着喜鹊般的快活日子。

她到太极宫里侍候李隆基的饮食起居已经一年多了。和她同时到这宫里来的,还有她的异母妹妹万安公主。万安公主自幼出家,虽然年纪比她小,但看相貌,似乎比她大十岁,而且性情孤僻冷漠。

她和万安公主来太极宫侍候父皇,并非为了反哺报恩,而是受了兄皇李亨的指派,是遵圣旨入太极宫的。

这座太极宫原名大兴宫,始建于隋代。李渊父子从隋炀帝手中夺取天下后,定都长安,对大兴宫几番修建,使之成为初唐时的皇宫,称作太极宫,又称宫城。因它位于后来修建的大明宫和兴庆宫之西,所以习惯上又称西内。

因为建造的年代已经久远,加上地势低湿,早在一百多年前,当时的皇帝高宗李治便发觉宫内潮湿,才下诏扩建大明宫,并迁到大明宫居住和处理朝政。

李隆基做皇帝之后,也不喜欢这座宫城。他先是住在大明宫,后来又迁到了新营建的兴庆宫。除了丧事和重要庆典要照例在这里举行外,平时这里便成了冷静清闲的处所。

父皇是怎样迁居到西内来的,咸宜公主并不知道。但是,也许是因为李隆基在位时间太长了,也许是因为他的文治武功曾煊赫一时,也许是因为长安百姓还没有完全忘记开元年间的盛世景象,上自朝臣和太监宫女、下至长安百姓,对李隆基还都是关心的,他从兴庆宫迁居太极宫的过程,曾一度是百姓中争传的话题,人们同情太上皇,赞佩高力士。咸宜公主从宫廷内外的传说中,渐渐听出了事情的大概。

事情就发生在李辅国调走了兴庆宫二百九十匹御马,撤换了兴庆宫卫兵的第二天早上。

那天早上,不管高力士等人如何劝慰,李隆基也不肯动箸,御厨只好小心翼翼地把太上皇的早膳原封撤了下去。

正当李隆基心烦意乱的时候,唉廷瑶忽然来传旨,说是皇上恭请太上皇游西内,泛舟四海池。

那一天是七月十九日,长安城的暑气正盛,泛舟四海池倒是可以消暑避热。可是,李隆基早已感到自己头上罩着不祥的阴影,哪有心思去泛舟?他一挥袍袖,对唉廷瑶喝道:"替我回禀皇上,谢谢他的孝心!朕今天身体不适,不能遵旨!"

李隆基本想见儿子一面,质问他为什么要从兴庆宫取走御马,撤换卫兵。可他听说儿子派人来请,却又燃起怒火。

啖廷瑶跪在地上不肯起身:"奴才奉皇上圣旨来请太上皇,太上皇不去,奴才吃罪不起……"

在一旁的高力士见李隆基已明显表示出对皇帝的不满,唯恐把事情闹僵,忙对李隆基说道:"陛下虽然龙体不适,但既是皇帝旨意,陛下还应勉为一行。"他不等李隆基表示态度便自作主张吩咐道:"去回奏皇上,说太上皇随后就到!"

不用多想,高力士的主意肯定是稳妥的。既然儿子是大权在握的皇帝,儿子的召唤就是圣旨,李隆基这个太上皇也不得不服从。再说,儿子毕竟是儿子,见了儿子的面,日子也许会比现在好过些。何况,李隆基近来对高力士的依赖越来越大,高力士的主意便是他的主意。于是,他在高力士和陈玄礼的陪同下,离开了兴庆宫。

兴庆宫的东墙有夹城复道,就是夹在两层宫墙间的道路,南通曲江芙蓉园,北通大明宫,西通太极宫。要从兴庆宫进入夹城复道,必经兴庆宫东南的睿武门。

李隆基偏安于兴庆宫以来,每次出行,都是走夹城复道,因为他怕见生人,更怕见儿子手下新贵们鼻孔朝天的模样。现在,他没有了卫队,更是必走这夹城复道以求平安了。

没想到,他和高力士等一行人刚出睿武门,迎面突然闪出一大队人马,个个甲胄鲜明,钢刀出鞘,为首的一匹马上,坐着面带杀气的李辅国。显然,李辅国带领的这支队伍,正是使人闻名股战的殿前英武军,是改编后的禁军的中坚力量。今天到场的足有五百人,相当于整个英武军的一半人马。

先行出宫的啖廷瑶骑马立在李辅国身边。

面对寒光闪闪的刀丛,凶悍狰狞的英武军,李隆基吓得面无人色,手足一软,险些从马上栽下来。多亏陈玄礼伸手扶挟,他才没有落马,只是伏在马背上打战。

高力士马上明白了,啖廷瑶请太上皇游西内是李辅国设下的圈套,而李辅国敢采取这样的行动,必然是经皇上李亨同意的。但他估计,李亨还不至于允许李辅国杀害太上皇,李辅国这样气势汹汹,无非是要抖一抖威风,让太上皇和兴庆宫内的人知道他的存在,他的权威。眼下自己必须稳住神气,在气势上压倒李辅国,维护太上皇的体面,使太上皇免遭凌辱。维护了太上皇的体面,也就维护了自己的体面。自己原是李辅国的主人,自己的资望和勋阶高于李辅国,自己有条件和可能在气势上压住李辅国!

想到这里,高力士抖起精神,用手指着李辅国高声喝道:"李辅国,你要干什么?"

李辅国虽然有权有兵,但在高力士这个老主人面前,总是有些心气虚怯。听到高力士的喝问,不得不答道:"奉皇帝旨意,因兴庆宫狭小,请太上皇迁居太极宫!"

"既然如此,见了太上皇为何不下马跪拜?"高力士声音更高了。

李辅国无言对答,但还不肯下马。他不敢正视高力士咄咄逼人的目光,转而傲慢地看着吓得说不出话的太上皇。

高力士不和李辅国僵持,他要先解除英武军的武装。他拍马走上两步,对英武军将士高声说道:"太上皇诰命,问诸将士安好!诸将士应纳刃下马谢恩!"

英武军将士被太上皇的身份和高力士的气势震慑住了,既是太上皇问好,他们按礼节理当谢恩。何况眼见李辅国已经气馁,他们便身不由己地下了马,收刀入鞘,跪倒叩头,口呼万岁。

高力士见众将士慑服了,又转而逼视立马于李辅国身旁的啖廷瑶。啖廷瑶撑不住了,瞥了李辅国一眼,溜下马背,跪倒在太上皇马前。

高力士对李辅国喝道:"还不下马向太上皇请安,更待何时?难道你要造反吗?皇上杀得了你,太上皇就杀不了你吗?"

李辅国边下马边答道:"辅国不敢,辅国奉旨奔走……"

高力士乘势又加几句:"哼,你也太不自量,敢在太上皇面前如此无礼!太上皇是五十年太平天子,当今皇帝之父,你算什么东西?休说今天是奉旨恭请太上皇迁居西内,就是有天大的事情,还有高某在此,也轮不到你李辅国动手!"

高力士后两句的意思很明显:今天就是皇上要杀太上皇,你李辅国也没有资格动手!

李辅国的气势完全被压下去了,只得跪拜磕头道:"奴婢死罪!奴婢奉旨办事,身不由己,请太上皇垂悯……"

高力士心里很清楚,李辅国有圣旨,有兵权,现在只是一时被震慑住了。实际上,太上皇今天是难免要受李辅国挟持去太极宫了。只要能保住太上皇的面子就不错了。他随即也下了马,把马缰丢给身后的一个太监,随手揽过李隆基的两条马缰,对李辅国说:"太上皇旨意,李辅国平身,侍卫太上皇去西内!"说着,把一条马缰丢给李辅国,自己攥着另一条。

李辅国沮丧地接过那条马缰,和高力士一左一右在李隆基马前为之牵马。啖廷瑶和英武军将士见了,也只得规规矩矩地随在后面。有这么多人护驾,高力士自作主张,索性不走夹城复道了,而是出了兴庆宫的正门通阳门,顺大街进了皇城,再经皇城进入宫城。

到了甘露殿,李隆基升殿坐下,李辅国等人礼拜而退。

李隆基立起身,双手扶住高力士的双肩,哭着:"今天要不是你,我就要受辱于辅国小儿手里了!"

高力士扶李隆基重新坐好后,哭拜道:"观今日之事,老奴自知不能再侍奉大家了。望大家善自珍重,饮食起居,亦须大家自己多留心了。老奴今生大概难以再侍奉大家了……"

"公公何出此言,公公不可弃朕而去……"

"依老奴观之,李辅国辈不会允许老奴及陈将军等人再侍奉在大家身边了……"高力士泣不成声了。

李隆基扶起高力士,劝慰道:"高公公不必多心,皇帝不至于如此绝情。都是小人从中挑拨,才有今日之事……"

"皇上固然是仁厚的,但今日之事,没有皇上旨意,李辅国也不敢如此。老奴料定:老奴和陈将军离开大家,大家方能得见皇帝之面;皇上健在,则大家安;皇上病危,则大家危。大家切记:老奴走后,如闻皇上病重,大家就需格外小心,以防小人毒手!"说完,高力士放声大哭。

果然不出高力士所料,当晚,大明宫就传出李亨的口谕:太极宫的守卫归李辅国统辖,陈玄礼、高力士及太上皇的旧宫女太监都不准再留在太上皇身边。

几天之后,李亨正式颁下圣旨:高力士流放到距京师三千一百里的巫州,陈玄礼勒令辞官回原籍;玉真公主仍回她出家时所居的玉真观养老;九仙媛、红桃到距长安两千二百六十八里的归州安置,其余原来跟随太上皇的太监、乐工、宫女,一律遣散。从大明宫拨宫女百人到太极宫做洒扫杂役。同时,指派咸宜公主和万安公主到太极宫侍候太上皇的饮食起居。

派她俩来太极宫,自然又是李辅国的主意。这两个人实在是再恰当不过的人选——咸宜公主没有心计,不会说假话,虽然和太上皇很亲昵,但不会搞出什么名堂;万安公主本是宫女所生,自幼便不得宠,又是出家之人,没有亲党。把她俩放在太上皇身边,李亨和李辅国不但尽可放心,而且还可通过咸宜公主从无矫饰的言语表情,洞悉太上皇的动静。

咸宜公主可没想许多。到太极宫就到太极宫,侍候父皇就侍候父皇。她本来就爱说话,爱管事,爱指挥别人,做太极宫内的大总管,她倒觉得蛮有趣味的。

咸宜公主到太极宫已经二十多个月了。尽管她什么事情也不放在心上,她也渐渐发现,李隆基越来越委顿颓靡了。

李隆基怎能不感到生趣索然呢?从兴庆宫到太极宫,从南内到西内,环境变了,生活条件变了,他的情绪也变了。

住在兴庆宫的时候,他有自己的侍卫官,自己的卫兵和仪仗,有自己的太监和宫娥,有九仙媛和红桃陪伴自己过夜,也有行动的自由。春夏两季,他可以顺着夹城复道,重寻昔日那温馨的梦。可现在,这一切都不行了。三丈五尺高的太极宫墙,把他与外界隔绝了,偌大的宫城,成了他的监狱。

他不能会见任何人,不能跨出宫城一步,他身边没有了解愁破闷的乐工和优伶,没有了九仙媛和红桃,没有了陈玄礼和高力士。漫漫长夜,他独自僵卧帐中衾内,睁着双眼听着更鼓,等待天明;天明之后,仍是长夜一般无边的寂寞。九仙媛、红桃、陈玄礼留下的空白,无人能够替代填补;失去了高力士,他更感到如同被摘掉了肝胆,失去了依靠。多少年来,高力士一直陪在他的身边,一直是他的影子啊!

　　刚到太极宫的那些日子,咸宜公主真是焦急,父皇如同痴呆了似的,叫他起床,他就起床;叫他吃饭,他就吃饭;叫他吃哪道菜,他就把筷子伸向哪个盘子,像一个木偶人似的听她摆布。万安公主又整天吃斋念佛,什么也不管。整个太极宫的管理,父皇的一切生活琐事,都是她咸宜公主出头操心。她感到自己有些吃不消,更怕父皇有个三长两短,几次求见兄皇,要求兄皇多到太极宫向父皇请安。

　　起初,每当皇上带着皇后和皇儿皇孙来向李隆基请安的时候,李隆基都是表情木然,不肯多说话。可是渐渐地,咸宜公主发现,皇上带着来人走开后,太上皇又巴望皇上能再来看看他,有时竟开口问她:"皇儿怎么样了?什么时候能再来?"她明白了,太上皇虽然对皇上不满,但更怕寂寞,皇上带一大帮人到太极宫来,毕竟可搅动一下近乎凝滞了的沉闷空气啊!

　　于是,她经常请求兄皇来看望父皇,并教那些皇儿皇孙们如何对太上皇施礼、答问,讨太上皇的欢心。她还请求兄皇出面,严厉训诫在太极宫里供职的宫女们,要勤于职事,听她和万安公主的指挥调遣,侍奉好太上皇。

　　这样,李隆基木然呆滞的脸上才开始有些生气了,偶尔还可见一丝笑容。不过,他毕竟太老了,单看眼角和颊肌的动作,很难判断出他是在笑还是在哭。

　　可是,近一个多月来,咸宜公主又惶惶然了,因为太上皇的性情又突然变异了。

　　一个月前,三月初一早饭后,她到承庆殿看望父皇,一进门,就发现父皇神色异样。他没有梳洗,斜披着黄色薄绵袍坐在寝宫门口,怅然若失,双目呆滞,脸色灰败,一线口水顺着胡须飘落,上下唇在下意识地翕动,似在反复念诵着什么。

咸宜公主大吃一惊。昨天还好好的,还写了一首歌词呢!写完之后,还曾兴高采烈地拿给她看。

她不精于诗词,虽然叫不出这首歌词是什么牌调,却能看出歌词中的颓靡和怀旧的情绪,还似乎隐隐流露出怀念杨贵妃和江采苹的意思。她唯恐父皇过分伤感,随口赞美几句便岔开了话题。后来,她有事回自己府中去了,是万安公主陪侍父皇的。可一夜之间,父皇怎么变成了这个样子了呢?

她命宫女赶快去叫万安公主,自己走近父皇,扶他进寝殿。只听他反复喃喃念着一句话:"他要完了,我也要完了……"

不一会儿,万安公主来到了。她眼珠黑白分明但无神采,脸皮白净但无润泽,身穿女道士的服装,还散发着淡淡的香烟气味,显然是正在做早课时被宫女叫来的。

"姐姐何事呼唤愚妹?"她向咸宜公主施礼问道,神色不悦。

"还问我呢,你看看父皇怎么了?我出宫以后,你们是怎么侍候父皇的?"未脱尽稚气的咸宜公主,发出一连串的质问。

万安公主这才发现父皇神情有些异样,好像比往常痴呆了不少。但她也不知道父皇怎么成了这个样子,她只知道昨天傍晚父皇接待过大明宫来的一个宦官,那宦官是带了几个小太监为太上皇送春装来的。

如果换一个略有心计的人,也能分析出李隆基的病源。可咸宜公主是个从来不肯动脑筋的人,只知道埋怨万安公主。她训斥宫娥,乱折腾一气,也没弄清太上皇为什么神情异变。

其实,李隆基的病因很简单,头一天傍晚,他从那个宦官口里知道了,入春以来,李亨病势急剧恶化。他想起了高力士的话:"皇上健在,则大家安;皇上病危,则大家危……"他听说李亨病重,便知自己也不久于人世了。他明知凶险将临,却无力抵御,无法逃避,他的性情怎能不变呢?

从那时起,一个月来,咸宜公主再也没回自己府中住宿,白天晚上都在太极宫服侍父皇。

这一个月里,李隆基食量渐渐减少,有时干脆不动箸。整天抱着一个木制傀儡抚弄。这傀儡是当年乐伎丢在太极宫的,做成老翁的样子,耳口鼻眼肢俱全。现在,它成了李隆基不肯离手的宝贝,他爱怜地抚弄着它,嘴里还反反复复吟哦着一首他随口诌成的诗:

刻木牵丝作老翁,鸡皮鹤发与真同。
须臾弄罢寂无事,还似人生一梦中。

咸宜公主明白父皇这首诗是说:用木头刻成老翁,上面提线演傀儡戏,老翁刻得皮肤像栗米,白发如鹤羽,简直就像真的一样,可做过戏它便被遗弃无用了。人生原来就像这傀儡做戏一样是一场大梦啊!

听懂了父皇吟的诗,咸宜公主更感到父皇可怜了。他已到了风烛残年,却被幽囚在这高墙深院中,百无聊赖地消磨着时光,还好像有难言的隐忧。这样下去,还能活几天呢?

更糟糕的是,近些日子连太上皇的食物也显得不充足了。以前,各地进献皇宫的珍品奇味,皇上还时常派人送些给太上皇尝鲜,可从三月下旬以来,不但这些东西不见送来了,连粮米菜蔬也不按时送来了。咸宜公主又急又气,几次去大明宫找兄皇,可是,李辅国不肯露面,他手下如狼似虎的禁军硬是不让她进去。她发怒,她骂人,那些卫兵装聋作哑;她硬闯宫门,那些卫兵却横起了刀枪拦路。

有一次,她终于闯进了大明宫,那些卫兵好像事先得到上面的授意,并没有认真阻拦她。她找到会庆殿才见到兄皇,可这时的李亨却正在发昏,不省人事。皇上身边的宫女太监说,近来皇上时常昏厥,叫喊下身疼痛,御医已不敢再下药了。张皇后对人一向严苛,可对她咸宜公主却还挺和善,把她拉到一旁说,皇上已顾不了太上皇的事了,禁卫军大权在李辅国手里,谁也无能为力。原先皇后和李辅国特别亲密,现在言谈中怎么也对李辅国不满了呢?她隐隐觉得这可能与皇上病重有关,可能是皇后与李辅国在皇上病危时互相争权,发生了矛盾。她弄不明白,也不想弄明白,她的职责是护理太上皇,于是,从御膳房要些米菜便回到了太极宫。

没想到,当天夜里太极宫里又闹起了鬼。天亮以后,几个宫女互相哭诉,说昨晚险些被鬼吓死。她们亲眼看见,那两个鬼白发拖地,青靛脸,巨齿森森,跳跃啸叫,往来倏忽,摇窗撼门,可怕极了。还有一个独宿的宫女好像吃了鬼的亏,面色惨白,哽哽咽咽地哭,别人问她怎么了,她死也不肯说。

太极宫虽不破旧,但很空旷清幽,除了太上皇之外,住的都是女人。两位公主,百十个宫女,分住在这长四里多、宽二里多的大院内,本来就有地旷人稀之感,加上这一闹鬼,她们都更害怕了。不到天黑,宫女们便三五成群,凑到一间房子里,闩窗顶门,就算外面鸣锣擂鼓,也无人肯开门出来。

咸宜公主白天责骂宫女们胆小,可到了晚上,她自己也心里发慌。她先把父皇从承庆殿迁到甘露殿,又从甘露殿迁到神龙殿。这神龙殿只有六十多年的时间,门窗牢固,又是中宗皇帝晏驾之所,或许可避些鬼气。迁到这里之后,每到晚间,她都命太上皇比较喜欢的宫女宫媛陪太上皇睡在里间,又把万安公主叫来,和自己一起睡在太上皇的外间,再召来几个身长力大的宫女,带着棍棒锄镐在隔壁秉烛待旦。

最使咸宜公主焦虑的是太上皇从昨天开始不吃饭了。是因为饭菜质量越来越差,还是因为太极宫闹鬼的事传到了太上皇的耳中?她不明白。她问父皇,父皇只是摇头叹气,不肯说话。后来她急哭了,父皇才有气无力地说了一句:"儿莫哭,为父这是辟谷服气,天帝要接我去成仙了……"

"辟谷",不就是不食五谷吗?"成仙",不就是死吗?咸宜公主一点主意也没有了。她没有独立为老人送终的经验,也不忍心眼睁睁看着父皇绝食而死。她吩咐宫媛等人看好太上皇,自己带上万安公主,又一次去硬闯大明宫。

这一次真算顺利,她们来到大明宫的望仙门,刚要和挡驾的卫兵吵闹,正巧李辅国带着另一个宦官头目元载来巡查宫门。

咸宜公主本来很讨厌李辅国,但她还是叫道:"李公公,我要进宫,他们……"

"噢,是公主到了,太上皇安好? 入宫有事吗?"李辅国语调很平和。

"太上皇辟谷服气了。我要见兄皇!"咸宜公主随口答道。

"噢,那快进去吧!"

她们进宫来到长庆殿,只见李亨拥衾倚坐在御榻上,张皇后和太子李豫立在榻前。

李亨的眼珠缓慢地转悠,发现了咸宜和万安公主,问道:"贤妹……何事?"声音极度虚弱,额头汗气蒸腾。

咸宜公主本来是因父皇病危来向兄皇求救问计的,见兄皇也病成这样,一时又不忍心说出。她看了万安公主一眼,万安公主脸上没有任何表情,她没了主意,搪塞说:"愚妹是来……向兄皇请安的。"

李亨轻轻点了点头,紧喘了两口气。

站在一旁的皇太子李豫是个聪明人,在讨伐安禄山、收复长安洛阳中立过大功。他自幼和祖父感情不错,李隆基以前也很喜欢他。他看出姑姑心里有事,肯定是为太上皇的事情而来又没好意思说出口,便丢给姑姑一个话茬:"太上皇近日可好?"

咸宜公主心里的事再也憋不住了,眼泪夺眶而出,声音也哽咽了。她叫着太子李豫的小字,又转而向兄皇泣诉:"大收,兄皇,太上皇……辟谷服气了,我不知该怎么办……"

万安公主也很凄然,陪着落了几滴泪。

人们都不作声,李亨也许久没有答言,但从他那张因多汗而显得煞白的脸上,可看出他心里的情感是相当复杂的,有恨,有怜,有怕,有悔……

张皇后打破了沉默,试探着说:"逼迁上皇,幽囚于西内,都是李辅国的主意……"

李亨长长叹了一口气。逼太上皇迁于西内,遣散久在太上皇身边的人,主意固然是李辅国出的,但都是他首肯的,而且皇后当时也是赞同的。现在,她又这样说,显然她近来又和李辅国闹翻了,鼓动自己对李辅国下手。他近来对李辅国也越来越不满,觉得李辅国太凶横专权了,可现在自己病体支离,力不从心,李辅国又牢握禁军大权,羽翼丰厚,急切

359

削免李辅国的权力,肯定会激出大的变故。安禄山、史思明的余部还在横行,一些节度使也在讨伐安史叛军中拥兵自重,京城再闹出事来,非但自己和太子要遭殃,大唐的江山也就完了。

自己怕不久于人世了,保住自己要紧,保证太子能顺利从我手中承继帝位要紧,保证自己生前不发生变乱要紧!李辅国,留给将来太子继位后去对付吧,太子聪明能干,对付得了他的。太上皇嘛,虽然现在可怜,当初却也可恨啊!我顾不得他了!

想到这里,李亨对咸宜公主说道:"父皇近年颇好神仙,辟谷服气,怕是受了方士的蛊惑吧!大收,你可带御医去看看!"

"父皇保重,孩儿遵旨!"李豫答应道。

"你们……"说了几句话,李亨又有些气促了,他吃力地看了李豫和张皇后一眼,叮嘱道:"你们,凡事都不可……轻举妄动啊!"说完,一仰头,枕在身后的被褥上,再也不肯说话了。

李豫带着御医、太监和属官,随咸宜公主来到太极宫。御医说太上皇并无什么病症,只要服用开胃健脾的药,再辅以参汤,便可保无事,至于太上皇有无心病,他就看不出来了。

这当中,咸宜公主又向李豫说起太极宫夜里闹鬼的事,要他想办法。李豫察觉出其中像是有什么名堂,但他没有实权,不敢贸然撤换守卫太极宫的禁军,那样会惹恼总揽禁军大权的李辅国啊!父皇要他"不可轻举妄动"的意思,他是明白的。

他只答应关照负责长安夜间巡警的金吾卫,注意巡查靠近太极宫的道路,并说一定派人送参汤和食物来,便拜别了太上皇,辞别了两位姑姑,回大明宫去了。

三十一、黯然已矣　金粟山长眠明皇

终南山不改,渭水河长流。

一场浩劫过后,逃散的村民又陆续返回,咸阳县东郊的郭家村又恢复了昔日的模样。

郭从谨一家人都在。郭从谨本人年已九十三岁,仍耳不聋,眼不花。他的孙媳杜敏已为他生了三个重孙。大重孙六岁,二重孙四岁,三重孙刚刚落地一个月。三世单传的郭家,第四代一下子有了三个男孩,郭从谨整天乐得合不上嘴,常做些修桥补路、扶老济贫、礼佛斋僧的好事。

杜耕老人和老伴不在了。安禄山部将孙孝哲和崔乾祐攻入长安时,因这里离长安太近,村民都向西北、西南四散逃亡,杜耕老夫妇在逃亡路上染病先后死去了,他们的儿子和儿媳把两位老人埋葬在异地他乡,只捧着灵牌神位回到了郭家村。

一年来,朝廷多事,朝野议论纷纷。郭家村的村民也常在池塘边、打谷场,还有灯前月下,议论听来传来的消息,有的是千真万确的,有的是真假参半的,他们姑妄言之,姑妄听之,说够了,听够了,便各自散去。

确实,从今春开始,朝廷上连续出现大事,也出现怪事。

第一件大事是太上皇李隆基死了。

宝应元年(762)四月五日,太上皇李隆基驾崩于太极宫神龙殿,他在帝位共四十五年,又做了七年太上皇,终年七十八岁。

接着,十二天后,皇帝李亨驾崩于大明宫长生殿,在帝位七年,终年五十二岁。

父子两人的灵柩,都停在太极宫内,将在第二年三月运往墓地。李隆基的墓地在同州奉先县东北二十里的金粟山,称泰陵。李亨的墓地在京兆醴泉县东北十八里的武将山,称建陵。

太上皇李隆基死后十天,李亨病情加重,下诏让太子李豫监国,大赦天下。被流放到巫州的高力士接到大赦的圣旨,离开流放地,返回长安。走到距长安还有两千二百五十九里的朗州时,听说太上皇早已归天,不禁失声大哭,呕血而死。

皇太子李豫是在李亨死后第三天正式即位的,他就是历史上的唐代宗。

李豫即帝位后,李辅国一度交了好运,官至司空兼中书令,又进爵博陆王,皇上称他作"尚父",剑履上殿,赞拜不名。可半年之后,一天夜里,李辅国在自家府第里忽然丢了脑袋和右胳膊。皇上下诏命京兆府和金吾卫大搜刺客,却连一点蛛丝马迹都未查到,只在李辅国府一个茅厕的屎尿坑里捞出了李辅国的脑袋。后来,杭州一家酒馆里忽然来了个腰缠万贯的武夫,酒醉后对人说,"尚父"是他奉了圣上密旨杀死的,李辅国的那只胳膊被连夜送到了泰陵祭陵的献殿里。当时,泰陵还没修好,太上皇的灵柩还没到,而这味祭品就到了,这是当今皇上对祖父的一点孝心。因为逼迁太上皇时,李辅国曾几次无礼地在太上皇面前挥动右臂。只是由于后来李辅国平灭了张皇后和越王李乐的叛乱,扶当今皇上登基即位有功,皇上不想公开杀死李辅国……这人说的是醉话,第二天又突然失踪了。这件事虽然人口相传,不胫而走,而且近乎情理,但谁敢去问新皇上这事是真是假?

郭从谨有时也参与村民的议论,但他很少说话,只是跟着哄笑。他年纪太大了,经的事太多了。他喜欢这些村民,但他知道,朝廷上的勾当复杂得很,不是村民所能理解的。

人们议论最多的是太上皇和大行皇帝的死因。"大行皇帝"指李亨。按习惯,皇帝从死亡到正式下葬前都称"大行皇帝"。

是啊,这父子二人在不到半个月的时间里先后悄然去世,怎能不引起人们的议论?但村民们七嘴八舌,谁的说法也不能完全服众。有的人好奇,甚至跑到长安东、西市上去探听,可听来的消息也是支离破碎。

村民们都盼望郭方回来,也许能带来可靠的消息。可自从太上皇晏驾之后,不知为什么,郭方一直没有回村。

不知是因京城的紧张形势已经过去,还是因他又得了儿子而被长官准了假,今天傍晚,郭方冒雪骑马赶回了村子。

郭方现在是郭家村里众人瞩目的人物了。他十八岁时便骑着太上皇赐予的闲厩马,追随太上皇到了剑南,在成都时,他在平定郭千仞叛乱时又立了功。太上皇回京走到凤翔时,解散了随从卫队,他受好友张小敬的再三鼓动,没有解甲,继续留在军队里。进长安后,张小敬被编在英武军中,他被编在金吾卫里。因为资历已不算浅,先做队长,是五十个金吾卫兵的头儿,后来又擢为校尉,成了一团三百人的头儿。所以,每当他回乡探亲,村民们都要来看望他,听他讲一些见闻。

这一次,已近年关,村民们正杀猪宰鹅,准备过年。听说郭方回来了,都丢下手里的活计,三五成群拥进了郭家大院。

半年多不见,郭方似乎老成了许多,已留了黑黢黢的小胡子,也不像以前那样爱说话了。

村民们可还像往常一样热情,围着郭方问东问西,问得最多的是太上皇和大行皇帝的死因。

郭方拗不过乡亲们的情面,才断续讲了大行皇帝李亨的死因,至于太上皇的死因,他一口咬定什么都不知道,不肯讲。他说,大行皇帝是被变乱惊吓而死的,发动这场变乱的是张皇后。

张皇后原来只是李亨的一个良娣,李亨聚兵于灵武的时候,她在李亨身边,生下孩子三天之后便动手为将士缝征衣。李亨劝她节劳,她说:"国家多难,殿下日夕忧劳,岂是妾保养自己的时候?"每当夜晚就寝时,她都让李亨睡在后帐,她睡前帐,以防意外。李亨说:"夜里御敌,不是你们女人的事啊!"她却回答说:"妾虽无力操刀抵敌,但万一有变乱,妾可用身体挡一下刀剑,殿下或许可以趁机从后帐脱险呢!这里比不得东宫,还是多防着点好!"这些用尽心机的甜言蜜语,使李亨对她爱得发狂,即帝位之后,就册封她为皇后了。

此后,她便开始干武弄权,李亨对她也凡事迁就,于是,她插手的事也越来越多。把太上皇从兴庆宫迁到太极宫,并遣散太上皇身边的高力士等人,是她串通李辅国一起为李亨出的主意。后来,她发觉这件事干得有些过火,一些大臣也有异议,连李亨也有点后悔,便想把责任都推给李辅国。加上她感到李辅国权力太大,又不肯听她的,便视李辅国为仇敌了,几次鼓动李亨除掉李辅国。李亨因李辅国握有禁军大权,未敢下手。

李隆基死后,李亨的病情也日重一日。张皇后唯恐李亨一旦死去,手握大权的李辅国对她下毒手,便想乘李亨未死之前,先发制人,除掉李辅国。

她先找到皇太子李豫,问他:"太上皇登遐之前,曾留给殿下一样东西?""登遐",是死的委婉说法。

李豫点了点头。李隆基死前,曾命宫女宫嫒把一个玉笛交给李豫留作纪念。玉笛用两块绸子包着。

"殿下明白太上皇的用心吗?"她又问。

李豫当然明白太上皇的用心,但他对她摇了摇头。

"凭殿下的聪明,怎能不明白?笛,就是'敌'呀!这敌人就是李辅国!绸,就是'仇',两层绸子,不就是'复仇'吗?太上皇一向钟爱殿下,嘱殿下为他复仇呀!"看得出,张皇后此时的心情,比当年在灵武鼓动李亨即帝位还要急切。

对于张皇后的恃宠专权,李豫早已心怀不满,早在收复两京前,他就想凭借手中天下兵马元帅的权力除掉她,由于当时李亨手下的谋士李泌的劝阻,他才没有下手。现在,他自然不会做她的帮凶,尽管她的话不无道理。

他默不作声。

"现在皇上病危,已命殿下监国,殿下大权在手。眼看着李辅国逼死太上皇,阴谋作乱,殿下怎能姑息养奸,不思为君父除害,不思为上皇复仇?"

李豫退后一步,推诿道:"父皇病重,李辅国又是勋旧大臣,不请示父皇而诛之,恐怕会使父皇震惊,病情转剧,这不是孝子应做的事。儿臣不敢做。"

见李豫执意不听自己的主意,张皇后突然改变了主意,一个更疯狂的计划迅速在头脑中闪过。她先稳住李豫,对他说:"你的话也有道理,你暂且回府吧,待我再好好想一想。"

李豫出宫后,她派人悄悄找来越王李系。李系是李亨的二儿子。收复两京之后,李系也曾一度做过天下兵马元帅,但李亨知道这个儿子志大才疏,只让他挂个空名,一直住在京城里。

李系应召来到大明宫,张皇后对他说:"皇上病危,李辅国阴谋作乱,太子又仁弱,不足以平祸乱。你能办这件事吗?"

"能!"李系回答得很干脆。在他看来,有父皇和皇后做主,杀掉李辅国太容易了。

"事成之后,你就可以代太子监国,承继大统!"张皇后不加思索地说,仿佛天下大事、国家命运,都在她一个人手中。

"那……兄长是太子啊"李系跃跃欲试,但也有顾虑。

"先把太子请进宫来,然后再除李辅国,一箭双雕!"

"儿臣谨遵母后之命!"李系也疯狂了。

当下,张皇后把心腹宦官内谒者监段恒俊介绍给李系,让他们二人协同行动。内谒者监是内侍省的六品官,职务是负责内宣外传皇上的旨意。

他们三人的行动是很大胆的,大胆到荒唐可笑的程度,无异乎拿自己的性命当儿戏。

先是由段恒俊出面,召集大明宫内有力气、会点武艺的太监,发给盔甲刀枪,埋伏在皇上李亨的寝宫长生殿后面,然后先派人去假传圣旨,宣召太子李豫进宫。他们想先把李豫控制起来,用皇上和监国皇太子的名义除掉李辅国,然后再废掉太子李豫,由李系继承帝位。这样,李系便可当上皇帝,张皇后便成了拥立新皇帝的皇太后,可长保富贵,而段恒俊也可成为佐命元勋,出将入相了。这真是妙不可言。

然而,他们几个人的这个小闹剧,哪里瞒得过老谋深算的李辅国?

直接统领英武军的内射生使程元振，早把他们的行动计划探听明白，原原本本地报告了李辅国。

张皇后想拥立一个新皇帝，李辅国又何尝不想拥立新皇帝再立奇功？他从东宫一个小小的宦官，到今天势压文武百僚，颐指满朝公卿，气焰熏天，贵极人臣，还不是因为他当初拥戴李亨做皇帝时立过大功吗？现在李亨不久于人世了，他必须再在拥立新皇帝中立奇功，才能保住自己的权势富贵。张皇后既然要废黜太子李豫，他便要反其道而行之，捐弃前嫌，拥立李豫做皇帝，在他看来，他在这个时候扶李豫一把，李豫做皇帝后，会对他感激不尽，他的爵位还会更高！

李豫成了张皇后和李辅国共同争夺的一块招牌。他是册立多年的太子，又是皇上李亨降旨宣布的监国太子，也就是代理皇帝。谁把他抓到手里，谁就得到了致对方于死命的武器。

接到太监传达的召他进宫的口谕，李豫心里也犯嘀咕。父皇病重，把守宫门的禁军兵权在李辅国手里，宫内的事情都由张皇后掌管，这次突然召自己进宫，谁知道张皇后又有什么新花样？张皇后的具体计划他还不了解，但他知道，张皇后这个人在这个时候是不会停止动作的。而且传旨太监又说，皇上命他傍晚从凌霄门而入，这就更使他生疑。这凌霄门又称青霄门、凌云门，是大明宫的西北门。按常规，他出入大明宫应走南门，右出左入，现在怎么要他在傍晚鬼鬼祟祟走北门呢？

然而，李豫是有办法的。

他故意大排仪仗，招摇过市，缓缓而行，让人们都知道，他又奉诏进宫了。他知道，这样一来，李辅国肯定会知道这件事，他不用主动去联络李辅国，李辅国便可采取行动。他现在需要借用李辅国的兵权，先搞掉张皇后，再慢慢除掉李辅国。

其实，李豫是多此一举。在这风云紧急的时刻，李辅国连睡觉都是睁着眼睛的。皇上、太子、皇后，他们的任何动静都在李辅国的掌握中。

程元振早已奉李辅国之命伏兵于凌霄门，李豫的队伍一到，程元振便拦住去路，把张皇后和李系的阴谋和盘托出。

李豫心里也暗自吃惊，但他却做出不相信的样子，说道："哪能有这样的事？父皇病重，召我必有大事，我怎能不进宫呢？我宁可死在他们手里，也决不愿做不忠不孝之人！"

程元振做出对李豫无比忠诚的样子，哭拜于李豫跟前："殿下，臣宁死也不愿见殿下以万金之躯轻蹈险地，臣明日领罪，万死不辞……"说着，他立起身，指挥手下人将那假传圣旨的太监当场杀死，又把李豫等人请进附近的飞龙厩的长官官署，派兵保护起来。这飞龙厩是皇家六个闲厩之一，设在玄武门外——大明宫和太极宫一样，北门的正门也叫玄武门。

李辅国露面了。他和程元振一起，指挥禁卫军冲进大明宫，捉住越王李系和段恒俊以及参与其事的太监们。张皇后见大势已去，装作什么也不知道，跑进长生殿李亨的病榻边来侍候皇帝。李辅国哪肯放过她？指挥甲士执仗地冲进长生殿，对病榻上的李亨连个招呼都不打，硬是把张皇后揪出殿去。

经这一场惊吓，奄奄一息的李亨没等到天亮便断了气。天亮之后，李辅国却秘不发丧，先杀了皇后、李系、段恒俊等人，又搜杀了宫内外一些张皇后的同党。直到第三天，才请出太子李豫，勒兵护卫李豫与朝中的几个宰相大臣见面，并拥立李豫正式即位称帝。李辅国也因为平定张皇后、李系篡位叛乱，拥立李豫登基立了功，而被加官晋爵……

村民们怀着不甚满足的心情散去之后，郭方无意识地呆望着灯烛和乡们亲用过的茶盏，像是有什么心事。

他的父亲很不高兴，抱怨道："乡亲们一盆火似的奔你来，就是想听听新鲜事儿，你倒冷着个脸，吞半句吐半句的！"

"父亲，不是孩儿无礼，是有些事儿不能讲，会惹祸的……"

"不能讲你不还是讲了？"

"讲这件事儿不要紧，宫内外知道这件事儿的太多了……"

"哼，你出息了，对乡亲们爱搭不理的，这个家也半年多不回了！"父亲还是气哼哼的。

"父亲错怪孩儿了，当今皇上登基后，儿刚想回家看看，却被差遣押解流人去岭南越州，未来得及到家拜辞老人……"

"越发胡说了,"坐在灯影里的祖父郭从谨忽然说话了,"押解流人,都是京兆府的事,金吾卫的职事是巡警六街,哪有金吾卫的人去押解犯人的?"

见老祖父也责怪自己,郭方只好把事情的原委说出,"孙儿在蜀时,和一个叫张小敬的要好,回京后他在英武军,孙儿在金吾卫。后来张小敬突然不见了,英武军的长官说他升作越州司马了。孙儿感到奇怪,升了官,怎么也不告诉我一声就突然走了呢?后来又听人传说,张小敬当了张均的替死鬼。孙儿早就想到越州去看个究竟。那次巡街时抓了个夜盗案,京兆府让金吾街使处置,是孙儿自己讨了这份苦差,押解犯人去越州……"

"见到你那个朋友了吗?"郭方的父亲显然被这离奇的事儿吸引住了,脸色和语调都和缓下来了。

郭从谨却没有作声,显然,连这样的事也不能使他感到惊奇。

"儿到越州交割人犯时,见那个司马真像张小敬,可比张小敬老一些。"郭方继续对父亲解释,"儿向越州吏员一打听,才知道这个张小敬已做过两任司马了。按朝廷惯例,地方官三年一考核,或升或贬或调任,可这个张小敬似乎要在这里当一辈子司马。儿虽没见过张均,但儿断定,这个假张小敬就是张均,真张小敬肯定做了张均的替死鬼……"

"事儿真挺玄乎呢!"郭方的父亲晃悠着一只胳膊说。

"这样的事儿,传出去没有好处,儿才不愿意讲。父亲也别对乡亲们聊这件事,知道了也就算了!"郭方叮嘱父亲。

"我不说,我不说,乡亲们要知道的也不是这件事,是太上皇是怎么死的……"郭方的父亲说。

郭从谨已不像儿子和乡民那样好奇了。但他还想知道太上皇李隆基到底是怎么死的,他对李隆基还是有些感情的。他从孙子的言语表情上判断,孙子肯定还知道太上皇死因,可他不愿意直截了当地让孙子讲,现在听儿子提起话茬,便诱导道:"是啊,乡亲们传得可热闹了,有人说,太上皇是元始孔升真人下界,那天晚上天帝派白鹤前导,鸾鸟驾车来迎他归位,太极宫顶祥云缭绕,仙乐阵阵;也有人说,天帝接走太上皇,是让太上皇来世做元始孔升真人;还有人说,太上皇是服了张皇后派人送去的樱桃蔗浆后死的;有人说的就更离奇了,说是太上皇开元之后即好神仙,常服金丹和玉屑,脑骨已变成玉石了,刀剑砍不进去,李辅国派刺客去刺杀太上皇,刺客是用铁锤击破太上皇的脑骨取出脑中金丹,太上皇才晏驾归天的……真是越传越玄,叫人不能不信,又不能全信……"

"爷爷别听这些胡说,那一夜,孙儿……"

那一夜,就是今年四月五日的夜晚,下半夜是郭方当值率人巡警。出发前,金吾街使特意向他交代说,要特别留心巡查靠近宫城的几条街,这是监国皇太子的教令,遇到夜行人,一律悄悄活捉,秘密监禁候审。

夜,温馨,神秘,恐怖的无边黑暗啊!

天交四鼓,郭方带领的一队金吾警骑第三次巡查到太极宫西侧、辅兴坊东侧的大街,忽见前方有两个黑影从宫墙飞下。他大吃一惊,率众紧紧追了上去。火把光中,只见那两个黑影闪进了辅兴坊南的东西横街,其中一个大个子黑影极为矫健,一蹿几步远。这身影郭方似乎在哪里见过。

他率众尾追,那两个黑影跑出不远,便跳上了早已等在那里的两匹马,打马南下。那两匹马,无铃无鞍,驮着两个人奔驰如飞。郭方只追了两坊之地,那两匹马便不见了踪影。

郭方断定,这两个人的背后必有大人物主使,因为他们骑的马跑得太快了,决不是一般的坐马,很可能是皇上飞龙厩里的飞龙马。若是一般的马匹,今夜那两个黑衣人决逃不出他的手,因为他们金吾卫的马也是上乘的呀!

郭方无可奈何,又率众折回黑衣人跳下宫墙的地方。他们发现,有一条用上等绢绦拧结成的长绳从宫墙的垛口直垂地面,显然,那两个黑衣人是缒着这条长绳跳下这三丈五尺高的宫墙的。一个内行的金吾卫兵把几柄长枪首尾相接,用准备捆人的绳子绑扎上,顺着那条绢绳伸到宫墙垛口上去,再用顶端的枪尖刺住那绢绳,向高处又挑又抖,只听"叭哒"一声,一个五爪铁钩子连着那绢绳一起落下来。那个金吾兵说,这东西叫"五虎爪",是飞檐走壁者身上必备的。接着,又有两个金吾卫兵拿给郭方一具假面,是在黑衣人上马的地方发现的。郭方接过一看,这假面具制作得很简单,一块黑绸子两侧挖了两个窟窿,可以套到人的双耳上,正上方挖了两个窟窿,边缘画着大白圈儿,显然是眼孔;正下方画着两排大白牙……

"这么说,太上皇还是被刺客刺死的了!"郭方的父亲听到这里,不禁插言道。

"不是!"郭方肯定地说:"第二天就传出消息,说太上皇归天了。我特别留心,向皇宫里的人打听,都说太上皇遗体没有任何伤痕。那时,皇帝病重,没有亲到太极宫,可当时的监国皇太子还是到了太极宫,据说他也亲自检视了太上皇遗体……"

"哪,两个黑衣人进宫干什么去了?"父亲又提出疑问。

"谁知道。也许是没找到太上皇的住处,也许是找到了住处没敢下手,也许是想下手时发现太上皇已经死了……"

"你说好像在哪儿见过那个刺客,后来想起来了吗?"

"想起来了。"

"谁?"父亲脱口问道,连郭从谨也不禁耸了一下身子。

"很像在成都围攻行宫,索要传国玉玺的那个郭千仞!"

"嗯,这么说来,乡里传说李辅国派刺客去刺太上皇,还是有影儿的事儿!可是,太上皇死前,身旁一个人也没有吗?"父亲还是追根刨底。

"听说有一个宫女在身边,那宫女后半夜睡了一觉,醒来时就发现太上皇气绝了,被子滚到了床下……"

"是刺客用被子把太上皇捂死的,闷死的!"郭方的父亲又是一个论断。

"行了行了,天不早了,方儿也该回房休息了!"郭从谨打断了儿子的话。他明白,太上皇到底怎么死的,下面的人是弄不清楚的,孙子知道这么多事,也就算是难得的了。而当今皇上李豫大概有种种难言之隐,也不愿把事情真相查明晓谕于天下。总之,太上皇还算寿终正寝了,但死得不甚明白。

三个月后,唐代宗广德元年(763)三月十八日,李隆基的灵柩运到了泰陵下葬,庙号玄宗。从此,他便被称为唐玄宗;又因其谥号"至道大圣大明孝皇帝",后世又称他作唐明皇。

《风流天子》第十版志喜乐

  近杖朝之年，人间俗事已淡然，重蒙华文出版社为我此三十五年前之旧作出第十个版本，不啻天之降悠悠喜乐也！

  前些日子，偶回首自己平生所作的几种书，得句曰："《风流天子》小才情，谋薪谋米夜秉灯"。回想1986年此书"夜秉灯"完成，由花城出版社初版并发第一卷于《历史文学》头题，立时引起了极大反响，也遮蔽了一些异样的白眼，谋薪谋米小成功兼叨获"作家"之名，且有了对前来请求改编成影视剧的西安电影制片厂编剧、长春电影制片厂领导直截了当地说"我怕你们改不好"的牛气，至今忆起犹融融喜乐也！

  有友人说我有文霸气。或许有一点，但绝不是因为当年这《风流天子》曾红极一时，被盗版窃印无数，而是因为我有"非另类读书人的另类传奇""汪洋恣肆鸡虫吼，涵淡澎湃江海篇"的长篇自传体小说《红白黑》，虽待惊世但已存在并已获二三知文者激赏，真欣欣喜乐也！

  其实，"文章本天成，妙手偶得之。"我内心真的一向对自娱自乐类的写作睥睨之不屑之，此意今日索性在此恣肆公开，能不昂昂喜乐耶？

2021 12 24
自志于海南三亚·碧桂园三亚郡鼓溟轩